風雲時代

風雲時代 風雲時代 風雲時代 風雲時代 風雲時代 風雲時代 風雲時代
雲時代 風雲時代 風雲時代 風雲時代 風雲時代 風雲時代 風雲時代 風雲
風雲時代 風雲時代 風雲時代 風雲時代 風雲時代 風雲時代 風雲時代
雲時代 風雲時代 風雲時代 風雲時代 風雲時代 風雲時代 風雲時代 風雲
風雲時代 風雲時代 風雲時代 風雲時代 風雲時代 風雲時代 風雲時代
雲時代 風雲時代 風雲時代 風雲時代 風雲時代 風雲時代 風雲時代 風雲
風雲時代 風雲時代 風雲時代 風雲時代 風雲時代 風雲時代 風雲時代
雲時代 風雲時代 風雲時代 風雲時代 風雲時代 風雲時代 風雲時代 風雲
風雲時代 風雲時代 風雲時代 風雲時代 風雲時代 風雲時代 風雲時代
雲時代 風雲時代 風雲時代 風雲時代 風雲時代 風雲時代 風雲時代 風雲
風雲時代 風雲時代 風雲時代 風雲時代 風雲時代 風雲時代 風雲時代
雲時代 風雲時代 風雲時代 風雲時代 風雲時代 風雲時代 風雲時代 風雲
風雲時代 風雲時代 風雲時代 風雲時代 風雲時代 風雲時代 風雲時代
雲時代 風雲時代 風雲時代 風雲時代 風雲時代 風雲時代 風雲時代 風雲
風雲時代 風雲時代 風雲時代 風雲時代 風雲時代 風雲時代 風雲時代
雲時代 風雲時代 風雲時代 風雲時代 風雲時代 風雲時代 風雲時代 風雲
風雲時代 風雲時代 風雲時代 風雲時代 風雲時代 風雲時代 風雲時代
雲時代 風雲時代 風雲時代 風雲時代 風雲時代 風雲時代 風雲時代 風雲
風雲時代 風雲時代 風雲時代 風雲時代 風雲時代 風雲時代 風雲時代
雲時代 風雲時代 風雲時代 風雲時代 風雲時代 風雲時代 風雲時代 風雲
風雲時代 風雲時代 風雲時代 風雲時代 風雲時代 風雲時代 風雲時代
雲時代 風雲時代 風雲時代 風雲時代 風雲時代 風雲時代 風雲時代 風雲
風雲時代 風雲時代 風雲時代 風雲時代 風雲時代 風雲時代 風雲時代
雲時代 風雲時代 風雲時代 風雲時代 風雲時代 風雲時代 風雲時代 風雲
風雲時代 風雲時代 風雲時代 風雲時代 風雲時代 風雲時代 風雲時代
雲時代 風雲時代 風雲時代 風雲時代 風雲時代 風雲時代 風雲時代 風雲
風雲時代 風雲時代 風雲時代 風雲時代 風雲時代 風雲時代 風雲時代
雲時代 風雲時代 風雲時代 風雲時代 風雲時代 風雲時代 風雲時代 風雲
風雲時代 風雲時代 風雲時代 風雲時代 風雲時代 風雲時代 風雲時代
雲時代 風雲時代 風雲時代 風雲時代 風雲時代 風雲時代 風雲時代 風雲
風雲時代 風雲時代 風雲時代 風雲時代 風雲時代 風雲時代 風雲時代
雲時代 風雲時代 風雲時代 風雲時代 風雲時代 風雲時代 風雲時代 風雲
風雲時代 風雲時代 風雲時代 風雲時代 風雲時代 風雲時代 風雲時代
雲時代 風雲時代 風雲時代 風雲時代 風雲時代 風雲時代 風雲時代 風雲
風雲時代 風雲時代 風雲時代 風雲時代 風雲時代 風雲時代 風雲時代
雲時代 風雲時代 風雲時代 風雲時代 風雲時代 風雲時代 風雲時代 風雲
風雲時代 風雲時代 風雲時代 風雲時代 風雲時代 風雲時代 風雲時代
雲時代 風雲時代 風雲時代 風雲時代 風雲時代 風雲時代 風雲時代 風雲
風雲時代 風雲時代 風雲時代 風雲時代 風雲時代 風雲時代 風雲時代
雲時代 風雲時代 風雲時代 風雲時代 風雲時代 風雲時代 風雲時代 風雲
風雲時代 風雲時代 風雲時代 風雲時代 風雲時代 風雲時代 風雲時代
雲時代 風雲時代 風雲時代 風雲時代 風雲時代 風雲時代 風雲時代 風雲
風雲時代 風雲時代 風雲時代 風雲時代 風雲時代 風雲時代 風雲時代

33 倪匡珍藏限量紀念版

原振俠傳奇之

天人

（含：天人・迷路）

倪匡 著

無窮的宇宙，
無盡的時空，
無限的可能，
與無常的人生之間的永恆矛盾，
從倪匡這顆腦袋中編織出來。

——金庸

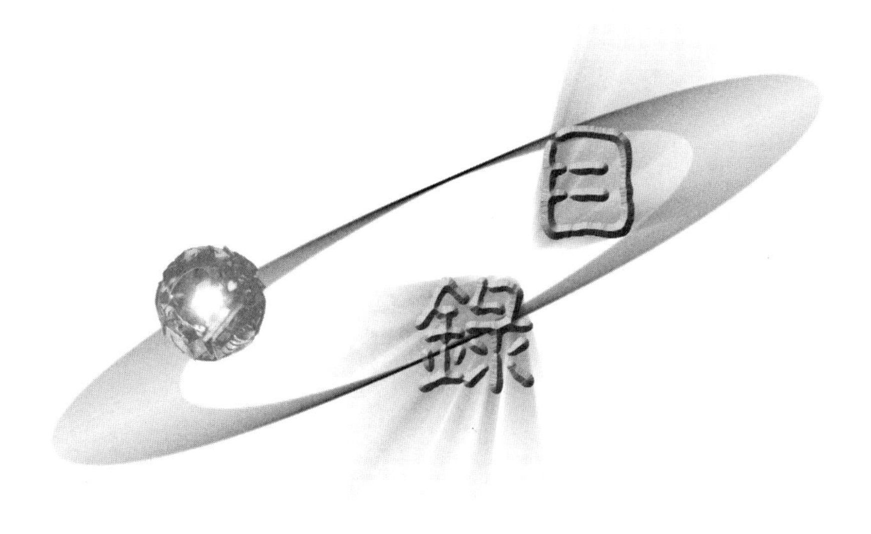

天人

目錄

迷路

天人

人的求生極限在哪裡？——
被埋在缺氧的泥土中不死？
在無水的死亡沙漠中存活？
能耐過六十個小時的暴風雪肆虐？
「天人」詭譎地凝聚著生存與死亡的秘密。

第一部：原林中尉的日記

兩件事，發生的時間相隔三十年，地點相距幾萬里，事情發生時所在的人也全然不同，看來是全然沒有關聯的，唯一相同的是，兩件事同樣怪異，而且，深入瞭解之後，就可以發現兩件事之間，自有千絲萬縷的關係。

一九四五年初，第二次世界大戰末期，盟軍和日軍在緬甸北部和中國接壤處的戰事正進入熾熱時期。戰況極其激烈，每一次戰役，雙方都出動猛烈炮火，因而死傷累累。

在戰場上，人的生死，完全處於極端不穩定的狀態之中，在這樣的情形下，怪異的事也特別容易發生，但是卻也很少有怪異得超過原林中尉的遭遇的。

原林中尉並不是正式的戰鬥人員，他是一個軍醫，從軍之際，正是大學醫科兩年級的學生，由於愛國熱忱，棄學從軍，已經歷了兩年的戰地生活，早已習慣了屍體，每一次在清理戰場，找尋自己部隊犧牲者的屍體之際，他都能克制著感情，忍受著那種死亡直接向人襲來的感覺。

可是，這一次卻有點例外，原林中尉有記日記的習慣，那一次特別的遭遇，他在事後，在日記中有極其詳盡的記載。

四月十七日，陰雨(似乎根本沒有晴天)。

戰場向北移，英軍、美軍和我軍組成的聯合部隊一直在推進，日軍一直頑強抵抗，每天都有上百次的接觸，天氣似乎根本沒有晴過，一直在下雨，不知已經有多久未曾踏過堅硬的土地了，每一腳踏下去，都是踏在泥漿上，泥漿會滲進皮靴裏，使人感到極度的不舒服，今天，遇到了一件不可思議的事，簡直不可能，完全超出人類的醫學知識之外。

傍晚，進入一個才發生過劇烈鬥爭的地區，戰鬥在下午發生，殲滅了日軍整整一個營，我軍方面，也有不少人犧牲，照例要將我軍犧牲者的屍體掩埋進來，但是進入地區一看，根本已沒有這個必要，猛烈的炮火，令得所有戰死者都肢體破殘，同時看看是不是還有生還者，幾乎斷絕。爬過一個深約兩公尺的炮彈坑，坑底有不少鋼盔，破碎的槍械，怪事就在這時發生，當時天已十分黑暗，停下來將腰際的手電筒解下來，著亮，繼續前進之際，才一抬腳，突然發現有東西絆住腳，阻止前進，回身用手電筒一照，天，只見一隻人手，一雙人手連著一截小臂，緊緊地抓住我的足踝，手指的節骨，因為用力而突了出來！

想起當時的情景，極度的震驚一直延續到現在，在記述這件事的時候，全身都忍不住發著抖！一隻手，連著一截手臂在一個炮彈坑的底部，抓住了腳踝！當時想叫，但張大了口，叫不出來，在手電筒的光芒之下，在勉強鎮定了下來之後，可以看到，手臂和手，並不是斷裂下來的殘肢，因為手臂的延續是在泥土之中。

由於當時的震驚實在太甚，所以一時之間，很難敘述得明白，要等到鎮定下來之後，才能發現情形原來並不是太值得駭異，情形很簡單，有一個人，整個人全埋進了土裏，只有一隻手還露在土外，在我經過時，露在土外的手抓住了我的腳踝。

一弄清了這樣的情形，我立時大聲呼叫了起來，軍醫隊的隊員，紛紛奔進炮彈坑中，有的根本是從泥漿堆中，直滾下來的，我高叫道：「快挖掘，泥土下還有人活著！」

第一個奔到我身邊的是一個新入伍不久的學生，為人有點呆頭呆腦，他向我立正，大聲道：「報告隊長，沒有人被埋在泥土之下，還可以活著的！」

我沒有和他爭辯，只是叫道：「快掘！你沒看到他的手，抓住了我的腳踝？」

他低頭一看，整個人都呆了，一面連聲答應著，一面立即就蹲下身，用雙手挖掘著泥土，泥土很濕軟，那是由於不斷下雨之故，我也學著他，蹲下身去，用雙手挖著泥。

接著，更多隊員來到，有了工具，挖掘的工作，進行得更快，在開始挖掘之際，那隻手——應該說那個被埋在泥漿中的那個人的手一直緊緊握著我的腳踝，隔著厚厚的皮靴，也可以感到他的手極強而有力，要一個十分強健的人，才能有這樣的力量。

五分鐘後，可以看到那人的頭部了，一個隊員從附近的溝裡弄來了水，向那人的頭部，直淋了下去，那人頭腦上的泥土，被水沖成泥漿，流了下來，也就在這時，他的手才鬆開了我的腳踝，當那個人的上半身完全顯露在泥土之外時，我們已經看出他穿著日軍的軍官服，是一個日軍軍官，我和一個隊員，抓住他的手臂，才將他從泥土中，拉了出來，將那個人完全拉出來之後，所有旁邊的人，都面面相覷，一句話也說不出來，心中想的是同一個問題：這個人，怎麼可能在絕對不能存活的環境中活了下來？

我之所以要將這件事，在我的日記中記述得特別詳細，是因為這件事，實實在在，是不可能的，但卻又是確切不移的事實。

在絕對不可能和事實存在之間，是不是表示著人類的知識有一個缺口？或者說，人類所知的全錯了？

當時的環境是一個炮彈坑。我確知這場戰役在三小時之前結束，那人會被泥土掩埋，當然是戰事還在發生之際的事，那就是說，至少超過三小時了。

泥土十分濕軟，就算那人在炮火之中，僥倖地一點也沒有受傷，從他被拖出來的情形來看，濕軟的泥土已將他的五官完全封住，他根本無法呼吸，而人的腦部只要缺氧三分鐘就會導致死亡，這是人所盡知的事實，這個人有什麼可能在缺氧三小時的情形之下仍然活著呢？

那人是活著的，不但當他的身子還埋在泥土中之際，能用手抓住我的腳踝，而且，當他整個人被拉出來之際，他還試圖掙扎自己站起來，同時，自他喉際，發出了一陣怪異的叫聲，可能他是想講些什麼，但由於他的口中也滿是泥土，所以根本發不出正常的語音來，隨即，他表現得十分虛弱，身子向下倒去，我立時在他的身後將他托住，叫道：「快抬擔架來！」

所有的隊員都張大了口，說不出的駭異，我再叫了一聲，才有人奔過來，抬了擔架來，將那個日本軍官抬上了擔架。

那日本軍官躺上了擔架之後，用手揉著眼，像是想看清眼前的情形，我將他的手拉下來，道：「你還活著，我不知道你是如何會還活著的，同時，你已經成為盟軍的俘虜，希望你不要亂動！」

我的日語並不是十分流利，但那日本軍官顯然聽懂了，他躺著不再動，擔架迅速被抬走了，我帶著其餘的隊員繼續執行任務，沒有什麼再值得記的事了。

這個在泥土中至少被埋了三小時的日本軍官，如何還能活著，真不可思議。一定有原因的，但究竟是什麼原因呢？當戰爭結束之後，我一定要將這件事，作為我今後一生研究的中心，研究結果，可能使整個人類的醫學改觀！

原林中尉一九四五年四月十七日的日記，就是這樣，關於這個日本軍官，原林中尉還有不少記載，也是用日記形式留下來的，但是可以暫時擱一下，先說一說第二件怪異的事。

輕見醫科院的規模相當大，輕見，是一個日本相當罕見的姓氏，輕見醫院是由於創辦人輕見小劍博士之故而命名的，位於神戶東郊。

醫院的建築物之前，是一幅相當大的空地，種植著不少樹木，這時，正是深秋，一九七八年的深秋。

天氣已經相當涼，落葉在空地上，隨風飄轉，一輛大巴士駛到空地上，停下，自車廂中傳來歡樂的笑聲，衝破了深秋的寂寥，在車身上，掛著一幅白布的橫幅：「輕見醫學院學生實習團」。在車上的年輕人，全是輕見醫學院的學生，其中之一，是中國留學生原振俠。

當車子停下來的時候，原振俠正和幾個同學大聲在唱歌，車子一停，已有幾個同學急不可待地要下車，井田副教授，一個樣子十分嚴肅的學者，大聲宣佈：「請等一等，我有幾句話要說！」車廂裏頓時靜了下來，井田副教授清了清喉嚨，道：「各位同學，今天我們到醫院去作的實習，相當特別，各位已經受了三年正式的訓練，如果不是要求太嚴格的話，對一般的病例，已經可以診治……」

出名調皮的原振俠低聲講了一句：「當然，可惜還要再受兩年苦！」

同學都忍著笑，井田副教授瞪了原振俠一眼，想訓斥他幾句，但是又忍了下來，因為他知道原振俠這個中國留學生能進入輕見醫學院，當然入學考試的成績優異，但是聽說原振俠的父親，和輕見博士是交情十分深的朋友，輕見博士去年因為一宗意外而死亡，可是雙方的交情人所共知，原振俠雖然調皮，仍不失一個好學生，所以井田教授便忍了下來。

原振俠伸了伸舌頭，不敢再說什麼，井田副教授繼續道：「大家到醫院的檔案室去，翻查病例的醫療方案，當然，這些檔案上的病人，是早已逝世了的，每人找一份檔案，將自己設想成為當時的主治醫生，要作一份報告，報告自己作為主治醫生，對這個病人的醫療過程！」

車廂裏立時響起了一陣交頭接耳的議論聲，這是極有趣的事，在沉悶的醫學課程之中，倒不失是一項調劑。井田副教授講完之後，示意司機開車門，學生魚貫下車，走在原振俠旁邊的，是他的一個同宿舍好朋友，羽仁五朗，五朗悄聲問：「原，有一些很著名的人物死在醫院，你準備揀哪一個當你的檔案？」

原振俠眨了眨眼，一副神秘的樣子，道：「我揀輕見小劍博士……」

學生已經列好了隊，由井田教授帶著隊，向醫院走去，羽仁五朗一聽得原振俠這樣說，將眼睛睜得老大，道：「什麼，輕見博士？」

原振俠道：「是啊！」

五朗用肘輕碰了原振俠一下，道：「那像話嗎？誰都知道輕見博士是在一樁交通意外中喪生的，車禍發生得極其猛烈，一列火車碰上了博士的座駕車，重傷之下，當場死亡，還有什麼醫治方案可作報告的？」

原振俠笑了起來，笑容中充滿了狡獪，道：「那才好，我可以偷懶，報告上只要寫上：送抵醫院，已經死亡，八個字就夠了！」

五朗不以為然地搖著頭，這時候，隊伍已經進入了醫院的建築物，帶頭的井田副教授已經向一邊樓梯下走去，原振俠將聲音壓得極低，道：「最主要的是，我不相信輕見博士已經死了。」

五朗陡地一震，失聲道：「你說什麼？」

醫院中是應該保持安靜的所在，五朗由於突然的吃驚，那一句話的聲音相當大，引得每一個都向他看來。五朗顯得十分不好意思，忙低著頭向前走下了幾級樓梯，才對原振俠說：「又來惡作劇了！」

原振俠的臉上，出現了少有的正經神態，道：「不是惡作劇，是真的！」

五郎發急，道：「可是，去年，你和我，全校學生，都參加過博士的喪禮！」

原振俠道：「是，我們也看到過博士躺在棺材裏，可是，他可能沒有死！」

五郎瞪著原振俠，他和他這個好朋友的性格，截然相反，十分穩重踏實，所以當他瞪著原振俠的時候，不由自主，大搖其頭。

原振俠將聲音壓得更低，道：「一個人可以被埋在泥土裏超過三小時而不死，在理論上說，他也就有可能躺在棺材裏一年，而仍然活著！」

五郎叫道：「瘋——」他才叫了一個字，立時又壓低了聲音，連叫了七八聲「瘋子」。原振俠嘆了一聲，道：「那是真的，我父親和輕見博士是好朋友，不知道多少年前，在緬北戰場上認識的！」五郎雙手掩著耳，不願聽，也加快了腳步。

隊伍已來到了檔案室的門口，檔案室主任和幾個工作人員在門口，表示歡迎，原振俠越隊而出，舉著手，高叫道：「請把輕見博士的檔案給我！」

原振俠這樣大聲一叫，所有的人都向他望來，原振俠的花樣多，在學院裏是出名的，幾個女學生充滿興趣地望著他，看他又玩什麼花樣。

井田副教授皺著眉，道：「原君，輕見博士是重傷致死的！」

原振俠大聲回答：「我知道，我想找出重傷致死的原因，也想研究一個人在重傷之後，是不是還可以作最後的努力挽救！」

井田副教授悶哼了一聲，心中已決定了不論原振俠如何寫報告，都不會給他合格的分數。

檔案室主任看到副教授沒有作什麼獨特的表示，也就點了點頭，向原振俠道：「請跟我來！」

原振俠跟在主任的後面，檔案室中，全是一個一個的鋼櫃，其他的同學已經在檔案室職員的帶領之下，各自隨便取了一份檔案，原振俠跟著主任，來到一隻鋼櫃之前，打開了鎖，拉開了一個抽屜來，道：「院長被送到醫院來之際，已經証實，所以只是循例拍了X光片，完全沒有診治的經過！」

原振俠開玩笑似地道：「可能這些X光片也沒有人看過，是不是，誰也不會對死人的X光片感興趣的！」

主任自抽屜中取出一隻大大的牛皮袋來。紙袋上寫著「輕見小劍屍體X光片，共二十張」。主任將紙袋翻了過來，笑道：「看，真的沒有人看過！」

原振俠也注意到了，紙袋的封口上，有著X光室所貼上的薄薄的封條，根據醫院的規則，如果主治醫師或是會診醫師，看過那些X光片的話，要在紙封後面加以說明，簽字，而且封條也不會完整，如今簽名欄中完全是空白的，那就証明沒有人看過。

原振俠將紙袋挾在脅下，抬起頭找到了羽仁五朗，他來到五朗的身邊，道：「剛才我告訴你的事是真的，是我父親告訴我的！」

五朗悄聲道：「你抽了大麻？」原振俠輕輕的打了五朗一下，道：「才不，我可以將詳細的情形告訴你，不過你要請我喝啤酒！」

五朗現出極度疑惑的神情來，看來，原振俠不像是開玩笑。

五朗想了想，雖然上過他無數次當，但是聽他如何胡說八道也很有趣，何況，請他喝啤酒，也很有趣，沒有什麼大的損失，所以他就點了點頭。

井田副教授已經大聲在宣佈：「每個人都有檔案了？先看一下，有問題，儘管提出來。」

原振俠並沒有打開紙袋，仍然將紙袋夾在脅下，東走幾步，西看兩眼，副教授在半小時之後宣布：「列隊回學校，報告明天就要交上來！」

學生鬧哄哄地離開了檔案室，離開了醫院，回到宿舍，原振俠一直沒打開過那紙袋，羽仁五朗很用功，一回到宿舍，就在桌邊，仔細研究他帶回來的那份檔案。

晚上，五朗和原振俠一起到了學校附近的一家小餐館，當侍者斟滿了啤酒，原振俠大大地喝了一口之後，五朗才道：「你可以說說什麼三小時被埋在泥土裏不死的經過了？」

原振俠當然不能再推辭，他已經喝著啤酒，他就開始他的敘述，說得很詳細，但是他說得再詳細，也詳細不過原林中尉在當時事發時所記下的日記。

原林中尉，就是原振俠的父親。

還是來看看原林中尉接下來的日記吧。

四月十八日，陰雨(雨看來永遠不會停止了。)

一天的急行軍，向北推進了三十公里之處，已經決定可以和右翼攻過來的友軍會合了，友軍的炮火聲也可以聽得到了。

勝利在望，心情當然興奮，但是，又見到了輕見小劍，更令人感到一種莫名的、詭異的振奮，那是一種極度奇異的感覺，感到我一生的命運，會因此改變。

在激烈的戰爭中，猛烈無比的炮火之下，幾乎沒有生還者，也沒有俘虜，俘虜只有一個，就是昨天在那樣奇特的情形之下被救出來的那個日本軍官，他的名字是輕見小劍，我第一次聽到他的名字，是他自己講出來的。

昨晚，在擔架抬起之後，例行任務進行之際，我一直不斷地在想，怎麼可能呢？人怎麼可能在這樣的情形之下，還能活著呢？

所以，當任務一完成，回到駐地之際，我就問：「那個日本軍官呢？」一個隊員道：「在，已經將他身上的泥全洗乾淨了，他完全沒有受傷，不過不肯說話！」

隊員一面說，一面指著一個帳幕，我立時向帳幕走去，這時，正下著密密的小雨，我掀開帳幕，先抹去臉上的水，就看到了他，他本來坐在一隻木箱上，只穿一條內褲，樣子看來很可愛，一看到我，就霍地站了起來，道：「輕見小劍上尉，軍醫官，編號一三三四七。」

在他被抬走的時候，我曾經告訴他，他已經是我軍的一個俘虜，他一見到我就這樣報告，那是一個俘虜應該做的事，我揮了揮手，令他坐下，道：「你的名字寫成漢文是——」

他立即俯下身，用手指在地上寫出了「輕見小劍」四個字，即使是在帳幕之中，地上的泥土也是十分濕軟的，要用手指在地上劃出字來，是十分容易的事。

看到泥土的濕軟，我自然而然，想起他被埋在泥土中的事情，一個隊員將對他的初步檢查交給我，任何稍有醫學常識的人，都可以看得出這個人正常，十分健康，我心中有很多疑問，不知如何開始才好，想了一想，才道：「你看來很健康。」

他挺直了身子，道：「是，我一直很健康。」

我又問：「你是在什麼樣的情形之下，才被埋進泥土裏去的？」他的神情很惘然，反問道：「我……被埋進泥土裏？」

我怔了一怔，將我發現他的經過，向他說了一遍，他搖頭，道：「我完全不記得了，當時我正替一個傷兵裹傷，突然間砲彈落下來、爆炸，我就變得什麼也不知道了！」

輕見小劍這樣回答我的問題，聽起來無懈可擊，但是，他是在戰事結束之後三小時才被發現的，這又怎麼解釋呢？

我接過隊員遞過來的聽診筒，輕見順從地俯過身來，我仔細聽了好一會，他的身體完全正常。我只好帶著疑問離去。

回來之後，想了很久，只想到一個可能，決定明天好好去問一問輕見。

四月十九日　陰雨

由於戰爭的進展很快，輕見小劍這個俘虜無法移交給上級，所以仍然留在隊裏，老實說，我也有點私心，想將他留在隊裏久一些，因為在這個人的身上，似乎有著說不出的怪異。

今天一見到他，他又立正，向我報告了一遍他的軍階、編號，我拍了拍他的肩頭，表示友好，同時遞過一支煙給他，在戰場上，香煙是極其奢侈的物品，他表示了極度的感激，一點著，就貪婪地抽著。

我才一開始，就切入正題，道：「輕見上尉，你在濕軟的土中，被埋了至少三小時，只有一隻手露在泥土外面，你知道不知道？」

輕見聽得我這麼說，開始表現出十分疑惑的神情來，道：「這是不可能的，任何人不可能在這樣情形之下還活著。」

我道：「這是絕對的事實，要不是我經過的時候，你露在土外的那隻手，抓住了我的足踝，我根本就不知道有人被埋在土下。」

輕見現出一個十分滑稽的神情來，攤開自己的手，看著，道：「這……好像不很對吧，就算我在土中埋了三小時而不死，我露在土外面的手，怎麼會知道你在旁邊經過？中尉，這好像太古怪了吧？」

我苦笑，道：「這正是我想問你的問題！」

輕見神色怪異，像是在懷疑我這樣說法，是另有目的的，設身處地想一想，如果我是一個俘虜，而對方的長官這樣問我，我也會那樣想。

我把昨天想到的一個可能，向他提出來，道：「請問，你是不是受過特殊的體能鍛鍊？我的意思是，譬如日本忍術中有一種功夫，是對呼吸的極度控制，印度瑜珈術中，也有相類似的的功夫——」

輕見的常識相當豐富，我還沒有講完，他已經道：「中國武術中內功的一項，也有類似的功夫，叫『龜息』，是不是？」

我連連點頭，道：「是，你曾經——」

這是我昨天想到的唯一解釋，忍者的壓制呼吸也好，龜息也好，瑜珈術也好，都能夠使人的體能，得到極度的發揮，這種情形有一個專門名詞，稱之為「超體能」。如果一個人曾受過這方面的訓練，雖然被埋三小時而絲毫未損，仍然事屬怪異，但決不是全無可能的事。

輕見笑了起來，大聲道：「沒有，絕沒有，而且我也不相信我被埋了那麼久，中尉，你和我都是醫生，我們都應該相信現代醫學！」

他反倒教訓起我來了，這真令我有點啼笑皆非，接著我又和他談了一點閒話，他告訴我很多關於他個人的事，他出身在一個很富有的家庭，如果不是戰爭，他早已是一個很成功的醫生了，可是戰爭——

提起戰爭，每一個在戰場上的人，都有不同的牢騷，也不必細述，經過和他詳談之後，雙方之間，算是建立了一種友誼，我是抱著目的的，這個人，一定有他極度與眾不同之處，才會有這種不可能的事發生在他身上。他對我感到親切，可能是因為他是俘虜，希望得到較好待遇？誰知道，反正我一定要繼續不斷地觀察這個人。

四月二十日 晴

天居然放晴了，昨晚在帳幕中，和輕見作了竟夜談。這個人，如果不是敵軍，真可以做好朋友，我們已經約好了，不論他被轉移到何處，都要保持聯絡，他已經相信了自己曾被泥土埋了三小時，我們也決定如果環境許可，將進行共同的研究，研究的課題，就是超體能，這個課題如果能深入研究，人的能力高度發揮，人類的進步會演變成怎樣，真是難以想像！

原振俠喝下了最後一口酒，望著五朗，道：「現在你才明白我為什麼要揀輕見博士來作研究了吧？」

五朗眨著眼，原振俠握著拳，用力揮了一下，道：「他是一個怪人，一個有著超體能的怪人！」

五朗神情駭異，道：「那麼，令尊和博士的研究，後來有沒有——」

原振俠道：「由於種種原因，戰爭結束之後十年，他們才又取得聯繫，當時，輕見小劍已經是日本十分著名的醫生，我父親卻潦倒不堪，住在香港的木屋裏，輕見曾請我父親去過日本，也曾傾談過，但是兩人間的地位相差實在太遠了，共同研究變成了不可能的事，博士曾邀請我父親在醫院服務，或許為了自尊心，父親也拒絕了，一直到父親去世，他們都維持著相當深厚的友誼，但當年的理想，當然無法實現了！」

五朗嘆了一聲，轉動著杯子，原振俠湊近他，道：「父親常向我提起博士的事，我來日本之初，就一直想好好研究他，當參加完他的喪禮之後，當晚，我真想去把他的屍體偷出來詳細地去研究！」

五朗素來知道原振俠膽大妄為，可是也不知道他大膽到這種程度，當場嚇得直跳了起來，搖著手，連話也講不出來。

原振俠卻若無其事，笑道：「你怎麼了，當年在戰場上的事，難道不值得去研究。告訴你，你是我心目中，去偷盜屍體的助手！」

五朗的臉發白，仍然連連搖著手，原振俠高興地大笑著，搭著五朗的肩，一起回到宿舍，原振俠拿起了毛巾，就向浴室走。五朗在聽了原振俠的敘述之後，心中自然也好奇萬分，他順手拿起那裝有X光片的紙袋來，拆開，將一疊X光片抽了出來，才看了第一張，他的臉上，就出現了古怪莫名的神情，臉上的肌肉，在不由自主的抽搐著，終於，他發出了一下極可怕的叫聲：「原！」

原振俠並沒有聽到五朗所發出的那一下可怕的叫聲，首先聽到的，是左右兩間房間的同學，和恰好在走廊中經過的另一個同學。

那個恰好自走廊盡頭處浴室浴罷的同學，突然之間，聽到五朗發出的驚叫聲，由於叫聲聽來是如此可怖，整個人都怔呆了。

在他們怔呆之間，好幾間房間的門打開，有人探出頭來問：「什麼事？什麼事？」

那同學指著五朗宿舍的房門，道：「誰知道五朗在搗什麼鬼？」

（請注意，以下所發生的事，至少有八個人以上，可以証明，所以是絕對的事實。）

就在那同學講了這一句話之後，房間中就傳來了一下沉重的重物墜地聲，一聽到了這下聲響，人人都可以知道房間中有什麼不尋常的事發生了，那同學——他的名字是井上——離房門最近，立時去推門，可是門卻在裏面下了鎖。

一般來說，學校宿舍中的房間，是絕對不下鎖的，尤其當房間裏有人在的時候，而剛才五朗的叫聲自房間中傳出來，証明他在房中。

井上一下子推不開門，就一面拍著門，一面叫：「五朗，發生了什麼事，五朗？」他叫了兩聲，門內沒反應，就開始用力撞門，未能撞開，幾個同學一起用力撞著，舍監也聞訊趕來了。

直到這時候，原振俠才赤著上身，搭著毛巾，從浴室中走了出來，在淋浴過程中，水聲掩蓋了嘈雜的人聲，所以他並不知道發生了什麼事，一出浴室，他看到那麼多人聚集在他房間的門口，有三個同學正在用力撞著門，他呆了一呆忙奔過去，嚷道：「怎麼啦？什麼事？」

各人七嘴八舌，原振俠只弄清楚，五朗忽然叫了一聲，接著有重物墜地的聲音，當井上要推門進去看的時候，門卻在裏面鎖著。

原振俠一面聽著眾人雜亂無章的敘述，一面也參加了撞門，在四個小夥子一齊用力頂撞之下，門終於「嘩啦」一聲，被撞了開來。

原振俠可能由於用的力氣最大，門一撞開，他一時收不住勢子，整個人向前跌了進去。他想站穩身子，可是卻一腳踩在一樣十分滑的東西上，以致整個人向前直撲了出去，跌倒在地上。

原振俠根本沒有機會弄清楚令他滑倒的是什麼東西，他才一仆倒在地，就看到了羽仁五朗。五朗就在他的前面，也倒在地上，臉正對準了原振俠，五朗的臉色煞白，神情充滿了一種極度的詭異，口張得很大。作為一個醫科三年級的學生，原振俠的視線一接觸到五朗的臉，幾乎就立即肯定：五朗已經死了！

原振俠還未曾定過神來，自他的身後，已經響起了幾下驚呼聲，顯然是別人也看到了房間中的情形，因而驚呼了起來。

原振俠來不及起身，立時令側臥著的五朗平臥，抓住他的雙手，進行人工呼吸，另一個同學走過來，用力敲五朗的胸脯，他們全是醫科大學的學生，對於急救，有一定的常識。

原振俠一面進行人工呼吸，一面不斷叫著五朗的名字，他實在不相信，五分鐘之前，還是鮮蹦活跳的一個人，會在突然之際喪生！

可是事實擺在面前，五朗的呼吸停止，心臟不再跳動，瞳孔也開始擴散，他死了！

原振俠十分吃力地站了起來，耳際嗡嗡作響，只是盯著五朗詭異絕倫的臉，心中所想到的只是一點——生和死的界限，竟然是如此脆弱，一下子由生到死，生命就這樣消失無蹤了。

圍在房門外的人越來越多，舍監不准人進房間來，原振俠一直木立著，身子輕微地發抖，他有一種極度的窒息之感，以致呼吸顯得十分急促。

一直到警方人員來到，原振俠才算是恢復了常態，也直到這時，他才弄清楚，他一撞開門，一腳踏進去，令他滑了一跤的，是因為他踩在一疊X光片上面，X光片因為他的一腳而散了開來，正散得房間滿地都是，而由於已有許多人在房中進出，所以所有的X光片上，都留下了清楚的腳印。

刑警一到，例行的工作展開，原振俠也被請了出去，原振俠在走出去之前，想俯身去拾地上的X光片來，一個瘦削、高大，看來十分嚴峻的刑警陡然喝道：「別動，現場已經被你們弄得夠亂的了！」

原振俠一怔，直起身子來，木然走了出去，走廊上全是同學，許多人立時圍了上來，道：「怎麼一回事，原？」

原振俠道：「我也不知道，我離開房間到浴室去的時候，他還是好好的！」這句話，他從第一遍出口之後，以後至少講了二十遍。

在鐵男刑警簡陋的辦公室中，原振俠又說了一遍之後，十分不耐煩，站起來，又坐下，道：「請問，你不斷問我，是什麼意思？」

鐵男點了一支煙——當鐵男和原振俠在一起的時候，鐵男每點了支煙，原振俠就要替他按熄另一支，鐵男不斷地抽煙，而且總是忘了有一支煙擱在煙灰缸上，又去點另一支。

鐵男一面吸煙，一面冷冷地道：「五朗的驗屍報告已經有了！」

原振俠嘆了一聲，這是第二天的晚上了，二十四小時之前，他還和五朗在一起喝啤酒！他道：「那又怎樣？」

鐵男再抽了一口煙：「死因，是由於心臟部分，受到了致命的重擊！」

原振俠直跳起來，嚷：「謀殺？」

鐵男的目光直射向原振俠，神情更是嚴峻，如果不是心中對五朗的死，有著極度的悲哀，原振俠真想大哭起來，但這時，他卻覺得極度的疲倦，他嘆了一聲，道：「將我當作兇手？這太好笑了！」

「一點也不。」鐵男仍然直視對方，「五朗臨死之前，大叫了一聲，叫的，正是你的姓氏。」

原振俠也盯著鐵男，他真想在這個自以為是的警官臉上打一拳，他鎮定地道：「當時我在浴室，我進去的時候，井上同學正自浴室出來，在門口和我相遇！」

鐵男移過一張紙來，紙上是宿舍的平面圖，一條走廊，兩邊是房間，盡頭處是浴室，鐵男的手指在紙上移動道：「井上在這裏遇到你，如果你一進浴室，立即從窗口跳出去，從外面奔向房間的窗口，再跳進房間去，可以趕在井上的前面，因為井上是慢慢地走過來的，那麼——」

原振俠接上去道：「那麼，如果我襲擊五朗的話，井上就剛好來得及在門口聽到五朗叫出我的名字！」

鐵男道：「正是這樣，原振俠君，你承認了吧！」

原振俠再也無法忍受，陡地伸出拳來，重重一拳擊在鐵男的臉上，那一拳，打得鐵男的身子陡地向後一仰，連退了兩步才站定。

原振俠並沒有逃，毆打警官是有罪的，原振俠在鐵男站定之後，雙手伸向前，準備加上手銬，但是鐵男抹著口邊的血，反倒笑了起來：「謝謝你！原君，謝謝你！」

原振俠眨著眼，這時，他真是莫名其妙到了極點。他重重地打了對方一拳，對方反倒一再向他道謝，這是怎麼一回事！鐵男已向前走來，示意原振俠坐下，原振俠順從地坐了下來，鐵男遞給了他一支煙，原振俠拒絕了，鐵男又道：「謝謝你！」

原振俠苦笑，道：「我不明白，謝我什麼？」

「你是唯一的疑兇！」鐵男說：「可是剛才你的行動，已証明了你不是兇手，沒有一個兇手會敢於理直氣壯，感到自己被冤屈而毆打警方的！」

原振俠苦笑道：「對不起，真……對不起……可是你剛才的推論，理論上是可以成立的。」

鐵男搖頭道：「不能成立，因為不但門是自內拴著的，連窗子也是自內拴著的。」

原振俠望著鐵男微腫的臉，本來倒真的感到歉意，但這時心中反倒釋然了，因為既然窗也是自內拴著的，警方就不應該懷疑任何人！但是，如果五朗是死於心臟被嚴重撞擊，那麼，就決不會是自殺！

原振俠感到了事情有極度神秘的成份，他心中的感覺，反映在他的臉上，鐵男道：「你感到事情很不尋常，是不是？所以，你是唯一疑兇的根據雖然脆弱，我也要排除這唯一的可能，這樣，才能和你合作，把五朗君的死因找出來！」

原振俠點了點頭，道：「五朗是我的好朋友，他如果是被人殺死的，我也一定要將兇手繩之於法！」

鐵男道：「對，你和他同房，對他瞭解最深，希望你能把他遇害之前的情形，詳細告訴我，走，我請你喝啤酒去，慢慢說！」

原振俠又一陣難過，道：「昨天這時候，我正和五朗在喝啤酒！」

當原振俠講述了五朗最近兩天的活動之際，夜已經相當深了，原振俠講得極詳細，其中包括了他父親原林中尉的日記，三十多年前的那段奇遇在內。

鐵男十分用心地聽著，很少打岔，等到聽完，他才道：「照你推測，在你離開房間之後，五朗可能做什麼？」

原振俠道：「那一袋X光片全散落在地上，五朗可能一時好奇，拆開了紙袋，看X光片。」

鐵男道：「X光片不會殺人，即使是一疊十九張！」

原振俠道：「不，二十張！」

鐵男陡地站了起來，又坐下，道：「那就是少了一張！」

第二部：一幅神秘的白綾

少了一張X光片！是的，警方人員在屍體被抬走之後，整理現場，從地上拾起X光片來，一共是十九張，雖然鐵男注意到紙袋上寫的是二十張，但是也並不在意，直到這時，才感到了突兀。

原振俠道：「不會有人把X光片拿走的，那是絕對沒有用的東西！」

鐵男道：「照你說的，那是輕見小劍博士的X光片！」

原振俠道：「是的，在拍攝這些X光片的時候，博士已經死了！」

鐵男又道：「會不會原來就只有十九張？」

「那可以問X光師，很容易弄明白，因為這些X光片，沖出來之後，沒有人動過！」這是原振俠的回答。

鐵男站了起來，道：「走，再到我辦公室去！」

「絕對是二十張，我記憶不會錯，要翻查記錄的話，明天可以到醫院來查記錄！」輕見醫院的X光師，在電話中，十分肯定的回答著。

電話是接駁在一具小型擴音器上的，所以在旁邊的原振俠，也可以清楚聽到對方的話，這時，原振俠正在檢查那十九張X光片，他已有足夠的醫學知識去辨認那些照片，而且很快就發現，少了的一張，是頭部的照片。原振俠自鐵男的手中接過電話來。

「請問，」原振俠對著電話：「你是不是記得，曾拍攝過博士的頭部？」

「當然有！」對方回答，「首先拍攝頭部，然後才是身體各部位，這是程序，而我是依程序做的！」

鐵男和原振俠互望了一眼，原振俠道了謝，放下電話，鐵男的神情看來十分迷惘，來回踱了幾步，用力揮了一下手。

「假設，」他望著原振俠，用一種聽來十分強調的語氣：「假設五朗當時，因為好奇，而去拆開封袋，看X光片，他為什麼忽然會叫你的名字？」

原振俠伸手在自己的臉上，抹了一下，道：「他知道我不在房間裏，而他又叫得很大聲，最大的可能是他在X光片中發現了十分怪異的情形，所以想叫我來看。」

「可是接著，他就死了，少了一張X光片。」鐵男繼續分析。

原振俠道：「所以，可以推測到，不見了的一張，一定就是令他感到怪異而出聲呼叫的那一張！」

鐵男苦笑：「有什麼怪異之處呢？」

如今不見了的那一張X光片，是輕見博士的頭部，或者精確一點說，是輕見博士遺體的頭部，照說，這張X光片，絕不應有什麼怪異之處，原振俠的眉心打著結，鐵男苦笑了一下，道：「五朗是被殺的，毫無疑問，兇手是如何下手的？」

原振俠跟著苦笑，道：「你是警務人員，追查兇手，你有你的方法，但是我的方法，和你不同，我要從事件的開始追查！」

鐵男顯然弄不明白原振俠這樣說是什麼意思，他眨著眼，點著了一支煙，放下，又點著另一支，原振俠在這時，按住了他的手，道：「我們剛才的推理，可以成立，也就是說，事情是由那張失蹤了的X光片引起的！」

鐵男點著頭，表示同意，原振俠把聲音壓得十分低：「肯定了這是導致五朗死亡的主因，就必須追查這張X光片，究竟有什麼值得五朗發出驚呼聲之處？」

鐵男又點著頭，原振俠笑了一下，道：「這就像解方程式的步驟一樣，先要假設一個未知數，我們的未知數，就是那張頭部照片的秘密。」

鐵男有點不耐煩：「你說來說去，都沒有用，房間已經經過徹底的檢查，照片又不是細小到難以尋找的東西，如果在，一定找得到，不在，就一定是兇手帶走了！」

原振俠道：「這就是我的論點，照片失蹤了，也不會有另外一張照片存底，因爲當時拍下那些照片，本來就是僅供參考用的，拍攝了之後，也沒有人看過——」他講到這裏，略頓一頓，聲音聽來變得很神秘：「可是，供拍照的原物還在！」

鐵男陡地震動了一下，手指間的香煙，幾乎也跌了下來，他盯著原振俠，想在對方那種近乎惡作劇的頑皮神情中，捉摸到他這句話的真正用意，然後，他深深吸了一口煙，道：「原物，就是輕見博士的遺體！」

原振俠道：「是，要知道是什麼令得五朗突然高叫我的名字，要知道五朗在那張X光片上發現了什麼，不必多費腦筋，只要將輕見博士的遺體掘起來——」

他的話還沒有說完，鐵男已叫了起來：「住口！」鐵男甚至不由自主喘氣：「住口！」他再一次重複：「你可以回去了，警方自然會作進一步的調查！」

原振俠沒有再說什麼，轉身就走，到了門口，他才道：「如果你的調查，沒有進展，不妨考慮我的提議！」

鐵男揮著手，像是再也不願意見到原振俠，原振俠道：「我的想法，聽來很狂野，但卻是最實際的！」

鐵男轉過身去，不再看原振俠一眼，原振俠只好聳了聳肩，離開了警局，他一個人在路邊慢慢走著，心中不明白何以鐵男不接受他的提議，這是最直接的方法，可以弄明白何以五朗會在看X光片之際，突然發出驚呼聲！

鐵男其實何嘗不明白那是最直接的方法，但只是憑著推理，而要將輕見博士這樣有地位、受到尊敬的學者的遺體掘出來，這種提議，若是向上級提出來，只怕明天他就會變成交通警察，站在紅綠燈下，指點行人怎樣過馬路了！

所以鐵男最自然的反應，便是立即拒絕原振俠的提議，同時，他自己也知道自己性格上的弱點，原振俠若是再說下去，他說不定就會接受，這是他立即將原振俠趕出去的原因。

原振俠走了之後，他坐了下來，思索著五朗的神秘死亡，這是超乎尋常的一種謀殺，從種種跡象看來，幾乎不是人力所能完成的。

而且，謀殺的動機是什麼呢？鐵男陷入了苦苦的思索之中，得不到絲毫結論。

原振俠躺在宿舍的房間之中，自從命案發生之後，有不少膽小的同學，都不敢再在宿舍中住，原振俠的那間房間，也始終只有他一個人，他望著原來屬於五朗的床鋪，心中有說不出來的難過，他自己作了不少設想，想像五朗遇害的情形，結果也不得不同意鐵男所下的結論，這幾乎不是人力所能完成的謀殺，五朗的死，一定包含著極大的隱密，而隱密之始，就是那張始終下落不明的X光片。

當晚被鐵男趕走之後，接連好幾天，每天一定的時候，原振俠總要打電話給鐵男，問他調查的進展，最後，提出他的提議，在第十五天晚上，他的提議打動了鐵男的心，作為一個警官，鐵男知道向上級提出，要公開挖掘輕見博士的屍體，是沒有希望的，所以，他竟然同意了和原振俠去私掘輕見博士的屍體。

提議要挖掘輕見的屍體是一件事，真正實際要去做，又是另一件事，原振俠得到了鐵男的允許之後，心情有說不出的緊張，整個下午，他都在蘭春館中查閱有關法律的書，看看私掘屍體，如果東窗事發，會犯什麼罪，他發現他自己還好，作為刑警的鐵男，如果事情發作，卻會惹來天大的麻煩。

原振俠幾乎想要放棄了，或者他自己單獨去進行，但是反倒是鐵男拒絕了他，鐵男道：「既然肯定了只有這樣做，才能探明事實的真相，那就應該毫不猶豫這樣去做！」

原振俠反倒變得無法放棄了，鐵男答應準備一切應用工具，而他們就在今夜，要出發去挖掘輕見博士的墳墓，對於挖掘輕見遺體這一點，原振俠是早已懷著這個秘密願望的了，他當時的目的是想研究一下，何以在多年以前，在緬甸北部的戰場上，輕見小劍會被埋在濕軟的泥土中好幾個小時而不死，即使是魚，能用腮在水中獲得氧氣，也無法在濕土中得到氧氣的。

是不是因為自己一直有著這個秘密願望，所以才慫恿鐵男去掘墓的？原振俠自己問著，因爲如果是這樣的話，出發點就很卑鄙，但是他的答案是否定的，真正是爲了查明五朗的死因！

他看了看時間，約定的時間快到了，他推開了床鋪，來到五朗的舖前，喃喃說了幾句話，希望死後的五朗，會有某種力量，使他能找到死亡的真相。去挖掘墳墓，畢竟是一件充滿神秘和罪惡感的事，以致一直自詡是科學家的原振俠，也要在心靈上獲取某種不可測的力量的支持。

然後，他離開了房間，穿過走廊，輕輕打開門，免得驚醒其他人，閃身出了門，奔過了一片空地，迅速地爬上圍牆，躍下，在約定的地點等著，他等了不到五分鐘，就看到一輛車子駛過來，他奔向前，車子停下，駕車的是鐵男。

原振俠上了車，坐在鐵男的旁邊，兩人互望著，都不說話，然後，兩人一起開口，道：「如果你想退出的話——」他們講到一半，便住了口，兩人都勸對方考慮退縮，那就表示他們自己，完全沒有退縮的意思。

鐵男駕著車，那是一輛相當舊的車子，行駛之際，發出殘舊機器的聲響。

墳地所在，原振俠是知道的，一年之前，當輕見博士落葬之際，原振俠是送殯的學生代表之一，一個月之前，他還曾去墓前獻過花。

經過將近三小時的車程，到達墳地，是凌晨三時，他們原來的計畫是，一小時的挖掘，就可以盜得屍體，將屍體載回去，拍攝X光片，第二天晚上再送回來，只要一切順利，就不會有人知道，而他們則可以知道輕見頭部X光片，究竟有什麼地方會令得五朗發出驚呼聲。

凌晨三時，在野外的墳場裏，寂靜無聲，氣氛說不出的詭異，車子停在距離墳場約有兩百公尺處，鐵男打開行李箱，取出了一些工具，自嘲似地說：「我並沒有偷屍體的經驗，你有嗎？」

原振俠苦笑著：「我也沒有，只是聽說，早年的醫科學生，由於沒有足夠的屍體供解剖用，他們倒是時時要偷取屍體的！不過……偷的對象，大多數是葬得十分草率的屍體。」

鐵男悶哼一聲，道：「別告訴我博士的屍體是埋在一座建築堅固的金字塔中！」

原振俠忙道：「不，不，我是看著他下葬的，只要撬起兩塊石板，再掘下去大約一公尺，就可以見到棺材──」

由於心中的緊張，原振俠在將一柄鐵鏟夾在脅下，和鐵男一起向前走之際，又道：「你知道不？博士不是第一次被埋在土中！」

鐵男一時之間，不明白原振俠這樣說是什麼意思，他們一拿了工具就往前走，已經進入了墳場的範圍之內，由於心情的緊張，鐵男也沒有再追問，他們帶著手電筒，可是不敢著亮，墳場並沒有人看守，但是他們怕鄰近的路上，有人走過，會來察看。

還好月色頗為明亮，不多久，他們已來到了輕見博士的墳前。博士的生前，雖然十分烜赫，可是他的墳墓卻很簡單。即將挖掘屍體，而且是非法的挖掘，這一點，令得他們兩人的心中都十分緊張，以致誰也不想講話，一到了墳前，原振俠作了一個手勢，鐵男向墳墓看了一眼，再抬起頭來，神情變得出奇的驚異。

原振俠一怔，也向墳墓看去，同樣地感到怔呆。

輕見博士的墳墓，並沒有拱起，而是西洋式的埋葬法──這個墳場中所有的墳，全是一樣的，在墳地的範圍內，是平鋪著的石板，每一塊石板的面積，大約是一平方公尺，略呈長方形總共有九塊這樣大小的石塊，在石塊的範圍後面，是花崗石砌成的半圓形「圍牆」，中間部分突起，高約一百五十公分，上面刻著輕見博士的簡略生平，在文字之上，是博士的遺像，是照片燒在瓷板上，又嵌進石中的，一切，都是一個普通的墳，並沒有什麼特異之處。

而這時，令得他們兩個準備盜掘屍體的人，感到訝異震驚的是，他們看到中間一行，三塊石板旁邊的隙縫中，並沒有野草生長，而且泥土十分鬆動。

下葬了一年之久，石板和石板之間的隙縫，是早已長滿了野草的了。

除了中間那一行三塊石板之外，其餘石板旁的隙縫，仍然長滿了野草，這種情形，一望而知，近期間，有人撬動過這三塊石板。

正中一行的三塊石板下面，埋著棺木，撬動這三塊石板的目的是為什麼，實在再也明白不過！

原振俠和鐵男互望著，過了好一會，原振俠才用沙啞的聲音道：「看來，我們來遲了，已經有人——」

他講了一半，便沒有再講下去，而喉際發出「咯」的一聲，吞下了一口口水，他吞口水，倒並不是因為驚恐，而是由於一種極度的詭異之感。他們來，是為了盜取博士的遺體，別人來，目的是為什麼？博士的遺體，除了他們之外，不應該對任何人再有用處！

然而，就在他們想到這一點之際，他們也同時想到了另一點：那兇手！

這是他們許多項假設兇手殺害五朗的動機之一：如果因為五朗發現了博士頭部的X光片

中，包含著某種秘密，兇手爲了不讓秘密洩露，就有殺人的動機。

然而這個推測，被許多不可能的因素所否定，最簡單的一個因素是：兇手必須當時在場，而當時，房中卻只有死者一個人。

而如今，博士的墳顯然在最近被人動過，是不是想保守秘密的人，也和他們一樣，想到了X光片雖然不在了，但是在屍體中一樣可以找到答案，所以先一步下手了？

這是他們兩人共同的想法，而原振俠自己有更狂野的想法，他曾對五朗開玩笑似地說過，博士可以埋在濕土中幾小時而仍然活著，可能在棺木中的他……那麼，是不是他自己推開了石板「走」出來了呢？

一想到這一點，原振俠感到一股寒意，鐵男搓著手，道：「開始吧！」

原振俠沒有說什麼，兩人合力，很快就撬鬆了石板，將中間一行三塊石板一起搬開之後，泥土濕軟，他們小心地將泥土鏟起來，堆成一堆，以待事完之後，再鏟回去，約莫半小時之後，鏟向下挖，已經可以瞧到棺蓋，再十分鐘後，整個棺蓋已暴露在月光下，兩人都跳了下去，撥開泥土，摸到了棺蓋上螺絲的地方，本來他們預期要動用一定的工具，才能弄鬆螺絲的，可是當他們摸到螺絲之後，發覺螺絲十分鬆動，全然不像是埋在土中一年的樣子！

原振俠吸了一口氣，喃喃道：「看來像是最近才開啓過……」

鐵男發出了一下近乎呻吟的聲音，算是回答。由於螺絲鬆動，所以兩人很快就鬆開了所有螺絲。事情到了這一地步，只要合力一抬，棺蓋就可以掀起來了，可是他們兩人，都像是喪失了勇氣一樣。鐵男忽然道：「照你看，什麼人會打開這個棺蓋？」

原振俠苦笑一下，道：「現在……好像不是討論這個問題的適當時刻？」

鐵男望著棺蓋，口中喃喃地說了一些祝辭，是在祈求輕見博士能原諒他來驚動遺體。原振俠為了壯膽，大聲道：「來吧！」可是他卻自己被自己的聲音嚇了一大跳，連伸出了的雙手，也有點不由自主在發抖。

鐵男用力點了一下頭，表示決心。本來就是，已經掘到了棺材，沒有道理放棄的，兩人摸到了棺蓋的邊沿，用力將棺蓋移到一邊。

棺蓋移開之後，出乎他們的意料之外，並沒有立時看到輕見博士的屍體，而看到一幅白色的綾子，蓋在屍體之上。鐵男向原振俠望去，原振俠立時道：「沒有這幅白綾，我是看著博士入殮的，真的，沒有這幅白綾！」

棺蓋已經打開了，要揭開這幅白綾，應該是更容易的事，他們兩人，也都抓住了白綾的一角，可是在他們的感覺上，那幅白綾，像是有好幾百斤重一樣。氣氛實在太詭異了，以致鐵男首先提了出來，道：「我看……算了吧！」

是原振俠提議和竭力促成的事，但這時，他居然連想都不想，便立即同意了鐵男的提議，也道：「算了吧！」

當兩人同意放棄後，像是放下了心頭的一塊大石頭一樣，動作也快了起來，一起又抬過棺蓋來，準備蓋上去，如果蓋上棺蓋，他們大約只需要二十分鐘，就可以鏟開泥土，鋪上石板，令得一切恢復原狀了。可是就在這時，原振俠的一隻腳，本來是踏在棺木邊上的，這時，可能是由於抬起了棺蓋，手上承了重量，令得他失去了重心，踏在棺木邊上的腳向下一滑，滑進了棺木之中。

原振俠「啊」的一聲，他腳踏下去的地方，應該是棺木中死者的頭部，這樣一腳踏下去，死者不會損失什麼，但對原振俠來說，總不是十分好，偏偏他又收不住勢子，不但踏了下去，而且還十分重，而當他一腳踏了下去之際，他整個人都呆住了！白綾被踏得凹了下去，應該是人頭的地方，根本沒有頭，原振俠的一腳，踏到了棺底。

不但原振俠呆住了，連在一旁的鐵男，也看出了這一點，兩個人的身子，都不由自主地發著抖。

第三部：美艷絕倫的女郎

他們不知道抖了多久，棺蓋的份量相當重，他們也不覺得手酸，事實上他們兩人的全身都僵硬了，還是原振俠先開口：「屍體……屍體的頭部……好像……不在它應該在的……位置。」

他要十分艱難，才能講出這句措詞比較不那麼恐怖的話來，在如今這樣的情形下，如果他直接地說「屍體的頭不在了」，只怕他自己也受不了。

鐵男道：「可能……可能屍體……收縮……以致縮短了，所以……」

鐵男說了一半，因為連他自己也覺得這樣的說法靠不住。

在這一剎間，他們兩人又有了共同的決定，所以他們的行動也是一致，他們又將棺蓋移過一邊，原振俠慢慢地縮回腳來。

本來，他們已經準備放棄了，不再對博士的遺體有興趣，但這時，他們變得欲罷不能，因為在這樣的情形下，他們放棄的話，棺木中的屍體是不是有頭在，可能困擾他們一輩子，倒不如不論情形如何駭人，弄個明白的好。

一移下了棺蓋，他們再不猶豫，就揭開了那幅白綾，而白綾一被移開，鐵男和原振俠幾乎昏了過去，他們的視線越是想移開去，但越是不能移動，只是死盯著棺木之中輕見博士的屍體。

那是一種令得全身每一細胞都為之僵硬，每一滴血都為之凝結的恐懼：他們看到的博士的屍體，仍然穿著入殮時的大禮服，躺在棺木之中，可是他的頭部，齊口以上，卻並不存在！

作為一個醫學院的三年級學生，和一個有經驗的刑警，原振俠和鐵男兩人，一眼就可以看出來，輕見博士遺體不見了的頭部，是被人用一種並不算是鋒利的工具，粗暴地切割下來，甚至可以說，是硬砍下來的！

躺在棺材之中的是一具無頭屍體！不！比無頭屍體更可怕，自口部以下的還在，而大半個頭卻不見了！

他們兩個人，不知道是誰，首先發出了一下驚呼聲，不論是誰發出的驚呼聲，聽來都像是從一個很遙遠的地方傳過來的一樣，然後，他們兩人的身子倒向後，背靠在濕軟的泥土上，手握著的白綾，落了下來，又自然而然地覆蓋住博士的遺體。

他們都喘著氣，甚至互相之間，沒有勇氣互望，那情景太可怖了！而就在這時，突然之間，有兩股強光，自遠處向他們疾射了過來。

月色雖然相當明亮，但比起那兩股強光，遜色多了，兩股強烈的光芒，射得他們一時之間，連眼也睜不開。他們本能地用手遮向強光的來源，剛來得及弄清楚強光的來源，是來自一輛汽車的車頭燈時，一個女子的呼喊聲已傳了過來，道：「你們，你們兩個，都站住了別動！」

他們都看到，隨著呼喊聲，那輛車子的車門打開，有一個女子走出車外，由於強光一直照射著他們，所以他們只能看出那女子的身材很高，很苗條，像是留著垂直而長的頭髮，其他全看不清楚。

原振俠和鐵男都不由自主苦笑起來，他們才看到了棺木之中那麼可怕的情景，如今，看來又被人當作盜墳賊了，鐵男的反應來得比較快，他仍然用手遮著光，道：「別誤會，我是刑警！」

那女子像是呆了一呆，向前走來，一面仍然以聽來相當權威的聲音：「你是刑警？將你的証件拋過來！」

鐵男吸了一口氣，放下手，對方看來不像有武器在威脅，他實在沒有理由要聽從對方的命令。他放下手之後，已經將証件取了出來，道：「這是我的証件，我們是在……執行任務，你先將車燈熄掉！」

他一面說著，一面已經從挖掘出來的土坑之中，跳了出來，向那女子走去，原振俠也採取了同樣的行動，不過當他離開土坑之前，先將棺蓋合上，而當他跳出土坑之際，已聽見了那女子在道：「對不起，原來你真是警方人員，我還以爲你是盜墓賊！」

他也聽到鐵男在反問：「小姐，請問在這時候，你到墳場來幹什麼？」

原振俠離開了土坑，也離開了車燈直射的範圍，他已經可以看清那個突然出現的女子的相貌。那是一個充滿現代感的年輕女性，約莫二十二、三歲，髮長及腰，衣著十分時髦，身材很高，皮膚黝黑健康，眼睛很大，口看來闊了些，但嘴唇的線條透著她個性的倔強，鼻子很高，臉上的神情，是一種掩飾哀傷的憂鬱。

她這時正在回答鐵男的問題，道：「我來先父的墳前，放一束花！」她的神情仍有著疑惑：「警方需要在半夜執行開棺的任務？」

鐵男多少有點尷尬，但他顯然不想多和這位女子談下去，他冷冷地道：「這是警方的事！」講完之後，他就轉回身來，向原振俠作了一個手勢，原振俠明白他的意思，是希望事情快點結束，是以他立時拿起鐵鏟來。

鐵男也拿起了鐵鏟，兩人迅速而努力地將掘起的泥土，鏟回坑中去。這時，他們兩人心中所想的全是一樣的事：輕見博士遺體頭部的X光片，隨著五朗的死亡而失蹤，以為可以在博士的遺體中，發現博士頭部究竟有什麼秘密，可是，博士遺體的頭部也不見了，而且是如此恐怖的不見！

由此足可以証明，輕見小劍博士的頭部，一定有著某種秘密，不但如此，也一定有某些人，不想這個秘密洩露，所以才會有這種莫名其妙的事發生。

原振俠這時，心緒極其苦澀，他在想：如果不是自己將博士遺體的X光片自醫院檔案室中找出來，只怕不會有這些事發生了？但如今，這些事已經發生，他已深深地陷了進去，只怕以後的一生，都會受影響！

他一面用力鏟著泥，同時也迅速地運用他現代科學的頭腦，想判斷已發生了的事，究竟是屬於什麼性質，可是卻一點結果也沒有。

令得他們兩人感到極不舒服，而且神情緊張的是：那女郎一直在旁邊，看著他們鏟土，像是在監視他們的行動一樣，只是在他們開始之後不久，走開了幾步，看了看墓碑——發出了「啊」的一下低呼聲，然後，就一直離他們很近。鐵男的身上在冒汗，一方面是由於體力的支出，一方面也由於心情的緊張：他的行動是非法的！這時，他已沒有空暇去思考事情的詭異，而更多地在想：那女郎還不離開，要是她尋根問底起來，那將令自己遭到極度的麻煩，他後悔何以自己會跟著原振俠來做這件事，以致他不由自主，狠狠瞪了原振俠幾眼。

他們都想快點離開這裏，所以動作十分快，當他們踏平泥土，又將那三塊石板鋪上去之後，他們才直起身子，那女郎仍然站在一旁。

鐵男由於心怯，反倒感到了惱怒，道：「深更半夜，墳場並不是一個單身女性適宜久留的地方！」

那女郎的神情，看來仍然很倔強，極有主見的樣子，道：「請問，警方近來是不是常有類似的行動？」她說著，指了指才鋪好的地板，原振俠正在將石板上的泥土踢到一邊去！

鐵男悶哼一聲，並沒有回答，那女郎又向較遠的黑暗處指了一指，道：「先父的墳，看起來，好像也在最近被弄開過的樣子！」

鐵男和原振俠都怔了一怔，這又是一件很奇怪的事，但他們都只想快點離開，所以並沒有答腔。

原振俠將鐵鏟提了起來，向前走去，經過那女郎身邊的時候，道：「快回家去吧！」

當他大步走向前，那女郎在他背後之際，他彷彿還感到她銳利的目光，正盯著他，那令他感到極度的不自在，而加快了腳步。鐵男顯然也有同樣的感覺，以致他們兩個人幾乎像逃命一樣上了車，將工具拋進行李箱中，鐵男迫不急待地發動車子，原振俠上了車，車子一刻也不停留，向前疾駛而去。

當車子駛開去的時候，原振俠回頭望了一眼，他看見那個女郎，挺立在輕見博士的墳前，一動也不動，在月色下看來，有一股怪異莫名之感，原振俠心中只想到一點，這個女郎真大膽！

車子一直駛出了好遠，兩個人都不講話，還是鐵男先打破難堪的沉寂，道：「有人將博士遺體的大半個頭，砍了下來！」

原振俠吞了一口口水，道：「是的，看來，目的是為了使某種秘密不致洩露！」

鐵男苦笑：「博士的頭部，會有什麼秘密？」

原振俠吸了一口氣，道：「我想你不必再去想這個問題了——」他頓了一頓：「你不覺得，像是有一個極其神秘的力量，在阻止某些事情的揭露，這種神秘的力量，甚至是不擇手段的，包括五朗的死，博士遺體的毀壞！」

原振俠在講到這裏時，連他自己也不由自主，感到了一股寒意，鐵男的臉，也變得煞白，過了好一會兒，他才慢慢地道：「不追究下去了？」

原振俠並不是遇事輕易放棄的人，對於輕見博士早年的異事，他從小就聽他父親提起過，一直抱著極度的好奇，但是，如何追究下去呢？

原振俠並沒有回答，這表示他心中極不願意放棄追究，鐵男也沒有再說什麼，將原振俠送到學校的牆邊，看著原振俠攀牆進去，才又離開。

原振俠回到房間之後，倒頭便睡，雖然他無論如何睡不著，但是他只想睡，接下來的幾天，他沒有和鐵男作任何聯絡。

一直到第五天。

原振俠在房間中發怔，剛在晚膳之後，門外傳來了幾個同學的叫聲：「原，有人來找你！」「是一個十分美麗的年輕女郎！」接著，敲門聲，門被打開，兩個同學探頭進來，笑嘻嘻地望著原振俠。

原振俠「呸」地一聲，道：「別胡說，我不認識什麼漂亮的年輕女郎。」兩個同學想分辯，舍監瘦長的身形已經出現在門口，舍監的臉色相當難看，聲音也很乾澀，道：「原君，你有訪客！一般來說，學校宿舍並不歡迎女性來訪，你到會客室去見客人吧！」

原振俠站了起來，舍監是不會開玩笑的，是誰來探訪自己？他一面向舍監道謝，一面向會客室走去，會客室在走廊的另一端，方向恰好和浴室相反，陳設簡陋，當原振俠推門進去之際，首先看到一雙修長均勻的大腿，裹在一條淺紫色的裙子之中，裙子由一條同色的，相當寬的腰帶繫著，腰肢細而婀娜，就在腰際，已經看到了長髮的髮稍，原振俠心中「啊」的一聲，是她！

那時，女郎也放上了原來遮住她上半身的報紙，明亮的眼睛，向原振俠望來，那種眼神，如果不是帶著幾分淩厲，倒是很明麗動人的。

原振俠感到極度的意外，幾天前在墳場上見過的女郎，怎會找上門來？他立即感到對方一定十分難以對付，所以他採取了十分謹慎的態度，而由於宿舍中可能不常有這一類型訪客之故，在門外，傳來了同學們陣陣嘻笑聲，令原振俠感到更不自在。

那女郎先開口，道：「這裏好像並不適合長談，是不是要另外找一個地方？」

原振俠道：「有長談的必要嗎？」

「有！」那女郎的聲音堅定而低：「我已經知道，你和那個刑警那天晚上的行動是非法的！」

原振俠心陡地一跳，攤開了雙手，道：「我是一個窮學生，沒有什麼可以被敲詐的！」

女郎揚了揚眉，現出責難的神情，道：「爲什麼要對我存在敵對的態度？我只是想知道你們爲什麼要去開棺，看看是不是和我心中的一個疑問有幫助！」

原振俠一時之間，弄不明白對方這樣說是什麼意思，但是他卻知道，長談是逃避不了的，在他猶豫間，那女郎已伸出手來，道：「我的名字是黃絹，想不到吧，我們都是中國人！」

由於對方的日語如此流利，原振俠的確未曾想到她會是中國人，他道：「這裏附近有一個小咖啡館——」

黃絹的語氣，始終帶有幾分命令的意味：「那還等什麼？」說著，她就向外走去，原振俠沒有考慮的餘地，只好跟了出去。

小咖啡館中十分幽靜，坐下來之後，剛才離開時，同學此起彼落的口哨聲，還在耳際響著。就著幽暗的燈光，原振俠打量了一下黃絹，不得不承認她是一個極有吸引力的異性。

女侍送來了咖啡，退了下去，黃絹用湯匙緩緩攪動著咖啡，道：「我從小就移民到法國去，先父的名字是黃應駒，我想你聽說過？」

原振俠「啊」地一聲，不由自主，帶著肅然起敬的姿態，站了起來，身子站得筆直，然後又坐了下來，道：「當然，黃教授是世界上少數的腦科權威之一，他的著作是我們的教科書，難怪你的日語流利。黃教授在當東京帝大教授的那幾年，你一定也在日本！」

「是的，很快樂的童年和少年，先父很喜歡日本，所以他死了之後，不願葬在法國，要葬在日本，這便是我爲什麼會在墳場出現的原因。」黃絹喝了一口咖啡，「我本身，在巴黎負責一個小型的藝術品陳列館。」

原振俠對藝術品所知不是太多，他也無意去討論，他問道：「你說心中有一個疑問？」

黃絹皺起了眉，道：「輕見博士，是大約一年之前，撞車死的？」

原振俠點了點頭，示意黃絹略停一停，他轉身向女侍要了一包煙，點著，深深吸了一口。關於輕見博士，他的好奇，是有來由的，可是黃絹爲什麼也對博士的死表示關切呢？他用詢問的目光，望著對方。黃絹道：「我不知道應該怎樣開始才好，或許，該從卡爾斯將軍的頭痛症開始。」

原振俠又呆了一呆，黃絹的話，實在來得太突然了，卡爾斯將軍？這名字倒很熟，但是一時之間，卻又想不起是什麼人來，原振俠不表示贊成或反對，只是道：「那和我有什麼關係？」

黃絹蹙著眉，道：「很難講，我推測和你的行動有關，我查過報紙，有一位叫羽仁五朗的學生，離奇斃命，是不是？」原振俠點了點頭，黃絹道：「那麼，你就得聽我從頭到尾的敘述，請維持耐心，因爲說來話長！」

原振俠又點了點頭。

卡爾斯將軍的名字，原振俠乍聽之下，只覺得熟悉，其實，那是由於話題轉得太突兀之故，只要略作解釋，稍具國際常識的人，一定知道他是什麼人。

卡爾斯將軍，是西北非洲一個小國的元首，這個小國家十分窮，但是有豐富的鈾礦和鑽石礦，所以作爲絕對軍事獨裁，使用一切恐怖手段來統治的卡爾斯將軍而言，有足夠的金錢，供其揮霍。卡爾斯將軍最大的興趣，是想將他那一套獨裁方法，傳播到全世界去，而他又慣於玩弄政治手法，取得東西兩大陣營不同程度的支持。在他自己的心目中，他認爲自己是未來世界的領袖，這一點，可以從他辦公室中，辦公桌後面那幅巨大的肖像畫上得到証明。

卡爾斯統治的國家，曾經是法國殖民地，卡爾斯將軍的辦公室，佈置得比法國凡爾賽宮的全盛時期，還要奢華；在巨大的，每一個轉角處，都包上閃亮金片的辦公桌後，那幅巨大的卡爾斯將軍全副武裝的肖像畫，高達七公尺，神情威武，而肖像畫的背景，是淡淡的世界地圖，這表示將軍有使自己成爲世界巨人的野心。

那天早上，卡爾斯和往日一樣，由一條秘密的通道，進入他的辦公室，他的幾個得力助手，已經在辦公室外候見，將軍一在辦公桌後坐下來，就習慣地轉動椅子，轉向他自己的畫像，然後，反手按動對講機，召喚他的手下進來，所以，當那幾個有著部長頭銜的手下進辦公室之際，只能看到將軍的背影。

將軍並不轉回身來，只是下達命令，包括向蘇聯和美國要更多的軍火，加緊訓練恐怖行動的人員，並對付他所不喜歡的鄰近國家。接到命令的有關人員都退了開去，最後只剩下一個白種人——羅惠，他在這個國家的名義是最高顧問。

卡爾斯將軍在這時才轉動椅子，面對著羅惠，他的左邊臉頰，在不由自主地抽動，口也有點歪，樣子看來很令人產生一種恐怖感，他用一種尖銳的聲音道：「你安排得怎麼樣了？」他用手敲著自己的右邊的頭：「該死的頭痛，越來越厲害了！」

羅惠也看得出，那「該死的頭痛」是如何在折磨著卡爾斯將軍，令得他脾氣暴躁，上個月曾經一次下令處死了五十個他的反對者。

這時，羅惠必須小心回答，雖然他實際身份，是將軍麾下一支最強的雇傭兵團的組織者，但也不敢輕易得罪這個獨裁者，他道：「一切全安排好了，只等將軍決定行期，最好的腦科醫生會集中在巴黎，替你做詳細的檢查。」

「行期！」將軍怒吼起來，拳頭敲著桌子：「叫他們來！叫全世界的腦科醫生來！」

羅惠的心中，暗罵了一聲「無知的蠢驢」，但是表面上，他卻維持著對將軍的尊敬，當然一大半是看在每年高達五百萬美元的「顧問費」上，羅惠在二十年前，還只不過是一個國際間的亡命之徒，而兩年前，他曾代表卡爾斯將軍，出席過聯合國。

他道：「將軍，請腦科醫生來，問題不大，但是那些精密儀器，卻沒有可能從瑞士或巴黎的醫院中拆下來，所以，醫院方面的意見——」

將軍再次怒吼：「別理會醫院的意見，敵人正希望我離開自己的國家，好對我不利！」

羅惠攤了攤手，道：「我們國家的醫療儀器不夠，單是醫生來，作用不大！」

將軍的手指直伸到羅惠的面前，吼道：「作用不大，比沒有作用好，小心我將你這個高級顧問貶職，貶你替我駕車！」

這種威脅，羅惠顯然不是第一次聽到，他只是聳了聳肩，然後，盡他可能，去執行卡爾斯將軍的命令。

「所以，我父親就從巴黎到了卡爾斯的那個國家！」黃絹的神情有點憂鬱。

原振俠用一種不明白的神情望著她，黃絹不等原振俠開口，就道：「是的，我父親可以完全不受那個將軍的威脅，也不貪圖金錢，但是當羅惠來對他一提起時，他立即就答應了，當我知道了他的決定之後，當晚，我曾和他，在他的書房中，談及這一問題。」

黃絹略頓了一頓，望著原振俠，原振俠始終覺得這位美麗的少女，眼神中有著一股挑戰的意味，這和他的性格很相合，黃絹道：「你想不想聽我們交談的經過？」

原振俠又點著了一支煙，其實他並不是想抽煙，只是他覺得下意識中，要在黃絹的面前，裝得更成熟一些，他道：「當然想聽黃教授爲什麼肯去醫治那個混蛋將軍的原因，請說。」

黃絹笑了起來。「混蛋將軍」，那正是那天晚上，她對卡爾斯將軍的稱呼！

「爸！」黃絹的聲音相當高：「你爲什麼要老遠到非洲去，替那混蛋將軍治病？你並不是一個出診醫生，而是舉世推崇的腦科權威！」

黃應駒教授咬著煙斗，對著女兒的問題，他暫時不回答，而現出了一種奇譎的神情來。從任何角度來看，腦科權威黃應駒教授的地位是如此之高，對於羅惠轉達卡爾斯將軍的邀請，他一定會斷然拒絕的，就算將軍來到了巴黎，黃教授是否肯去參加會診，也成問題。

而羅惠一到巴黎，不去找別的腦科醫生，先來找黃教授，也是有原因的，他和黃教授是舊相識，若干年前，當他們兩人都還年輕的時候，就在巴黎認識，那時，黃教授是一個窮學生，而羅惠，已經是一個亡命之徒，他們認識的經過如何，可以不必查究，但兩人之間的友誼，是毫無疑問的，其後，羅惠離開了法國，參加了傭兵團的工作，由於他的亡命性格，很快就爬升上去，成了雇傭兵團中的出色人物。

黃教授望著他女兒，緩緩地道：「羅惠來找我，我和他是老朋友了，不想他為難！」

黃絹搖著頭：「爸，我已經不是小孩子了，這絕不是你要到非洲去的理由！」

黃應駒又小心地望著女兒，心中在說：「對的，她不再是小孩子了，但是真正的原因，是不是可以告訴她呢？」

他深深地嘆了一口氣，道：「好，我不再用表面的理由敷衍你，真正的理由是，我對卡爾斯這個人，極有興趣，早就想有一個機會，詳細地檢查他的身體，如今有這樣的可能，我絕不會放過。」

這個理由一說出來，令得黃絹極其驚訝，令得她小心地打量她的父親。

黃應駒教授的外表和他的權威十分相襯，中年人的威嚴、學術上的成就，在他的身上表露無遺。雖然心理學家說，任何男人在潛意識中都會有頑童性格，但黃教授是絕不會有的，他應該和掌聲如雷的演講，厚厚的著作連在一起，可是這時他說的理由，就像是頑童可以得到心儀已久的玩具一樣！

黃絹不禁笑了起來：「為什麼你會對這個人的身體有興趣？他是超人？」

這分明是一個開玩笑式的問題，可是黃教授對這個問題的反應，是認真地思考，黃絹有點不耐煩，正想再問，黃教授已經道：「我無法回答你這個問題，但是，他是一個十分奇特的人，在他的身上，有著現代醫學所無法解答的問題！」

黃絹道：「是，他奇特，他是一個獨裁者！」

「他的行為與我無關，」黃教授仍然很認真，「我說他奇特，純粹是由於他身體的結構，一定有著特異之處！」

黃絹呆了半晌，心忖：父親一再如此強調，那一定是有原因的，她雖然不明白父親話中的意思，但是也多少可以聽出一點因由來，尤其她是一個思路十分縝密的人，她立時問：「爸，你和這個將軍，以前曾見過？」

黃應駒教授深深吸了一口氣，陷入沉思之中，半晌，才道：「是的！」

黃絹更是奇怪：「爸，那怎麼可能呢？你一直在法國和日本，所從事的工作，和一個獨裁者相去十萬八千里，你怎麼會認識他的？」

黃教授笑了起來：「孩子，將軍不是生下來就是將軍的，我也不是生下來就是學者的，我過去有過一段經歷，是你出世後不久的事，我一直沒有和你提起過。」

「哦！」黃絹感到有點委屈，她一直認爲他們父女間的感情極好，是無話不談的。

黃教授挺了挺身子，然後，又將他自己整個地埋進了安樂椅中，道：「那時，你才出世不久，還沒有滿周歲，你母親離我而去——」

黃絹揚了揚眉，她從小就沒有母親，這一點她是知道的，每當她問起之際，父親總是淡淡地回答：「你很小的時候，你母親就離開了我。」

直到這時，黃絹才從父親的神態和語調中，體會到了當年母親的離去，對於父親的打擊那麼大！

黃教授將煙斗輕輕地在手心上叩著，續道：「那令我傷心極了，如果不是因爲你的緣故，我受了這樣的打擊，一定早已自殺了！」

黃絹伸過手去，握住了她父親的手，黃教授的手在微微發著抖，過去的歲月雖然已過去，但是心靈上的創傷，看來還隨時可以滲出血來。

他的音調變得遲緩而悲切：「我真正走投無路了，窮、失意、愛情上的挫折，還有一個我發誓要把她好好撫育成人的女兒，就在這時候，羅惠來了，他告訴我，他的雇傭兵團，正在阿爾及利亞作戰，極需要一個戰地醫生。」

黃絹將她父親的手握得更緊，黃教授嘆了一聲：「雖然我還沒有畢業，但是已經有了足夠的資格，我幾乎連想也未曾想，就答應了他，取得了一筆錢，剛好可以將你送到最貴族化的托兒所去寄養兩年，我在安頓好了你之後，就和羅惠一起到北非去，雇傭兵團的生活、經歷，簡直就像一場惡夢一樣，在到了北非的第二年，我遇到了卡爾斯，我見到他的時候，是在一個極其異特的環境之下，是在北非的沙漠中。」

黃絹低嘆了一聲，道：「爸，如果過去的事情令你覺得不愉快的話，你還是別說了！」

黃教授輕輕撫著女兒的長髮，道：「不，我一定要你明白，爲什麼我現在，在事隔那麼多年之後，我還要去見卡爾斯。」

黃絹沒有再說什麼，她知道父親脾氣中固執的一面，當他決定做一件事的時候，的確沒有什麼人可以勸阻他不做下去。

黃教授又沉默了片刻，才繼續說下去，說出了他在異特的環境中遇到卡爾斯的經過，那時的卡爾斯，當然不是什麼將軍，而只是一個游擊隊中的低級軍官。

法國雇傭兵團在北非的阿爾及利亞，主要的作戰任務，是對抗一支由非洲，主要是北非各地的野心家組成的游擊隊，這支游擊隊和主要成員是阿爾及利亞的土著，但是所謂「聯合勢力」，也有來自其他非洲地區的人參加，武器的來源是軍火商和一些唯恐天下不亂的野心集團的支持者，這是一場十分艱難，甚至醜惡的戰爭。戰爭的雙方，根本都不按照戰爭的法則來進行戰爭，彷彿這場戰爭的唯一目的，就是殺戮。

黃應駒在一到了北非之後，接到的第一道通訓令就是：絕對不能醫治對方的傷兵，根本不要有傷兵，不要有俘虜。

在開始的時候，一個醫科大學的學生，看到成串的俘虜被殘酷處死的事實，都會忍不住嘔吐，但是漸漸地，也變得痲木和習慣了。

當戰事越來越激烈，有的雇傭兵被游擊隊捉了去，曾被殘酷折磨的屍體，被沙漠的烈日曬成幹癟而發出臭味之際，雇傭兵方面的報復也更殘酷醜惡，不知是哪一個提出的辦法，將游擊隊的俘虜，用手銬、足鐐連接起來，將他們送到沙漠中去，由他們在那裏掙扎、飢餓和乾渴到死為止。所選擇的「處死沙漠」，大多數是東方歐格沙漠的中心，那地方真正是人間地獄，除了沙漠上的毒蜥蜴之外，幾乎沒有生物可以生存，而當白天的烈日之下，氣溫高達攝氏四十八度之際，連毒蜥蜴也變成兩隻腳、兩隻腳替換著，才能在滾燙的沙粒上佇停。

被送到那裏去的俘虜，當被趕下車之際，所發出的哀號聲，據說連得沙粒也會為之顫動。

黃應駒遇到卡爾斯，就是在這個沙漠的中心地帶，當時是晚上。

第四部：戰場上的奇蹟

由於白天的氣溫實在太高，即使是開車子趕路，也會令人禁受不住，所以，遇上有必要的事，必須經過東方歐格沙漠之際，都是在晚上出發，太陽才一隱沒，氣溫就急速下降。

黃應駒那次的任務，是護送一批藥物到雇傭兵的一個據點去，那據點中有兩個人受了傷，需要送回總部去。和黃應駒同行的，是兩個雇傭兵，他們全副武裝，保護著黃應駒前往。

在月色下看來，整片死寂的沙漠，像是鋪上了一層淺淺的銀光一樣。即使是如此醜陋的沙漠，一般都是和死亡聯繫在一起的，有時也會有它美麗的一面。

車輪輾過柔軟的沙，發出「滋滋」的聲響，一路上，經過不知多少白骨？有的是獸骨；有的是人骨。有的人骨是整堆的，還有鐵鏈連在一起，那當然是不久以前被放逐到沙漠裏來的游擊隊戰俘。

每當看到這樣的人骨，駕車的那雇傭兵便會神經質地大叫：「想想這些雜種是怎樣對付我們的！」然後，他就加快速度，令車子在白骨上疾輾過去，輾得白骨四下飛濺。而在這時，他的臉上，也就現出了一種扭曲了的復仇的快意。

黃應駒心中極難過，他絕不喜歡這樣的生活，但是他既然簽了兩年合同，他就必須硬撐下去，想到兩年之後，他還可拿到一大筆錢，使他自己和女兒的生活有著落，他也只好忍受下去，很多次，他感到自己的卑鄙，竟然會在這樣的環境之中感到麻木，但是他只好忍受著，一直壓抑著自己。

當駕駛車子的雇傭兵又輾過了一堆白骨，而發出夜梟鳴叫一般的笑聲來之際，黃應駒轉過頭去，儘量不去看對方那張充滿了人性泯滅的臉。也就在這時，他看到在距離車子約有兩百公尺處，平整光亮的沙上，有許多黑影，躺在沙上不動。

他立即看出，那大約共有二十個人，每個人都距離得相當近，而且，他也立即知道，這些人，多半就是四天之前才被加上手銬腳鐐，放到沙漠來等死的那批游擊隊員。

這時，駕車的雇傭兵也發現了那些人，他發出了一下極其興奮的呼叫聲，立時扭轉駕駛盤，車子向著那批人，直衝過去。

黃應駒知道那雇傭兵想去幹什麼，他實在忍不住了，陡然叫了起來，抓住了駕駛盤，想令車子照原來的方向駛出去，不駛向那批沙上的人。

那雇傭兵發怒了，像瘋子一樣，用力推開黃應駒，可是黃應駒這時，多少日子來壓抑著的情緒也爆發了，他一拳打向那雇傭兵，兩人爭奪著駕駛盤，車子在兩人的爭奪之中，東歪西斜地向前衝，另外一個雇傭兵又驚又怒地叫起來：「喂，你們在幹什麼？」

那雇傭兵才叫一聲，兩個人的爭奪已經有了結果，吉普車陡然翻倒，四輪朝天，車輪還是在急速地轉動，車上的三個人都被拋了出去，黃應駒和他爭執的對手，迅速跳了起來，那雇傭兵立即端起槍來，看他滿面怒容的樣子，真會毫不猶豫地立即扳動槍機。但也就在這時，另一個雇傭兵橫過槍托，將對準了黃應駒的槍口抬高，喝道：「你瘋了！」

那雇傭兵叫道：「他不讓我去輾那些雜種！」

另一個向黃應駒苦笑了一下，道：「黃，你在幹什麼？滿足你知識分子的良知？那些人是四天前放出來的，早已死了，車子輾過去，又有什麼關係？」

剛才還鬥志高昂的黃應駒，在剎那間，變得垂頭喪氣到了極點，是的，沒有人可以在這樣的沙漠中過了四天而仍然活著的，那些人早就死了，他爲什麼要去阻止那雇傭兵？是爲了良知？如果是爲了良知的話，放逐那批人的時候，又爲什麼不阻止？

他怔呆地站著，那兩個雇傭兵已經合力去將翻轉了的車子推好，將車上倒下來的東西，逐樣搬起來。黃應駒慢慢地向那一堆人走去。

當他接近那堆人之際，看到那些人的身子，已經有一半埋在沙中，露在沙面的身子，看來像是堅硬的木頭一樣，那是肌肉在極度的缺水之後形成的一種現象，每一個人的口、眼，全都張得老大，缺水的肌肉收縮，令得他們的眼和口根本無法閉上。

黃應駒苦笑一下，感到自己面部肌肉，開始抽搐，他正想轉過頭去，突然看到一個人，正面對著他，在向他眨眼睛！

那個人眨眼睛的動作雖然十分艱澀，但是黃應駒看得十分清楚，那個人在向他眨眼睛，不但在眨眼睛，而且，乾裂的口唇，還在顫動著！

黃應駒在陡地震動了一下之後，失聲叫了起來：「天！有一個人還活著，他還活著！」

他一面叫，一面奔跑過去，當他跨過了幾個死人，來到那人身邊的時候，那人陡地伸出手來，抓住了黃應駒的腳踝。

黃應駒連忙解下身邊的水壺來，旋開蓋子，將水壺口對準了那個人的口，水從那人的口中流進去，開始時，那人根本無法吞嚥，水流滿了那人的口後，溢了出來，但是漸漸地，看到那人喉結開始移動，水也順著他的喉管，進入他的體內。

原振俠感到十分震驚，尤其當他聽到「那人抓住了足踝」之際，坐在他對面的黃絹，感到了他的震驚，停止了說話，望著他，道：「怎麼了？」

原振俠忙道：「從你的敘述中，我突然想到了一件事，不過，請你繼續講下去，我想起的事，我會告訴你，也是關於一個人在絕無可能生存的情形之下，沒有死亡的事。」

原振俠所想起的，是他父親當年在戰場上，從一個炮彈坑中，將輕見博士掘出來的事。

兩件事之間，的確有著相同之處，兩個人，一個缺氧，一個缺水，任何人都知道在這樣的情形之下，都不可能活著的，但他們卻沒有死。這種情形，似乎不能用「生命力強」來解釋！

原振俠又道：「當時令尊怎麼樣？在那樣殘酷的戰爭中，那兩個和他在一起的雇傭兵，一定不會允許他將那個未死的俘虜救轉過來！」

黃絹道：「是的，但是父親說，那時，他已經到了忍受的極限了，他們之間，爆發了劇烈的爭執，結果——」

當水自喉管流入了那人的體內之後，他眼珠轉動，已漸漸靈活起來，這時，那兩個雇傭兵也奔了過來，駕車的那個人一看到還有人活著，立時提起槍來，另一個喃喃地道：「真是奇蹟，上帝，怎麼可能有人在四天之後，仍然活著，真是奇蹟！」

黃應駒立時轉身，用自己的身子擋住了槍口，那持槍的雇傭兵喝道：「滾開！」

黃應駒並沒有讓開，道：「你不覺得，這個人活著，是上帝的意思嗎？」

那雇傭兵怒道：「去他媽的上帝，我不信上帝！」

黃應駒轉過身來，盯著他，道：「你不信上帝，但是在你的心中，一定有某一個神，某一種超乎人類能理解的力量的存在，你看看這個人，他在絕無可能的情形之下不死，你爲什麼不相信這種力量的存在，還要奪走他的生命？放過他吧！他一定是一個應該活下去的人！」

隨著黃應駒的話，那雇傭兵手中的槍漸漸向下，或許是由於他縱使不相信上帝，也相信某種冥冥中的力量之故，也或許是由於那人還活著這件事太奇特，也或許黃應駒的話，打動了他的心。他放下槍，看著那個人，那人顯然是北非的土著，膚色黝黑、結實，眼神之中，有一股近乎恐怖的反叛。

這時，他已停止喝水，雇傭兵用槍碰他的臉，喝：「你叫什麼名字？」

那人張大了口，發出的聲音嘶啞而乾澀，道：「卡……卡爾斯。」

「卡爾斯！」原振俠陡地站了起來，伸手向黃絹指了一指，又坐了下來，像是想說什麼，但卻又什麼都沒有說出來。

黃絹立時搖頭，道：「如果你以爲我父親因爲當年救過卡爾斯，所以這次就肯替他去醫治頭痛，那你就錯了，我父親絕不想去依附權貴！」

原振俠忙道；「你誤會了，黃小姐，我的意思是，你父親不應該去！」

黃絹的嘴唇合攏，作了一個問號的口型。原振俠苦笑了一下，道：「位置越高的人，越是不喜歡人家知道他過去不光彩的事，歷史上有許多這樣的例証，令尊到卡爾斯的國度去——」

原振俠講到這裏，做了一下手勢，沒有再講下去，剎那間，黃絹的神色，變得十分凝重，好一會不出聲，然後，才緩緩地道：「父親的確是死在那裏的——」

原振俠陡然震動了一下，他剛才這樣講，只不過是常情上的推論，他知道黃教授已死，可是不知道是在什麼地方，什麼情形下死的，直到這時，才知道死在非洲，他失聲道：「那卡爾斯將軍——」

黃絹搖頭：「不，我不認爲父親是遭卡爾斯的毒手，我父親死得……十分……」她像是在考慮如何措詞，又想了片刻，才道：「死得可以說十分……離奇。」

原振俠「哦」地一聲，道：「怎麼離奇法？」

黃絹側了側頭，想了一會，才道：「還是從頭說起好，不然，不容易明白，剛才我們說到哪裡？」

「說到你父親在沙漠中遇到卡爾斯！」原振俠答。

卡爾斯這個名字，只是一個普通的名字，當時絕不會引起聽到這名字的人震驚，黃應駒立時伸手，去按他的腕，發現脈博很快，但也不算是不正常。

黃應駒又翻了翻卡爾斯的眼瞼，卡爾斯的情況，幾乎完全正常，黃應駒望了望地上已經乾癟了的屍體，問：「你是憑什麼活下來的？」

卡爾斯乾裂的口唇掀動著，當他的口唇開始有動作之際，濃稠的血自唇上的裂縫中迸出來，看來十分駭人，但是他的語言還是很清楚，他道：「我不知道，或許是真神要使我活著，有任務要交給我，去消滅真神的敵人！」

卡爾斯是一個狂熱的游擊分子，那真是毫無疑問的事，從他死裏逃生之後的那幾句話中，已經可以聽得出來，那兩個雇傭兵互相望一眼，其中一個悶哼一聲，道：「好，如果我一槍打不死你，連我也承認你是真神的使者！」

他一面說，一面已用槍口抵住了卡爾斯的額角，卡爾斯臉色慘白，但是難得的是他卻並無怯色，反倒現出一股十分倔強的神色來。黃應駒在這時，推開了槍口，道：「這個人，我要將他帶回去！」

那兩個雇傭兵同聲反對，黃應駒堅決地道：「我是軍事醫官，有權這樣做！」

他一面說，一面取出手槍來，射斷了鎖住卡爾斯的手銬和腳鐐，卡爾斯昂然向前走著，黃應駒繼續執行他的任務，卡爾斯一直蜷縮在車中，一句話也不說，黃應駒給了他一些食物和水，他默默地喝著水。

回到了營地之後，黃應駒運用了簡陋的設備，替卡爾斯作了詳細的檢查，黃應駒心中的疑問是：這個人在絕無可能生存的環境下活了下來，是不是有什麼特異之處呢？

檢查的結果是沒有，卡爾斯看來和普通人沒有兩樣，當然他的健康狀況十分好，黃應駒曾經設想過，將他單獨囚禁，讓他處在如同沙漠中缺水的那樣惡劣環境之中，來觀察他何以能夠生存，如果黃應駒這樣做了，可能問題會有答案。

但是他沒有這樣做，一則，拿人來做實驗，對黃應駒這樣一個正直的科學家來說，覺得那是違背自己良心的事，二來，他根本失去了這個機會，到了第三天，卡爾斯越押逃走了。

黃應駒不住抽著煙斗，望著他女兒：「從此，我沒有再見過他，一直到他冒出頭來，成了軍事領袖，又統治了一個國家，我看到了他的照片，肯定這個卡爾斯，就是當年沙漠中不死的那個卡爾斯，你說，我是不是應該去？這是對他作進一步檢查的大好機會！」

黃絹聽她父親講完了往事，笑了一下，道：「爸，或許他當年不死，只是由於他暗中藏了一袋水！」

黃應駒搖著頭，道：「我早就想到過這一點，但那是不可能的，在那個四日夜之中，一個維持生命的水份，至少要八公升，他身邊哪能帶那麼多水？和他在一起的其餘人，根本在第二天就死了的！」

黃絹又道：「你不是曾對他作過檢查？」

「是的，但那是十分簡單的檢查，當時連X光設備都沒有，這次，他頭痛，我至少可以替他拍攝很多X光片，進一步觀察他這個人究竟有什麼異特之處，這是我多年來的心願！」

黃絹想不出再可以有什麼理由，去阻止她父親，所以她只好攤了攤手，黃應駒教授的非洲之行，就成了定局。

原振俠喝完了杯中的咖啡，和黃絹的談話，令他感到異常的愉快。他道：「如果我是黃教授，我也不肯放過這個機會，你知道輕見博士的事？」

「知道一點，對你們的怪誕行爲──」黃絹說著。

原振俠笑道：「你是指挖掘博士的墳墓而言？」

「是的，這行爲難道不怪誕？」黃絹反問，目光有點咄咄逼人，原振俠略挺了挺身子，道：「我們的這種怪誕行爲的目的，和令尊到非洲去是一樣的，因爲輕見博士也是一個十分奇特的人——」

原振俠說出了輕見博士的故事。

黃絹聽得很用心，等原振俠講完，她又問道：「和你同宿舍的那位同學之死——」

原振俠又說了羽仁五朗死亡的經過。

黃絹深深地吸了一口氣，道：「我們先可以達成第一個結論：輕見博士和卡爾斯，是同一類型的人，這一類型的人，能夠在普通人絕對無法生存的環境中，生存下去！」

原振俠覺得黃絹這樣的結論略爲草率了一點，但是又想不出反對的理由來。黃絹又道：「我還有第二個結論，但是先要聽聽我父親死亡的經過再說。」

原振俠在知道了黃教授是死在非洲之後，早就急於聽死亡的經過了。

黃教授在行前，已經瞭解到當地醫院中的設備，他又帶了一些可以移動的儀器，卡爾斯派了專機到巴黎來迎接他。

當專機降落時，黃應駒一下機，就看到一輛豪華的黑色大型房車疾駛而來，羅惠下車來迎接黃教授。

黃應駒和他帶來的儀器上了車，羅惠下令開車，轉頭對黃應駒說：「將軍的頭痛，好像越來越劇烈，最好能醫治他！」

黃應駒明白羅惠的意思，頭痛極影響情緒，而一個獨裁軍事統治者的情緒不好，是一件很可怕的事情，黃應駒道：「我會盡力而爲！」

他是一個科學家，只能這樣說，只有江湖醫生，才會拍胸口可以包醫百病，羅惠感嘆道：

「真想不到，當年我們當雇傭兵，戰爭的目標就是如今這些新貴，我如今反倒受雇於他們！」

黃應駒脫口道：「只怕你更想不到，卡爾斯當年，曾經是我們的俘虜！」

羅惠陡然一怔，當年發生在沙漠中的那件戰爭小插曲，知道的人並不多，羅惠並不知道。他在一怔之後，搖頭道：「不會吧……當年，雙方的俘虜，好像沒有什麼人還能活著的！」

想起那場醜惡的戰爭，黃應駒也不禁嘆了一口氣，他不想和羅惠多說什麼，因為他這次來的真正目的，如果洩露出來，總不是很好，所以他只是含糊地道：「可能只是傳說。」

羅惠也沒有再說什麼，車子駛過荒涼的沙漠，駛過貧陋到令人難以想像的村莊和小鎮，駛進了毫無生機的城市，然後到了卡爾斯的「王宮」——所有的人，對卡爾斯居住、辦公之處，都這樣稱呼。

在一間寬大得異常，佈置華麗得過分的會客室中，羅惠和黃應駒等了大約半小時，聽到了門外衛兵持槍致敬的聲音，門打開，舉世聞名的卡爾斯將軍，挺著胸，昂著頭，以他出現在公眾場合的標準姿勢，走了進來。

羅惠先站起來，也示意黃應駒站起來，卡爾斯向黃應駒望來，當他一看到黃應駒之際，陡然震動了一下，現出了極疑惑的神情來，這種神情，將身邊的羅惠嚇了一跳。卡爾斯盯著客人，道：「黃教授，我們以前見過？」

黃應駒連半秒鐘也不考慮，道：「沒有，我是第一次有幸晉見將軍。」

卡爾斯揮手，令羅惠出去，當羅惠走出去之後，卡爾斯才壓低了聲音，道：「我記得你，一個人在死亡邊緣時見過的人，是一輩子都不會忘記的。」

黃應駒感到卡爾斯的神態，目光像鷹一樣，他鎮定地道：「將軍，我不知道你這樣說是什麼意思，看來你的健康很好！」

卡爾斯又盯了對方片刻，才道：「好，你不願提，我也不必提了，你來了很好，我可以放心，當年你救過我，現在當然決不會害我！」

黃應駒仍然裝做聽不懂卡爾斯的話，道：「我想儘快開始吧？」

卡爾斯將軍道：「好！我可以消滅我所有的敵人，但是這要命的頭痛——」他說著，用力敲打自己的頭部。

黃教授道：「我想先和你的醫生聯絡一下——」

將軍大聲道：「不必了，那些醫生，全是飯桶，他們要是有用的話，我頭痛早就好了！」

黃教授有點啼笑皆非，道：「那麼，我至少要看看他們的診斷記錄，例如X光片——」

卡爾斯將軍像是被人打了一拳似的跳了起來，道：「X光片！我的身體，我偉大的腦袋，為什麼要讓那種鬼光線透過去？」

黃應駒更加啼笑皆非，道：「我……那麼我想你也沒作什麼紅外線掃瞄？」

卡爾斯悍然道：「什麼也沒有，也別期望我會答應做這些事情！」

黃應駒教授深深吸了一口氣，雖然他看到將軍不過五分鐘，但是他覺得，自己應該告辭了！他站了起來，道：「將軍，真對不起，我在巴黎很忙，東京還有一個演講會等著我——」

卡爾斯怒道：「你不準備替我醫治頭痛？」

黃應駒道：「你拒絕作任何檢查，世上不會有人可以治好你的頭痛！」

卡爾斯用一種十分兇狠的神情望著黃教授，道：「你拒絕醫治，我下令不讓你離境！」他陡然衝到門口，打開了門，大聲叫道。

羅惠和七八個護衛、官員一起奔了過來，將軍指著黃教授，道：「不准他離境，直到他肯答應替我醫治爲止！」

羅惠不知道發生了什麼事，惶恐地望著黃應駒，黃應駒嘆了一聲，道：「先替我安排住所，慢慢再對你說。」

然後他走向將軍，壓低聲音，道：「當年在沙漠裡渴你不死，X光也照不死你的。」

將軍仍然惱怒，他說不准離境，黃應駒也真的無法離開，只好住下來。

一個月之後，卡爾斯將軍似乎仍未曾回轉心意，黃絹知道了父親的處境，特地從巴黎來看他，黃應駒教授倒並不苦悶，他不忘傳授知識，對當地的醫生每天講學，一點也不寂寞。

羅惠替他準備的住所，就在當地一家規模最大的醫院之中，生活環境倒也舒適。一直到了第三十七天晚上，突然有整輛卡車的士兵，衝了進來，把守住了醫院各處的通道，然後，穿著軍服的卡爾斯將軍，在他貼身衛隊的簇擁之下，大踏步走了進來，一進來就吼叫道：「好，就讓那種什麼光線透過我的頭部好了！」

黃應駒聞訊趕到，來到了X光室，將軍堅持要黃教授操縱一切，將其他人等，一律趕得遠遠的，黃絹只好暫充她父親的助手。對於美麗的黃絹，將軍倒好像很有興趣的樣子。

當卡爾斯躺在X光機的下面，黃教授移動著機件，對準他的頭部，卡爾斯顯得極度緊張，面部肌肉在不由自主地抽動著，黃絹在一旁，令他的身子轉動，以便從各個不同的角度拍攝他的頭部。

卡爾斯恨恨地道：「什麼時候才能知道結果？」

黃教授回答：「幾分鐘就可以了！」

卡爾斯沉聲吼叫道：「只准你一個人看！絕不能讓別人看到我偉大的頭部！」

黃應駒笑著，道：「其實，每一個人的頭部，全是一樣，去了皮和肉之後，就是看來沒有差別的骷髏骨！」

卡爾斯悶哼著，當黃絹扶他起來之際，他又特地叮囑了一句，道：「女人，更不能看！」

黃絹心裏只覺得滑稽可笑，她和卡爾斯一起走出了X光室，當她離開的時候，她預料不必幾分鐘，她父親就可以拿著X光照片走出來了。

卡爾斯將軍才一走出來，他的貼身衛士就迎了上去，將他圍住，將軍在人叢中向黃絹問：「我可以離開，等你父親拿藥來了？」

黃絹道：「如果在X光片中可以看到簡單易治的病源的話！」她多少也有點醫學常識，「頭痛的原因超過一百種，有許多是X光透視找不出病因來的！」

卡爾斯將軍的神情，在剎那間表示得十分憤怒，他剛想開口怒吼，在X光室中，突然傳來了一下聽來很沉悶的爆炸聲，和那爆炸聲同時傳出來的，是黃應駒教授一下聽來充滿了驚訝的呼叫聲。剎那間，X光室外，亂成了一片。

將軍的貼身護衛，發揮了他們特別的忠勇，兩個人撲向將軍，用自己的身體保護著將軍，另外兩個，立時衝到了門前，大聲呼喝著。而這時，已可以看到有煙自門縫下冒出來。

黃絹也驚呆了，其餘的人來得極快，羅惠和幾個官員一起奔了過來，黃絹尖叫了起來，道：「天，總該有人打開門來看看！」

貼身衛士已扶起了卡爾斯來，卡爾斯頭也不回，在大隊衛隊擁簇之下，立時離去，像是遲走半秒鐘，整座醫院就會爆炸一樣。

兩個大兵踢開了X光室的門，整個X光室內，濃煙密佈，而且有一陣極難聞的氣味，傳了出來，這種氣味，任何人一生之中，都可以有機會聞到，那是聚氯乙烯製品在燃燒時所發出的氣味，一般電影膠片、照相底片，全是這一類製品。

在X光室中究竟發生了什麼事，還沒有人知道，所以門打開之後，一時之間，沒有人敢衝進去，只有黃絹，關心父親的安危，一面叫著，一面奔了進去，但是濃煙和焦臭味實在太驚人，以致她雖然屏住了氣息，眼睛也因爲濃煙，而立時流出了眼淚來。

不過她還是看到了她的父親，世界知名的腦科專家黃應駒博士，正伏在剛才卡爾斯將軍躺過的平臺上，黃絹撲過去，抱住他，將他拉出來。

醫院中其他的醫生立即趕過來急救，醫院的設備其實也不太差，氧氣筒、電動震心器全都在最短的時間內趕到應用，可是一切全沒有用，黃應駒教授的心臟，已經停止了跳動，再也不會跳動了！

黃絹整個人呆住了！

原振俠完全可以明白黃絹說她整個都呆住了是什麼意思，因爲這時，她講述到當時所發生的一切之際，她那種震悸的情形，還令人感染到她心中的疑惑和悲傷。

原振俠吸了一口氣說：「死因……後來一定檢查過了，是什麼？」

「心臟病猝發，猝發的原因，可能是吸入過多濃煙，而濃煙是由於爆炸而產生，爆炸的原因不明，可能是電壓負荷過重！」黃絹回答。「那陣焦臭味，是X光片焚燒引起的，一共拍了將近二十張，我記得，一張也沒有剩下，父親被拖出來時，右手緊握著拳，只有一小角X光片，被他握住了，沒有燒去。」

第五部：致人於死的「神秘力量」

黃絹打開手袋，取出一隻紙袋，又從紙袋之中，取出那一角燒剩了的X光片來，那只有四分之一煙包大小的一片，一點也看不出有什麼來。

原振俠望著黃絹，道：「你的第二個結論是──」

黃絹的神情變得很小心，緩慢地道：「我的第二個結論是：這一類型的人，頭部一定有著什麼異乎尋常的構造，而這種異常的地方，是一個極度的秘密，誰接觸到了這個秘密，就會死亡！」

原振俠立時道：「這太玄妙了吧！」

黃絹道：「我的結論，是根據事實歸納出來的！」

原振俠深深吸著氣，道；「死亡不會自己來，一定有兇手，兇手從哪裏來？」

黃絹道：「那是另一回事，從發生的事實而言，只能作出這樣的結論，你能得出第二個結論來？」

原振俠苦笑了一下，想起了棺木之中，輕見的屍體，半邊消失了的頭部，他不由自主，打了一個寒顫：「的確，這一類型的人，他們頭部的秘密，由一種神秘力量保護著。」

黃絹的俏臉，看起來有一種異常的興奮，但也由於緊張的緣故，臉色變得蒼白，用一種有點發顫的聲調道：「一定要將這種神秘力量的來源找出來！」

原振俠同意黃絹的話，可是當他想起羽仁五朗和黃應駒的死亡經過，似乎只是有一種「力量」令得他們死亡，而根本沒有什麼具體的人或物發出這種「力量」來，一切全是那樣不可捉摸，那令得他發出苦澀的笑容來，道：「照我來看，還不如去追究那種力量要竭力維持的秘密，來得實際！」

黃絹側著頭，望了原振俠半晌，才極其認真地道：「你的意思是，弄明白卡爾斯將軍的頭部構造，究竟有什麼與眾不同之處？」

原振俠點頭，這次，輪到黃絹苦笑，道：「自從那次事件以後，誰只要在卡爾斯面前再提醫院兩個字，就會受軍法審判！」

原振俠深深吸了一口氣：「他的頭痛醫好了？」

黃絹道：「當然沒有——」她講到這裏，陡然停了下來，瞪著原振俠，好一會兒，才道：「你不是準備……直接去見他吧？」

原振俠的聲音反倒變得很平靜：「正是，我準備直接去見他，你想想，除了這個辦法之外，還有什麼別的辦法可以弄得清楚他頭部的構造？」

黃絹又望了原振俠片刻，在她的眼神之中，露出了一種極度欣賞對方的神采來，甚至輕輕鼓了幾下掌，然後才道：「好主意，唯一的缺點是：稍不小心，我們就可能在卡爾斯統治的國家裏消失無蹤！」

原振俠用挑戰的眼光望定了黃絹，道：「我們？」

黃絹神情泰然：「當然是我們，沒有我，你一輩子也見不到卡爾斯！」

黃絹說得不錯，沒有她，原振俠只怕一輩子也見不到卡爾斯，但即使有了黃絹，要見到卡爾斯，也不是容易的事。黃絹首先和羅惠取得聯繫，表示父親雖然離奇死亡，但是她對卡爾斯的頭痛症仍然十分關切，已經找到了一個雖然年輕，但是對頭痛症極有心得，採取中國傳統的醫療法來醫治頭痛症的醫生，完全不必採用什麼儀器，就可以治病。黃絹並且詳細介紹了中國傳統的治病方法，是如何地「溫柔」、「安全」。

本來，黃絹的信，也不會起到什麼作用，但當羅惠在偶然的一次機會之中，向卡爾斯提起了這一點之際，這位獨裁將軍，突然發出了一下聽來令人心底生寒的笑聲來，道：「我記得那位女郎，或許，可以醫好我頭痛的是她，而不是她推薦的醫生。」

羅惠怔了一怔，他這個人的人格雖然不算得高尚，但是想起黃絹見到卡爾斯之後可能發生的後果，也不禁有點躊躇，正當他後悔自己向卡爾斯提出來信之際，卡爾斯已經道：「請她來，黃小姐，是不是？請她立刻來！」

羅惠苦笑了一下，道：「黃小姐，和她推薦的醫生？」

卡爾斯對醫生的興趣，顯然不是很濃，只是隨便唔了一聲。

於是，黃絹就接到了羅惠的長途電話，羅惠一開始就提出了警告：卡爾斯是大色狼，來，可能有危險，可以將事情推掉最好，但是黃絹堅決表示，一定要來，羅惠無法可施，只好答應。

這一次，黃絹並沒有再到學生宿舍去找原振俠，實際上，在第一次約會之後，黃絹每次和原振俠的約會，都是早約好了的，約會的地點，包括小河邊之山野間，馬路轉角的大樹下，情調優雅的咖啡室中。

每次見面，他們都討論著他們所不能瞭解的怪異的事情，但都沒有結論，約會已經有好幾次了，原振俠心中有好幾次想講一些話，可是卻連他自己也不知道怎樣開口才好。

原振俠其實並不是沒有開口的勇氣，而每當他想講一些什麼之際，黃絹的感覺，極其敏銳，竟像是立時察覺了一樣，總會拿一些其他的話，引開去，不讓原振俠有開口的機會，經過了幾次之後，原振俠的心中，也不免有點負氣：算了吧！你是高傲的公主，我也不見得是卑賤的下民！

有了這樣的心理，原振俠每次和黃絹見面，反倒覺得輕鬆了許多，雖然，像這時，他才踩熄了煙頭，看著黃絹修長的身形，長髮飛揚，踏著深秋的落葉，向他走來之際，街上的行人再多，但是在原振俠看來，卻像是只有她一個人一樣，原振俠的心中，不免有些悵惘之感，但他還是神態自然瀟灑地迎了上去。

他們沿著馬路走著，黃絹告訴了原振俠交涉的結果，可以見到卡爾斯！

原振俠作了一個手勢，道：「見到以後又怎樣？他不肯照X光，我也不能將他的頭割開來看看！」

「運用你的醫學知識去判斷！」黃絹掠開了幾絲在她臉上的頭髮，「判斷他和常人有何不同之處！」

「你給我一個世界上任何醫生都通不過的試題，小姐！」原振俠停下了腳步：「世界上沒有人可以不憑任何儀器而看穿一個人的頭部結構。」

黃絹也立即停了下來，道：「那麼，你是不是要改變自己的決定？」

「當然不！我會想辦法的，第一步，當然是先向學校請假！」原振俠低著頭，向前緩緩地走去，當秋風掠起黃絹的長髮，髮梢來到原振俠眼前的時候，原振俠真想抓住它們。

但是他並沒有這樣做，只是沉默地向前走著。

向學校請假並不難，整個行程也很順利，羅惠將他們安排在一間豪華酒店之中，這是羅惠堅持的，理由是以防萬一，那可以將卡爾斯將軍對黃絹的干擾，減低至最低程度。甚至於見到了這位西方第一流記者千方百計也難於見一面的卡爾斯將軍，也不是很困難，第二天，就在一幢建築物中的一間房間之中，通過了嚴密的警衛和保安檢查之後不久，原振俠就煞有介事地替卡爾斯把著脈。

不論原振俠如何留神觀察，他實在沒有法子看得出面前這個人的頭部有何特異之處，不過他倒是看出了一點，而且可以肯定：卡爾斯對黃絹極有興趣，因為他灰色的眼珠，幾乎一直盯在黃絹的身上，連一向有著異常高傲神態的黃絹，幾乎也無法維持她的矜持。

第一次治療的結果是：原振俠根據早已背熟的藥方，將帶來的一些中藥，配了一劑藥，他當然知道卡爾斯絕不會去喝那些中藥煮出來的藥，當他和黃絹離開那幢建築物之後，原振俠在車中就說：「我們得趕快離開這裏！」

黃絹的語氣很平談：「為什麼？」

原振俠提高了聲音：「你看不出自己在這裏有極度的危險？而我們卻什麼也觀察不到？他不肯到醫院去照X光，我們就無法發出他頭部的構造究竟有什麼地方與眾不同，我看——」

「我看再見他幾次，或許他肯接受進一步的檢查！」黃絹打斷了原振俠的話頭。

原振俠嘆了一聲，他知道，黃絹想解開整個謎底的期望，比他熱切，因爲那關係著她父親離奇的死因！可是，原振俠的心中，不免有一個疑問：爲了達到這個目的，她肯拿她自己來作犧牲？

原振俠心中的這個疑問，倒是很快就有了答案：黃絹不會那樣做！

豪華酒店的床鋪太軟，也太大，使得原振俠不習慣。同時，他不論怎麼想，也想不出有什麼辦法可以弄清楚卡爾斯的頭部有什麼與眾不同之處，令得他的心中十分煩燥，根本一點睡意也沒有。

也就在他躺著，一支接一支不斷抽煙之際，他忽然聽到陽臺上傳來了一下聲響。通向陽台的玻璃門有著拉上的窗簾，所以他看不到陽臺上那一下聲響，是如何發生的，他立時轉過頭去。

而緊接著，陽台的玻璃門上，已傳來了敲拍的聲音，這一下，再明白沒有了，有人跳進了陽台，正在拍門！原振俠立時躍起，在一秒鐘之內，他已經拉開了簾子，看到了在玻璃門後面的黃絹。

黃絹的神情極其驚惶，自從原振俠認識她以來，從來也未曾見過她的神情那麼驚惶過，在那一剎那間，他也不敢想像黃絹是怎麼來的！他們住在酒店的二十五層，黃絹在他的鄰室，陽台和陽台之間至少相距兩公尺，那兩公尺之間，有可供攀附之處？

原振俠立即打開了玻璃門，但是黃絹並沒有進來的意思，而且一伸手，將原振俠拉出了陽台，原振俠立即感覺到她的手是冰涼的。

一出陽台，原振俠也知道她是怎麼過來的了。

酒店的外牆，當然不是真用整塊大石砌成的，可是為了美觀和氣派，將之裝飾成用整塊大石砌成的樣子，在一排一排大石之間，有著至多四公分的隙縫，僅僅可供腳趾塞進去，也勉強可供手指作借力之用。黃絹一定是在那種極度危險的情形之下攀緣過來的。

這時，原振俠根本無暇去問黃絹何以要採取這樣危險的法子過來？為什麼事會這樣驚惶？黃絹的手一直緊握著他的手，也一直冰涼，她的聲音發著顫，道：「他在我的房間裏，我將他打昏了過去！」

原振俠陡然一震，壓低聲音：「卡爾斯將軍？」

黃絹咬著下唇，點了點頭。原振俠轉身待向房中走去，黃絹道：「門外走廊中，至少有二十個保安人員在！」

原振俠跨高一步，向下看去，要攀到下一層的陽臺上去，似乎不難，一到了下一層陽台，打破玻璃門，不管房間中有沒有人，以極快的速度衝出去，似乎是逃走的唯一辦法了！

當原振俠打量著下一層陽台之際，黃絹已經在搖頭，她的臉色煞白，鼻尖不斷在冒汗，但是神情卻異常堅決，向左鄰的陽台指了一指，道：「他昏了過去，這是檢查他的最好時機！」

原振俠吸了一口氣：「你沒有想過事後怎樣脫身？」

黃絹緊抿著嘴，原振俠不再說什麼，揚起了雙手，不斷地活動著手指，然後，他跨過了陽台的欄杆，先將右腳的腳趾，插進了牆上的隙縫之中，然後，將身子緊貼著牆，絕不向下望，再用手指插進隙縫之中，當他將自己的身子，只憑手指和腳趾的那一些附藉的力量而支持著，還要慢慢向旁邊移動之際，他真擔心自己的心臟，無法做這樣的負荷。

當他的右手，終於又抓到陽台的欄杆之際，他整個人都被滑膩的汗濕透了，他向對面的黃絹做了一個手勢，先奔進了房間，也無暇去看仰天躺著，一動也不動的卡爾斯，就拉下了床單，用力扯著，撕著，又回到了陽台。

不到三分鐘，黃絹已經靠著繫在兩個陽台之間的扭緊了的床單，比較容易地過來，和原振俠一起走進了房間。

卡爾斯仍然昏迷不醒，眼睛半睜著，臉上現出一種不相信的神色，他的右手攤開著，在他右手的掌心，是十幾顆，每顆至少有三克以上的鑽石，在燈光的照耀下，閃閃生光。

原振俠向黃絹望去，黃絹道：「他是突然進來的，我驚醒，他已亮著燈，將手中的鑽石伸向我。」

原振俠沒有發問，在卡爾斯的勢力範圍之內，手中又有那麼多的鑽石，而居然一出手就將他打得昏過去的女人，天下縱使不止黃絹一個，也不會太多了吧?他只是迅速地將卡爾斯的頭部轉側，去看他受擊的後腦部位，那地方有點腫，他喃喃地道：「想不到你是個技擊高手！」

黃絹的回答是：「女子自衛術！」

她一面說，一面以極快的動作，提過一隻手提箱來。那隻手提箱，原振俠並不陌生，啓程以後，一直看到黃絹提著。他也一直以爲那是一隻較大型的化妝箱而已，所以這時一看到黃絹提這隻箱子，他不禁皺眉，但是接下來發生的事，卻令得他咋舌。

黃絹打開了箱子，取出了一個淺淺的、放著化妝品的夾層，移開了箱蓋內的一面鏡子，鏡子後面是一幅螢光屏，而夾層下，是許多儀表和一具像攝影機一樣的儀器，黃絹已經拉出了電線來，接通了電源。

直到這時，原振俠才說了一句話：「你早已料到會有這樣的機會？」

黃絹忙碌地扭動了幾個掣鈕，道：「機會是可以製造的，我未曾料到會有這樣好的機會！」

說著，她在幾個掣鈕上，猶豫了一下，原振俠幫她解決了困難，道：「這種小型的X光儀，我會用，不過……」

黃絹向原振俠望來，道：「我知道你想說什麼。你的同學，我父親，都是因為看到了X光照射的結果而死的！」

原振俠吸了一口氣，點頭，神色鄭重。他和黃絹，曾不止一次地討論過那種可以致人於死的「神秘力量」，而不得要領，即使是討論，也足以令得他們心底深處，升起一股詭異莫名的感覺來，何況這時，是面對著這般神秘的力量！

他們這時的處境，本來就極其兇險，只要一被門外的保安人員發現，他們的身上，至少可以有二十個以上的槍彈孔，但是這時他們一點也未曾想到那一點，只想到那種神秘的力量。

沉默只維持了半分鐘，原振俠將X光照射儀遞到黃絹的手中，道：「我來看，看他的頭部，究竟有什麼特異的地方！」

黃絹搖頭道：「要就一起看，要就我來看！」

原振俠的聲音有點異樣，那是他刻意想使語調變輕鬆之故，他道：「是不是要抽籤來決定？」

黃絹冷冷地道：「一點也不幽默！」

原振俠作最後的努力：「你可曾考慮到，如果我們兩人一起被那種神秘力量所殺害，那就不會有任何人知道這個秘密了！」

黃絹沉聲道：「當然考慮過，我們還不是偶然知道這個秘密的？就算一起死了，一樣會有人在偶然的情形下知道的。」

原振俠勉強笑了一下，道：「那就公平一點，兩個人一起來看！」

他將卡爾斯拖近些，又令得卡爾斯坐了起來，趁機除下了卡爾斯腰際的巨大軍用手槍。然後，將卡爾斯的頭，靠在一張椅子上，而將X光放射器，放在椅上，接到卡爾斯的頭部。

他來到了箱蓋後的螢光屏前，連他自己也不知道，是什麼時候開始，他的手也和黃絹的手，緊緊相握著。

這種小型X光機需要的電壓相當高，效果也不是十分好，但是無論如何，足可以使得他們，看到卡爾斯頭內部的情形！

他們兩人互相望了一眼，一起注視著螢光屏，原振俠伸手，扳下了一個鮮紅色的掣鈕，過量的X光照射是極度危險的，紅色代表危險，這個最後的操作鈕之所以是紅色的，就是為了提醒使用這儀器的人，在扳下這個掣鈕之前，再詳細檢查一遍。

原振俠一扳下了那個掣鈕，螢光屏上立即出現了極其雜亂的線條、閃動著，一時之間，什麼也看不清，像是一具損壞了的電視機一樣。

原振俠又迅速地調整著，酒店房間中的電壓顯然不夠，原振俠已將輸入電壓調得最低，通過儀器中的變壓電，來得到高壓的電流，但螢光屏上，還是不斷地閃著白色的條紋。

原振俠轉向黃絹，剛想對黃絹說「你這幅儀器，似乎並不能達到目的」之際，才一轉過臉去，就看到黃絹的臉上，現出了一股古怪莫名的神情來，視線定在螢光屏上。原振俠立即轉回頭去，他想知道黃絹看到了什麼！

螢光屏仍然閃耀著許多白線，模糊不清，但是已經可以看到一幅頭骨，那當然是卡爾斯將軍的頭骨。

卡爾斯靠椅子而坐，X光放射線自他的後腦透射過去，所以看到的是模糊的頭骨。角度上是自後腦看過去的。但是，原振俠才轉過頭去，視線剛掃到了螢光屏，也就在這一剎那間，眼前陡地一片漆黑，什麼也看不見了。

第六部：原振俠又有發現

原振俠在眼前突然變得什麼也看不見之後，第一個本能的衝動便是想張口大叫，他張大了口，但是沒有發出聲音來，因爲就在那一剎那間，黃絹陡地用力拉了他一下。而原振俠第二個念頭是，我要死了，那種神秘的力量因爲我企圖窺看秘密，而要令我死亡了！

但原振俠隨即知道自己並沒有死，那倒並不是由於他知道自己根本沒有在螢光屏上看到什麼之故，而是他感到自己的手心冒著汗，那種冰冷的感覺，令人極不愉快，甚至在死亡以上之故。

人的眼睛，要將視線所及的物體，在腦中保留下印象，是需要一定時間的，一般來說，是十五分之一秒左右，原振俠剛才一轉過頭去，視線才掃向螢光屏，房間就變成了一片漆黑，所以他看向螢光屏上，只看到一個模糊的頭骨透視而已。

在黑暗中，原振俠只覺得黃絹將他的手握得更緊，而且身子緊緊靠著他，在急速地喘著氣，這對年輕的原振俠來說，是一種極大的誘惑，如果不是處境如此險惡，他一定會擁著那柔軟而輕顫的胴體了。

靜寂只維持了極短的時間，原振俠就以極輕的聲音道：「發生了什麼事？」

黃絹微喘著，道：「恐怕是酒店房間的電源，不能負擔過高的電荷……」

原振俠「啊」地一聲：「燒斷了保險絲？」

黃絹又低頭答應了一下，原振俠問：「你剛才，好像看到了什麼？」

黃絹沒有立即回答，過了好一會，才道：「如果我看到了什麼，你也應該看到的！」

原振俠苦笑：「沒有，我才轉過頭來，就斷電了……不過，螢光屏好像已經可以看到卡爾斯的頭殼了，是不是？有什麼特別之處？」

黃絹的身子震動了一下，由於她緊靠著原振俠，所以原振俠可以清楚地感到那一下震動。黃絹隨即否定：「沒有，我也只看到X光照射下的一個模糊的頭殼，一定是電壓不夠，所以看不清楚。」

原振俠沒有再說什麼，這時，他心中忽然有了一個念頭：黃絹在騙他！黃絹的回答，不是事實，她正在隱瞞著事實的真相！

他深深吸了一口氣，道：「我們無法再繼續進行了，卡爾斯隨時會醒來，我們得設法離開這裏，離開這個國家！」他的話才一說完，黑暗中，已傳來了卡爾斯的呻吟聲。

黃絹陡地推開了原振俠，原振俠聽到了一下聲響，他忙問：「他醒了？」

黃絹先將從卡爾斯的腰際，取下的巨大軍用手槍取在手中，才道：「是的，他醒了，你弄點光亮出來，我們的處境不是很好！」

原振俠摸索著，在床頭一隻小櫃的抽屜中，找到了一支蠟燭，用打火機點著，光線雖然不是很明亮，但是已足夠使他可以看到，卡爾斯仍然在地上，但是已挺直身子，面肉抽搐著，神情異常憤怒，瞪著黃絹，在他的雙眼之中，射出一股猶如豺狼夜行之際所發出的光芒。而黃絹的神情，十分堅定，雙手握著槍，槍口正在緩緩離開卡爾斯的臉，而在距離五十公分處停住。

原振俠雖然天不怕地不怕，但是這時，他的心跳得極劇烈，要連吞兩口口水，才能發出聲來，他道：「將軍，你應該知道，槍機扳下，你的臉會成爲一團肉醬！」

黃絹握住手槍的手，十分堅定，她的神情也表示，如果卡爾斯一有妄動的話，她就會毫不猶豫地開槍。

卡爾斯臉上的肌肉，簡直是在跳動，原振俠將電話移到卡爾斯伸手可及處，道：「叫羅惠來，我們並不想將你怎樣，只不過想安全地離開你的國家！」

卡爾斯用極怨毒的神情，罵了兩句原振俠聽不懂的話，他伸手拿起電話，原振俠已來到了黃絹的身邊，和黃絹並肩而立。

羅惠在二十分鐘之後趕到，當他走進酒店的房間中，他的臉色，比在水中浸了三天三夜還要可怕，卡爾斯狠狠地道：「好，這是你介紹來的人！」

原振俠冷冷笑道：「這裏是黃小姐的房間，你進來幹什麼？」他轉向羅惠：「準備車子，飛機，我們要和將軍一起離開！」

他說著，已經將羅惠的佩槍也解了下來，他鬆了一口氣：至少在目前，他和黃絹，佔著上風，事情算是相當順利，事情一直很順利，卡爾斯儘管怒不可遏，但是卻也怕他們會不顧一切地開槍，安排車子到機場，由機場起飛，卡爾斯和羅惠，一直在手槍的指嚇之下，唯命是從。

兩天之後，原振俠和黃絹已經來到巴黎，才知道卡爾斯的國度中，發生了一樁小小的政治風波，白人高級顧問羅惠，由高級顧問，被貶爲將軍的司機，另有七位西方通訊社的新聞記者，被列爲不受歡迎的人，而驅趕出境。

原振俠和黃絹對這樣的消息，並不是很感興趣，在這兩天中，黃絹像是千方百計地故意避開一個話題，這個話題，正是他們冒險的目的。

當他們一起步出巴黎機場之際，原振俠望著黃絹美麗的側面，道：「我們再也沒有機會去檢查卡爾斯將軍的頭部了！」

黃絹的神態異乎尋常的冷淡，在這兩天中，原振俠對於她這種神態的解釋是：那是她假裝出來的！可是黃絹為什麼忽然之間，在共同經歷了生死大關之後，會對他假裝出這樣的冷淡來，原振俠卻找不到原因。

黃絹道：「是的，再也沒有機會了！」

「那麼，我們要追究的謎——」原振俠轉到了黃絹的另一邊，黃絹又避開了他的視線。

「謎？」她嘆了一聲：「可能根本沒有什麼謎，只是我們的胡思亂想！」

原振俠在剎那之間，感到了被欺騙的震怒，他想發作，但也就在這時，他看到了黃絹現出了一種莫名的、看來極度惆悵的悲哀來。原振俠並沒有說什麼，只是道：「我以為我們已經是好朋友了！」

黃絹陡地向原振俠望來，兩人視線接觸之際，黃絹的嘴唇掀了一下，並沒有發出什麼聲音。接著，她移開了視線，昂起頭來，一副倔強和不在乎的樣子，語氣很冷，道：「女人是易變的，你應該知道這一點！」

原振俠負氣道：「我不知道！」

黃絹的回答來得極快：「那你現在知道了！」

原振俠站定身子，道：「是，知道了——我想我不必出機場了，就在這裏轉機，回東京去！」

黃絹繼續向前走，隨著她飛揚的長髮而飄過來的話是：「我沒有意見，再見！」她甚至沒有轉過頭來看原振俠一眼，原振俠望著她苗條頎長的背影，真想快步奔上去，追上她，將她緊緊地抱住，可是他的自尊心卻制止了他這樣做，一大群旅客湧過來了，隔斷了他的視線，當那些旅客走過去之後，原振俠已經看不到黃絹了。

回到學校，繼續上課，日子彷彿完全回復了平淡，原振俠沒有對任何人提起過自己的冒險經歷，事實上，就算他向人說起，只怕人家也不會相信，因爲經過太傳奇性了。他在等著，希望黃絹會再和他聯絡，等了十天之後，他自己忍不住了，在計算了一下時間差別後，打了個長途電話。

原振俠的法文並不是很好，電話打到黃絹的那個畫廊中，對方的回答重複了好幾遍，他才聽清楚：「黃絹？她是以前我們這裏的負責人，十天之前她辭職了，對不起，我們不知道她的住處。」

原振俠怔怔放下電話，「十天之前」，那正是她到達巴黎之後的第二天，究竟發生了什麼事，使黃絹如此匆忙地辭去了職務，下落不明？他發現自己對黃絹的瞭解實在太少，譬如說，這時，他就沒有任何辦法可以和黃絹聯繫了！

當天晚上，原振俠由於心情抑鬱，在一家小酒吧中，不斷地喝著酒。小酒吧中的生意很冷清，儘管音樂噪耳，原振俠的心情落寞之極，他靠在一個角落中，毫無目的地看著前面。

他看到門打開，一個酒吧女拉著一個滿面鬍子，頭髮撩亂的人走進來，那個被拉進來的人，手中抱著一隻軟皮的公事包，公事包脹鼓鼓地，也不知裏面放著什麼東西，看那人的神情，像是很不情願進來，口中道：「我真的有事，真的！」

那個拉他進來的吧女卻在發嗲，道：「好久不見了，你就一點也不想看我！進來坐一會，又有什麼關係？」

原振俠看到了這種情形，本來已不準備再看下去，因為在這類酒吧，那是極普通的情形。可是，當那人終於被吧女拉了進來，就在原振俠的對面坐下來，原振俠可以看清楚那人的形容之際，原振俠心中想：原來是他！

大約是一個來月之前，原振俠曾在電視上見過這個人，原振俠已記不起他的名字，只記得這個人是一個考古學家，當晚在電視中，這個滿面鬍子的人用極興奮的語調宣佈，他們的考古隊，在北海道地區，發現了一座古墓，不但有大量的殉葬品，而且還有好幾具完整的骸骨，並且有詳細的碑文記載，証明墓中所葬的人，是西元九十七年，被日本當時的景行天皇親自率大軍討平的熊襲部族的一個大將，在兵敗之後，逃到北海道，又繼續了一個時期的部落統治之後，才建立的古墓。

原振俠想起了這個大鬍子的身份，仍然絕未想到這個考古學家會跟自己發生任何關係，他看著空杯子，正想叫酒保再添酒時，突然聽到了一個驚呼聲，當他立即循聲看過去之際，看到一個人，將考古學家的公事包挾在脅下，正在向外疾奔而去，發出驚呼聲的，正是那個吧女，考古學家也站了起來，張大了口，驚呆得難以出聲。

那個搶了皮包，向外急奔的人，原振俠在一進酒吧就看到他。那個人獐頭鼠目，是一望而知不是什麼好東西的典型，當原振俠開始喝酒之後不久，曾注意到那個人一直在看著他，可能本來是想打他的主意，但在後來肯定了他只不過是一個窮學生之後，就不再下手了。考古學家雙手抱著的公事包實在太耀眼，所以才成了這個人下手的目標。

原振俠最初也沒有對這個人多加注意，他一面喝，一面只是不斷在想：黃絹究竟怎麼了？一定有極度的意外發生在她的身上，黃絹能幹、有決斷，是什麼意外令得她要這樣刻意躲避自己？

原振俠一面爲黃絹的安危擔心，一面也爲她自己的不信任而生氣，所以根本未留意那賊頭賊腦的人。

這時，那個人撞開了一個想攔住他的酒保，仍然以極高的速度，向外衝去，在快到門口之際，又撞翻了一張椅子，已經快衝到門口了。原振俠的反應也極快，他大叫一聲，順手拿起啤酒瓶來，向前直拋了出去。就在那人快衝出門去之際，啤酒瓶擊中了那人的背後。

那人一停不停，立即撞開門，奔向外，原振俠一躍而起，也向門外奔去，一出了門，原振俠看到那人，又撞倒了一個因爲醉酒正在街中心搖晃走路的人，已經奔到了街口。原振俠道：「站住！喂！站住！」

他一面叫著，一面飛快地追上去，街上十分冷清，那人和原振俠都奔得極快，轉眼之間，已奔到了橫街外的馬路上，原振俠也離那人更近了。

原振俠再度大叫，馬路上有幾個人站定了看，原振俠奔得更快，一伸手，抓住了那人的衣服，那人用力一掙，掙了開去，轉身，將手中的公事包，用力向原振俠砸了過來，原振俠立即雙手抓住公事包，同時踢出一腳，踢得那人怪叫著，一溜煙地奔進了一條巷子去了。

原振俠喘著氣，停了下來。出乎他意料之外，那看來塞滿了東西的公事包相當輕，由於公事包的質地很柔軟，原振俠還可以感覺到，包中是一個硬而圓形的物體。

原振俠心中想：那人一定不知道這公事包是屬於一個考古學家的，不然，他一定不會下手去搶，考古學家的公事包中，不會有值錢的東西！原振俠這時，也發現公事包的拉鏈，因為剛才的爭執而裂了開來，他不經意地向公事包望去，路燈相當明亮，他一看之下，就打了一個突：公事包中，是一個死人骷髏！

這時，那考古學家和酒吧中的幾個職員，也一路嚷叫著追了出來，考古學家一看到公事包在發怔的原振俠手中，便叫道：「好了，好了，東西還在！」

原振俠抬起頭來，道：「是……一個骷髏！」

考古學家一下子就將公事包搶了過來，雙手緊抱著，對原振俠瞪著眼，道：「是勘八將軍的遺骸！」他一面說著，一面又恭敬地將公事包高舉過頭，口中喃喃作聲，像是在禱告著什麼。

原振俠又好氣又好笑，轉身走了開去，那考古學家忽然叫道：「小夥子，你叫什麼名字？是醫科大學的學生？幾年級了？」

原振俠還穿著醫學院的校服，他轉過身來，回答了考古學家的問題，考古學家忙取出名片來，道：「我有一件事，要向你請教，你能不能跟我回家去？」

原振俠的心情很煩悶，已經接連好幾天晚上失眠，深夜還在小酒吧中，就是爲了不知如何才能度過漫漫長夜，一聽得考古學家的邀請，幾乎連考慮也沒考慮，立即就答應了下來。

考古學家的名字是海老澤。當原振俠看到他的名片之後，再看看他那種彎著身子，像蝦一樣的形狀，就幾乎忍不住笑出聲來。（海老在日語中的意思是蝦）

海老教授的住所，凌亂得超乎任何人的想像，本來是一幢相當精緻的房子，還有座園子，可是一進門，園子中就堆滿了種種「不知名物體」，在跨過一連串的隆起物之後，原振俠才發現那是巨大的石槨，可能不知是屬於什麼時代的古物。建築物看來久已沒有修葺過，一拉開門，玄關中充滿各種各樣莫名其妙的東西，幾乎無法插腳，但海老教授顯然早已習慣了這種凌亂，居然看也不看，就走了進去，而不踩到地上的雜物。

原振俠就不行，他要小心翼翼地落腳，才可以避免踏在那些莫名其妙的東西上。

進了客廳，情形並沒有好多少，海老教授著亮燈，來到几前，將公事包放下，鄭而重之地將那隻骷髏取了出來，放在几上，轉頭道：「來，未來的醫生，請你來看一下，勘八將軍致死的原因是什麼！」

原振俠呆了一呆，根據一個骷髏，來辨認這骷髏的主人生前的死因，並不是做不到的事。但是他這時，卻實在無法做得到。

首先，根據骸骨來判斷死因，那是一門極具專門的學問，並不是普通的醫學，而是法醫學的範疇。其次，即使是法醫，也不能一下子就講得出死因來，還得依靠許多儀器的幫助才行。

所以，原振俠一聽得對方這樣講，就搖了搖頭，道：「對不起，教授，沒有人可以一下子回答出這個問題來，你還是——」

海老教授搖著頭，道：「別教我該怎樣做，這一個月來，我抱著將軍的頭骨，走了不知多少地方！唉，所有的人，彷彿全都沒有了想像力，在他們看來認爲是不可能的事，他們就肯定了那是不可能的，就沒有一個人肯進一步去追究原因！」

看來，海老澤爲了這具頭骨，是受了不少委曲，所以一發起牢騷來就沒有個完。原振俠耐著性子等他講完，攤了攤手，道：「事實是——」

海老教授伸過手來，大聲道：「事實是，一定有極其古怪的地方！照說，他一定死在頭部中了刀，刀的一部分還牢牢嵌在他的頭骨之中，但是他又顯然在中了刀之後又活了好多年！在根本不可能再生存的情形之下活了下來……」

那句「在根本不可能再生存的情形下活了下來」令得原振俠的心中陡然一動，他打斷了海老教授的話題，道：「你說——」

海老作了一個手勢，道：「你自己來看！」

原振俠走向前去，在茶几前，坐了下來，望向那骷髏，只看了一眼，他的視線就定住了，再也不能移開，海老教授在這時候，移過一支燈來，照射著，好讓他看得更加清楚。

骷髏和其他的並沒有兩樣，作爲醫科大學三年級的學生，早已看過了不知多少骷髏，而令得原振俠一看之下，就驚訝莫名的是，在那具骷髏上，有著極細的一條深黑色的痕。乍看，是一道黑痕，但是看仔細些，就可以發現，那不是痕，而凸出來的一些東西，凸出的部分極少，還不到半公釐。原振俠伸手去摸了一下，那東西極其鋒利，幾乎割破了他的手指，那是一片極薄的鋼片，一片嵌在頭骨之中的薄鋼片，嵌在頭骨中的有多深，外面自然看不出來。

原振俠本來可以立即回答：致死的原因，是這樣的一片鋼片進入腦部，使腦部受了嚴重的傷害致死。可是，他的醫學知識，卻又使他不能這樣回答，因爲他又有別的發現。

原振俠看到，在那片鋼片凸出部分之旁，頭骨有輕度的變形生長的情形，說得具體一點：當鋼片才嵌進去時，凸出的部分可能有五公釐左右，而頭骨在鋼片附近又向上生長，形成了一個拱起，約有四公釐高、七公釐寬，這變形的生長，使得鋼片的凸出部分，變成只有半公釐。這種情形，真足以使得原振俠看著目瞪口呆！

原振俠是醫科大學三年級的學生，他一看到這種情形，就可以知道，這個人，在頭骨之中，被嵌進了那片鋼片之後，至少，還活了三年之久。因爲骨骼的生長相當慢，尤其是頭骨，要形成這樣的一個拱起，至少需要三年，或更長的時間。

然而，這怎麼可能呢？原振俠還不知道鋼片嵌進頭骨的部分有多深，但不論怎樣，這樣的嵌入，一定形成腦部組織的損害，這個人應該在受傷之後立即死亡的！

原振俠怔呆了很久，才道：「教授，你是怎麼知道這個人……在中了刀之後，又活了很久？」

海老神情憤怒，道：「我早已告訴過你，這是勘八將軍的遺骸，我已確實考証過，他是九十高齡，壽終正寢，並不是中了刀而死的！」

原振俠道：「那麼多年前的事——」

海老教授不等他講完，又以斷然的語氣道：「這一點，不必再討論了，你看，斷刀留在他的頭骨上，斷刀的附近，又長出了骨骼來，這不是証明他中了刀之後，又活了很久嗎？」

「是的，他又活了很久——」原振俠用手指指骷髏：「可是，你說那是一柄刀的斷裂部分？」

海老瞪著眼，道：「當然是！」

原振俠想了一想，道：「我對於歷史的認識，不是太深，勘八將軍是什麼時代的人？」

海老道：「西元一世紀！」

原振俠道：「那就是了，那時候，雖然已是鐵器時代，但是我不相信日本的鑄鐵技術，已經可以鑄造出這樣薄而鋒利的鋼片來！」

海老教授陡地一呆，顯然他以前未曾想過這個問題，他不斷地眨著眼，答不上來，原振俠又道：「那不是斷裂的刀尖，要弄明白那是什麼，唯一的辦法，就是將它取出來仔細研究！」

他一面說，一面已順手拿起一柄剪刀來，要去撬破那骷髏，海老立即像原振俠拿著剪刀鑿向他的頭部一樣，尖叫了起來，一把將骷髏搶了過來。

海老教授將骷髏緊緊抱在胸前，現出極其憤怒的神色來，喝道：「你想作什麼？這是無價之寶，你想破壞它？」

原振俠有點啼笑皆非，道：「那只不過是一個死人的頭骨而已——」

海老厲聲道：「胡說！這是勘八將軍的遺骸！」

原振俠看出自己無法在教授的手中搶下那骷髏來，他只好放下了剪刀，道：「那麼，至少要去拍幾張X光片，看看這鋼片嵌進他的腦部有多深！」

海老教授悶哼一聲，道：「這還用你來教我？我早已拍過照了！」

原振俠陡然緊張起來，頭部的X光片！這令他想起輕見博士和卡爾斯將軍。當然，那只是一種概念十分模糊的聯想，他沒有任何根據，可以將卡爾斯、輕見和這位勘八將軍聯繫在一起，但是，同是頭部的X光片，這令得他不由自主，呼吸急促。

他道：「你……已經看過這……照片？」

海老不耐煩道：「當然看過了，拍了就是要看的！」

原振俠腦中，閃過五朗和黃應駒兩人看了X光片之後的結果，但眼前的海老教授顯然未受影響，他吞了一口口水，聲音之中，有一絲連他自己也覺得討厭的怯意，道：「我可以看看？」

海老翻著公事包，取出一隻大紙袋來，抽出了兩張X光片，原振俠移過了桌上的燈來，將照片對著燈光，定眼看去。

普通醫學上使用的X光攝影，可以使肌肉部分在照片中消失，現出骨骼和它的內部組織來，那兩張照片，拍得十分清楚，原振俠看了一眼眨著眼睛——與其說他是在眨眼睛，還不如說因爲面部肌肉的抽搐，而不由自主地牽動了眼角來得恰當些，因爲他看到的情景，實在太特異了！

他可以清楚地看到，那鋼片嵌入頭骨的部分，足足有十公分之深，部位是大腦，看起來，鋼片的嵌入部分，剛好是在大腦左右半球之間，緊貼著左右半球的前頭葉！

原振俠深深地吸著氣，這樣的鋼片嵌入，一定是立即死亡。這是任何人可以肯定的事！但是這位將軍，卻分明在受了這樣的致命傷之後，又活了下來！

他的思緒極亂，但是，他卻已然有了決定，當他的視線終於離開了照片之際，他甚至聽到了自己頭骨轉動時發出的「格格」之聲。

海老教授又問：「未來的醫生，你的意見怎麼樣？」

原振俠苦笑道：「看來，這位古代的將軍，有一種超人的力量，能夠在腦部受了致命傷之後，仍然活下去！」他停了一停，用充滿了希望的哀求語氣，道：「教授，是不是可以將頭骨弄破，將這片鋼片，取出來仔細研究一下？」

海老教授勃然變色，斬釘截鐵地道：「不行！」

原振俠嘆了一聲，海老不肯，他只好照他的計畫來行事了，他道：「既然如此，我也無法提供進一步的意見，世上如謎一般不可解的事太多了，就算多了一件，也沒有什麼了不得！」

海老教授瞪著原振俠，現出一種輕視的神情來，原振俠裝成一副全然不在乎的神情，聳了聳肩，告辭離去。

原振俠並沒有將他的計畫立即付諸實行，而是等了三天，這三天，他心神不定，一閉上眼，就看到那個骷髏和X光照片。

第四天，他向學校請了假，由於他連連請假，教務長的臉色，極其難看，原振俠幾乎是抱頭鼠竄般地離開了教務長室的。

他離開了學校，來到了海老教授的住所附近，揀了一處隱蔽的地方，躲了起來，注視著前面，一直等了近兩小時，才看到海老教授挾了一大堆書，從住所之中，走了出來，一等他走遠，原振俠就潛進了海老的住宅。

他的計畫，就是要去偷那個骷髏。

這個計畫實行起來，一點也不困難，海老的住所，幾乎是不設防的，原振俠在潛進去之後，沒有費多少時間，就找到了目的物，安然離去，回到了宿舍。

他的房間，自五朗神秘死亡之後，一直只有他一個人住，他關上了門，拿起了一個鐵鎚，用力向那個被海老教授認爲是無價之寶的骷髏上敲了下去，三下兩下，已經將骷髏敲成了碎片。

那片鋼片的兩邊，還沾了一些骨骼，這又進一步証明這鋼片插入之際，人不是立即死去，骨骼附著鋼片生長，幾乎已和鋼片連成了一體。他小心將附在鋼片上的骨骼剔除，鋼片閃耀著一種股藍色的光芒，極薄，兩邊表面都不是光滑的，而是有無數極細的刻痕。那種刻痕，看來毫無規則，在已經是比頭髮還要細的刻痕之中，還有著許多更小的小孔排列著。

原振俠實在無法知道那鋼片究竟是什麼東西，但不會是一柄刀的刀尖，那是可以肯定的。

第二天，原振俠在報紙上看到了「著名考古學家住宅遇盜，據說是古代一位將軍的頭骨被竊」的消息，原振俠並沒有將之放在心上，因爲他知道自己做得很乾淨俐落，不會有人懷疑到他的身上。他全副精神，都用在觀察那片鋼片上，利用了高倍數的放大鏡，他發現鋼片上的刻痕雖細，但是極其精緻，那些小孔，是可以穿過鋼片的，只不過才一取出來之際，被骨骼的石灰組織填滿了，在六十倍放大之下，原振俠發現那極小小孔的周邊，還有著另一種更細的刻痕。

原振俠實在沒有法子說得出這片鋼片究竟是什麼東西，如果只憑直覺的話，他會認為那是來自某一種精密儀器中的一個零件，如集成電路板之類，可是那鋼片卻是他自一個骷髏之中取出來的！

接連兩天，他都在觀察那鋼片，可是仍然沒有結果，他開始懷疑海老教授的考古能力，西元一世紀！那是絕不可能的事，這鋼片上的刻痕、小孔，那種精緻程度，只怕連現代的工業技術，也不容易鑄造出來。

第三天晚上，原振俠想到認識一個人，是在一家精密儀器製造所工作的，不妨去問問他的意見。他小心地將鋼片包起來，離開學校，誰知才一出校門，就看到鐵男將車子停在路邊，正在鎖上車門，鐵男一看到他，便揚了揚手，轉動著車匙，向他逕自走了過來，直視著他，道：「海老教授住所的失盜案，是你做的吧！」

鐵男的問題來得如此之直接，令得原振俠全然沒有招架之力，只好張大了口，雖不想承認，但是又想不出否認的詞句來。而他這樣的神情，別說是在一個精明的警務人員眼中，就算是在一個普通人的眼裏，也就等於是承認了。

鐵男皺著眉，唉了一聲，道：「為什麼？快將那死人頭送回去吧，教授每天在警局吵鬧，全局幾百個人，幾乎都快發瘋了！」

原振俠苦笑道：「真抱歉，我已經將之弄碎了！」

鐵男盯著原振俠，道：「什麼？你也太胡鬧了，我必須拘捕你——」

原振俠忙道：「等一等，我當然是有原因的，你還記得輕見博士？我在那死人頭骨中發現了一樣極其奇特的東西，真是不可思議！」鐵男冷冷地望著原振俠，原振俠一副哀求對方諒解的神情，鐵男嘆了一聲，道：「那是什麼？」

「看來是一個電子組件。」原振俠的朋友陳山說。

陳山是高級精密儀器製造所的高級技師，有一半日本血統，父親是中國人，他手中翻轉著原振俠給他的鋼片，這樣說。

原振俠搖頭，道：「不對，這是一件古物，超過一千七百年了！」

陳山大笑了起來，道：「一千七百年之前，地球上哪個角落，要是有人可以製造出這樣的東西來，人類的歷史就不是現在這樣了，你看這些小孔，它們的直徑，不會超過百分之一公釐，在我們的製造所中，也要特殊的技術才能鑽出這樣的小孔來，而且這鋼片，看來是屬於鋨和鋼的合金，或是鉱和鋼的合金，你知道，鋨、鉱的熔點是多少？前者是兩千三百五十度，後者是兩千七百度——一千七百年前，就算一百七十年前，人類也造不出這樣的合金來！」

陳山一口氣說著，原振俠和鐵男怔怔地聽著，鐵男已經在來的時候，簡略地聽原振俠講起他的遭遇，這時，陳山的話，令得他們兩人心頭，同樣震驚。

鐵男喃喃地道：「一定是考古學家弄錯了，那並不是什麼古人的骸骨！」

原振俠指著那鋼片，道：「這樣的東西，如果放在人腦裏面，有什麼作用？」

陳山顯然未曾聽明白，以極其疑惑的神情望著原振俠，原振俠苦笑了一下，道：「算了！」

陳山伸指彈著那鋼片，道：「如果你想進一步弄清這是什麼東西，我可以利用製造所的設備，作進一步的研究。可是別催我，我只能用下班的時間來做這件事！」原振俠考慮了一下，答應了陳山，和鐵男一起離開。他問鐵男：「你還要拘捕我？」

鐵男望著漆黑的天空，神情沉思，道：「整件事情實在太怪了，不論那頭骨是古代的或是現代的，一片鋼片嵌在腦中而能活下去，真是不可思議！」

鐵男並沒有直接回答原振俠的問題，但原振俠已經放了心。他卻低著頭，道：「是啊！和輕見埋在泥中不死，卡爾斯在沙漠裏不死，同樣神秘！」

鐵男仍然抬頭看天，聲音低沉：「是不是世上另外有一種人，他們的生命力特別強，屬於一種超體能？」

原振俠也曾想到過這一點，便是卻全然無法建立一個最基本的概念。他只好嘆了一聲，寒風吹來，有點冷，他豎高了外套的領子，和鐵男在叉路上分了手，獨自一個人向前走去，不多久，他就感到有人在後面亦步亦趨地跟著他，原振俠陡地站定，轉過身來。

夜已經很深，街道上很寂靜，原振俠一轉過身，就看到一個人影，閃了一閃，閃進了一條橫街之中，原振俠深深吸了一口氣：真是有人跟著自己，那當然不會是鐵男，是什麼人？他並沒有停留多久，就繼續向前走去，在他身後的輕微的腳步聲，又傳了過來，原振俠並不轉身，只是向前走著，幾分鐘後，他認為時機已經來到，陡然轉過身，向前直衝過去。

在他身後的那個人，來不及躲起來，原振俠已一下子衝到了他面前，伸手抓住了他胸前的衣服。那人陡地驚叫了起來。

原振俠抓住了那人之後，才陡地怔了一怔。被他抓住的是一個年輕人，金髮、棕眼，現出十分驚惶的神色，是一個西方青年！

原振俠仍然抓住了他：「你在跟我，爲什麼？」

那青年急急道：「真對不起，我是一直在跟你，想弄清楚，你是不是哈拉。」

「原」是一個中國姓，這個漢字在日語中的發音是「哈拉」，在日本，人家都這樣稱呼原振俠的，原振俠又呆了一呆，道：「是，是又怎樣？」

那青年咧嘴笑了一下，道：「如果你是，我有一個口訊要帶給你！」

原振俠揚了揚眉，道：「來自什麼人？」

那青年道：「一位小姐，黃絹！」

原振俠震動了一下，鬆開了那青年的衣服，黃絹！和黃絹在巴黎分手之後，一直沒有她的信息，這時，原振俠隱隱感到有點不祥之兆，不由自主喘著氣，道：「她說什麼，請你快講！」

那青年像是背書一樣，顯然，他要講的話，是他早就背熟了的，他道：「不要再追究下去了，絕對不要。也不要等我的信息，我不會再和你聯絡。你有你的生活，可以很滿足快樂，何必自尋煩惱？」

青年一口氣講完，吁了一口氣，道：「我是在機場遇到她，她知道我有事要到日本，所以才託我傳達這句口訊的！」

原振俠的思緒一片紊亂，黃絹的話，他還不是全部明白，只知道黃絹是要他別再去追查輕見、卡爾斯將軍的事，但是，爲了什麼？

原振俠的呼吸急促：「哪一個機場？」

青年道：「你的臉色不是很好——是在新加坡機場！」他立時又補充了一句：「當時她要飛到香港去。」

原振俠仍是一片紊亂，黃絹已經離開歐洲了！她曾在新加坡出現，到香港去，那麼，現在她在什麼地方？她爲什麼要躲避自己？又爲什麼要自己放棄追查這件事？她曾如此堅決，不畏險地和卡爾斯這樣危險的人見面，爲什麼忽然又放棄了？

他心中有千百個問題，但沒有一個問題是有答案的，那青年又道：「她給了我相當豐厚的酬勞，而且要我一定當面，肯定是你之後，才將她的話轉達給你！」

原振俠神思恍惚，道：「你肯定她到香港去了？」

青年道：「是，至少，最後她持著去香港的機票——」他又自以爲是地，道：「其實，你們是很好的一對，要是有什麼誤會，爲了這樣的女郎，追到天邊去，也是值得的！」

原振俠苦笑了一下，他知道自己和黃絹之間的關係，絕無法向一個陌生人解釋明白，他深深地吸了一口氣，道：「謝謝你！」

青年一副輕鬆的樣子，道：「好了，從現在開始，我可以真正享受我的假期了！」

他說著，大叫了一聲，蹦跳著，向前走了出去，一面奔向前，一面還在向原振俠不斷揮著手。原振俠呆呆地佇立著，心中只是想：黃絹在哪裡？還會在香港？大阪到香港，不過三小時的航程，但即使到了香港，這個他自小長大的城市有好幾百萬人，他又有什麼辦法可以找到黃絹？

而所有謎團之中，最令他百思不得其解的是：何以黃絹要躲避他？

他一面想著，一面向前走著，當他爬過學校的圍牆之際，他已經確切地知道，他已無法再安靜地繼續學業了，他一定要去找黃絹。爲了什麼，他自己也說不上來。是爲了愛情，還是爲了他和黃絹之間，有著共同所知的秘密？但不論爲了什麼，他都要找到黃絹，越是黃絹叫人帶口訊來，叫他別去找她，他越是要找！

在決定退學後，原振俠不知道受了師長、同學多少譴責，但他已決定了，除了幾個好同學之外，人人都當他是個不求上進的青年，他也懶得辯駁，在離開日本之前，他在向鐵男道別之後，只有一件事要做了，那就是向陳山取回那片自骷髏中取出的鋼片來。

下午，他到了陳山工作的那個精密儀器製造所的門口，在傳達室中，表示了他的來意，傳達所的一個職員，以極其訝異的眼光望著他，像是望著一個什麼怪物一樣。

第七部：不可思議的結果

那個職員的目光是如此之怪異，以致原振俠心中也不禁緊張起來，那職員忙道：「對不起，你要見的，是……高級技師陳山先生？」

原振俠忙道：「是，他……怎麼了？」任何人都可以覺察到，一定有什麼不尋常的事發生在陳山身上，所以那職員的神情，才會這樣古怪。

那職員勉強笑了一下，道：「先生，你是陳先生的……」

原振俠陡地叫了起來：「告訴我，他怎麼了？」

那職員忙道：「是！是！陳山先生在……大約一星期，對，八天前，因為實驗室中的一宗意外而喪生了，那是午夜時分，並不是我當值……」

那職員又嘮叨了一些什麼，但是原振俠卻全然未曾再聽進去，他像是遭到了雷擊一樣地怔呆。

陳山死了！八天前，原振俠迅速地算了一下，那是他將鋼片交給陳山之後的第二天，這幾天，他由於有了決定，忙著辦退學手續，又要託遠在香港的朋友，盡可能去找尋黃絹，忙得沒有空和陳山聯絡，再也想不到陳山由於「意外」而死亡了！

原振俠感到了真正的震動和惘然，他只看到那職員拿起電話又放下，對他道：「我們公司的幾個負責人，想見一見你！」

原振俠「哦」地一聲，那職員又道：「陳先生完全沒有親人，你是他的朋友？」

原振俠又答應了一聲，當他在那個職員帶領下，走進去之際，他腳步虛浮得猶如踩在棉花上一樣。他進了會客室的時候，他看到有三個中年人在等著他，其中一個半禿頂的一看到他，就站了起來，道：「原先生？你是陳山君的朋友？」

原振俠勉強定了定神，點著頭。半禿中年人自我介紹，他是這間公司的負責人，還有兩個是主任級的高級職員。原振俠和他們寒暄了幾句，在這時，他感到了極度的疲倦，這種疲倦的感覺十分難以形容，或許只有長期在一團謎霧之中摸索，看不到任何事實真相的人，才能體會得到。他問道：「陳山……」

一個身形瘦削的主任神情很是氣憤，道：「陳君違反了公司的規章，未經許可，擅自在夜間啓用公司的精密實驗室，結果發生了爆炸，令得公司損失——」

禿頂的董事長打斷了他的話頭，道：「算了，陳君已死，不必再追究他的過失了……陳君有點遺物，不知原先生是不是可以接收？」

原振俠皺了皺眉，董事長解釋道：「陳君一個親戚也沒有，這些東西，我們不好處置。」

原振俠苦笑了一下，道：「不要緊，我知道他有一個親戚在香港，反正我就要到香港，可以轉交給他的親戚！不過，我想知道當時的情形怎樣？」

那個較胖的主任道：「我是陳君的上司，陳君在出事的那天，行動就很古怪，在中午休息時，他忽然像是很神秘地給我看一樣東西，那是一片鋼片，不知是什麼用途，看來他對之十分重視——」

原振俠聽到這裏，不禁「啊」地一聲。那鋼片！他立即想到，如果陳山的死和那片鋼片有關，那麼，他不是間接害了陳山？

主任對原振俠驚訝的態度表示很疑惑，但是他卻沒有進一步去探究，又道：「他徵求我的意見，但是我實在說不出那是什麼來，只是隨便看了一下，就還給了他。我聽得他在轉過身去的時候，自言自語地道：『我一定要弄清楚那是什麼，我已經有點眉目了。』我真不明白那鋼片有什麼值得研究的！」

原振俠苦笑了一下，那主任繼續道：「當天晚上他下了班之後，告訴我還有點工程要做，並沒有離開公司。猜想起來，他一定是想趁機利用實驗所中的設備，去研究那塊鋼片！」

原振俠感到有極度的虛脫之感，他問道：「當時，出事的情形如何？」

那胖主任道：「出事的情形如何，沒有人知道，因爲第三實驗室中，只有陳山君一個人在——」他說到這裏，指了指那個瘦削的主任，道：「田上主任和兩個助手，卻正在第一號實驗室工作，他們——」

田上主任和兩個助手，工作到凌晨，已經很疲倦了，但是他們的一項實驗，剛有了一點頭緒。任何實驗工作剛有了一絲頭緒的時候，也是最吸引科學家的時刻，三個人沒有一個人提議要休息，專注著電子儀器顯示實驗反應的數字。

就在這時候，陳山陡然衝了進來。

照規章，實驗室中如果有人在工作，門口掛著「請勿擅進」的牌子，與實驗無關的人，是不准進入的，但這時已是深夜時分，他們也料不到另外會有人在，所以連門都沒有鎖上。

陳山突然闖進來，田上等三人都覺愕然，只見陳山的神情，興奮莫名。

田上主任的追憶是：「陳山興奮之極，像是體內吸收了過量的酒精一樣，可是他的臉色卻是煞白的，當他站定之後，才在煞白的雙頰上，出現了紅暈，這証明他的情緒是極度的激動之中！」

陳山一進來，只是瞪著三個人喘氣，口唇顫動，卻沒有講出什麼話來，他的這種情形，任何人一看就可以知道，在他身上，有什麼極不尋常的事發生了。

田上主任是個很嚴肅的人，他和陳山雖然沒有直屬的統屬關係，但是他在公司的地位比陳山高，所以他當時就扳起臉來，道：「陳君，什麼事？」

陳山的反應更是奇特，他陡然間，「哈哈」大笑了起來，笑得極其歡暢，分明是他的心中，真有極值得高興的事情，他一再笑著，一面道：「你們再也想不到，世界上只怕沒有人想得到！」

他不斷重複著這句話，田上主任和他的兩個助手，給陳山怪異的神態弄得莫名其妙，田上主任忍不住叱道：「陳君，請出去！」

陳山伸手指向田上，道：「好，看看什麼時候，你求我回來！」他說著，一個轉身，就向外直衝出去，一面口中叫道：「我有了世上最偉大的發現！」

他在衝出去的時候，甚至沒有將門關上，所以田上主任等三人可以看到他衝進了第三實驗室。

田上主任在陳山離開之後，向他的一個助手道：「去看看他究竟在搞什麼鬼！」

田上主任這樣吩咐的時候，其實心中有著一股妒嫉之意在，從剛才陳山的神態中，任何人都可以看得到陳山是有了極其重大的發現，是不是他因此而可以在公司的業績上大大提高一步呢？所以他才要助手去看看。

那個助手應聲走了出去，來到了第三實驗室的門口，田上主任看著他將門推開了些，向內張望。

那助手看了沒多久，就退了回來，向田上主任回報：「陳君正在振筆疾書，看來，他對於某項實驗，有了顯著的成果，所以正在埋頭記錄著。」

田上主任沉吟了一下，成年人的世故，開始在他意念中形成，他想：如果這時，去向陳山祝賀，或者，陳山的研究未趨完善，他可以參加一些意見，那麼，日後如果有巨大的成就，他也可以有份了！

他想著，已經向外走去，來到了第三實驗室的門口，剛準備伸手去敲門，就聽到實驗室中傳來了陳山的怪叫聲！

那一下怪叫聲聽來十分駭人，田上主任當時就呆了一呆，而陳山的第二下怪叫聲也就在這時再傳了出來，這次，田上主任已經可以清楚地聽出來，陳山是在叫一個人的姓氏：「原！」

田上主任向原振俠看了一眼，神情冷漠，道：「原君，他叫的，正是你的姓氏！」

原振俠的心情很苦澀，陳山在當天晚上的神態，旁人看來，覺得很有異，但是在原振俠看來，卻一點也不覺得有什麼奇怪。原振俠知道他爲什麼興奮，那一定是他對那塊小鋼片有了進一步的認識，說不定已經知道了何以小鋼片會嵌進死人頭骨中的秘密！

他已經知道陳山接著就發生了意外，陳山在發生意外之前高叫他的姓氏：「原！」而羽仁五朗也是如此，原振俠的心情苦澀莫名，是不是由於他，才給他的兩個好朋友帶來了災禍呢？

對於田上主任的話，原振俠除了苦澀的笑容以外，一句話也說不出來。

田上主任陡地怔呆之後，立即叫道：「陳山君！」

可是，回答他的，並不是陳山的聲音，而是一下爆炸聲，接著又是另一下爆炸聲，兩下爆炸聲都不是很強烈，在爆炸之後，門縫中，立即有濃煙湧出。田上主任叫了起來，兩個助手也趕了過來，門並沒有鎖，他們推開門，整個實驗室中全是濃煙。還有火舌，三個人勉力鎮定，找到了滅火筒，撲熄了火，發現陳山伏在桌上，已經一動也不動了。

兩個助手扶起陳山來，進行人工呼吸，一直到消防局的人來到，陳山都沒有醒過來，他永遠不會再醒過來，他死了！

第三實驗室中的精密儀器，幾乎損毀了一大半，爆炸的原因是由於一台主要的儀器電源線路引起的，在極短的時間內，令得附近的一些化學藥物燃燒，發出了有毒的濃煙，陳山就是因爲吸入過多的有毒濃煙致死。

董事長和胖主任聞訊趕到時，天已亮了，陳山的遺體已被抬走，亂了一個上午之後，開始整理，將陳山的私人物件，理在一邊。其中，有大半張燒剩的紙，因爲當時，陳山伏在書桌上，壓住了紙的一半，其餘的紙都已成了灰，只有這大半紙，留了下來。紙上有些字，但寫的是中文，沒有人看得懂。

整個出事的經過，就是這樣，警方也曾派人來調查過，有一個刑警叫鐵男的，問題特別多，問得十分詳細云云。

原振俠聽完了陳山出事的經過，心頭不禁怦怦亂跳起來，他吞了一口口水，道：「在陳君的遺物之中，那片鋼片是不是還在？」

陳主任攤了攤手，道：「誰知道？當時實驗室中，到處全是碎金屬片，在清理的時候，誰也不會去留意一片鋼片的。」

原振俠心跳的原因，是他在敘述中，得知陳山曾對他的發現，做了筆記，剩下的那大半張紙還有字，可能正是他發現的記錄。而令他感到奇怪的是，鐵男曾來調查陳山的死因，爲什麼不去找他？鐵男曾和他一起到過陳山的住所，知道陳山和他的關係，昨天他還和鐵男道別，鐵男也沒有提起，這是爲什麼？

原振俠並沒有在這一點上再想下去，因爲那可以去問鐵男。他只是道：「真不幸，這……是一宗意外，陳君的遺物在哪裏？」

董事長拿起了內線電話，吩咐了幾句，不一會，就有一個女職員，拿著一隻紙袋進來，董事長將紙袋接了過來，交給了原振俠，客氣地道：「拜託你了！」

原振俠道：「謝謝你，我代陳君，向貴公司道歉！」

他接過了紙袋，真想立即就打開來，找出那半張燒剩的紙來，看看上面寫著什麼。可是他還是忍住了，向三位負責人告辭，離開了這家公司。

他一離開，就在路邊找到了一個地方，坐了下來，打開紙袋。紙袋中有不少零星的東西，全是陳山身邊的物件，有一張紙，折疊著，原振俠忙將這張紙抽出來，打開。

紙打開後，是一個狹長條。本來一定是正常打字紙大小，燒去的一半是紙的左半邊，還有著焦痕，紙上寫著十分潦草的字跡，字忽大忽小，顯示出寫字的人，當時的心情十分不平靜。

原振俠緊張地去看紙上寫的字，一看之下，他不禁叫了一聲「糟糕」！

紙上的字，是橫寫的，由於是橫寫的緣故，紙又被燒去了左半邊，所以每一行字，都失去了一半，變得文句完全不連貫了。原振俠用心地看著，在已剩的字跡中，也有幾個他認不出來的，看了一遍後，他不禁怔呆，那看來不像是什麼實驗的記錄，而像是一封信！

原振俠再看了一遍，更可以肯定那是一封信，這封信，還沒有寫完，所以陳山沒有署名，而這封信是寫給什麼人的，也不知道。因爲橫寫的信，習慣上將收信人的稱呼，寫在左上角上。而信的左半邊，是已經被火吞噬了的。

原振俠連看了三遍，然後，再在破碎的句子之中，去揣摸這封信完整的意思，信並沒有寫完，一共只有七行，原振俠所能看到的，是七個半行。

那封信，剩下來的文字如下：

「……的不可思議之極，分析不出其中的主要成份……光譜中顯示的色彩，表示那種元素……可以肯定，我的發現是世上所從未知悉的……是不是有這個可能呢？你是從哪裡……看亙古以來的一個極大的秘密，天，這個秘密……到會有不幸，很奇妙的一種預感，可能是……我的，這時，我覺得有人在向我講話，我」

在寫到最後的一個「我」字處，「我」字的最後一筆，有著相當程度的拖長，可能是陳山在那時，受到了極度的震驚所致，會不會就在那時，是他發出第一聲驚叫聲的時候呢？

陳山的第二聲呼叫聲，叫出了一個「原」字，那麼，原振俠想，極有可能，陳山的這封信，是寫給他的。這樣的假定，十分合情理。

首先，可以肯定的是陳山在第三實驗室中，連夜所做的研究，研究的目的，是想弄清楚原振俠交給他的塊小鋼片是什麼東西。假定他已有了發現，要向原振俠作報告，第一和第二行的斷句，表示他在金屬光譜分析儀中，看到金屬的反應光，那小鋼片中，有極奇奇特的金屬元素在。第三行斷句：「你是從哪裡……」是不是可以作爲他問自己是從哪裏找到那小鋼片的？

當日，原振俠只告訴陳山，那小鋼片是來自一個死人頭骨的內部，這個死人頭骨，根據考古學家說，是屬於西元一世紀的一個大將軍的！

信中接下來，是說他發現了一個大秘密，但究竟是什麼秘密，陳山可能寫下來，也可能沒有寫下來，紙的一半已被燒去，變成了全然無可追究。

再接下來，陳山的心情很緊張，有了不幸的預感，又寫下了什麼有人在和他講話，這真是不可解到了極點。

原振俠看了幾遍，想了又想，還是想不出什麼頭緒來，他心中作了一個決定，找鐵男去！

原振俠急急向前走著，又跑步趕上了一輛公共汽車，轉了車，在警局門口停下來。當他走進警局，向當值警官表示要找鐵男刑警時，當值警員道：「啊，你來得不巧，鐵男到東京去了，今天一早走的！」

原振俠呆了一呆，道：「到東京去，幹什麼？」

值日警員道：「我不清楚——」他看到原振俠的神情十分焦急，又道：「如果你一定要知道的話，倒可以告訴你一些大概！」

他的樣子有點神秘，吸了一口氣，道：「他到東京去了，他說他要找一個嫌疑犯，正在東京，他一定要去找他。」值日警員解釋著，又補充了一句，道：「真好笑，他要找的那個人，也不是犯了什麼大事，不知道他爲什麼緊張——」

原振俠對當值警員接下去的話，已沒有什麼興趣再聽下去了，可是那警員卻是一個十分健談的人，仍然自顧自地說著：「那個人，鐵男說是一個偷掘墳墓的人，真不可想像，到如今，還會有這樣的人！」

原振俠聽了這句話，心中陡地一動。他迅速地想，鐵男和自己，曾做過偷掘墳墓的事，而鐵男又在追查一個偷掘墳墓的人，這事情不是很怪異嗎？

他直視著那警員，道：「偷掘墳墓？那個鐵男要找的人——」

值日警員壓低聲音，道：「上司認爲他簡直在胡鬧，你知道他要追蹤的那個人是什麼人？」

原振俠感到對方的態度十分曖昧，他沒有說什麼，只是等著對方說下去，那警員四面看了一下，壓低了聲音，說出了一個名字來，原振俠一聽到這名字，也不禁陡地一呆，道：「什麼意思？鐵男並不是這樣胡鬧的人！」

那警員笑道：「本來就是，任何人一聽，都說他是胡鬧。但是他卻十分認真，這次他到東京去，是利用他私人假期去的，上司根本不會相信他的話！」

原振俠苦笑了一下，鐵男從來也沒有對他說起這些。鐵男懷疑一個人曾偷掘墳墓，作為一個警隊人員來說，本來是一件很尋常的事，可是他心目中的那個嫌疑者，剛才在警員口中聽到她的名字……原振俠向那警員靠近了一些，道：「你說，鐵男是去找泉吟香小姐去了？」

那警員道：「可不是！這真是胡鬧了，上司要是知道，會把他革職！」

原振俠完全同意，因為泉吟香絕不是普通人！

第八部：美麗女明星偷了人頭

泉吟香，是藝名，她的真姓名，公眾並不知道，為的是保持她的神秘感，這是泉吟香的經理人和宣傳人員弄出來的花樣。

泉吟香，自兩年前的「吟香旋風」開始，就已經征服了成千上萬年輕人的心，「吟香旋風」是新聞界加在泉吟香身上的名詞。

「旋風」開始的時候，泉吟香是歌星，三張唱片在全國同時推出，一反歌星竭力宣傳自己的傳統，三張唱片的封上，只有「泉吟香」的名字，沒有她的照片。泉吟香的樣子是什麼樣的，完全沒有人知道，只可以聽到她那種美妙絕倫，極其動聽的歌聲，「神秘女郎」繼續出了超過二十張唱片，已經風靡了全國，至少有上百個第一流的報紙、雜誌記者，用盡方法也無法探出她的真面目來。

有不少專家，根據泉吟香的聲音，想像她的樣子，繪出了她的形容，即使那不是真實的泉吟香面容的海報，行銷的數量，也極其驚人。

要求泉吟香露面的呼聲越來越高，這個神秘的，只以歌聲征服了人心的女郎，令得人人都渴望看到她的真面目。時機已經完全成熟，那天，市郊的一個廣場上，一早就聚集了上萬的群眾。聞風而來的人，有的來自北海道偏僻的漁村之中。

廣場的中心，搭著一座高臺，各電視公司的工作人員，早已紛紛佔據了有利的地位，三家電視台，甚至利用了消防車的雲梯，以便泉吟香小姐一出現，就可以攝得近鏡頭。

更多的人，守在電視機前，令得街道上的行人，也為之減少。

泉吟香小姐露面的剎那經過，幾年之後，仍為人津津樂道：將近正午時分，五架直升飛機，突然自天際出現，向廣場的中心飛來，排列成四架在四角，一架在中心。到了廣場的上空，五色繽紛的鮮花，自直昇機上，向下洒來，數量之多，簡直就是一陣花雨。

接著，長曳的五色絲帶，自直升飛機飄下，在空中，艷陽之下，閃耀著奪目的光彩，到了正午，中間那架直升飛機的底艙門打開。一個綴滿了鮮花的吊籃，徐徐落下，泉吟香就坐在那花籃之中，落到了臺上。

當泉吟香盈盈步出花籃之後，用她那動聽之極的聲音，加上嬌艷媚麗得令人目眩的微笑，向幾萬個注視著她的人道：「我就是泉吟香，請大家多多指教！」

台下的掌聲和呼叫聲，持續了三十分鐘以上。

自從那次露面之後，泉吟香更為大眾所認識，她的美麗，在任何畫家的想像之上！她一面唱歌，一面又進軍影壇，當她第一部電影推出上映之後，觀眾之中，有人有連看八十遍紀錄。

泉吟香是真正的天王巨星，在整個日本，可以說沒有一個人的名氣，可以和她比擬。當然，隨之而來的是利，連續幾年，個人首位收入的名字都是：泉吟香。

經過了那樣簡略的介紹之後，說「泉吟香不是普通人」，應該沒有人會否認了吧！

可是，就是這樣一個傑出不凡的人，鐵男卻懷疑她曾去偷掘墳墓！當鐵男向他上司提出這一點的時候，他曾受到上司什麼樣的責罵，不得而知，但他的上司沒有立即調他去學校門口帶小學生過馬路，那已經算是寬容之極了！然而，鐵男卻堅信自己的判斷，追到東京去了！

原振俠想了一想，是的，當他和鐵男，夤夜去發掘輕見博士的墳墓的時候，香吟泉正在大阪，好像是為了拍一部電影，報上和電視上曾連續報導過她來到的新聞。

鐵男何以會懷疑泉吟香是一個偷掘墳墓的人呢？

自五朗死亡時開始認識鐵男，原振俠把他當自己的好朋友，他感到自己有責任去勸阻一下，免得鐵男再固執下去，鬧了大笑話。他考慮成熟之後，向那警員問了鐵男可能在東京住宿的地點，然後他向航空公司改了行程，先到東京去，再由東京取道到香港。

鐵男的臉色非常憔悴，可知他一定有好幾天未曾好好地睡過了。事實上，在新宿區的那種小旅館中，整天晚上進進出出的全是來闢室約會的情侶，根本無法令人安睡，便何況鐵男想進行的事，一點也不順利。

原振俠就是在一條橫巷的一家小旅館中找到鐵男的，當他和鐵男走出旅館門口之際，對面的一家電動遊戲機店鋪，正發出喧鬧之極的聲音，他們來到附近的一家小吃店，鐵男一口氣喝了好幾杯酒，才放下酒杯，道：「你以為我是胡亂猜的？不，我有充分的証據，可是沒有人肯相信我！」

鐵男說的，當然是他懷疑泉吟香偷掘墳墓的事。

原振俠吸了一口氣，小心地道：「你是說，掘開輕見的墳墓，將屍體的頭顱砍下了一大半的人，是這個嬌滴滴，人見人愛的大明星？」

鐵男咬牙切齒，極肯定地道：「是！」

原振俠嘆了一口氣，道：「本來我準備從大阪直接走的，就是爲了想來勸阻你——」他的話還沒有講完，鐵男陡地一伸手，按住了他的肩頭，用嚴峻的目望定了他，道：「至少，你得聽我說！」

原振俠有點無可奈何，道：「好，你說！」

鐵男道：「在我們發掘輕見博士的墓前，墓地曾被人掘開過，這一點可以肯定，是不是？」

「當然是。」原振俠同意地：「不然，屍體的頭部不會不見，可是——」

「先聽我說！」鐵男的神情極嚴肅，半分開玩笑的意思也沒有：「你以爲那天晚上我們分手後，我就沒有再注意這件事？事實上，我們可以說是在分頭進行，你和那位黃小姐在進行，我也在進行！」

鐵男提起了黃絹，令得原振俠又起了一股悵惘之感，他點了點頭，沒有插嘴。

鐵男又喝了一杯酒，道：「當晚分手之後，我一晚沒有睡，想從種種不可解的謎團中，理出一個頭緒來，可是沒有結果，第二天一早，我就自然而然，又來到了墓地——」

原振俠用心聽著，也回憶著當時的情形，是的，那天晚上，他們聯手掘開了墓，黃絹突然出現，他們發現屍體少了頭部，分手之後，一連好幾天，他都沒有和鐵男聯絡過。看來，鐵男懷疑泉吟香弄走了輕見的頭部，就是在那幾天中調查出來的。

鐵男深深吸了一口氣，道：「我到了墓地——」

清晨，朝陽才升起不久，墓地上的草光，還有著晶瑩的露珠。鐵男整個晚上，在整理不出整件怪事的許多謎團之後，將思緒集中在其中的一點上。他知道，只要突破這一點，其餘的疑團，就可以迎刃而解。

他要攻破的一點，就是：誰在他和原振俠之前，掘開了輕見博士的墓，將屍體的頭部弄走了！

他記得昨天晚上來掘墓的情形：正中兩塊石板的隙縫中，沒有野草，由此可知，那個先他們一步掘墳的人，就是在這兩天行事的。

作爲一個有經驗的警務人員，鐵男對於在現場找到點線索，倒充滿信心。他到了墓地之後，先來到了黃應駒教授的墓前，本來，他有點懷疑突然出現的黃絹，但是他仔細觀察了一下，不錯，黃應駒的墓，也像是在近期被挖掘過，黃絹沒理由動自己父親的墳，可以不必懷疑她了。

鐵男接著，又觀察了一下整個墳場的情形，發現黃應駒的墳地，離輕見的墓，不是太遠。他也看到了一道明顯的汽車輪胎痕跡，肯定是昨天留下來的，那應該是黃絹的那輛車。

他也看到，自己車子的車胎痕跡也淸晰的留著。這裡絕少人來，就算是幾天之前留下的車痕，也不容易消失，除非最近曾下過大雨，但是接連幾天，全是晴天，這令得鐵男更充滿了信心。

十分鐘後，他已經發現了另一道車痕，車痕證明這輛車子曾駛過一片草地，將一大叢已經結了籽的狗尾草壓的東倒西歪，還未復原。

鐵男隨手採下一根狗尾草，轉動著，再向前走去，他忍不住大聲叫了起來！他的運氣太好了！在經過了草地之後，清晰的輪胎痕跡出現了！看來，大約是兩天到三天前留下來的，痕跡一直向前延伸，有時因爲地面的堅硬，或者是草地，顯得模糊，但是至少有六七處，是清晰得一眼就可以看出輪胎的花紋的。痕跡直伸到輕見的墓前。

令得鐵男感到自己運氣太好的是，輪胎的花紋十分奇特，很多凸紋，這種花紋，鐵男一看就可以認出，那是屬於一種性能極其優越的德國製跑車所特有的。

這種德國出品的跑車，售價極其高昂，收入絕不豐厚的警務人員如鐵男，只好在夢中想想而已。所以，這種車輛並不多，像大阪這種工商業都已十分發達，而且居民也已捨得花錢而著稱的大都市，只怕這種車輛，也不會超過三十架。

這使得調查工作的範圍，大大縮小，也難怪鐵男興奮。

鐵男在離去之前，又將輕見博士的墓地，整理了一下，昨晚，因爲黃絹的突然出現，他們走得倉促了些。然後，他在墳前一鞠躬，道：「博士，我一定會將你失去的頭部找回來！」

鐵男回警局之後，不到半小時，已經得到了全部這類跑車車主的記錄，車主自然全是富有的人，他又花了兩天時間去調查，卻完全找不到任何一輛車子，有曾在當晚到過墳場的可能。其中有七輛這樣的車子，車主甚至不在大阪，駕著車到外地去了！

調查觸了礁，鐵男的心情十分煩悶，他回到警局，在警局門口，看到一隊警員，正在整裝待發，他順口問了一句：「有什麼事？」

一個警員道：「泉吟香拍外景，我們奉命去維持秩序，想一睹風采的群眾太多！」

鐵男當時只是「哦」地一聲，隨即舉步。他腳還未著地，就閃電也似，想起了一點：天王巨星泉吟香用的車子，正是那種德國製跑車！

在大阪的車子，可以離開大阪到別的城市去，東京的車子，當然也可以到大阪來！鐵男清楚地記得，曾經看過一篇報導，說泉吟香嗜愛跑車，曾駕著這種跑車，在一小時之內，於公路上超越過一千輛其他的車輛！

鐵男停了下來，一面想著，一面搖著頭，他自己也覺得這樣想法太荒謬了。一個像泉吟香這樣的大明星，又是女性，將她和午夜盜掘墳墓，砍下屍體的頭部聯想在一起，非要有超凡入聖的想像力才行，鐵男自度沒有這樣的想像力，所以他一面搖著頭，一面向自己的辦公室走去。

可是，當他來到了辦公室之後，他卻感到坐立不安，那念頭老在他腦際打著轉。他自言自語：「當然是萬萬不可能，但是，即使只有億分之一的可能，作爲一個優秀的警務人員，是不是應該放棄呢？」

他立即有答案，不應該放棄！

所以，他立時提起外套，一面穿，一面向外衝去，同時大聲問他的同事：「泉吟香拍外景的地點在哪裡？」

外景地點，是在大阪一家新落成的酒店男女主角在酒店的商場，一間花店前邂逅，男主角從花店中出來，手中捧著一紮黃玫瑰，本來不知道是準備送給什麼人的，但一看到了泉吟香扮演的女主角，目瞪口呆，手中的花落到了地上……

鐵男來到的時候，商場暫封鎖著。鐵男由於是警務人員，所以他可以進入，他看了片刻，看到有一位高級警官，也忍不住在要求泉吟香小姐簽名。他找到了一個工作人員問了幾句，知道泉小姐是自己駕車來的，就立即到了停車場。

鐵男看到了那輛德國製的跑車，淺紫色，而有著嫩黃的波紋。由於影迷實在太熱情，希望得到任何和泉吟香有關的東西作爲紀念，所以她的車子附近，也有四個警員守著，不讓閒雜人等接近，不然，只怕這輛車子，會在半小時之內，被影迷和崇拜者拆成數千碎片了。

鐵男走過去，和看守的警員打了一個招呼，來到車子的近前，手按著車子。一個警員笑道：「怎麼？想找點紀念品？」

鐵男笑著，向車子的前輪看去，突然之間，他臉上的笑容僵凝，雙眼突出，連呼吸也爲之急促起來。

鐵男來看這輛車子，只是抱著「億分之一」的希望。可是這時，他卻看到，車子的前輪胎的凹紋中，有著褐黃色的軟泥。這種顏色的泥土，和墳場附近的泥土顏色相類。而令得鐵男心頭狂跳的，還不止於此，他還看到了凹痕之中，有斷裂了的狗尾草！

鐵男當時的神情，極其異特，引起了那四個警員的注意，一個警員道：「咦，你怎麼啦？影迷很少看到泉小姐車子就昏過去的！」

鐵男清了一下喉嚨，才能說話，他先取出了一張紙來，然後，用隨身帶著的小鉗子，將車輪上的泥和狗尾草，盡量擷取了下來，向那四個警員道：「如果有必要，要請你們証明，這些草和泥土，是我從這輛車子的輪胎上取下來的！」

那四個警員更加詫異發出了一連串的問題，但鐵男一個問題也不答，他專心一致，透過車窗，觀察著車子內部的情形。車內的裝修很豪華，看不出和一個盜掘墳墓的人有任何關係。

鐵男來到了車尾，注視著行李箱，他道：「我要打開行李箱來檢查一下？」

四個警員面面相覷，一個道：「有上頭的命令嗎？」

鐵男道：「沒有，你們只當看不見好了！」

一個警員發急道：「那怎麼可以？我們……都會受到紀律處分！你究竟懷疑泉小姐做了什麼事？」

鐵男心想，若是將自己的懷疑講出來，四個警員一定會合力將自己制服，送到瘋人院去，所以，他嘆了一聲，道：「老實說，我女朋友，她要我找一樣泉小姐的紀念品，聲言說我如果找不到，她就不會再和我這個不中用的警員來往！各位想想——」

四個警員的神情仍然十分爲難，鐵男一面裝出一副可憐的模樣來，一面卻已開始行動，他開鎖的技術，算是相當高明，但是也費了好幾分鐘，才將行李箱打了開來。

首先映入他眼簾的，是一把鏟子，連柄全是不鏽鋼鏟子，看來十分精緻，鏟尖，也有著褐黃色的泥土殘留著。在鏟子下面，壓著一幅白綾，看到了那幅白綾，鐵男的心幾乎要從喉嚨中跳了出來。那白綾，和覆住輕見的屍體，與原振俠說原來沒有的那幅，一模一樣！

鐵男的神情疑惑之極：泉吟香爲什麼要去掘墓呢？那是絕無可能的事，但是如今這些証據，已足可以証明泉吟香是掘過輕見的墳墓的！

鐵男站著發愣，心中亂成一片。

在他身邊的四個警員，也忍不住向行李箱中望了一眼，因爲他們看到鐵男的神情，像是在行李箱中看到了一個有十二個頭的怪人一樣。可是他們看了之後，卻莫名其妙，雖然在大明星的車子行李箱中有一柄鏟子比較古怪，但也沒有不可以有的道理。

鐵男後退了一步，然後又走向前，伸手去取那柄鏟子和白綾。

這時，一個警員阻止了他，道：「鐵男君，這是私人物件，沒有通過法律程式，是不能夠擅自取動的。」

鐵男說了一句，道：「這是一項犯罪行動的証據！」

四個警員一起以充滿怒意的目光望著鐵男，其中兩個，甚至粗暴地伸手來推他。鐵男舉起了雙手來，道：「不要緊，你們肯這樣盡責地守著著行李箱中的東西，很好！很好！」

他說著，就轉身離開，直奔酒店的商場，擠過了一些人，一直來到正在由化妝師梳頭的泉吟香面前，將自己的警員証件給她看，然後俯下頭，低聲道：「小姐，只要你告訴我輕見博士的頭顱在哪裡，我可以將一切証據，全部消滅。」

泉吟香望著鐵男，長睫毛閃動著，美麗的臉龐上充滿了一種近乎天真無邪的美麗。泉小姐當然不會真的是天真無邪的人，沒有一個天真無邪的人，可能達到這種顛峰的成功地位。但是，鐵男也決計想不到，當這樣一雙美麗的眼睛望向他時，同樣美麗的小咀張了開來，卻會發出這樣可怕的聲音！

泉吟香小姐發出的尖叫聲，令得鐵男立時汗流滿面。她甚至於不必進一步再講什麼，只是一面尖叫，一面用手指著鐵男，立時便有四條大漢上來，一邊兩個，挾住了鐵男，將他橫拖倒曳拉了開去。

鐵男的行動，驚動了警局的高層負責人，好幾個高級警官，一起向泉吟香小姐鞠躬致歉，看來彬彬有禮，十足君子。可是當他們回到警局，對著汗流浹背的鐵男發出怒吼聲之際，看來又十足是找不到水源的澳洲原始獸。

鐵男連分辯的機會都沒有，他只是囁嚅著說了一句，道：「我……有証據証明泉小姐曾偷掘過一座墳墓，非法損壞了其中的屍體……」

這一句話還是分三四次才講完的，在間斷的時候是高級警員不斷的「馬鹿」之聲。鐵男嘆了一口氣，知道自己沒有希望了，從那一刻起，他就決定利用自己的時間來調查這件事。

鐵男好幾次想接近泉吟香，但是他發現那幾乎是不可能的事。因爲在她的周圍，永遠有著那麼多人。

除非鐵男再冒一次險，讓泉吟香尖叫地指著他。然而鐵男實在不敢想像他如果再次這樣做的話，他那幾位上司會怎樣對待他！鐵男不是肯輕易放棄的人，他一直在等機會，泉吟香在大阪沒有幾天，外景隊工作結束，她回到了東京。

要知道她的行蹤，倒不是一件難事，任何舉動都可以成爲矚目新聞的大人物，是幾乎沒有私生活的。鐵男一直在留意泉吟香的生活，知道她在東京，一等到他自己也可以請假時，他就來到了東京。

到了東京之後，一連幾天，他都在跟蹤泉吟香，但是情形和在大阪時沒有多大的差別，他無法接近泉吟香。一直到他找到了一個機會，準備行動時，原振俠找來了。

原振俠用一種極其異樣的眼光，望定了鐵男，鐵男在講述他行動的經過之際，原振俠並沒有插口，這時，他忍不住道：「鐵男君——」

鐵男不等他講完，就惱怒地道：「別說我是瘋子，這種指責，我聽得太多了！」

原振俠苦笑了一下，道：「我絕不懷疑你搜集到的証據。但是那些証據，至多說明泉小姐的那輛車子，曾經到過墳場，不能直接証明駕車的是她！」

鐵男翻著眼，道：「你以為我沒有想到這一點？事實是，她的車子，日夜都有人看守，除了她自己以外，誰也不能動用！」

原振俠再苦笑了一下，道：「事情好像是完全沒有道理的，這樣一個紅透半邊天的大明星，為什麼要去盜墓？砍下半邊死人頭來？而且，這種工作，也不適合一個如此艷美嬌弱的女人去做！」

鐵男悶哼了一聲，道：「在沒有聽到她指著我發出尖叫聲之前，我也是這樣想——閒話少說，今天我有機會，可以單獨和她講話，本來我準備獨自行動的，你來了，正好，我要你參加！」

原振俠一點也不知道鐵男所指的「機會」是什麼，聽鐵男說來，也像是沒有什麼特別。鐵男既然曾陪過他去午夜掘墓，他自然也不妨答應鐵男的要求。雖然事後，他後悔得幾乎想把自己的脖子扭斷，但這時，他真的不知鐵男的計畫，荒唐大膽到了這一地步！

鐵男很高興，道：「好，這就走！」

鐵男說著，抛下了一張鈔票，朝外就走，原振俠忙跟在他的後面，道：「等一等，你要到哪裡去見泉吟香，不要再像上次一樣！」

鐵男回頭，向原振俠神秘地笑了一下，道：「不會，這次一定不會！」

鐵男高瘦的身子，令得他的步子十分大，當他急速地向前走著之際，原振俠要很吃力才能跟上他。他們走進了地下鐵路站。原振俠根本不知道要到什麼地方去，就只好跟著鐵男。四十分鐘之後，他們來到了機場。目的地竟然是機場，這令得原振俠大大出乎意料之外。

鐵男在到了機場之後，直闖進了間小型飛機出租公司，裏面的一個女職員忙站了起來，道：「先生，你要的飛機，準備好了，請你在這些文件上簽字。」

鐵男看也不看，就在文件上簽字。直到這時爲止，原振俠仍然不知道鐵男要幹什麼，他好幾次要問，都被鐵男狡獪地眨著眼，阻止他說下去。接下來，一個公司職員帶著他們，到了停機坪的一角，那裏停著不少小型飛機。當可以看到停機坪的時候，原振俠就看到了那一大堆人。

那一大堆人，聚集在另一架小型飛機之前，雖然是白天，可是閃光燈的光芒，還在連續地閃動。原振俠一面向前走，一面回頭看著，突然，他看到一團鮮黃，踏上了小型飛機通向機艙的梯子。那是一個隔得相當遠看過去，仍然令人爲她的美麗屏住了氣息的美女，一身鮮黃色的飛行衣，一條長長的，同樣是鮮黃色的絲巾，在迎風飄盪。這個美女在梯級上略站了一站，又轉過身來，讓人拍照。

原振俠吸了一口氣，向鐵男道：「泉吟香？」

鐵男並沒有回答，只是道：「快，我們還是遲了！」

他向前奔去，奔向一架小型飛機，原振俠只得跟在後面，兩人一進了機艙，鐵男的行動，迅速得令人難以相信，顯然他是一個極其熟練的駕駛員，不到三分鐘，由鐵男駕駛的小型飛機，已經衝上了天空。原振俠向下看去，看到泉吟香也進了飛機，飛機開始在跑道上滑行了。

原振俠令自己坐得略微舒服一點，因爲鐵男正令飛機在上空盤旋，他道：「原來你是想利用飛機的無線電和她通話！」

鐵男點頭道：「是，這種情形下，她想躲避也躲不過去，她尖叫，也不會有人來抓我！」

原振俠又欠了欠身子，這時，可以看到泉吟香的飛機已經起飛了。

「她會向富士山的方向飛，」鐵男緊盯著泉吟香駕駛的飛機，「這是她的癖好之一，一個月至少有兩三次這樣單獨的飛行。路線是越過有『日本屋脊』之稱的，以富士山爲中心的山峰群，這些山峰，也被稱爲『日本的阿爾卑斯山』，有些高峰，終年積雪，山勢雄偉，人跡不到。據說，我們的大明星，很享受在空中俯視雄峻的山峰，認爲在其中，可以體會出人生的真諦！」

鐵男的話中，有著明顯的不屑的意味，原振俠看著她的飛機漸漸飛遠，鐵男操縱著飛機追上去，同時調整著無線電通訊的頻率，低聲道：「但願我查到的頻率是對的！」

他的聲音變得低沉，叫著那架飛機的機號，道：「泉小姐，請你答話，請你用以下的頻率答話，指揮塔有重要的事情通知！」原振俠在這時候，也多少有點緊張，他是一個極大膽及頑皮的人，然而像這樣空中追逐回答，即使對他，也是一種極刺激的事。鐵男呼叫了兩遍，就有了回答，傳來的，正是人人聽了都可以認得出的那種甜柔動聽的聲音，泉吟香的聲音：「指揮塔，有什麼重要的報告？」

鐵男吸了一口氣，用十分急速，但是十分清晰的聲音道：「泉小姐，我可以肯定，你曾經去偷掘輕見博士的墓，將他的頭顱，砍下了一半來，爲什麼？」

通訊儀中，傳來了一下聽來像是打錘一樣的聲音。同時，也可以清楚看到前面的飛機，突然擺動了一下，那自然是駕駛人在剎那間受了震動，以致飛機在極短時間內失去了控制之故。

鐵男的話，沒有得到回答，泉吟香的飛機，仍然在向前飛，鐵男的聲音，恢復了他職業上的冷峻。在那時，原振俠還是感到，對這樣的一位美女，用這樣的語氣說話，並不是一件很應該的事。

鐵男冷笑著，道：「你感到震驚了？是不是？老實說，這並不是什麼了不起的罪行，但是，發生在你的身上，倒有點不妙。你只要向我說出原因，我就不會再向你追究下去！」

鐵男得到的回答是，由泉吟香駕駛的飛機，陡然升高，而且加速向前飛去，鐵男也採取了同樣的行動，而且，離對方更近，用越來越嚴峻的語氣，威嚇著。雙方的速度越來越快，在儀表上，已經超越了危險的紅色警號，原振俠的手心在冒汗，大聲道：「鐵男，算了！」

鐵男的額上，綻著青筋，厲聲道：「不行，我一定要知道她爲什麼要這樣做。泉小姐，你一定可以聽到我的話，快回答我，不然，就算追到天邊，我也決不會放過你！」

原振俠看到儀表上的指針，越來越危險的紅色移動，他感到了一股恐懼，叫了起來：「這樣的空中追逐，會發生危險！」

會發生危險，這一點，實在是毫無疑問的，飛機已經到了山峰連綿的山區上空。由於一個高峰接一個高峰，氣流顯得相當不穩定，小型飛機在這種不穩定的氣流之中，猶如汪洋大海中一塊木板一樣，機械的作用和大自然的作用相比較，顯得極度的微不足道。

當泉吟香的飛機，在兩個高峰之間狹窄地帶，以高速穿過去之際，飛機被氣流陡然抬高。鐵男駕駛的飛機，本來高度在對方之上，由於對方的飛機突如其來的升高，兩機的機翼，幾乎碰在一起，飛機在極近的距離下擦過，原振俠咬著下唇，忍住了尖叫，當兩架飛機在極近距離內擦過之際，他可以看到泉吟香。

在那一剎間，原振俠甚至忘記了這種追逐的危險，只是感到極度的疑惑。在山峰和山峰之間的追逐，連他也感到驚恐！鐵男雖然懷著一定要達到目的的決心，但握著操縱桿的手，手指節也泛著白，可知他的心中，也感到極度的緊張。

可是，當原振俠在那一剎間看到泉吟香的時候，這位萬千人心目中的偶像，給人的印象是如此嬌媚柔弱的泉吟香，卻一點也沒有驚恐的神情。原振俠看到的，只是一片漠然和平淡，像是完全沒有發生什麼事一樣！

這簡直是不可能的事，她怎麼可能這樣鎮定？如果她真能在如今這樣的情形下，還保持著這樣的鎮定，那麼，她是一個什麼樣的人？

原振俠只感到，必須對這位美女重新估計了！

這只在極短的時間內，原振俠心念電轉所想到的事，飛機在繼續向前飛，看來，泉吟香正在竭力想擺脫追逐，可是鐵男卻咬緊牙關追著，一面不斷叫著：「你逃不掉的，你逃不掉的！回答我的問題！回答我的問題！」

原振俠想阻止鐵男，可是他只覺得口中發乾，想叫也叫不出聲來，而當他終於可以掙扎著叫出聲來之際，已經遲了！前面是一座極高的山峰，兩架飛機，正以超過危險的速度在接近這座高峰，而泉吟香的飛機在前面！

原振俠曾不止一次地忍住了尖叫，但是這次，他實在無法忍得住了。陡峭的山峰，在他看來，已經是如此之近，岩石的近乎殘忍的挺直線條，像是利刃一樣，向他直砍了過來，他叫了起來，並不是爲他自己的危險而叫，而是爲了泉吟香！

他叫道：「老天，快拉高，你要撞到山峰上了！」

泉吟香的飛機，在他們之間，大約三百公尺，原振俠才一叫完這句話，就看到泉吟香的飛機，陡然之間，側了一側，看起來，她是想避開一道挺直的山脊，向側避過那個高峰。

但是，卻沒有成功。

機翼的翼尖，大約只差一公尺，擦到了岩石，立時山脊上的岩石碎塊，連著積雪，和像是紙紮一樣斷裂下來的機翼，一起向下落去。

斷了翼的飛機，立時像是榆樹葉的莢子自高空落下的情形那樣，打著轉，向下跌下去。原振俠呆住了，在這時候，他所能做的，只是向身邊的鐵男看去，鐵男的臉色變成了青白色，原振俠從來也沒有在一個活人的臉上，看到過這樣的顏色。

這時，鐵男的臉色，倒像是在甲醛之中浸了太久，供醫科學生解剖用的屍體一樣！然後，原振俠覺得自己的心，陡然從口腔中躍了出來，在機艙中亂撞，眼前甚至一陣發黑，耳際隨著也嗡地一聲，什麼都聽不到。

等他的感覺又恢復正常之際，飛機已越過了那個高峰，向外看去，所有的山峰，全在機下。鐵男一定是在那一剎間，將飛行的高度提高，使得飛機不至於撞在那個山峰之上。

然而，泉吟香的飛機呢？泉吟香的飛機已經看不見了，向下看去，只見連綿的山峰，積雪和暴露在積雪中嵯峨嶙峋的岩石，黑色和白色，組成了冷漠而沒有生氣的圖案，看來令人觸目驚心。

原振俠喘著氣，聲音嘶啞，道：「泉吟香的飛機呢？」

鐵男的口唇顫動著，可是，只自他的喉際發出一陣咯咯聲來，原振俠衝動地，用力撼著他的身子，以致令得飛機也搖擺起來。原振俠再用同樣的問題，這次，鐵男總算有了回答，他答：「我不知道！」

原振俠發出了一下毫無意義的狂叫聲，又道：「你準備到哪裡去？」鐵男對原振俠的大叫聲，全然無動於衷道：「我不知道！」

原振俠又用力在自己的頭上打了一下，他倒可以知道何以鐵男連自己該到哪裡去也不知道，實實在在，他根本沒有地方可去了！

他的追逐逼問，令得泉吟香墜了機！這事，不到幾小時，全世界都會知道，鐵男還能上哪兒去？不論他躲到哪一個角落，悲傷和憤怒的影迷，就會把他撕成碎片！

原振俠望著鐵男，又想到了自己，自己的處境，何嘗不是一樣？他苦笑著，雙手捧著自己的頭。這時，如果能夠的話，他真會將自己的頭擰下來算了。

過了一會兒，才聽得鐵男又道：「這……是意外！」

原振俠勉強定了定神，道：「看在老天分上，找個地方停下來，飛機跌下去了，她可能還沒有死，我們還可以去救她！」

鐵男神情苦澀之極，道：「在山峰上降落？」

原振俠又叫了起來：「想想辦法，總有辦法可以想的，想想辦法！」

鐵男深深地吸了一口氣，道：「好的，我們可以在水上降落，你看到沒有？前面是一個湖！」原振俠向下看去，前面不遠處，是一個狹長型的湖，從空中看下去，湖水黝黑而閃光，充滿了神秘。

鐵男操縱這飛機，向那個湖飛去，一面喃喃地在道：「這……是黑部湖吧？真想不到，黑部湖在空中看來，更加美麗！」

原振俠真要用盡力量忍著，才能不給他一拳！而飛機在湖的上空，略一盤旋之後，就迅速降低，在湖面上擦過一下，又飛高，然後再降落。鐵男叫道：「準備，劇烈的震盪過後，立時開始行動，湖水一定很冷，真對不起了！」

原振俠罵道：「你媽的對不起——」他未能再罵下去，鐵男已經運用他非凡的駕駛技術在作水面上的緊急降落了，在劇烈的震盪中，原振俠看到湖水衝擊機艙前的玻璃，發出耀目的閃光。

全世界的報紙，都在一接到消息之後，立時刊載。日本最出名的歌星、藝員，墜機之後，情況不明，凶多吉少。日本的新聞傳播界的效率一向驚人，在報導泉吟香飛機失事這件事上，更表現了非凡的效率。中午，電台和電視台已中斷了一切節目，報導了這個新聞，而報紙的號外在下午一時，已在全國範圍內發行。

那可能是日本天皇在一九四五年宣佈日本無條件投降之後，最震動人心的新聞，群眾無緣無故地離開了屋子，聚集在街道，報館門口擠滿了人，誰有一架收音機，在他的身邊就有上百人，人人都希望得到進一步的消息。

警方已開始作緊急呼籲，呼籲群眾不要自己架車或使用任何交通工具到出事地點去，公路上已出現了異乎尋常的擁塞，阻礙了搜索工作的進行。直升機一架又一架自基地起飛，目的地是出事的地點，奧穗高岳。

到了第二天和第三天，新聞的內容更充實了，鐵男和另一個「不知名男子」曾架機追逐泉吟香駕駛的飛機一事，也被揭發了出來。鐵男的照片，被登在報紙的第一版上，附加的說明：瘋狂的影迷，原大阪市警局刑警。

記者根據事實的推測是，鐵男和另一個「不知名的男子」是瘋狂的影迷，他們探知了泉吟香有單獨飛行，自高空中欣賞山岳的嗜好，就同時租了一架飛機，去追逐泉吟香的飛機，導致泉吟香飛機失事。而這兩個「瘋狂影迷」的飛機，也墜毀在黑部湖之中。

飛機是由鐵男出面去租借的，所以他的身份，一查就明，而另一個男子據出租飛機公司的職員稱：鐵男是和一個年輕男子一起上機的，這位年輕男子是什麼人，警方卻查不出來，只有根據職員描述的繪圖。

日本警方不知道和鐵男一起登機的是什麼人，黃絹卻不必看報上的繪圖，也可以知道。黃絹在香港。她為了不讓原振俠找到她，本來可以躲到任何地方去，可是，她卻在一種不由自主的情形下，選擇了香港。

或許，由於原振俠是從香港去的？黃絹曾自己這樣問過自己，可是她心理十分矛盾，明知答案而又不想回答。

她也曾問過自己，爲什麼要逃避原振俠？是爲了保護他，這是她的想法，爲什麼要那樣關心他？這又是她明知道答案而不願去想的問題。

黃絹對於香港的擁擠、繁華和喧鬧，並不是太欣賞，她到了之後，一直住在郊外她父親一個朋友的別墅之中。

別墅的面積很大，主人在冬天並不使用，只有她和一個上了年紀的看守人住著，那種環境，可以使得心境凌亂的黃絹，能夠靜思。決定離開原振俠，遠遠地離開他，是黃絹感到自己可能在每一個下一秒鐘就死亡時決定下來的。

第九部：黃絹感到一股寒意

令得黃絹感到自己每分每秒都可能「意外」死亡的原因，要追溯到那天晚上，在豪華酒店的房間中，趁卡爾斯將軍昏過去的時間，她和原振俠用手提X光機，對準了卡爾斯頭部照射的那一剎間。

在酒店房間的電壓不堪負荷，突然電流中斷的那一剎間，原振俠什麼也沒有看到，可是，黃絹自始至終，全神貫注地注視著手提X光儀的螢光屏，就在電流中斷之前的一剎那，大約只有十分之一秒的時間，她看到了令她震驚莫名，全然不能相信的現象。

她只看到了極短的時間，但是那短短的十分之一秒，給她的震撼，令得她的心臟，都幾乎停止跳動！她看到，在螢光屏上，卡爾斯將軍的頭部，在經過了X光透視之後，有一大片陰影，就在包圍著腦部的正中，有著一大片陰影。

黃絹不是醫生，她只是一個藝術家，但是她的父親是著名的腦科專家，人頭部的X光片，她看過很多。有時侯，她父親興致好，也會向她約略解釋一番人腦的結構，黃絹知道，人的腦部，只要有針尖大小的一個小瘤，就會使這個患有小瘤的人，不知在什麼時候走完了他生命的歷程。

而她卻在卡爾斯將軍的腦中，看到了那麼大的一片陰影！這片陰影，不是X光所能透過，看起來像是一片金屬片，嵌在卡爾斯將軍的腦中！黃絹在震駭之餘的第一個反應就是：這是不可能的！一定是X光儀出了什麼毛病，或許是電荷過重所造成的一種現象！

但是她立時推翻了自己這種想法！她冒險前來的目的，就是為了要弄明白卡爾斯將軍的頭部有什麼特殊之處。如今既然有了發現，怎麼可以諉諸於儀器的失靈？黃絹從來也不能想像卡爾斯將軍的頭部構造有什麼特殊之處，她和原振俠兩人，曾經詳細研究推理過，所得出的結論，也只是「一定有特殊之處」而已，而這種特殊之處，據他們推測，又可能和一種神秘的力量有關，這種神秘的力量，是可以致人於死的，羽仁五朗，黃應駒教授，就有可能死在這股神秘力量之下的。而這股神秘力量殺人的目的，看來又是全力保持著一個什麼秘密，一個和某些人腦部有關的秘密！

她如今看到這個秘密了！黃絹接下來想到的是！我要死了！當黃絹心念電轉，一剎那間，紊亂的思緒，不知轉過了多少念頭之際，原振俠也想到「我要死了」，但是他並沒有看到什麼。黃絹一直緊握著他的手，身子緊緊靠著原振俠，那只是極短的時間，可是對黃絹來說，就像是不知道過了多久一樣。

可是，直到原振俠開口問她發生了什麼事，死亡並沒有來。黃絹雖然不知道死亡的感覺是怎麼樣的，但是她還沒有死，這一點總是可以知道的。原振俠接下來問她是不是看到了什麼，黃絹在震動了一下之後，心中已經有了決定：不告訴他。

一直到過了很久，黃絹回想起來，還不明白自己為什麼當時會立即有了這樣的決定。她並不是後悔自己這樣做，決不是。可是究竟為什麼要這樣做呢？來探索卡爾斯的秘密，從一開始起，就是她和原振俠合作的，知道有一個極玄奇的秘密的存在的，也只有他們兩個人，除了原振俠之外，黃絹不能對任何人提起這件事。

可是，為什麼有了這樣重要發現的時候，她要隱瞞事情的真相呢？黃絹輕輕地嘆著氣，還是那種帶著幾分惆悵的情懷：她不承認，自己會愛上這個跳跳蹦蹦，胡鬧成性的醫科大學生。可是，為什麼會對他這樣關懷？當然，隱瞞了事實，是對原振俠的關懷了！

知道了秘密的人，可能離奇死亡！有一股神秘的力量在主宰著，她已經知道了，她可能死亡，何必再讓原振俠知道？原振俠不知道黃絹何以會對他忽然冷淡起來，他更不知道，黃絹為了要使自己看來對原振俠冷淡，是多麼困難。

在巴黎機場分手之際，迎著撲面而來的風，不但掠起了她的長髮也撥動了她心中的愁思。她並不是一個愛哭的人，可是當她快步走出機場之際，淚水不由自主湧了出來，惹得幾個途人用同情而又好奇的眼光望向她。黃絹在接下來的日子，幾乎沒有對任何人說過話，她只是想著一件事：我要逃避，別讓原振俠找到我，我已經知道了這個秘密，卡爾斯將軍的腦中，居然嵌著一塊鋼片！

人絕不可能在這種情形之下還活著的，那麼，卡爾斯不是人？如果他不是人，他又是什麼？是不是輕見博士也同樣？甚至在他死了之後，腦中的秘密，也絕不能為別人所知道？那麼，自己知道了這個秘密，何以還不死？還是死亡之神，已在頭頂盤旋，隨時可能降臨？

幾百幾十個問題，盤索在她的腦際，沒有一個問題是有答案的。黃絹在離開了巴黎之後，一個城市又一個城市遊蕩著，到了東方之後，好幾次，她想到日本去，但是硬著心腸，忍下來。不過，究竟忍不住，當她在新加坡機場，遇到了一個西方青年，知道對方要到日本去之後，還是忍不住要他去看看原振俠，帶一句口訊給原振俠，她知道原振俠的脾氣，不肯就此罷休，她要原振俠別再追究下去，因爲她已隱隱覺得，這奇玄的事，不是他們的力量所能控制的。

然而，黃絹也知道，那勸告一定沒有用。因爲她自己是和原振俠一樣脾氣的人，在死亡的陰影盤旋之下，她也一樣不肯放棄！在到了香港之後，黃絹並沒有閒著，一直在忙。她拜會了幾個著名的腦科專家。由於她父親是舉世著名的腦科權威，所以那些專家，都很樂意和她見面。

可是專家在聽了她的描述之後，反應是大同小異的。且舉其中一位姓徐的專家作爲代表。這位徐博士年紀很輕，才三十出頭，個子高，故意帶著一副黑眼鏡，來使他自己看來老成一點。當黃絹推門走進他的辦公室之際，徐博士陡地愣呆了一下：這是男人看到黃絹之後的正常反應，腦科專家和清道夫，全是一樣的。

他非常耐心地聽黃絹發問，黃絹首先對他提及那種手提X光儀，徐博士說他在實習時用過，效果很好。黃絹於是取出帶來的畫稿。她是藝術家，而那天在螢幕中顯示出來的形像，給她的印像又是如此深刻，她憑記憶將看到的情形畫了出來，用的是炭筆，明暗對照得體，線條明朗清晰，使得看來和一張X光透視照片，不會相去多遠。

然後，她問：「徐博士，一個人的頭部，以X光照射之後，看起來像這樣子，那說明了什麼？」徐博士的神態，本來十分認真，可是當他的視線，一接觸到了黃絹攤在桌上的那幅畫之際，他就忍不住哈哈大笑了起來，道：「黃小姐，這是你的想像嗎？沒有一個人的腦部透視，會是這樣子的！」

黃絹也不是第一次聽到這樣的回答了，她道：「你就當有一個人的腦部是這樣的，請問，那說明什麼？」

徐博士止住了笑聲，神情也變得認真，盯著那幅畫，道：「看來，這人的腦中，有一塊……金屬？」

他抬起頭來，望了黃絹一眼。黃絹沒有表示，她只是等著，聽專家的意見。徐博士看到眼前這位動人的女郎的雙眼之中，充滿挑戰的意味，他倒也不敢亂說，指著畫，道：「這片金屬片，看來正好在大腦的左右兩半球之間，是原來縱溝的位置——」

他講到這裏，停了一下，向黃絹望來，用眼色詢問黃絹是不是聽得懂腦部的專用名詞。黃絹向他點了點頭，示意他繼續說下去。「金屬片的大部分，接近前頭葉和顱頂葉……如果有這樣一個頭顱的話，這是什麼人的傑作？金屬片一定又硬又鋒利，不然無法插進堅硬的頭骨之中。這……算是什麼，最新的一種藝術形式？」

黃絹苦笑了一下，道：「你想，如果是和藝術有關的事，我會來請教一個腦科專家？」

「那倒不一定，別以爲腦科專家是很沉悶的人，我本身就是一個藝術愛好者，我——」

黃絹沒有給對方機會「推銷」他自己，就打斷了他的話頭，道：「如果將這樣的金屬片，嵌進一個人的腦部，這個人會很痛苦？」

徐博士陡地一怔，然後忍不住又笑了起來，道：「不，一點也不痛苦。」

黃絹呆了一下，徐博士接著道：「一開始，這個人就死了，死人還會有什麼痛苦？」

黃絹並不感到有什麼幽默，她也沒有解釋什麼，只是心中嘆了一口氣，拿起了那幅畫，告別離去。

所有的答案全是一樣的：人的腦部，如果有了這樣的金屬片，絕不可能再活下去。然而黃絹清清楚楚地知道，卡爾斯將軍的腦中，存在這樣的金屬片！

當然，她沒有對任何人提起這一點，就算提了也不會有人相信，她也根本無法將卡爾斯將軍抓了來，放在X光機前面，讓大家看看他腦中的金屬片。

她相信，在輕見博士的腦中，一定也有著古怪，說不定也是一片金屬片，而那股神秘的力量，正在力圖保住這個秘密，她是世界上唯一知道某些人的腦部藏有金屬片的人。已知的兩個人，一個是醫學博士，一個是軍事獨裁者，這兩個人似乎沒有共同之處，然而他們早年的遭遇，卻有共同的一點，一個長期失去空氣，一個長期失去水份，他們都在不可能的情形之下，依然活著！

當黃絹想到這一點之際，她更感到了一股寒意：在地球上，有另外一種人在！這種人，和普通人不同，識別他們的方法是：他們的腦部，有金屬嵌著！

在會見了所有有資格的腦科專家，和聽了他們幾乎相同的答案，同時，推掉了其中幾個專家的約會之後，黃絹又想了幾天，才又通過幾個介紹，和一個一向以想像力著稱的人見了面。對於這位先生，頗有不少怪事發生在他的身上，但不必涉及了，那位先生聽了之後的第一個反應，是直跳了起來，道：「如果有這種情形，那一定是機械人！」

黃絹也呆住了，她作過種種解釋，但是絕未想到過「機械人」這一點。然而，她在呆了一呆之後，立時搖了搖頭，因爲她立時想起了卡爾斯將軍那對昏黃的、充滿獸性的眼睛，她搖了搖頭，道：「不，不是機械人，爲什麼你有這樣的想法？」

那先生皺著眉，道：「金屬片在腦中，可以起指揮腦部活動的作用，如果整個人是機械人，那麼，這金屬片，就是指揮機械人活動的電腦組件！」

黃絹吸了一口氣，苦笑了一下，道，「很有道理，不過不對！」那位先生壓低了聲音，道：「真有這樣的人？弄一個來看看！」黃絹攤開雙手，道：「哪裡會有，不過是我自己的想像……謝謝你的意見！」

當她告辭之際，那位先生送到門口，忽然笑了起來，道：「黃小姐，如果玩中國文字遊戲，你的名字和我太太的名字，倒是絕妙的對聯。」

黃絹哦地一聲，道，「尊夫人的名字是——」

那位先生笑了笑，剛想說出他妻子的名字，忽然又像是想起了什麼事，急急忙忙轉身走了進去。黃絹等了一會，未見他再出來，也就沒有再等下去。

多日來的推測，一點結果也沒有，黃絹又幾次想和原振俠聯絡，就在這時，她在報上看到了泉吟香飛機撞山的人新聞。

在第一天的新聞之中，黃絹就料到，和刑警鐵男在一起的那個「不知名年輕男子」是原振俠。第二天，黃絹搜集了她能搜集到的空運來的日本報紙，用心看著，報紙上的報導，極其詳細，黃絹看得呆住了。

她雖然無法設想何以鐵男和原振俠要去追蹤泉吟香。泉吟香的飛機殘骸，據報載，散落在上下兩百公尺的山峰上，那是海拔達三千一百九十公尺的奧穗高岳，山頂幾乎終年積雪，這時更是白雪皚皚。斷折的機翼，破碎的機身，散落在積雪中，可是卻沒有發現屍體。

救援隊雖然立即出發，但是還未能到達墜機的地點，只有兩個勇敢的登山隊員，他們有著豐富的登山經驗，曾登上過阿爾卑斯山和喜馬拉雅山幾個主要主峰，他們為了爭取第一時間，在幾個傳播機構的重金聘用下，由直升機送他們到出事地點的附近——出事地點的天氣不穩定，有關方面嚴禁直升機接近，以免造成更大的不幸。當然，有關方面在作出這個決定之際，是以為泉吟香在這樣的情形下墜機，一定罹難的了。

可是，沒有發現泉吟香的屍體！

那兩位登山隊員降落在奧穗高岳和前穗高嶽之間的一個山坳的山坡上，立即開始行動，登上奧穗高岳的側峰，運用無線通訊儀，和救援總部聯絡，救援總部設在通向這一帶山區的公路的盡頭，那是一處叫河童橋的地方。河童橋是相當著名的溫泉區，有幾家小旅舍。這幾家小旅舍，有的已開設了很多年，但是從來也沒有像現在這樣熱鬧過。一間小旅館的老闆娘，實在經不起懇求，只好允許那幾個懇求她的人，在行經溫泉水的池上，擱上木扳，作為休息之所。

更多的傳播工作人員，是自己帶備了睡袋來的，因為所有可以遮住人的地方，都早已擠滿了人。

那兩個登山員，在降落之後七小時，就發現了第一片飛機殘骸，消息一傳到，不到兩小時，就已經全國皆知了。

直升機奉命在原地盤旋，燃料將盡時，就由別的直升機來接替，那是希望奇蹟出現，希望發現泉吟香小姐，她還沒有死，那就可以用第一時間，將她送到醫院去救治，在這段時間中，全日本的泉吟香擁戴者，各自根據自己的宗教信仰，求自己信仰的神，保佑泉吟香。

在所有的飛機殘骸幾乎全被發現之後，就是沒有泉吟香小姐的死體。專家根據登山員敘述的殘片的模樣，已經可以拼出整架小型飛機來了。可是，就是沒有人。

人是不可能消失的，並沒有強烈的爆炸，飛機跌碎了，當然，人也可能跌碎了，但跌碎了，不等於什麼都不見了。希望之火在每一個人心中燃起：找不到泉吟香屍體，有兩個可能：被狼吃掉了；或者她根本沒有死！

沒有人願意相信泉吟香那麼美麗可愛的人兒會被狼吃掉，於是，大家都相信她沒有死，大規模的搜索隊，由最有經驗的人組成，已經快到失事的地點了。至於降落在黑部湖中的那架飛機，報上提及的並不是很詳細。

那架降落在黑部湖上的飛機，迅即沉進了冰冷的湖水之中。沒有人正面提出來，但從上到下，人人的想法全是一樣的：那兩個禍首淹死在飛機中了，就讓他們罪有應得，在湖水中多浸幾天，作爲懲罰吧！如今的首要任務是搜索。

所以，儘管通向黑部湖的交通不是十分困難，甚至直升機也可以在湖邊覓地降落，但是連急速打撈沉機這一點，也沒有人提出來。

黃絹沒有再等第二天的報紙，她看完了報紙之後，立時乘搭最早的一班機到了東京，然後，她租了一架直升機到黑部湖去。直升機出租公司一聽到她要求在湖邊降落，立即拒絕，黃絹只好答應他們，一放下她之後，立時回航，直升機出租公司才算是勉強答應了。

當黃絹獨自一個人，站在黑部湖邊的時候，已經是黃昏時分了。她怔怔地望著黑沉沉的湖水，夕陽的餘暉映在湖水上，閃起一片金紅色，在金紅色中，附近山峰的積雪，看來更是奪目。

黃絹顯然沒有心情去欣賞眼前雄麗的景色，她看到有兩個人向她走了過來。那兩個人來到她面前，用疑惑的眼光看著她，道：「小姐，你搭直升機來，獨自露營？」

黃絹搖了搖頭，道：「不，我來找人！」

黃絹看到那兩個人的禦寒衣上，有著他們身份的証明，是隸屬一個政府部門的工作人員。

那兩人更疑惑，道：「找人？」

黃絹有實在按捺不住的感覺，提高了聲音，道：「你們什麼時候開始打撈沉下去的飛機？有兩個人在那架飛機上，你們知道不知道？全世界都忘記了這兩個人，只記得那個電影明星！」

那兩個人一副不起勁的樣子，一個道：「是，有兩個人在機中，可是你知道湖水有多深？先得潛水下去，看看飛機在哪裏。我們有目擊者的描述，可是湖水接近冰點，沒有潛水人員肯下去！」

另一個道：「那兩個人的屍體，浸在湖裏，反正湖水冷，恐怕明年溶雪，湖水漲了之前，也不會腐爛——」

黃絹實在沒有法子再聽下去，她緊握著雙拳，一字一頓道：「只要你們有潛水設備，我下去！」

那兩個人怔住了，望著黃絹，也不知道是由於寒風，還是憤怒！黃絹的臉色呈現著一種異樣的紅色。那兩個人的態度變了，聲音也和緩了，道：「小姐，請到我們的地方，慢慢商量這件事，好不好？」

黃絹要竭力忍著，才能不使自己憤怒的眼淚奪眶而出，天色已迅速黑了下來。黃絹完全沒有過夜的準備，她來的時候，心中只想著一件事：到黑部湖去，一定要最快趕到黑部湖去！

可是等到到達了之後，她才知道自己這樣趕來，一點作用也沒有。她深深吸了一口氣，道：「好！」

那兩個人在黃絹是神色上，看出她剛才的提議，並不是說笑，所以心中也不禁肅然起敬，帶著她沿湖走著，逗著她說話，黃絹卻抿著唇不出聲。

進了一間相當簡陋的屋子之後，裏面還有幾個人在，所有的人，都聚精會神在看電視，電視正在播映搜索隊到達墜機現場的情形，旁述的聲音，急促而焦急：「仍然沒有泉吟香小姐的蹤跡。最樂觀的估計是她完全沒有受傷，可是在那樣的情形下，最安全的辦法，應該是留在原地，等待救援。泉小姐並沒有登山的經驗，也沒有必要的工具，大家請看她登機前的照片，她穿的衣服，也不足以抵禦山中的嚴寒，天文臺方面說，今晚的氣溫，會下降到攝氏零下二十度，更有暴風雪在醞釀中——」

電視在這時候，映出泉吟香登機前的照片。她身上的衣服，美麗是美麗了，但是要禦寒，真是不能。而攝氏零下二十度，是足可以使人冷死的低溫，尤其對一個沒有充分食物的人來說，更容易在低溫下死亡。

螢光幕上，一面映出泉吟香的各種照片，一面仍然是報告員焦急的聲音：「昨晚的氣溫也同樣低，專家估計，泉小姐即使能在第一晚支持得往，今晚也——」

報告員的聲音有點哽咽，講不下去。屋子中有兩個年輕人大聲咒罵了起來，一個道：「願害死泉小姐的那兩個人的靈魂，永遠浸在冰冷的湖水中！」

黃絹苦笑了一下，道：「那至少也得將他們的身體打撈上來！」

黃絹進來時，大家的注意力集中在電視上，直到她說了話，屋子裏的人才向她望來。帶她來的那兩個人中的一個，遞了一杯熱茶給她，另一個向其餘人介紹了黃絹的來意，屋中的人立時向黃絹提出了很多問題，每一個問題都和鐵男以及另一個不知名男子，爲什麼要駕機追蹤泉吟香有關。

黃絹並沒有回答這些問題，她只是用極嚴肅的眼光，望著各人。然後，緩緩地道：「如果這裏沒有人敢潛水的話，明天，我下水去！」

黃絹的模樣雖然很惹人喜愛，但是她這句話，實在太具挑戰性了。屋子中的幾個人，年紀比較大的還沉得住氣，兩三個年輕人就穩不住，一個刷地站了起來，漲紅了臉，大聲道：「誰不敢下水？我們是不願意！這兩個人害死了泉小組——」

黃絹立時道：「泉小姐不一定已經死了！」

那年輕人的神情更激動，道：「你認爲在這樣的情形下，還有人可以生存？」

黃絹深深吸了一口氣，道：「我知道曾有人在濕土中埋了三小時而生存，也有人在沙漠的烈日下曝曬了三天而仍然生存！」

黃絹的反應極快，她幾乎連想也沒有多想，就立即回答了那年輕人的問題，可是等到話一講出口，她自己心中也不禁爲之一怔：爲什麼會舉出了輕見小劍和卡爾斯的例子來？泉吟香難道也可能在這樣惡劣的環境下生存？難道她也是頭部有著秘密的那種特殊的人？

黃絹的思緒本來已經夠亂的了，這時更是紊亂。那年輕人顯然沒有聽懂黃絹的話，怔一怔之後，道：「請問你剛才說了什麼？」

「算了，什麼也沒有說過！」黃絹揮了揮手，無意再說下去。她只是盯著那年輕人：「明天一定要有人潛水，我再重複一次，沒有人，我一個人下水！」

那年輕人笑了起來，向黃絹伸出手，道：「小姐，至少是我們兩個人，我叫孟雄。」

接著，屋子裏的各人，回復了日本人應有禮貌，每一個人都報了自己的名字，向黃絹作自我介紹。黃絹向各人鞠了一躬，也介紹了自己。

當天晚上，她分配到了一個睡袋，睡在屋子的一角。整晚上，她根本沒有睡好，一來是由於屋子中的電視機沒有關上，每半小時，當報告搜索泉吟香的情形時，就有人坐起來聽著。二來，黃絹想到，原振俠死了！他的屍體和鐵男在一起，如今正浸在冰冷的湖水裏。

原振俠的死，是不是也是「意外」？和羽仁五朗，陳山，黃應駒他們的死亡一樣，是由於某種不可測的神秘力量發生作用的結果？

黃絹後悔在巴黎和原振俠分了手，本來，至少有兩個人瞭解到地球上有那樣一股神秘力量在，如今，只有她一個人了！她能獨力和這種詭異莫測，幾乎無所不在的力量對抗下去？

夜雖然漫長，但終於還是過去了。

當黃絹看到天色開始濛亮之際，她就鑽出了睡袋，穿上外衣，打開門，出了屋子，俯身捧起一捧雪來，在臉上用力擦著。冰冷的雪，刺激著她的皮膚，令她的頭腦清醒了些。迎著寒風，她走向湖邊。她立即覺察到有人跟在她的後面，但是並沒有回頭。到了湖邊，湖面並沒有整個結冰，但是在近岸處，卻全結了冰，朝陽的光芒，在冰塊上反映著耀目的光彩來。

在她的身後，響起了一個聲音：「經過整晚的搜索，仍然沒有結果。」

那是孟雄的聲音，黃絹仍然不轉過身來，語調似於比山中清晨的空氣還要冷，道：「我們什麼時候開始，是不是等到中午，讓陽光把湖水曬得暖和一點？」

話中明顯的諷刺，令得孟雄半晌講不出話來，黃絹正想轉過身去看他時，忽然聽到後面孟雄提高了聲音，在問：「你們是什麼人？」

黃絹轉過身來，看到四個裝束打扮十分異特的人，正站在離自己不遠處。那四個人穿著厚厚的禦寒衣服，頭上套著將整個臉罩住的頭罩，只有一雙眼睛露在外面，頭罩是鮮紅色的，看來異常詭異恐怖。

黃絹陡然一怔間，那四個人中的兩個，已經接近近孟雄，其中一個道：「如果我說，我們是來看熱鬧的，你是不是相信？」

當這個人在用毫無誠意的語調講話之際，另一個人已經陡地揮拳，向孟雄的肚子打去。當他揮拳之際，黃絹可以清楚地看到，這個人的拳頭上，套著精光閃閃的一個鋼環，用來加強他打出去的力量。

一拳打在孟雄的肚子上，孟雄立時彎下腰來。這時，另外兩個人已經來到了黃絹身邊，一個冷冷地道：「黃絹小姐，要找你，真不容易，幾乎比暗殺以色列總統還要困難，走吧，有一個老朋友要見你！」

黃絹學過自衛術，可是那兩個人來到她的身邊之際，立時挾住了她的手臂，拖著她向前走。黃絹一面竭力掙扎，一面尖叫起來。在她的尖叫聲中，孟雄也開始反抗，接著，屋中的人也全奔了出來。

可是所有的動作，都在一剎那之間停止了，因爲這時，出現了完全同一裝束的第五個人，這個人的手中持一柄閃著藍光，看來十分新型的手提機槍。他用流利的日語道：「有一個老朋友請黃小姐去見面，我們不想另外有人牽涉在內！」

黃絹厲聲道：「什麼人？」

那人轉過頭來，露在頭罩之外的眼睛，閃出十分陰森的光芒來，道：「小姐，是一位將軍，一位偉大的將軍：雖然他曾經受過你的羞辱，可是他還記得你！他不是想報仇，只是想見你！」

卡爾斯將軍！黃絹不禁發出了一下呻吟聲來。

這時，她看到孟雄和兩個年輕人在互使眼色，一副躍躍欲試的樣子，她忙道：「各位不要妄動，他們是受過訓練的恐怖分子，不在乎殺人，讓我去好了！」

孟雄現出十分焦急的神情來，黃絹又道：「放心，他們們邀請的方式雖然特別，但如果他們要對我不利的話，我早已經死一千次了！」

那人對黃絹的話，像是十分欣賞，發出幾下「嘿嘿」的乾笑聲，孟雄憤然道：「難怪我們這裏，前兩天失竊了一批衣物，原來是他們——」

那人不等孟雄講完，就怒吼一聲，道：「住口！赤軍不幹偷雞摸狗的事！」

一剎那間，所有的人臉上都變了色，不是由於寒風——寒風正在逐漸加強，而是由於那人道出了他們的身份。只有黃絹，倒一點也不感到意外。卡爾斯將軍是全世界恐怖活動組織的最大支持者，這早已不是什麼秘密。眼前這五個人，是日本恐怖活動組織「赤軍」的標準裝束，黃絹也早已認了出來。

看來，卡爾斯爲了要找到她，還真花了不少功天，連在亞洲的恐怖組織都聯絡上了。黃絹在這時候，沉下了臉，向他身邊的那兩個人道：「放開我，我自己會走，要是惹我生氣，恐怕你們會拿不到酬勞！」那兩個人向持槍的看了一眼，那個人看來是五人中的首領，他又陰森地笑了起來，道：「放心，小姐，我們不會和一百萬美金作對的！」

自屋子出來的那些人，都張大了口合不攏來，他們實在沒有法子猜得透黃絹的身份，何以會和一個將軍、一百萬美金、赤軍，甚至沉在湖底的那兩個闖禍的人發生關係，那首領又警告道：「只當這件事沒有發生過，如果你們報了警，黃小姐就活不成了！走！」四個人圍著黃絹，那首領帶著路，向前走去，他們走的路線，並不是沿著湖邊岸，而是迅速走入山區，黃絹冷笑著，道：「看來赤軍的經濟情形並不好，你們連直升機都弄不到一架？這樣走，什麼時候才能走到北非洲？」

那首領冷然道：「到了針木谷，就有車子！」

黃絹在來的時候，曾經研究過一下當地的地形，她抬頭望了一下天色，早晨的天氣，應該是清朗的，可是這時，烏雲密布，天色陰霾，風越來越大，將積雪捲得向人的臉上直撲，她道：「到針木谷，至少得三小時的行程吧！」

那首領道：「昨天我們知道了你的行程之後，走了五小時，連夜！」

黃絹冷冷地道：「真辛苦各位了！」

那首領不再說什麼，只是加快了腳步，黃絹深深吸著氣，以她女性的敏感，她自然可以知道，卡爾斯這個軍事獨裁者，為什麼要通過全世界的恐怖組織來找她。她在香港藏匿得很好，沒有人找得到她，但是她一在國際性的機場出現，立時就被跟蹤上了。

黃絹並不特別感到害怕，相反地，她還感到，自己有必要再去見卡爾斯一下，因為卡爾斯的腦部，竟有著那麼大的一塊金屬片！他究竟是什麼樣的人？那和他當年在沙漠中得以不死和他如今的胡作非為，令得全世界政府都感到頭痛，是不是有關係？

能夠再見卡爾斯，和上次去見他，又有不同的意義，上次，他們只不過懷疑卡爾斯的頭部有特異之處，而這一次，黃絹已經可以肯定，卡爾斯的腦部，的確有不可解釋的特異處。

黃絹一面向前走著，一面不住地在想著這些問題，並沒有留意到風勢正在迅速加強，當她覺察到這一點時，她怔住了！風勢已強得令人無法面對著風站立，他們都停住了不再向前走，轉過身來，背對著風。其中一個大聲道：「還是到湖邊去吧，大約一小時可以到了，這樣的天氣，只怕很難走到針木谷！」

那首領卻固執地道：「不行！向前走！」

「向前走」在平時，是一件很簡單的事，但在這時，卻要半側著身子，頂著刺骨的寒風，吃力地將右腳自積雪中提出來，踏下去，然後靠著右腳力量的支撐，才能再將左腳提起來。山中本來有著狹窄的小路，可是在強風下，積雪因風勢而移動，早已將山道全蓋沒了。每走一步，都要消耗巨大的體力。

黃絹好幾次想要停下來，但她不想在那幾個恐怖分子面前示弱，所以咬緊牙關支持著。

然而，她終於無法再支持下去了，因為大塊大塊的雪團，夾在強風之中，已經漫天遍山地灑了來，天文臺預測的暴風雪來臨了！

雖然強風一早就持續著，但是暴風雪來臨實在太突然了。幾秒鐘之前，視線還可以觸及附近的山峰，但突然之間，只見到白漫漫的一片。在強風的帶動下，詩人和文學家筆下輕柔美麗潔白的雪花，像是無數白色的魔鬼一樣，上下飛舞，從衣服的每一個隙縫中鑽進去，然後像蛇一樣咬囓著人的肌膚。

那首領也驚慌了起來，大聲叫道：「快找一處可以避風的地方！」

他一面叫，一面向前奔著，他只好順著風勢向前奔，奔出了不幾步，就仆跌在地，像是千軍萬馬一樣自天而降的雪團，幾乎立時蓋住了他。另外四個人也呆住了，佝僂著身子，雙手抱著頭，不知道怎麼才好。

黃絹同樣也感到連呼吸都困難起來，可是在那樣惡劣的環境下，她反而比那些赤軍分子來得鎮定。她一看到那首領仆跌在地上，立時向前奔去，先一腳將手提機槍踢開去，然後，她也仆跌在雪上，她在雪上滾了幾滾，已經握住了手提機槍。

在暴風雪中，氣溫正在迅速下降，黃絹握住了手提機槍，手指已僵硬得完全不聽使喚，她幾次想掙扎著站起來，但每次，當她快成功之際，風和雪就將她再推得跌倒，而且，每一次跌倒，她都身不自主，在強風的吹襲下，順著風勢滾動著。

很快地，她已經完全看不到那五個人了。她曾張口大叫，但是她的聲音，完全淹沒在呼嘯狂吼的寒風之中。

她再試圖站起身來，可是在跌倒的時候，卻被暴風吹得滾出去更遠，黃絹已經完全沒有法子再和暴風雪對抗了，她所能做的只是將身子緊緊縮成一團，順著風勢，在雪中不斷向前滾去。

在這種情形下，她全然無法去想任何事，只是爲自己的生命掙扎著，她覺得自己好像在滾下了一個山坡，滾動的速度加快。在這時，她可以有機會抓住一些擦過她身邊的灌木，可是，當她伸出手來之際，她僵硬的手指，完全無法抓住樹枝。她只好一直向下滾著，直到突然之間，她的身子碰到了一樣東西，那樣東西在碰上去的時候，濺起大堆雪花來，將她的身子埋沒了一半。

她急速地喘著氣，勉強睜開眼來，看清楚阻止她下滾去勢的是一塊凸出的大石，大石前積著許多雪，她身子的一半，陷進了雪中。

雪團仍然在狂舞，那塊大石擋住了一些風，但是她的處境並沒有好多少。

黃絹從來也沒有在如此嚴寒之下，在暴風雪之中求生存的經驗，這時她所做的，全然是憑籍她的本能，她想弄清楚自己周圍的環境，可是她卻無法看清一公尺以外的情形。

喘了好幾口氣，她竭力使自己鎮定，才伏下身子，勉強向前爬行了幾公尺，到了另一塊更大的石塊的下面，風勢不再那麼大，雪打在她身上的也沒有那麼多。

到這時候，黃絹才想到了死亡。

暴風雪不知道會持續多久，即使只是一天，入山的道路就會全被封往，沒有人知道她在哪裡，自然也不會有救援隊來找她。而她自己，也絕沒有法子，可以走得出山去，甚至回到湖邊去，也在所不能！

只怕，要等到來年夏天，雪化了之後，才會有登山者發現屍體吧，黃絹想著。出乎她自己的意料之外，當她想到這一點的時候。她的心境出於意料之外的平靜。

她深深吸了一口氣，順手抓了一團雪，放在掌心中，用力搓著，直到皮膚發紅，手指才恢復了活動能力。那柄手提機槍，早在剛才滾動之際失去了，她沒有食物，甚至連禦寒的衣服也不足夠！

黃絹嘆了一口氣，她並不是一個求生意志薄弱的人。但是在如今這樣的情形下，看來絕對無法和暴風雪帶來的嚴寒作鬥爭，那還不如放棄了吧！

當她想到這一點的時候，看著在身邊開始，似乎直到無限遠的飛舞雪團，她倒有點感到，在這種情形之下死亡，是很浪漫的。

黃絹再吸了一口氣，準備閉上眼睛，靜待死亡的來臨，但也就在這時候，她忽然看到前面好像有一點不是屬於白色的東西。

第十部：暴風雪中的重逢

本來，眼前的一切，全是白色的，不論是動的還是靜止的，主是閃亮的白色，這種耀目的白色，令得人的眼球，發生一種刺痛感。黃絹知道，不必多久，眼睛就會因為過度的刺激而發生「雪盲」。所以，那一點不是白色的東西，看來格外奪目，那是黃綠色的一團，而且，正在移動著。黃絹看清楚了，那是……那是一個人！

她立時叫起來，雖然連她自己也聽不到自己的叫聲，但她還是叫著，一面叫，一面掙扎著站起來。她剛站起，就被風吹倒，向前滾動著。

這一來，離那個在暴風雪中出現的人，倒更接近了，那人顯然也在掙扎向前，當黃絹終於和那人面對面的時候，黃絹整個人都呆住了，一下子就昏了過去。

那個在暴風雪中，和黃絹接近，終於面對面的人，並不是什麼恐怖之極的科學怪人，而是一個相當英俊的年輕人，頭上，眉上全是冰雪，但看來仍然帶著倔強而頑皮的神情。

那是原振俠！

黃絹可以期望在暴風雪裏遇到任何人，甚至遇到哪個赤軍首領，她也不會更驚愕，但是，當她看清楚出現在自己眼前的那人是原振俠的時候，她卻陡然昏了過去。

不單是黃絹昏了過去，當原振俠看到黃絹的時候，他也幾乎昏了過去，他張大口，大團的雪，立時湧進了他的口中，令得他幾乎窒息，他連忙閉上口。拉著黃絹，一起向下坡滾。

原振俠絕對沒有料到會見到黃絹，這幾乎是不可能的事。在最初的一剎間，他還以爲那是自己在絕望的環境中影響了心理，以致發主了幻覺。

一直到他伸手緊緊地握住了黃絹的手臂，他才知道，那不是幻覺，是實實在在的事，黃絹突然在這裏出現。原振俠還想再堅持一下，看看鐵男是不是在附近，可是暴風雪越來越猛烈，那使得他只好拖著黃絹，慢慢掙扎移動著，一起進了一個山洞之中。

那個山洞，是原振俠和鐵男失散之後找到的，那時暴風雪才開始。

山洞相當深，山洞的洞壁上結滿了冰，絕不是什麼好地方，可是一進了山洞，比起外面來，卻像是天堂一樣。洞口處，暴風擲進來的雪團飛舞著，強風襲進山洞，帶起淒厲的洪洪聲，但總比在外面好多了！

原振俠雙手捧著黃絹的臉頰，他的手是冰冷的，黃絹的臉頰也是冰冷的，可是兩樣冰冷加在一起，卻漸漸地產生出熱力來。

黃絹的長睫毛開始緩慢地閃動，她終於睜開眼來，發出了一下呻吟聲、以不可信的眼神盯著距離她極近的原振俠。原振俠什麼也沒有說，只是喃喃地道：「是真的……真的……我們又在一起了！」

他們立時緊緊相擁。他們擁抱得那麼緊，以致他們兩人之間的厚衣服，發出了如同嘆息一般的聲音來。

當鐵男駕駛著小型飛機在湖面上降落之際，他的技術並不夠好，機首比他預料中俯得更低，所以並不是機腹部分先落水，而是機首先碰到了水面。飛機下衝的速度，造成極大的壓力，機首玻璃碎裂了。

機首玻璃一破裂，冰冷的湖水，已經湧了進來。他們兩個人能否生存，就決定在最初的三秒鐘之內。如果他們不能在三秒鐘之內出機艙，他們就必然會連同整架飛機，沉入湖底。

鐵男和原振俠兩人是早有準備的，湖水湧進來之際，他們已深深地吸了一口氣，幾乎同時，從破碎的窗中，穿了出去。儘管湖水是那麼冷，他們還是拼命在水中游著，去逃避飛機下沉時帶起的旋渦。那種旋渦，一樣會將他們捲進水底去。

當他們終於能夠回頭看一看的時候，只看到飛機的機尾部份，在陽光下發出閃光，那只是極短時間的事，接著，在幾乎深綠色的湖水之中，冒起了幾個氣泡，飛機已經看不見了。

他們用盡生命中每一分力量，向岸邊游著，當他們掙扎上岸之後，第一件事，就是將身上的濕衣服，全都剝了下來，然後，抓起地上的積雪，在自己的身上，用力地擦著，一面不住地跳躍，直到麻木的皮膚又有了刺痛的感覺。然後，他們將生命中僅餘的氣力搾了出來，向前奔跑著。寒風吹在他們赤裸的身體上，像是有幾百柄利刃在割刺著，要將他們割成碎片一樣。

當他們終於來到了那間木頭屋子之際，他們撞開了門，滾跌進去，木屋中生著的火才熄滅，一股暖流，迅即包圍了他們的全身，屋子中沒有人。

這間屋子，本來是湖邊的兩個觀察員的棲身之所，孟雄他們，是在事情發主之後才趕來的。這時，兩個觀察員都出去工作了，鐵男和原振俠將伸手可以拿到的遮蔽身體的東西，用來遮住了身子。

然後，鐵男才喘著氣，道：「原——」

原振俠大吼一聲，一拳揮出，打在鐵男的臉上，兩個人一起跌倒在地上。原振俠喘著氣，道：「你害死了她！你害死了她！」

鐵男顯然沒有為自己辯護的意思。他的行動，會導致這樣的結果，也是全然出於意料之外，他面肉抽搐著，抹著口角被原振俠打擊之後流出來的血，慢慢站了起來，道：「這裏，離墜機處不是太遠，我們……我們可以……去找她！」

原振俠深深地嘆了一聲，他實在不忍心再去責備鐵男，而且他也想到，自己可以一走了之，但是鐵男卻不能，他要面對整個社會對他的指責：今後的日子，對鐵男來講，簡直就像是煉獄一樣！

原振俠伸手，在鐵男的肩頭上用力拍一下，道：「走吧，希望可以有奇蹟！」

他們在屋子中，揀了一些禦寒的衣服和食物，就離開了木屋，向泉吟香墜機的奧穗高岳進發。

從黑部湖到奧穗高岳，地圖上的直線距離並不是太遠，但是全是高山峻岳，行走起來，有極大的困難，他們掙扎著走到天黑，還沒有走出黑部湖的範圍。當他們又接近幾間簡陋的木屋，他們在窗外向內窺視之際，看到屋中的人在看電視，才知道救援工作，已經不勞他們費心，早已全國轟動了。

他們也在電視上，看到鐵男的照片，鐵男當然不能再在任何人的面前露面，因為任何人一看到他，就可以認出他就是駕機追逐泉吟香而使泉吟香墜機的人。

所以，由原振俠去敲門，當作是迷了路途的旅行者，木屋中的人很熱情，一面咒罵害死泉吟香的人，一面給了原振俠足夠的食物和衣服。

原振俠退出來之後，鐵男一句話也沒有說過，只是默默地向前走著，原振俠跟在他的後面，兩人完全沒有目的。他們的心意倒是一樣的！走得離開人間越遠越好，最好永遠不再有人發現他們。

當他們實在走不動的時候，他們正在一個不知名的小溫泉之旁，鐵男是陡然間倒下來的，躺在溫泉邊上，讓溫泉中冒起來的蒸氣，將他的身子罩住，看來像是他全身都裹著厚厚的稀薄棉絮一樣。

原振俠在他身邊坐了下來，望著他，過了好一會，鐵男才道：「我……仍然可以肯定，掘開輕見博士墳墓，取走了屍體頭顱的是她！」

原振俠緩緩地搖了搖頭，他搖頭，並不是不同意鐵男的推測，而是對事情發展到了這一地步的一種無可奈何的嘆息。

原振俠道：「現在，全都無關緊要了！」

鐵男盯著原振俠，道：「你的意思是她死了？」

「她還能生還不？」原振俠伸手去撥弄溫泉水，深深吸著氣。溫泉中冒出一股難聞的硫磺味來。鐵男道：「她不會死，她想用這個方法來逃開我的追蹤，但是我一定還要追蹤下去！她……不會死，像你告訴我的，輕見博士的事一樣，她不會死！」

原振俠心頭怦怦亂跳，輕見和泉吟香！

在聽到鐵男這樣說以前，原振俠的心中，即使將泉吟香和輕見小劍兩人聯在一起想過，但也是很勉強的一種聯繫。

他又深深地吸了一口氣，溫泉蒸氣令他嗆咳起來，他道：「你說得對，他們……可能是同一類人，還有這樣的人，是卡爾斯將軍！」

鐵男現出疑惑的神情來，原振俠就將卡爾斯將軍的事，原原本本講給鐵男聽，自然，也向鐵男提及研究員陳山的死亡。

鐵男在聽的時候，瘦削的臉在不住抽動著，顯示出他心中的激動，等到原振俠講完，他才低呼了一聲，道：「天，他們究竟是什麼樣的人？」

原振俠道：「我不知道，只是可以肯定，他們和我們不同——」他略頓了一頓，才又道：「如果，卡爾斯頭部的秘密，輕見頭部的秘密，和那個勘八將軍頭顱中的秘密一樣，是有著一片金屬片的話，那麼，這一種人生活在地球上，已有很久了！」

鐵男的神情變得很苦澀，道：「不可能的，沒有人頭部可以容下一片金屬片！」

原振俠道：「可能的，我就從一個骷髏中，取出過一片金屬片來，而且，研究這片金屬片的陳山，還因此滅亡。我認爲他的死亡，和五朗的死、黃教授的死是一樣的。鐵男君，你曾負責調查羽仁五朗的死，除了是神秘力量致他死亡之外，你還有別的解釋嗎？」

鐵男的神情更苦澀，道：「這已經超乎我的職業訓練之外了，我不是幻想家，不能想像什麼叫作神秘力量。」

原振俠拾起一塊石子來，拋進了溫泉之中，道：「這種神秘力量，已經不是想像的問題，而是一種實際的存在。你剛才提到泉吟香不會死，我就立即想到——」

他講到這裏，略頓了一頓，鐵男陡然一躍而起，無意義地揮著手，然後道：「你是不是覺察到，被我們懷疑是……是這一種人……的，全是站在成功顛峰上的人物？」

原振俠皺了皺眉，道：「無論如何，我們不能肯定泉吟香的頭部也有著秘密，她頭痛嗎？」

鐵男睜大了眼，答不上來，泉吟香雖然出名，但鐵男是一個十分冷靜的人，沒有足夠的熱情去充當影迷。他們的討論，自然沒有結論。他們兩人都有著同樣的心理，都不想見人，所以他們一直往深山走，一直到那場暴風雪來臨。

暴風雪突如其來，強風吹著人體，像是千鈞大力在撼著弱草一樣，鐵男和原振俠曾緊緊地手握著手，一起抵抗強風，但是，還是分了開來，各自在雪地中打滾著，很快地，互相看不到對方了。

原振俠掙扎著，盡自己一切可能，使自己不被暴風所左右，但他還是滾下了一個峭壁，跌落在積雪堆上，不過，他也幸運地發現了一個山洞。

他在山洞中休息了片刻，再出山洞，準備去找鐵男，他依稀看到前面不遠處有人，他以爲那是鐵男，可是出乎意料之外，他找到了黃絹。

緊緊相擁著的黃絹和原振俠略微分開了些，方便可以看到對方的臉。黃絹的口唇不由自主地發著抖，一直帶著一種倔強的線條，但這時已完全消失了，只令人感到她心中洋溢著的萬分溫柔。原振俠急促喘著氣，道：「你……怎麼會是你？」

黃絹也掙扎出了聲：「你怎麼不在湖底？」

他們陡地又抱在一起，唇緊貼著唇，這是他們認識以來的第一次吻，來得那麼自然，正在雙方都極度需要對方的吻時發生。

然後，他們不斷爭著講話，不斷地接吻，完全沉浸在一種夢幻的境地之中。暴風雪對他們已經不再存在。但是，暴風雪畢竟是存在的，至少在一小時之後他們靜了下來，望著洞口。

洞口仍然被抖動飛舞的團團雪花封著，原振俠聳了聳肩，道：「我們沒有法子出去，出不去了！」

黃絹看來一點也不在意，道：「或許，我們會死在這裏，也是這種神秘力量的安排，誰叫我們知道了卡爾斯頭部的秘密。」

黃絹在過去一小時的談話中，已將她看到的一切全說了，和原振俠互相交換了各自所知道的一切。

原振俠將臉埋在黃絹的身上，所以他的聲音聽來，有點含糊不清，他道：「如果那是神秘力量的安排，我要感謝，感謝它令我們又在一起了！」

黃絹緊緊抱著原振俠，不住地道：「對，要感謝它！」

原振俠抬起頭，雙手捧著黃絹的臉，直視著她，黃絹像是知道會發生什麼事一樣，開始時在逃避對方的眼光，但立即勇敢地迎了上去。

夢幻又開始，比剛才更熱烈，暴風雪仍然在肆虐，但對他們來說，什麼都不存在，幾乎連自己都不再存在。

鐵男和原振俠在暴風雪中分散了之後，他的處境似乎比原振俠惡劣得多，他身不由主，自一個至少有十公尺高的懸崖上，直跌下去。若不是下面留著厚厚的積雪，他一定跌成重傷。當他把自己的身子，困難地從積雪中掙扎出來之後，他繼續滾動著，一直到他在經過一個樹叢之際，用力勾住了其中的一棵樹，他才能拂開臉上的雪，喘著氣，開始打量四周圍的環境。其實，他根本看不清什麼，除了雪花之外，天地間的一切像是全消失了。他盡量找擋風的地方，緊貼著一個山壁，低著頭，向前走著，在風雪越來越大的時候，他發現一個狹窄的山縫。

那山縫的頂上，岩石是連結著的，他閃身進去，大口大口吸著氣。

說是山縫，其實也可以算是一個極窄的山洞，鐵男儘量向裏擠，一直到了他無法再擠進去的程度，才停了下來。

鐵男是側著身子擠進去的，當他無法再前進的時候，他身子擠在岩石之中，幾乎連頭都無法轉動，他的身子左邊是山縫口，寒風從洞口捲進來，令得他感到一陣麻木，而右半邊身子靠著裏面，受不到寒風的直接吹襲。

可是，他立時感到情形有點不對，即使沒有寒風的吹襲，也不應該有暖風吹過來。

但是，他的確感到有一絲絲的暖意，吹向他的頸際，那種暖意，如果不是身處在極度的寒冷之中，是覺察不到的。鐵男想轉過頭去看，可是山縫狹窄，他的頭部，無法轉動；漸漸地，他可以想得出，那是有什麼生物在他極近的距離的呼吸！那種輕微之極的暖意，是那個生物在呼吸！

鐵男已經凍得幾乎僵硬了，身子本來就在發抖，當他明白了那是什麼生物在呼吸之際，他不禁抖得更厲害。那是什麼生物？是獾熊？是猴子？

他的頭不能轉動，左手還勉強活動一下，他慢慢地揚起手臂來，立即碰到了什麼，觸手很柔軟，那是……那是……鐵男不到一秒鐘之內，就知道那是什麼，那是衣服！

生物之中，懂得穿衣服的好像只有人！那也就是說，在他的身邊，距他極近，可能只有十公分，有一個人在！鐵男立時道：「原，是你麼？」

他要大聲叫著，才能聽到自己的聲音，在他叫了一聲之後，他依稀像是聽到了一下呻吟聲。

鐵男肯定了自己身邊有著一個人，而他不能轉過頭去，手臂又沒有法子再進一步活動，他一面大聲叫著問：「原，是你？」

一面身子又向外移動了一下，移出了大約一公尺左右，那地方比較不是那麼狹窄，可以使他的頭部勉強轉過去。當他轉動頭部之際，他的前額和後腦，都擦在岩石上，十分疼痛。

他擠進那山縫內有十多公尺，外面十分光亮，雪的反光令得眼睛刺痛，但在十多公尺深的狹窄山縫之中，光線就十分陰暗。

鐵男勉強轉過頭去，他看到了一個人，那個人和他剛才一樣，緊緊地嵌在兩面山壁之間，由於那個人的個子比他小，所以可以擠得比他更深。鐵男看到了鮮黃色，而在鮮黃色的衣服上，是黑色的長髮。

鐵男還看不清這個人的臉，這個人的頭向上仰著，看來倒還勉強可以轉動，但是他卻一動不動。不過，鐵男不必看清臉，就可以知道這個人是誰。

鮮黃色的衣服，黑色的長髮，嬌小的身形，那是泉吟香！泉吟香！

鐵男感到了一股難以形容的振奮，他陡地叫了起來：「泉吟香小姐！泉吟香小姐！」

他的叫喊，有了反應，那人慢慢低下頭來，面對著鐵男。她的臉色，在昏暗的光線之下，看來異常地慘白，一點也不錯，正是泉吟香。

泉吟香望著鐵男，口唇顫動著，發出極其輕微的呻吟聲來，看來，她虛弱到了極點。

雖然鐵男曾武斷地說過，泉吟香一定還活著，但那只不過是他的一種想法而已。這時他真的看到泉吟香還活著，他所受到震撼之劇烈，真是難以形容！

從墜機起到現在，已經有三天三夜了，三日三夜的飢餓或者還可以捱得過去，可是以泉吟香身上那種衣服，她實在無法逃得過死在寒冷中的命運！可是泉吟香還活著，鐵男可以絕對肯定這一點！

鐵男不由自主喘著氣，他好幾次做夢也想著和泉吟香單獨相對，但是再也沒有想到會在這種情形下，見到泉吟香。

他又向內移動了一下，然後，自衣服裏，摸出了一小瓶酒來，這種被稱爲「旨酒」的米酒，最好是滾燙地來喝，鐵男自從在山中那些屋子中得到了它之後，一直都不捨得喝，這時，他咬開了蓋子，竭力伸出手臂，將瓶口對準了泉吟香的口，再將酒瓶放斜。

從瓶中流出來的酒，開始並未能流進泉吟香的口中，但泉吟香立時張大了口，酒慢慢流進去。在喝了半瓶之後，泉吟香擰轉頭去，鐵男縮回手臂一口就喝完了剩下的半瓶酒。

他看到泉吟香的口唇在顫動，有微弱的聲音發出來，他握住了泉吟香的手臂，將她拉近自己，才聽到了她在講的話：「我……冷……好冷……」

鐵男用力搖撼著她的身子，叫道：「泉小姐，振作些！你要振作些！」

爲了能將泉吟香更拉近他，鐵男又向山縫口移動了一下，泉吟香根本自己無法站得直，她整個人都靠向鐵男，鐵男將她抱著。山縫很窄，鐵男一抱住了泉吟香，寒風吹到她身上的程度，就大爲減少，泉吟香的視線，看來也不再那麼散漫，她看著鐵男，過了好一會，才道：「原來……是你！」

鐵男見她認出了自己，不禁苦笑了一下，一時之間，不知道說什麼才好，泉吟香看來已振作了不少，她身子不再緊靠著鐵男，眨著眼，道：「你不會再問我關於盜掘墳墓的事了吧？」在如今這種的情形下，實在是絕對不適宜討論這個問題的，但是泉吟香的話，卻勾起了鐵男的心事，他嘆了一聲，道：「是你幹的，是不是？」

泉吟香垂下了眼瞼，長睫毛閃動著，她停了片刻，才緩緩點了點頭。

鐵男的呼吸，立時急促了起來。雖然他已搜集了許多証據，可以証明這事是泉吟香幹的，但是在他的下意識之中，他還是在表示懷疑，因爲這實在是太沒有可能的事。他之所以不惜一切代價，要在泉吟香的口中，証實自己的懷疑，一大半是爲了他職業上的自尊，他要証明自己並沒有推測錯誤，要証明自己是一個第一流的警務人員，而不是他上司責罵的「混蛋」。

這時，當他看到泉吟香緩緩點了頭，承認了事情是她做的，他心中得到了極大安慰，脫口問道：「爲什麼，泉小姐？」

泉吟香抬頭，向他望來，帶著一種俏皮的，但是又有幾分乞憐意味的微笑。她是第一流的演員，這時，她根本不必講話，單從她的眼神和淺笑之中，任何人都可以看得出來，她在要求：別再問下去。

而她那種動人的神情，也足以使得任何人也難以拒絕她的要求！

鐵男嘆了一聲，道：「好，現在我不問。」他頓了一頓，道：「現在我們的處境十分惡劣，泉小姐，至少有三百人在找尋你，我們要設法脫離險境才好。」

泉吟香點了點頭，鐵男轉頭，向山縫外看了一眼，不禁苦笑，在那麼惡劣的環境之中，他們是不是能脫離險境，真是一點把握也沒有的事。

他盯著泉吟香，又問：「在過去三天，你……你是怎樣捱嚴寒的？」

泉吟香現出了一片迷惘的神色來，道：「我不知道，墜機之後，我沒有受傷，我從機艙中跌了出來，落在積雪中。當我發現自己沒有受傷之後，我就盡我一切力量向前走，一直來到這裏！」

鐵男搖著頭，道：「你應該留在原地，好讓找你的人容易發現你！」泉吟香苦笑了一下，道：「我怕被你發現，再來追問我這件事！」鐵男心中苦澀，道：「我成了魔鬼了！幸好你還活著，不然，我會被你的擁護者撕成碎片！」他突然想起了一件事：「這三天內，也沒有吃過任何東西？」

泉吟香道：「沒有……我……」

鐵男用力在身邊摸索著，摸出了一塊麵餅來交給泉吟香，泉吟香接過麵餅之後，身子在發著抖！將那塊粗糙的麵餅，一下子就吞了下去。

鐵男退到山縫口，向外面看看，他終於下了決定：「泉小姐，我們一定要離開這裏。在這裏，不會有人發現我們，我們要到外面去，移動，好讓搜索者發現我們！」

他在這樣講了之後，心中暗自祈祝了一句：「老天，搜索隊別因爲暴風雪而停止搜索才好！」

然後，他抱著泉吟香，向外走去，暴風雪立時將他們包圍，他們艱難地向前移動。

鐵男心中的祝告，並沒有發生作用。在暴風雪發生之後的兩小時，搜索行動的指揮總部，就下令停止搜索。因爲太危險了，再有經驗的登山者，也可能在這樣的暴風雪中迷失路途，不是餓死，就是凍死的。

事實上，就是搜索的指揮部總不下令停止搜索的話，對鐵男和泉吟香來說，也不會好多少。因爲搜索的範圍，是以墜機的奧穗高岳爲中心，漸漸擴大開去的，這時，也不過到達了前穗高岳，西穗高岳和涸澤岳一帶。距離泉吟香所在的黑部湖東岸，還相當遠。

再退一步說，就算搜索隊已到了黑部湖的附近，要在這樣的暴風雪中發現兩個人，也是極其困難的事。

暴風雪，在天文臺的記錄上，是從開始下雪算起，到雪停爲止，一共是六十二小時。

在這又是三天的時間中，面對著電視機的數以千萬計的人，對於泉吟香小姐還能生存一事，早已絕望了。當暴風雪終於過去之後，搜索工作再度展開，但是目標已是屍體，而不是救援。

因爲在這三天之中，天文臺建立在山區的觀察站，所記錄的最低氣溫，是攝氏零下十九點四度，所有人都知道，就算在暴風雪開始之際，泉吟香的健康狀況絕對良好，在暴風雪結束之際，她也必死無疑了。

搜索工作還在進行，只是默默地進行，每一個人都心情沉重，誰也不想多說話。

鐵男和泉吟香終於被發現了，那是在暴風雪結束後第八天的事，而且發現的過程，還相當曲折。

搜索隊始終未曾到達黑部湖附近。在暴風雪結束之後，黑部湖畔觀察站中的那些人，也開始活動。在暴風雪肆虐的六十多小時之中，那些人之間，曾經有過極其激烈的爭辯。

孟雄和最早遇到黃絹的兩個，以及另外一個年輕人堅決認爲黃絹和赤軍分子之間的糾纏，一定有內幕。

看來黃絹的生命並不發生危險，如果報了警，赤軍份子是絕不會害怕殺人的！

爭辯事實上是在暴風未發生前已經開始了，也就是黃絹一被赤軍份子押走之後發生的事。等到風雪驟然而來，還沒有結果，孟雄不顧一切，利用無線電話，和最近的警務人員聯絡。可是那時候，已經遲了，暴風雪阻止了一切行動的展開。

一聽到有赤軍分子出現，接到報告的警員立時緊張了起來，立刻又向上級報告，一層層報告上去，三小時之後，報告和詳盡的資料，已經送到了全國警察總監的辦公桌上，一個小型的高級人員會議，立時召開，一位高級官員的話，是這次會議的結論：「據報告，黑部湖附近的天氣，極端惡劣，任何活動，都無法進行。根據描述，那五個赤軍分子，是多次犯案，正在通緝的危險分子。現在能做的是，立刻派人前往該地，等待壞天氣過去，開始行動。估計在這樣的壞天氣之中，赤軍分子也必然被風雪困在山區之內。」

那個高級官員的結論是正確的。立即從東京出發，由七位經驗豐富的警官組成的一個特別小隊，以最短的時間，到達了針木谷，天氣壞得無法再向山區前進。針木谷，就是赤軍要預定將黃絹帶到那裏去上車的地方。在針木谷，特別小組和駐守當地的警員一展開工作，就發現了一輛客貨兩用車，停在路邊。據目擊者稱，曾經有四個人，自這輛車中下來，向黑部湖方向進發。

爲了有萬一的可能，特別小組二十四小時不停監視著這輛車子。如果赤軍分子回來，在車子附近出現，就會就逮。

但是一直等到暴風雪過去，沒有人出現。天氣一轉好，特別小組就請當地的警員再密切注意這輛車子，他們七個人，帶備了足夠的設備，向黑部湖區進發。

特別小組搜索的結果，後來，經過記者的大力發掘，經過情形，公眾盡皆了然，其中，一個隊員的敘述，最是詳細。這篇敘述，刊載在一本極暢銷的月刊上。

這個隊員的報告稱：

「暴風雪雖然停止了，可是向黑部湖區進發，仍然十分困難。一開始之際，我們曾經考慮過，既然天氣好轉了，我們可以利用直升機直達湖邊，再展開搜索。但這樣子，有可能反而錯過了急於趕到針木谷來的赤軍分子。所以，由隊長決定，我們採取了步行。而我們步行的路線，是一般旅行者所採用的自針木谷至湖邊的那條小徑。因為在大量積雪的掩蓋之下，其他的道路，根本無法通行之故。」

「臨出出發之前，隊長命令檢查武器，隊長的訓詞是：『赤軍分子是極端危險的，我們向前去，他們要回針木谷，極有可能，我們會相遇，到時我們一表露身份之後，就有槍戰的可能，要避免犧牲！』天氣已經夠冷的了，想到可能和赤軍分子作戰，似乎覺得更冷。」

「開始行程之後，我們根本不是在路上行走，只是在積雪之中，不斷將右腳提起來，好讓左腳再向前跨，積雪在大多數的情形下，涉及腰際，在這樣的環境下向前走，真是困難之極。」

「隊員都沒有怨言，有的大聲唱著歌，以保持士氣，一個隊員忽然道：『據報告，五個赤軍分子押了一個年輕女子離去，這年輕女子，究竟是什麼身份？』這個隊員的問題，立即引起了熱烈的討論。」

「其中一個隊員說：『事情似乎還牽涉到了一位什麼偉大的將軍？』」

「隊長的神態很嚴肅，道：『別再討論下去了。上頭研究過報告，認為事情可能和重大的國際事件有關，我們多作討論，沒有好處……』所以大家就不再談論那個女子的事。」

「行進得十分慢，一小時怕還沒有兩公里，在登上了一個不是十分高的山頭之後，雖然我們都沒有滑雪的裝備，但是我們卻實實在在，是利用了積雪的斜度而滑下去的。事後，才有一位專家告訴我，這樣做，極其危險，因為看來鬆軟的積雪，事實上，互相之間，有著一種奇妙的附著力量，會附在一起。我們這樣滑下去的結果，有可能是被包在一個大雪團之中死亡！」

「三小時之後，走在最前面的一個隊員叫了起來，道：『看前面！』每一個人都向他指著的地方看去，看到了黑色的一點，突出在積雪之上。即使戴著程度高的深色眼鏡，也可以清楚地看到那一點，我們向前腳高腳低奔過去，有幾個隊員仆跌在雪中又爬起來，結果，我最早到達。老天，那是一隻人手，戴著黑色的手套，手正緊緊地握著拳，我抓住了那隻拳頭，用力一拉，由於向後用力的原故，我的下半身全陷進了積雪中。」

「那個人給我拉了出來，黑色的衣服，鮮紅色的頭罩，只有眼睛露在外面，眼珠子已到了可怕的灰白色。這是赤軍分子在進行恐怖活動時的標準打扮。隊長趕過來，一把拉下了他的頭罩，我們都不禁驚呼了一聲，因為這個赤軍犯的案太多了，多到了任何警務人員一看到他就可以認出來的地步。雖然這時候，他的口角向上翹，臉上帶著股極其詭異的笑容。」

「當時，我心中在想，他為什麼要笑呢？凍死在山中，還有什麼可笑的！事後，我才知道，凍死的人，臉上都會呈現這種詭異的笑容，那並不是笑，只不過是臉上的肌肉因為寒冷而收縮，令得咀角向上翹起來，看起來就像是在笑而已。」

「這個人死了已有很久了，身子都已經僵硬，我們不能帶著他前進，只好將他的身子扶起來，將他的雙腿，搬進雪中，再將他雙腿附近的雪踏得結實，好使他的身子直立著，不倒下來。」

「這樣的事情，若是被不明情由的人路過看到，可能會嚇個半死，但我們料定了這時決不會有人經過的，所以才這樣做。隊長立時指揮一個隊員，對這個人拍了照片。」

「以後，連續又發現了三個，全是凍死在雪地中的，也都照同樣的辦法處理了。」

「在發現了四個赤軍分子的屍體之後，我們又找到了一支手提輕機槍，正是報告中提及，赤軍分子使用的那一支。」

「還有一個赤軍和那個女子，他們的屍體，還沒有被發現，那時，我們每一個人都相信，我們將不會發現任何生還者，一定會已死在大風雪之中了。」

「果然，半小時之後，我們又發現了最後一個赤軍的屍體，這個人，更令我們吃驚，他是一個頭領，是受國際通緝的危險分子。由此可知，在日本方面的赤軍，對於強行帶走的那女子的事，十分重視，不然不會派出這樣重要的人物來執行。」

「那女子究竟是什麼人呢？我們各人之間，雖然由於曾受隊長的警告而沒有再談論下去，但是心中都在懷疑。不過我想，其他人心中的想法，一定和我一樣，都感到，那女子不管是什麼人，都無關緊要了，因為她一定已經死了。再重大的事，對一個已死的人，都不會發生任何影響的了，是不是？」

「正當我在胡思亂想之際，一個隊員忽然叫道：『看，前面有煙冒出來！』」

「向前看去，果然，前面有煙冒出來，數量並不多，但的確是在冒煙。」

「另一個隊員道：『只怕是溫泉冒出來的熱氣吧，怎麼會有煙？』這個隊員是什麼事情都要懷疑一番的人。」

「隊長有點惱怒，道：『快過去看，有人，煙可能是他們的求救信號！』我們立時一面向前去，一面大聲叫道，不多久，我們就看到了兩人，出現在我們的視線之內，這兩個人居然生還，真是奇蹟。」

特別小組的一個隊員，在才見到有兩個人生還之際，認為那是奇蹟，其實，那不算是奇蹟，只是這兩個人在惡劣的環境之中運氣比較好，因為他們找到了一個山洞，在山洞之中。

這兩個人，是原振俠和黃絹。

山洞中當然一樣嚴寒，可以導人致死，但原振俠和黃絹，在心靈之間，毫無隔閡的情形下，令得他們求生的意志，提高了不可信的程度。

原振俠在洞口找到了灌木叢，折了下來，黃絹身邊有打火機，於是他們就有了一個火堆。

原振俠將身邊的乾糧取出來，那是兩隻麵餅和一小瓶旨酒。

他們兩人一下子就將所有的食物，都吞進了肚中，一面吞，一面還高興地笑著，就像他們是在夏威夷海灘上野餐一樣。然後，他們再熱吻，黃絹趁機將口中含著的一口酒，哺進了原振俠的口中。

然後，他們的運氣更好，有四隻雷鳥，可能爲了躲避暴風雪，而撲進山洞來。

雷鳥是一種生長在雪地中的禽鳥，有著美麗的銀灰羽毛。這種禽鳥十分美味，但由於它的罕有，受著法律保護。不過在這種的情形下，當他們合力將四隻雷鳥一起捉住之後，卻毫不客氣，就將它們放在火堆上烤熟了，作爲維持生命之用。在那四隻雷鳥之後，又有好多隻闖進來，甚至還有一隻在風雪中迷失了的小獐子。他們兩人又一起衝出洞去收集樹枝，所以，六十多小時的暴風雪，對他們來講，只嫌時間太短。

他們甚至根本不知道暴風雪已經停止了，特別小組所看到的煙，並不是他們的求救信號，而是他們的火堆所冒出來的。等到他們聽到了有人的叫喊聲，他們才走了出來，遇上了特別小組的成員。

原振俠和黃絹站在洞口，特別小組七位有經驗的警官，迅速來到他們前面，隊長用極度疑惑的神情打量著他們，道：「你們是靠什麼生存下來的？」

原振俠的回答是：「我們運氣好，找到了一個山洞。」他立即反問：「我還有一個同伴，你們是不是發現了他？他的名字是鐵男！」

七位有經驗的警官，一聽至鐵男的名字，也不由自主失去了控制，立即一起罵了起來，隊長指著原振俠，道：「你就是和他在一起的那個男子？」

原振俠嘆了一聲，道：「是的！不過現在，我想並不是追究責任的時候，大風雪一起，我和他失散，希望他就在附近，我們可以找到他！」隊長用無線電話，和搜索泉吟香的指揮部取得了聯絡，由指揮部調了一批人過來，參加搜索。

黃絹和原振俠一直沒有分開過，他們也參加了搜索的工作，時間一天一天過去，七天之後，世界上已再也沒有人認爲鐵男還可以有生還的希望的了，由於原振俠的苦苦哀求，才又展延一天。就在第八天的中午，搜索隊的兩個隊員，找到了鐵男和泉吟香，立時通知所有人，原振俠和黃絹，是最後找到的一批人中的兩個。

第十一部：黃絹要去尋找「天人」

大約在不到一小時之間，至少已經有二十個人趕到了現場。最早發現鐵男和泉吟香兩人的隊員，沒有採取任何行動。因爲任何人都可以看得出來，採取行動，其實是沒有意義的。

鐵男的身子，有一大半埋在雪中，只有頭部和上半胸，以及一隻手臂露在雪外，他青白色的臉上、頭上、眉上、鬍上都結滿了白色的冰花，即使是白癡，也可以看得出，這已經是一個死人。

而泉吟香——才發現鐵男的時候，大家都認得出鐵男來，但認出泉吟香，還要經過一個曲折。泉吟香的身子側臥著，有一半臉和一半身子在雪外，那情形，也是人人都看得出，已經死了。

黃絹和原振俠趕到的時候，原振俠一看到鐵男這樣的情形，大叫了一聲，一時之間，也沒有認出鐵男身邊的女子是誰，向前撲了過去，大叫道：「鐵男君！」

他一面叫，一面抱住了鐵男的頭，鐵男的頭是冰冷的，黃絹也奔了過來，撥開積雪，令得泉吟香整個臉都露出來，她立時發出了一下驚呼聲：「泉吟香小姐！」

黃絹的那一下呼叫聲，已經夠令人吃驚的了，可是她接下來的那一下呼叫聲，更令人吃驚，她叫道：「天，她還活著！」

所有聽到黃絹呼叫的人，在那一剎間，全都呆住了，一時之間，人人的腦筋都轉不過來，不知道黃絹這一下呼叫聲是什麼意思。

抱著鐵男僵硬的屍體，心中正百感交集的原振俠，就在黃絹的身邊，一時之間，他也不知道黃絹這樣叫，是什麼意思。當他聽得叫聲之後，他只是轉過頭去，向黃絹和泉吟香看過去。

就在那一剎間，他明白黃絹那一下叫喚是什麼意思了，因爲他看到，泉吟香的臉部，自積雪中翻過來之後，看起來她雖然十足一個死人，但是她的鼻孔附近，有一些積雪，卻已經在開始溶化！

這証明泉吟香還有呼吸，呼出來的氣雖然微弱，但是溫度比較高，高得足以令鼻孔附近還沾著的雪花溶化！

原振俠也陡地高叫了起來：「她還活著！」

從黃絹的一聲呼叫，到原振俠的一下呼叫，其間相隔，不會超過二十秒鐘。其餘的人的怔愕，已經成爲過去，有幾個行動快捷的人，已經跌跌撞撞，向前奔來，有幾個奔得太急，仆跌在雪地上。黃絹又叫道：「誰有急救的經驗，快來！快來！」

兩個首先奔到的人站定了腳步，顯然他們並沒有急救的經驗。本來，在人人肯定了泉吟香還活著之際，在附近的人雖然不多，但是各種各樣沒有意義的叫聲，驚嘆聲，已經造成了一片混亂，黃絹一叫之後，陡然靜了下來，一個看來已有五十左右的人叫道：「用雪團搓她的手心和腳心！」

另一個人奔了過來，一面奔，一面叫道：「人工呼吸！人工呼吸！」

不等那個人叫喚，原振俠已經早想到了人工呼吸，泉吟香看來是那樣弱，原振俠深深地吸了一口氣，然後用口對著泉吟香的口，泉吟香的口唇凍得幾乎像冰塊一樣，原振俠慢慢地將氣呼進去。

已經有幾個人七手八腳，將雪團用力搓著泉吟香的手心，也有人將泉吟香的鞋襪脫了下來，用雪團搓著她的腳心，原振俠感到泉吟香已漸漸有了較強的氣息，他抬起頭來，就著不知是誰伸到他口際的一瓶酒，喝了一口，再對準了泉吟香的口，將酒慢慢哺進泉吟香的口中去。

泉吟香的情形顯然在好轉，她臉上的雪花在漸漸溶化。旁邊的人又恢復了喧鬧，簡直沒有人可以聽清任何一個人所說的話，但是說話的人，還是自顧自地說著，拚命表達著自己的意見。

反倒是最早發現泉吟香還活著的黃絹，當她一看到原振俠和泉吟香的唇相接之際，她就站了起來，退倒了兩步。

沒有人注意她，連原振俠也在專心一意地救人，黃絹的呼吸變得急促，她心中告訴自己千百次！原振俠是在救人，不是在作什麼，他是在救人。可是當她看到原振俠將滿滿的一口酒，哺進泉吟香口中的時候，她感到視線開始模糊。那個使她和原振俠避過了暴風雪的山洞中的篝火，似乎又在眼前出現，閃耀的火舌，會使得視線變得模糊，就像現在一樣。

那個山洞之中發現的事，黃絹一點也不後悔，那是夢幻一樣的時刻，但這時，她想揉眼，看清楚眼前的情形，但是視線卻越來越模糊。

她終於叫了起來：「振俠！」

然而，她的叫聲，淹沒在嘈雜的人聲之中，連原振俠也沒有聽到。

原振俠在這時，和泉吟香的臉，相隔極近，他看到長睫毛在閃動，然後，奇蹟來臨，泉吟香的眼睛，慢慢地睜了開來，像是王子吻睡公主一樣，泉吟香的眼睛，睜了開來，開始時，神情十分迷惘。

然後，在極短的時間中，泉吟香的眼中，恢復了它應有的光彩，那麼明澈深邃，幾乎比黑部湖的湖水還要幽秘。

當原振俠接觸到這樣明澈而深邃的眼光之際，他陡地震動了一下，抬起了頭來。他聽到了一陣陣的歡呼聲，那是其他所有人看到泉吟香睜開眼來之後發出來的。在眾人的歡呼聲中，原振俠並沒有聽到黃絹的叫聲。事實上，面對著這樣動人的眼睛，連還在身邊的歡呼聲，聽來也像是從遙遠的地方傳來一樣。

但是，泉吟香口唇顫動，所發出來的極其低微的聲音，原振俠卻每一個字都聽得非常清楚，泉吟香在問：「我……死了麼？我……死了麼？」

原振俠陡然之間，激動了起來，他抓住了泉吟香的肩頭，用力搖著，叫道：「你沒有死，你應該死的，可是，你沒有死！」

他搖得那麼用力，以致泉吟香頭上、肩上的雪花，全都因爲劇烈的搖晃而散了開來。

原振俠叫的那兩句話，成爲日本報紙的大字標題：「她應該死的，可是沒有死。」其他的標題，包括了「生命的奇蹟」、「雪地四日夜，奇蹟生還」等等。人類的詞彙，似乎十分貧乏……除了「奇蹟」之外想不出別的詞來了。但是，那的確是一項奇蹟！

泉吟香生還的消息傳開了之後，群眾的歡欣，無可言喻，幾個素以工作時間緊密到一秒鐘也不差的大工業組織，也自動放假一天，讓所有的人去發洩這種歡樂的情緒。在泉吟香的病房之外，自全國各地送到的鮮花，堆積如山，一直要擺到醫院門口的空地上。

和鮮花擠在一起的是等著聽泉吟香康復消息的群眾，醫院方面特地架設了擴音器，每隔半小時，廣播泉吟香的復原狀況。

群眾對於醫院方面所作泉吟香在迅速康復的報告，還不十分相信，一直等到擴音器中，傳出了泉吟香的聲音：「謝謝各位的關懷，我很好，精神在迅速恢復中，我現在就能唱歌，大家請聽——」

泉吟香接下來，在絕無音樂伴奏的情形下，用她那曼妙的聲音，低低的唱了一首歌，聽到這首歌的人，都感動得忍不住飲泣起來。

泉吟香一被送進醫院之後，表面上的情形是那樣，但內在的情形，卻還有頗不簡單之處，那是公眾所不知道的。

當時，在原振俠搖撼泉吟香的身子之際，有更多的人趕到。救護直升機什麼時候趕到的，已經沒有人記得了。因爲當時的情景，實在令人興奮，興奮得簡直要令人發狂。

總之，當救護直升機來到的時候，人已經越來越多，連記者也趕來了，泉吟香立時被抬上擔架，送進直升機，在架上，泉吟香伸出手來，向著原振俠，原振俠也伸出手去，兩人緊握著手，泉吟香一直不肯鬆手，堅持要原振俠陪她一起登機。而原振俠又堅持要將鐵男的屍體，也以第一時間送到醫院去。

所以，鐵男的屍體，是和泉吟香同一架直升機到達醫院的。而當原振俠登機之際，他想在人群中找尋黃絹，卻沒有法子找得到，因爲人實在太多了，他大聲叫了兩聲，沒有聽到黃絹回答，救護直升機上的醫生，已經漲紅了臉，不肯再給他多幾秒鐘的時間了。

所以，當直升機起飛之際，原振俠和黃絹分開了，機中，只有他、泉吟香、機上人員，和鐵男的屍體。

醫生在照料了泉吟香之後，才去看視鐵男的屍體，他吃力地將鐵男僵硬的眼皮翻了開來，只看了一下，就搖了搖頭，用一塊白布，將鐵男的臉蓋住。

泉吟香看來很平靜，呼吸也很平穩。原振俠掀開覆在鐵男臉上的白布，用力撫著鐵男的臉，寒凍而死的人，因爲寒冷令得臉部肌肉收縮，所以在死者的臉上，會現出一種十分詭異恐怖的「笑容」來。原振俠就是想令鐵男臉上的這種「笑容」消失，可是他的努力沒有成功。

原振俠望著鐵男，喃喃地道：「鐵男君，值得嗎？」

直升機上的救護醫生也望著泉吟香，在喃喃地道：「我不明白，這是不可能的事，沒有人可以在這樣的情形之下活下來……」

醫生雖然是在喃喃自語，原振俠卻感到了震動，他沉聲道：「不必再研究這個問題了，她沒有死，這是事實！」

醫主苦笑了一下，顯然由於眼前的事實，和他經年累月受的專業知識訓練，起了無可調和的衝突，所以他的神情，看來十分苦澀。

這時候，黃絹的處境很不好，她看著泉吟香和原振俠雙手握著，登上直升機。原振俠爲了遷就躺在擔架上的泉吟香，身子以一種十分可笑的姿勢彎曲著。黃絹只是站著發怔，她依稀感到原振俠好像在人群中找過她，但那有什麼不同？他沒有再找下去，拋下她，走了！

黃絹並沒有能怔立多久，七個有經驗的警官，那個搜索隊的成員，已經包圍了她，人人神情嚴肅，隊長提出了第一個問題：「請問，小姐，你是怎麼和赤軍份子扯上關係的？」

黃絹深深地吸了一口氣，寒冷的空氣進入了她的肺部，使得她的頭腦，也略爲清醒了些，她眼望著已成了一個小黑點的直升機，道：「我不知道！」

黃絹這樣的回答，當然不能滿足對方，隊長又道：「小姐，請你跟我們走！」

黃絹怔了一怔，道：「我被捕了？」

隊長很客氣，但是也很堅決：「不是，可是你必須協助我們，我們有許多問題要問你。」

黃絹還想說什麼，另一個隊員，揚了一下他們在雪地找到的那柄赤軍分子曾經用過的手提機槍，道：「小姐，你看，這是AK四十七機槍，恐怖分子用這類型機槍，殺害過不知多少無辜的人，所以你必須和我們合作。」

黃絹又抬頭向天望了一下，直升機已經看不見了，暴風雪過後的天空，是一片耀目的明藍色。她心中嘆了一聲，像是所有的事完全和她再也沒有任何關係一樣，她只是淡然地答應了一聲，道：「好！」

黃絹在那七個警官的保護下，先回到了針木谷，立即前往東京。

她到東京的時間，自然比原振俠來得遲，等到原振俠到了東京的醫院，看到泉吟香受到其實太多的醫生和護士照料，已經完全沒有他的事之際，他立即想到要找黃絹。

可是黃絹在什麼地方，他完全不知道，他只好逢人就問，他自己倒成了記者採訪的對象，可是一直到第二天，他才有了黃絹的下落，他接到了警方的通知，黃絹在東京，接受警方的保護，原振俠趕去看黃絹的時候，黃絹是在一家大酒店的房間中，兩個警察帶著他進去，他看到黃絹背著他，在窗前，注視窗外。

原振俠走近，在她的身後，輕輕將她摟住，可是黃絹卻掙開了他的擁抱，轉過身來，右手抵在原振俠的胸前，道：「她已經完主復原了！甚至還唱了首歌！」

原振俠立時感到了她的冷淡，他要先想一想如何來應付這種冷淡，所以並沒有立時回答。黃絹又道：「鐵男的懷疑，是有理由的！」

原振俠深深吸了一口氣，一切事情，全是從鐵男的懷疑開始的。當然，也可以說，全是由他開始的，如果他當日，不慫恿鐵男去掘輕見博士的墓，那麼，就不會有任何事發生了。

但是，他卻不明白何以黃絹這時，會這樣肯定，他直視著她，黃絹側過頭去，避開了他的目光，道：「她也是那種人！」

原振俠自然一聽就知道黃絹那樣說是什麼意思，他再吸了一口氣，道：「和……卡爾斯……輕見博士一樣？」

黃絹道：「一樣！我敢說，她的腦部，一定也有著一片神秘鋼片在！天知道她腦部的這個秘密要是被人發現了，知道秘密的人會有什麼惡果！」

原振俠感到了震悸，泉吟香在醫院中，爲了對她作進一步的觀察，運用X光來觀察她的身體各部份，並不是沒有可能的事！

他的聲音有點發顫，道：「不見得吧……她是那麼……那麼……」

他不知道如何措詞才好，黃絹冷冷地接了下去，道：「她是那麼可愛，是不是？」

原振俠心中嘆了一聲，他絕不想否認。可是他也沒有蠢到在聽出黃絹的語音冰冷的時候承認這點的程度。所以他只是沉默著不出聲。

黃絹的語鋒卻有點咄咄逼人：「你為什麼不願意承認她是那一類人？是為了和她不是同類而難過？」

原振俠有點狼狽，道：「這是什麼意思？她絕對不會是異星人！」

黃絹走開了一步：「為什麼不會是？在這樣的寒冷和飢餓的情形下，她都能生存，她絕對和我們有不同之處。卡爾斯渴不死，輕見不因缺氧而死，泉吟香凍不死，他們全是同類的人，和普通人不同。」

原振俠無法否認這一點，因為他也感到，輕見、卡爾斯和泉吟香，一定和普通人有不同之處。是不是因為他們的頭部，都有著那片神秘莫測的鋼片？

黃絹轉過身來，道：「鐵男的健康狀況，應該比泉吟香好多了，他們兩個人同樣處在惡劣的環境之中，一個生存，一個死亡，生存的那個，一定是那一類人！」

原振俠苦笑了一下，揮著手，道：「如果有那一類人的話，那麼，那一類人，真是『天人』了。」

黃絹低下頭，將手抵在額上，看她的樣子，不想再就這個問題討論下去，過了一會，才用低微疲倦的聲音道：「日本警方要將我解出境。」

原振俠「啊」一聲地，道：「是為了——」

黃絹仍然低著頭：「我向他們講了我……我和卡爾斯之間的——」

原振俠糾正道：「我們和卡爾斯之間的事！」黃絹抬起頭來，望原振俠，眼神高傲而倔強，她並沒對原振俠的話表示什麼異議，只是繼續道：「他們怕恐怖組織因為我而繼續在日本鬧事，所以將我列爲不受歡迎的人物！」

原振俠提高了聲音：「你一離開日本，卡爾斯派來的人，就會向你下手！」

黃絹笑了一下，她的笑容，看得出來是強裝出來的一種瀟灑，道：「就算是，那也沒有什麼，卡爾斯的目的，不過是要我去見他！」

原振俠一伸手，抓住了她的手臂，黃絹掙扎了一下，可是原振俠把她抓得十分緊，而且將她拉了過來，直盯著她，道：「你知道那個混蛋要見你是幹什麼！」

黃絹沒有再掙扎，她看來出奇的鎮定，道：「是的，我知道。你知道了？我也想去見他，因爲他是那一類人！」

原振俠吸了一口氣，他明白黃絹的冷淡，他不想解釋，他只是道：「這是我們兩個人才知道的秘密！」

黃絹又笑了起來，道：「我去研究卡爾斯，你去觀察泉吟香，這不是很好麼？」

原振俠嘆了一聲，道：「巴黎機場的那一幕，又要重演了？在經過了山洞中——」

黃絹陡然打斷了原振俠的話頭：「別再提山洞中的事，我已經忘了！」

原振俠疾聲道：「忘了？爲了我陪一個垂死的人上了直升機？」

黃絹再度笑起來：「別自己騙自己，天人，是不會死的，你早就知道這一點！」

黃絹的神態是這樣冷漠和不開心，那使原振俠的自尊，受到了嚴重的傷害，正當他還想說什麼時，兩個警官已走了進來，道：「黃小姐，你該啓程到機場去了！」

第十二部：神秘的主宰力量

黃絹立時向外走去，原振俠忙追了出去，另外兩個警官攔住了他的去路，原振俠叫了兩聲，黃絹昂著頭，即使在背影上也可以看出她的高傲和倔強，她連頭都沒有回過來。原振俠緊握著拳，一拳打在牆上，打得極重，連指節骨都出了血。

如果原振俠不理會黃絹是不是回頭，只是追上去，以後的事情會怎樣呢？誰也不能回答，因為他沒有追上去。

原振俠將拳頭抵在牆上，衝動得想大聲呼叫，暴風雪山洞中的那一段夢幻一樣的時光，在他來說，是畢生難忘的，可是，黃絹卻「忘了」！

黃絹當然不是真的忘了，可是她為什麼一定要這樣說，為什麼一定要傷害自己？

原振俠難過地抬起頭來時，又有兩個警官向他走過來，其中一個道：「原君，你是和鐵男一起，去追逐泉小姐飛機的，我們有些話要問你！」

原振俠嘆了一聲，只是道：「黃小姐會被解到什麼地方去？」

兩個警官互望了一眼，一個道：「她是從香港來的，會送她回香港去。」

只是這一句，以後，原振俠再問關於黃絹的事沒有任何人回答他。反倒是他，不斷接受著盤問：「鐵男是為了什麼，才去追逐泉吟香的？」

原振俠的回答是：「不知道！」

大阪警局方面也送來了鐵男的資料，鐵男曾懷疑泉吟香掘墓一事，也曾被提出來問過，原振俠的回答仍然是：「不知道。」

盤問連續進行了三天，警方相信在他口中真的問不出什麼了，才准他離去。

那時，鐵男的屍體已經下葬了。

站在好友的墳前，寒風似乎加倍的刺骨，墳地在大阪的郊區，新墳給人以十分淒清的印象，墳前有一些已經凋謝了的鮮花，可能是下葬的時候親友送來的，原振俠知道鐵男沒有什麼親戚，而警隊也因爲他的行爲而不再理會他，這或許就是他墳前這樣淒清的原因。

原振俠默默地將一大束鮮花放在墳前，後退幾步，想對著冰冷的泥土說幾句話，但是又不知道說什麼才好。當他呆立著的時候，他聽到身後有細碎的腳步聲傳過來，一直來到了他的身後。

原振俠從腳步聲中，聽出來的是一個女子，是鐵男生前的女友？原振俠在想著。接著，他看到了一件純白的大衣，裹著一個苗條的身形，一個女郎，用白色的圍巾包著頭，手上捧著一大束白色的洋菊，在他身邊走過，彎下腰，將花放在墓前。

那女郎用圍巾包著頭，原振俠一時之間，沒有看清她的臉來，直到她放下花，直起身子轉過身來，原振俠才「啊」地一聲。那女郎是泉吟香！

泉吟香的任何行動，幾乎都伴隨著大群記者的，尤其當她雪嶺生還，成爲全國矚目的人物之後，她再要單獨行動，幾乎是不可能的事了。可是當原振俠一看到了她，再打量四周圍時，卻發現視線所及之處，除了他們之外，沒有別的人！

泉吟香也注意到了原振俠的訝異，她低聲道：「我是逃出來的，從醫院中溜出來的！」

原振俠聳了聳肩，道：「幾乎是不可能的事。」

泉吟香笑了一下，笑容之中有著莫名的落寞，但還是甜美得令人迴腸蕩氣。她道：「兩個護士全是我的影迷，她們幫我溜出來的。鐵男君是一個好人，雖然他固執一點，但是他是好人，我必須……送一束花到他墳前來！」

原振俠低下頭，將雙手插在褲袋中，他覺得自己的雙手冰冷，有一句話，他不想說，但是又非說不可，他緩緩地道：「鐵男君可以說是因你而死的！」

當他這樣講了之後，他抬起頭來，看泉吟香的反應。泉吟香微昂著頭，看著灰暗的天空，一副惘然的神色。原振俠又將剛才的話，重覆一句，泉吟香才以十分苦澀的聲音道：「或許是！」原振俠進一步道：「如果他第一次追問你關於掘墳的事，你承認了，就不會有以後的事！」

泉吟香轉過身，慢慢走開去，原振俠跟在她的後面。泉吟香的聲音，聽來極其傷感：「以後的事，誰都無法預料。原先生，如果你是我，在那時，你會承認自己做過這種事麼？」

泉吟香說著，轉過身來，用她明澈澄清的眼睛，望定了原振俠。

原振俠感到了震動。震動並不是來自對方那種表示完全可以對自己剖心置腹的眼光，而是泉吟香所說的那幾句話。這幾句話，等於她已經承認了她的確曾掘開過輕見博士的墓，將輕見博士的頭顱，砍下了一半來！原振俠已經在鐵男處知道了鐵男調查的詳細結果。知道根據調查的結果，泉吟香真可能做過這件事。但是原振俠卻一直不願意相信那是真的，因為不論他怎麼設想，都想不出以泉吟香這樣身份的美麗女郎，全世界的榮譽和美好幾乎都集中在她身上的人，爲什麼要去做這種事！爲什麼？

看起來一點理由都沒有，但這時，她卻自己承認了！別說原振俠這時感到震動，就是鐵男，在暴風雪中。當泉吟香承認曾經掘墓時，他也感到震動！

原振俠的呼吸，不由自主，急促起來，他要問的問題其實很簡單，但是他卻幾經掙扎，才問了出來：「爲什麼？」

泉吟香轉過身來，向著鐵男的墳，道：「我不會告訴你爲什麼——」

原振俠剛想伸手抓住她的手臂，強迫她轉過身來再問她，已經聽得泉吟香又道：「可是，我會告訴你，鐵男君，我答應過，我會告訴你！」

原振俠將已伸出去的手縮了回來，看著泉吟香慢慢向前走著，來到了墓之前。原振俠正好站在她的下風處，所以接下來，泉吟香所說的那些話，雖然聲音很低，原振俠還是每一個字都可以聽得清清楚楚。

泉吟香到了墓之前，先是深深地一鞠躬，然後才開口，道：「鐵男君，是的，是我在你們前一夜，先掘開了輕見小劍博士的墓，將他的頭……砍下了一大半來，那是我做的。」

她的氣息有點急促，那種惘然驚恐的神情，使得在一旁看著她的原振俠感到心碎。他幾乎起了一陣衝動，想大聲對泉吟香叫：「別說了，已經過去的事，又那麼可怕，別說了！」

可是，他只是張大了口，讓寒風吹進了他的口中，什麼聲音也沒有發出來。因爲他實在想知道泉吟香爲什麼要那樣做。

泉吟香喘著氣，用更低的聲音道：「可怕……真是可怕極了。我絕未想到自己會去做這麼可怕的事。也想不到我做了之後，會有人懷疑到我身上！」

她抿了一會嘴，才又道：「我爲什麼要去做這樣可怕的事？我的回答，或許會令你失望——」

她頓了一頓：「可能一定會令你失望。真的，我不說自己沒有騙過人，但是我決不會欺騙一個死去的人。我的回答是：我不知道，我不知道自己爲什麼要做這樣的事！」

一直在用心聽著的原振俠，本來是極不願打斷泉吟香的話頭的，可是這時候，他卻忍不住叫了起來，道：「這像話嗎？」

原振俠叫的聲音雖然夠響亮，但是泉吟香卻像是完全未曾聽到他的呼叫。

她現在惘然更甚的神情，繼續道：「我真的不知道，也不知道該如何說當時的情形才好，一切，對我來說，像是一場夢一樣，真的是一場夢，但是，那是太清醒的夢，我記得自己曾經做過的一切，可是卻不知道爲什麼要這樣做！」

原振俠大踏步向前走去，來到了泉吟香的面前，想令泉吟香正視著他。但是泉吟香只是看著灰白的墓碑，一直在說著：「那天晚上，我已經睡著了，夢境就在那時候開始，我突然醒過來，感到我要去做這件事。在那以前，我從來也不知道有一個人名字叫輕見小劍，更不知他已經死了，也不知道他的墓在什麼地方。我到大阪來，是拍外景，可是我卻感到我一定要做這件事，一切真的全像夢一樣！」

原振俠怔怔的聽著，泉吟香是講得那麼真摯，聽起來，沒有人可以懷疑她所講的是事實。

但是，那是可以接受的解釋嗎？她做了那麼可怕的事，但是她卻全然不知道爲什麼要去做！

泉吟香在繼續著：「當晚，我就睡不著，一直在想：我必須去做這件事，但是怎麼做呢？我至少應該有工具才行。我有那麼大的氣力，可以將一個墓掘開來嗎？一直在想，直到天亮。白天，我吩咐工作人員去買了一些必要的工具，放在我的車子行李箱中。」

原振俠沒有打斷泉吟香的敘述，他感到迷惑。泉吟香的話，將他帶到了一個迷幻的、不可測的境界之中，令得他冰冷的手心在冒汗。

當他才聽到泉吟香講述經過之際，他感到那是不可能的事。但這時，他想到了一點，想到了他和黃絹兩人，共同的發現：那股神秘的主宰力量！

那股神秘的主宰力量，已經令得幾個人死亡，泉吟香自己也不知道爲什麼要那樣做，而只是強烈地感到非那樣做不可是不是由於這股神秘的力量的影響？

原振俠知道當自己想到這一點之際，臉上的神情一定十分怪異，所以他偏過頭去，用冰冷的手在僵硬的臉上撫摸著。

泉吟香卻根本沒有注意原振俠的動行，她的語調聽來平板，好像她在講述的不是發生在她自己身上的事情，她道：「工具有了，我又作了晚上可以單獨行動的準備。於是，行動開始，一切異乎尋常的順利，我掘開了輕見的墳，撬開了棺木，將他的頭，用利斧砍了下來，當我完成了這一切之後，我離開之際，忽然又感到，附近還有一個墳，我也應該去掘開它，做同樣的事。」

泉吟香講到這裏，急促地喘起氣來。原振俠真正感到吃驚，他記得第一次遇見黃絹的情形，黃絹曾說了一句：「先父的墳，看起來，好像也在最近被弄開過的樣子！」那……那也是泉吟香做的事？

假設泉吟香去弄開輕見的墓，是因為輕見博士的頭部有著秘密，那股神秘力量不想秘密洩漏，但是，黃應駒教授的墳，又是為了什麼？

原振俠盯著泉吟香，只見她那種偶然的神情，越來越甚。顯然易見，她真的不知道當時為什麼那樣做，她的話變得有點斷續，道：「我走過去……又去掘了那個墳，好像是屬於一個姓黃的人，我甚至沒有仔細去看墓碑，然後，我便將棺木中的屍體的頭，砍了下來……」

原振俠感到自己的一顆心，像是懸在半空一樣，跳盪得厲害。原來黃教授的屍體，也變成了無頭屍體。那又是為了什麼？難道黃教授的頭部，也有著秘密，難道黃教授也是「那一種人」？

所謂「那一種人」，究竟是怎樣的一種人？這種人的頭裏面，都有一片神秘的金屬片？這種人一直在地球上主活？遠自景行天皇時代的大將軍勘八，一直到現在的卡爾斯和眼前的泉吟香。

泉吟香也是這一種人？可以在惡劣的環境中生存的「天人」？

原振俠的心中，越來越是迷惑，他甚至需要吸入額外的、更多的空氣，以解除他由於思緒上的迷惑而產生的那種壓迫感。

泉吟香雙手掩住面，道：「太可怕了！太可怕了！現在想起來，真是太可怕了。儘管一切好像是在做夢一樣。我實在不知道自己為什麼要那樣做，好像是有人在命令我這樣做。不是在我耳邊命令我，那種命令，像是發自我身體的深處，而我也必須服從！」

她講到這裏，抬起頭，用一種極茫然無助的神情，向原振俠望過來。原振俠思緒雖然紊亂，但是他還是用心在聽泉吟香說著。他嚥下了一口口水，發顫的口唇，幾乎不能發出聲音來，他道：「那情形……就像是你受了催眠，被人命令著去做事！」

泉吟香變得略為鎮定了些，她想了一想，緩緩搖著頭，道：「我沒有被催眠的經驗，說不出來。我……在做了這些可怕的事之後，駕著車回酒店，在半途，將……砍下了的頭顱拋了出去——」

原振俠陡然一怔：「你還能記得拋出頭顱的正確所在？請用心想想，好好想想！」這一點，實在太重要了，要是能找回輕見博士和黃應駒教授的頭顱來，疑問縱使不能立即解開，也至少可以離答案更接近一步吧？

泉吟香在一再被追問之下，皺著眉，道：「或許，再經過同樣的途徑，我可以記得起來！」

原振俠道：「那還等什麼？」

泉吟香出現了迷惑的神情來，道：「那……被砍下來的頭顱，有什麼重要？」

原振俠道：「有可能——」他只講了三個字就沒有法子再講下去，因為要講清楚黃應駒和輕見的頭部，究竟有什麼重要，實在不是三言兩語所能講明的，而更重要的是——

當原振俠想到這一點的時候，他不由自主，向泉吟香的頭部，望了一眼，心中在想：「難道在她這樣美麗的頭部，也有著秘密？在大腦的兩個半球之間，有著一片金屬片？難道……」

原振俠望著泉吟香頭部的眼光，在剎那之間，變得十分古怪，以致泉吟香不由自主，伸手按住了包在頭上的白色圍巾。

原振俠連忙收回眼光來，道：「說起來……相當複雜，希望可以找得回來。」他說得有點心不在焉，他不由自主地想到，所有人的頭顱，其實全是一樣的，哪有什麼美不美麗的分別？再美麗，像泉吟香，在只剩下頭骨之後，還不是一樣？

原振俠不願再想下去，泉吟香向著墓碑，喃喃地道：「鐵男君，我要對你說的，全部說了，或許我早就應該對你說的。但那時我就算對你說了，你也一定不相信，現在，你如果聽得到我的話，一定會相信我！」

她說著，又深深地鞠著躬，後退了兩步。這時，她的神情看來已完全恢復正常了，她道：「沿那條路再走一次，盡可能記起拋掉……的地方來，然後，我要趕回東京去，回醫院去！」

原振俠陡然道：「泉小姐，回到醫院之後，千萬別讓醫院方面，對你作X光檢查，尤其是頭部，千萬別照X光！」

泉吟香十分疑惑，又用手按著自己的頭部。原振俠道：「這是一個學醫的人的勸告，沒有別的意思……」他忍著心撒謊：「你知道，X光照射，對人體多少是有一點害處的！」

泉吟香道：「多謝你關心，我已經完全康復了，我想，醫生不會這樣檢查我。」

泉吟香這樣想，那只是她的想法，醫院中的醫生，卻不是這樣想。

自從泉吟香一進醫院，初步檢查，她身上幾乎沒有任何地方有凍傷的跡象，而且迅速康健之際，醫院方面就召集了幾個專家，和醫院中的醫生，舉行了一個公眾所不知道的秘密會談。

主治醫生將泉吟香的情形，作了一個報告之後，道：「這是不可能的事，沒有人可以在這樣的情形下，仍然生存，絕對不可能！可是絕對不可能的事，發生了，我想聽取各位的意見！」

意見很多，都說「這是不可能」的。當然，發言的人全是專業人員，他們的專業知識告訴他們，人體的抵抗力有一定的限度，超出這個限度，就無法生存。泉吟香是他們所知的唯一例外。

主治的醫帥又道：「泉小姐的例子，值得作專題的研究，要對她進行徹底的檢查，來弄明她爲什麼可以在這樣的惡劣環境下生存。」

院長皺著眉，道：「這……必須泉小姐本身同意。」

主治醫生顯得很激動，道：「爲了科學上的理由——」

院長搖頭道：「爲了任何理由，都不能將一個人當作試驗的對象，請你記得這一點，尤其泉小姐是一個萬眾矚目的人物，絕不能亂來！」

主治醫生沒有再說什麼。討論會自然也沒有結果。所有人都一致同意的是，連這次會談，都應該絕對保守秘密。

在這個會議之後的兩天，護士長面青唇白走進院長辦公室，用低啞的聲音，向院長報告泉吟香已不在病房，只留下了一張字條，保証在三十小時之內回來的消息之後，院長的臉色變得青綠。這消息要是傳了出去，泉吟香的維護者，行動起來，可能將醫院拆成平地！

院長的命令是：「保守絕對秘密，連警方也別通知，希望她會如期回來。」

秘密是可以暫時保守的，但是主治醫師卻一定知道泉吟香已經不在醫院中。主治醫師來到院長室，道：「院長，我還是想對泉小姐作詳細的檢查，我們可以使用輕度的麻醉劑，檢查可以在她完全不知道的情形下進行！」

院長搖著頭，主治醫師抓住了院長的手，幾乎跪下來，道：「院長，你難道忍受得了這種科學上的引誘？有科學上的重大秘奧，就在我們眼前，我們可以發掘這個奧秘！」

院長嘆了一口氣，他真的無法忍受這樣的引誘，他道：「等泉小姐回來了再說吧！」

主治醫師興奮莫名，道：「我去準備一切，我去準備一切。」

院長盯著他，道：「不要再有第三人知道這事！」

主治醫師連聲道：「是！是！一定！一定！」

主治醫師和院長的決定，泉吟香當然不知道。她甚至不知她的奇蹟生還，會給任何醫生以極大的誘惑，都想探索其中原因。

泉吟香沒有駕她那輛名貴的跑車，而使用了一輛相當殘舊的車子。她和原振俠離開鐵男的墓地，到了那個墳場，泉吟香不願意接近，只在附近的公路上，停了停車，就轉向到酒店的道路。

她把車子開得相當慢，原振俠也不去打擾她的思索，好讓她想起當晚拋棄兩個頭顱的地點。在車上，原振俠一直看著泉吟香，從側面看來，她臉龐的線條，美麗得令任何人都爲之心折。泉吟香顯然也覺察有人盯住她，她表現了女性的矜持，一直握著車盤，專心望著前面的路面。

原振俠在猝然之間，又想起了黃絹。連他自己也感到吃驚，何以到這時才想起黃絹來。黃絹怎麼樣了？離開了日本之後，她的處境怎樣？大風雪中，山洞裏火堆的火光似乎又在眼前閃耀。為什麼黃絹一定要離去，而他也沒有堅持要陪伴她？

原振俠的心頭，感到一陣又一陣的苦澀！自從和黃絹認識以來，他一直感到黃絹不是容易接近的人，太高傲的女性，自然而然有一種把異性拒之於千里之外的力量。是在暴風雪之中，生死邊緣之際，才打破了這層藩籬，而一到正常情形之下，就回復了原狀。

泉吟香又是怎麼樣一個女性呢？她太神秘了，神秘不單表現在她的事業，她的美麗，也表現在她異乎尋常的生命力，她是那種頭顱之中有著一塊金屬片的人？

這樣的人，究竟是什麼樣的人，原振俠記得，自己和黃絹討論到這個問題的時候，曾將這一種人稱為「天人」。天人，倒是一個很好的名詞，他們和普通人不同？他們是怎麼發生的？

原振俠的思緒越來越紊亂，在雜亂無章的思索中，他彷彿感到美麗的泉吟香開始變形，變成了一種無以名狀的恐怖怪物！但是那自然只是恐怖電影中的鏡頭，當他定了定神之後，泉吟香還是那麼美麗，長睫毛在輕輕閃動，原振俠剛想低聲叫她，泉吟香突然停下了車，望向右側，眼中現出一種十分難以形容的神色來。然後，用極低的聲音道：「應該，就在這裏。」

原振俠立時循著泉吟香的目光向右看去，路旁是一幅雜草叢生的空地，空地再過去，是一家酒廠。在空地上，堆著一些棄而不用的酒罎。原振俠望著泉吟香，問：「是這裏？」

泉吟香咬著下唇，點了點頭，她的聲音有點發顫：「我不想再見到……它們。」

原振俠倒完全可以瞭解這種心情，將兩個死人的頭砍了下來，拋棄，這是極可怕的事，誰都會不想再見到那兩個被砍下來的頭顱的！

他點了點頭，打開車門，向那幅空地走去。當他走出了幾步之後，轉過頭來，看到泉吟香在駕駛盤上，身子好像是在微微發抖。

空地上的草早已枯黃，枯草糾成了一團，最近又下過雪，腳踩在積雪上，發出滋滋的聲音來。

原振俠估計當時，泉吟香是駕著車經過，將頭顱扔出去的，不可能落在離路邊太遠的地方，所以他走了幾步，就不再向前走，而只是沿著路，向前走著，一直來到了一道鐵絲網前時停止，並沒有發現。

他又往回走，一面走，一面將積雪太厚處，用腳去撥開積雪。當他又回到車邊的時候，泉吟香抬起頭來，眼神仍然那樣惘然，問：「沒有？」

原振俠作了一個手勢，繼續向前走去，仍然用腳撥著積雪。這一次，他只走出了十來步，就陡然停了下來。

在一叢枯草之旁，他看到了一個骷髏骨，半埋在積雪之中。那骷髏不算是很完整，下顎部份並不存在。原振俠心怦怦跳了起來。

這是輕見博士的遺骸，還是黃應駒教授的？人在生的時候，有各種各樣的不同，但是，死了之後，看起來，完全一樣。皇帝的骷髏和乞兒的骷髏，不會有顯著的分別！

他深深吸了一口氣，當他又跨前一步，去執拾那個骷髏之際，他覺得自己的手指發僵，那當然不是因爲寒冷，而是因爲心理上的極度緊張。

不管那是輕見的，或是黃教授的遺骸，久藏在心中的一個謎團，就可以揭開了！他再吸了一回氣，手已經碰到那骷髏了！

就在這時，他突然聽到泉吟香發出了一下呻吟聲來，他還彎著身，回頭看去，車子已經發出了一陣聲響，向前駛去，速度之高，令得原振俠在震愕之餘，定過神來時，車子已經只剩下一個小黑點了！

泉吟香突然駕著車走了！這真是出乎意料之外的事，由於事情實在發生得太突然，原振俠連叫住她的機會都沒有。而由於極度的驚愕，原振俠目送著疾駛而去的車子，直到車子看不見了，他還未曾直起身子來。

原振俠首先想到的問題是，泉吟香爲什麼要突然離去？她一直伏在駕駛盤上，看來像是在等著他，爲什麼突然走了呢？

當然，那是因爲她發現他已經找到了被拋棄的骷髏之故，但是，爲什麼呢？單單是爲了她不願意再見到被她砍下來的骷髏？

原振俠感到原因絕不止此，可是他依然無法想像，那是爲了什麼。他的腰已彎得有點僵硬，再向下彎一些，他拾起了那隻骷髏來。

骷髏上有著相當明顯的被咬嚙過的痕跡，那可能是附近野狗的作爲，原振俠才一拿起那隻骷髏來，便不禁發出了一下呻吟聲來。

太明顯了，一下就可以看得出來，就像從考古學家海老澤那裏偷來的，那個稱是勘八大將軍的頭顱一樣，在頭骨上，可以看到有金屬光澤的一線。如果沒有打碎勘八將軍的頭顱來研究過，原振俠可能還不知道那一線是什麼東西。

但這時，他立即可以肯定，那是一片金屬片的邊緣。

一片嵌在人腦中的金屬片！

原振俠甚至可以立即指出那片金屬片在腦中的正確位置，那是在大腦的左右半球之間，恰好分隔著大腦的左、右半球。

空地上的積雪本來就十分眩目，這時，原振俠更感到一陣頭暈，身子不由自主，向側跌出了一步，幾乎站立不穩。

而當他勉強站定了身子時，他又看到了另一個骷髏，就在他的腳邊。

泉吟香說得不錯，她的確是連續砍下了兩個死人的頭顱來，一個是輕見博士的，另一個是黃教授的。原振俠在看到了另一個之後，立時想到！啊，那一個，一定是黃教授的了！

因為他早已肯定，輕見博士是他設想中的「天人」，現在已經証實了，在骷髏之中，的確是有著一片極薄的金屬片在。

在手裏的那個是輕見的，那麼，在地上的那個，自然是黃應駒的了。

可是，當他又俯下身去，手還未曾碰到那另一個骷髏之際，他整個人都呆住了，感到了極度的迷惑！

這時，陽光正從西邊射過來，那個在枯草上的骷髏，頭頂部份，向著西面，在陽光的照射之下，原振俠可以清楚看到，骷髏的頭頂部份，有著一線金屬的閃光，雖然不強烈，可是卻令得人心弦震動。

那個骷髏之中，也有著一片金屬片！

原振俠心中迷惑和震撼是可想而知，至少，他不明白那一個骷髏才是輕見博士的了，兩個骷髏之中，都有金屬片，那就只說明了一個事實！輕見，黃應駒，他們全是「天人」！

原振俠的思緒真是紊亂之極，在這以前，他只知道輕見博上！卡爾斯將軍是，還有就是，泉吟香也可能是，可是如今，又多了一個，黃應駒博士也是！

他不由自主伸手摸自己的頭，懷疑是不是在自己的大腦之中，也有著這樣的一片金屬片在！

他望著那兩個骷髏，分不出哪一個是黃教授的，哪一個是輕見博士的。但那已經全然不重要了，他們是同一類的人！那種大腦之中有著一片不可思議的金屬片的「天人」

原振俠走出了幾步，在一隻酒罈上坐了下來，他這時除了發怔之外，實在沒有什麼別的事可做。一個接一個的疑團，把他的思路塞成了一條死路，完全沒有法子作進一步的思考。

第十三部：揭開天人的秘密

這時候，他甚至無法找人去討論這些疑團：鐵男已經死了，而黃絹又不知道在什麼地方。原振俠又想起陳山，陳山是在研究嵌在勘八大將軍頭中的鋼片時猝然死亡的。陳山的死亡，又一次証明了一件事：有一種神秘的力量，在致力於保持生活在地球上的某一些人是「天人」的這個秘密！

然而，原振俠立時又想到：何以自己已經知道了這個秘密，還活著？黃絹顯然也早知道了這個秘密，他甚至在小型的X光儀中，看見卡爾斯的腦中的那片「陰影」，何以也仍然活著？

這又是爲了什麼？

原振俠一直坐著發怔，他不知坐了多久。幸而一帶，沒有什麼人來往，而在路上駛過的車子，速度也很高，不會有什麼人去特地注意他。不然，要是有人發現有一個人，怔怔地坐在一隻酒罈上，兩手各捧著一隻骷髏的話，那真要把他當成鬼怪了。

等到原振俠從極度的迷惑之中醒過來之際，天色已經黑下來了。

原振俠先將兩隻骷髏包好，用的是他穿著的外衣。脫下外衣之後，他感到很冷，將包著兩個骷髏的包裹挾在脅下，他開始在公路上向前跑步，一路上，企圖截停駛過的車輛來載他一程。可是他向前奔出了將近兩公里，還沒有成功。

他在路邊停了下來，喘著氣，望著駛過的車子，已經失去了截停它們的勇氣，可是就在這時，一輛黑色的大房車，卻突然在離他不遠處，停了下來，然後倒退，就停在他的身邊。車子停定，車門打開，一個看來神色很嚴肅的中年人走了出來，手中拿著一張放大了的相片。原振俠一眼就看出，那是自己的相片，他還未曾來得及驚訝，那中年人已經道：「原先生？」

原振俠點了點頭，又指自己的相片，想要發問，那中年人已拉開了車門，請他進去。奔跑了將近兩公里之後，出了一身汗，再停下來，寒風吹襲到身上，更覺得寒冷，原振俠也不理會那中年人是什麼來路，一下就進了車子。

他進了車子，才發現車中另外還有兩個人在，裝束神情都和那個中年人差不多。那中年人也上了車，坐在原振俠的身邊，道：「我們在東京找你，知道你到大阪來了，所以找了來，真巧，在這裏見到了你。」

原振俠欠了欠身子，車子中的暖氣，令他感到十分舒服，他問：「你找我有什麼事？」

那中年人向坐在前面的一個人作了一下子勢，那人取出了一盒錄音帶來，放進了錄音機中，原振俠立時聽到了黃絹的聲音。

黃絹的聲音聽起來冷冷的，很有點高不可攀的感覺，就像是原振俠初認識她的時候一樣。而如今，原振俠又聽到了這種近乎冷漠的聲音，心裏不免有點不自在。

黃絹的聲音在響著：「振俠，我們共同探索的異象，有了一定的突破，為了這件事，請你來一次。持有這錄音帶的人會帶你到要來的地方。不是我要見你，而是這異象，除了你以外，沒有人可以共同研究，相信你也會有同感，是不是？」

黃絹的聲音停止了。那中年人問：「是不是要再聽一次？」

原振俠點了點頭，心中感觸萬千。黃絹提到了他們共同在探索著的事，而用「異象」這個詞，倒很具心思。她究竟在這方面，有了什麼突破呢？

講到突破，原振俠也覺得自己有了突破，可是那只是突破了一個謎團，卻又進入了一個更大的謎團之中，在錄音帶中，黃絹並沒有講她有了什麼進展，但原振俠可以肯定，那一定是十分重大的發現。

原振俠幾乎可以肯定，黃絹在和他離別之際，是不想再見他的。看起來好像沒有什麼道理，那只有極其瞭解的男女之間，才會有這種微妙的直覺。要一個人去見另一個人，本來是一件十分普通的事，可是黃絹這樣性格的人，卻會感到委曲，所以她特別聲明，不是她想見他，而是將他們聯繫在一起的事，有了特別的進展！那也就是說這種進展，是真正的進展。

這對原振俠來說，是一個極大的誘惑，整件事太神秘了，神秘到了接觸到這件事的人，非探索到最後一步不可。何況，原振俠卻不是不想見黃絹。黃絹或許可以強裝著，把暴風雪山洞中發主的事當作是一場夢，但是原振俠卻不能！

在反復聽了三遍錄音帶之後，原振俠問：「我要到什麼地方去見黃小姐？」

那中年人道：「你不必問，完全聽我們的安排好了。」

原振俠皺了皺眉，任人擺布並不是一件愉快的事，但是在這樣的情形下，也無法可施。

自從原振俠一上車，車子就以相當高的速度在向前駛。原振俠向外面留意了一下，就立即可以知道，車子是在向東京方面行駛。他「嗯」地一聲，道：「黃小姐在東京？」

那中年人只是笑了一下，並不回答。原振俠指著車子中的無線電話，道：「我是不是可以和黃小姐通話？我有重要的事要告訴她！」

那中年人仍然維持著十分客氣的笑容，道：「只怕不能，如果有話，我相信二十小時之後，你見了黃小姐，可以當面對她說。」

原振俠怔了一怔，二十小時，黃絹不在東京，她在什麼地方？還沒有離開日本？

這時候，他當然不知道黃絹在什麼地方，一直當他到了羽田機場，他才知道自己還要上機，黃絹不在日本。也直到這時，他才知道那個中年人是阿拉伯一個酋長國的外交人員，因為車子停下，交出了一份証件之後，就直駛到了一架有著阿拉伯國家新月標誌的小型噴射機旁停下來，中年人和原振俠一起登機，登機時，原振俠的脅下，還挾著那兩隻骷髏。不必通過任何檢查，就登上了專機，專機又是屬於阿拉伯某一個酋長國的！這令原振俠感到不妙。

原振俠在機艙中坐定之後，飛機立即起飛，原振俠向那中年人道：「我們是去見黃小姐，還是去見卡爾斯將軍？」

那中年人一聽得原振俠這樣問，震動了一下，才道：「見黃小姐，不過，沒有分別。你真聰明，難怪將軍說你是一個傑出的年輕人！」

原振俠不由自主抽搐了一下，黃絹果然和卡爾斯在一起了！是她自願的，還是卡爾斯又派出了更多的恐怖分子將她帶走的？

想起上一次和卡爾斯打交道的情形，原振俠再天不怕地下怕，也不免感到了一股寒意。這時，要不是飛機早已升空，他或許會考慮逃走！但如今無論如何，是逃不出去的了，飛機一定直接降落在卡爾斯的國度之中，一切只好聽其自然了。

原振俠想到這一點，也就鎮定了下來。有一點，他至少可以肯定的是，沒有什麼人可以強迫黃絹做她不願做的事，黃絹也不會故意佈下一個陷阱來害他！只要他可以肯定這兩點，實在也沒有什麼可怕的了。

所以，當他把椅背推向後，準備躺得舒服一點之際，他把外衣包裹移到膝上，那中年人問：「是不是把東西放開，可以舒服一點？」

原振俠回答：「不必了，這包東西很重要！」

那中年人道：「是麼？那是什麼？」

原振俠道：「是兩個骷髏！」他一面說一面將外衣解開了些，讓那中年人看了一看包著的兩個骷髏。然後，不理會那中年人臉上的神情，像是忽然之間吞進了一條大毛蟲一樣，就閉上了眼睛，舒服地躺了下來。

泉吟香駕的車子，在天色將黑之前，進入東京市區，她遵守著對那兩個幫她離開醫院的護士的諾言，直駛向醫院。當然，她絕不知道，醫院的主治醫師已經和院長有了協議，要在未經她的同意之下，對她進行一次徹底的檢查。

主治醫師已經等得很焦急了，是誰幫助泉吟香離開醫院的，也已經查了出來。兩個才從護士學校畢業的小姑娘，神情可憐地挨了一頓痛罵。可是從她們的神情看來，她們絕不後悔，感到能為自己的偶像做點事，不論怎麼挨罵都是值得的。

一個小姑娘眼中含著淚，語意堅決地道：「泉小姐一定會回來！她答應過我們，一定會回來，那就一定會回來的！」

主治醫師仍兇狠地在罵：「泉小姐的情形還未完全恢復，要作進一步的觀察。如果因爲你們的任性胡爲，而導致事情惡化，你們要負全責！」

兩個小姑娘臉色煞白，也就在這時候，病房的門推開，泉吟香已出現在門口，冷靜地道：「我回來了！我覺得自己完全復原了，我要出院！」

兩個護士看到了泉吟香出現，刹那之間，感動得淚流滿面。主治醫師陡然吃了一驚，道：「泉小姐，你……不能出院！」

泉吟香不理會主治醫師，過去和兩位護士握著手，兩個小姑娘更高興得哭出聲音來。

主治醫師用極嚴肅的聲音道：「泉小姐，至少要到明天！」

泉吟香轉過身來，道：「現在！如果你一定不准，我想請你對記者解釋原因，我立刻可以請超過一百位記者到這裡來！」

主治醫師搓著手，手心在冒著汗，道：「如果你……一定要堅持出院，至少，你還要接受一次……最後的檢查，確定你的健康狀況，完全沒有問題才行。」

他一面說，一面又向那兩個護士打著手勢，道：「請院長來，快點！如果院長同意泉小姐現在就出院的話，我也沒有意見！」

泉吟香皺著眉，道：「我的經理人呢？」

主治醫師唉聲嘆氣，道：「那位先生，在醫院盼了很久，說一定要見你。唉，你又私自離開了醫院，你不知道醫院方面的責任有多麼大。只好推說你要靜養，誰也不能見，他才肯離去！」

主治醫師不斷說著，病房門打開，院長也走了進來。院長一進來，主治醫師就向他使了一個眼色，他們兩個人之間是早已經有了約定的。院長也已經知道泉吟香要立即出院，所以他神情肅穆，道：「泉小姐，你要出院，至少還要接受二十四小時的觀察！」

主治醫師的態度還很軟，可是院長一上來，就擺出了一副權威的姿態來。泉吟香的思緒十分亂，當她突然駕車離開了原振俠之際，她的思緒就極亂，她並不知道主治醫師和院長已經商量勾結好了，要對她進行未經她同意的徹底檢查。她堅持要出院，目的是為了要好好靜下來想一想，一些她從來也未曾想到過，這時卻突如其來產生的一些意念。在院長的權威姿態下，泉吟香只好答應，道：「好，可是不要任何人來打擾我！」

主治醫師和院長，一聽泉吟香提出這樣一個條件來，心中都大是高興。他們的決定，正是要在祕密的情形下檢查泉吟香。如果泉吟香答應暫不出院，卻又要在醫院中會見一大批人的話，那對他們的計畫是大有妨礙的。

所以，泉吟香的話才出口，主治醫師立時道：「一定，一定！」他又立時向那兩個護士道：「聽到沒有，泉小姐需要絕對的靜養，你們先通知所有人，不准來打擾她！」

兩個護士大聲答應著，走了出去。主治醫師又和院長使了一個眼色，取出了一隻藥瓶來，裡面有三顆藥丸，又走過去倒了一杯水，從瓶中傾出了一顆藥來，道：「泉小姐，這藥，可以幫助你靜靜地休息。」

泉吟香接過藥和水，將藥吞了下去後，作了一個客氣的手勢，請主治醫師和院長出去，她在床上躺了下來。

主治醫師和院長，一起來到了院長的辦公室。院長在下達了一連串方便他們行動的命令之後，才望向主治醫師。主治醫師低聲道：「她剛才服下了那顆鎮定劑，估計在半小時之內，就會沉睡。到時，再替她注射麻醉劑，就可以保證我們在對她進行徹底檢查時，她不會有知覺！」

院長的神情顯得很古怪，那是一個人明知自己在做不應該做的事時的一種神情。

主治醫師唯恐院長反悔，忙道：「我再去準備一下，先把她推進X光室——」

他一面說，一面就急步走了出去。院長嘆了一聲，坐下來，用手在自己的臉上用力撫摸著，喃喃地道：「希望我知道自己在作甚麼！」

這時候，躺在床上，望著白色天花板的泉吟香，心中也在說幾乎同樣的語句。她心中在說：「希望我知道我做了甚麼，希望我知道自己想做甚麼！」

醫院房間的色調十分單純，只是一片白色。在一片白而單純的色調之中，紊亂迷惘的思緒，似乎更像是裹在一片迷霧之中一樣。

泉吟香的思緒，也正如同迷失在濃霧之中一樣。從那天晚上，她駕著車，掘開了兩座她根本不知道那是甚麼人的墳，做出了那麼可怕的事開始，她就有了這種感覺。她在鐵男的墳前所說的那番話，全是真正的她內心的感受，沒有半分虛假。

她爲甚麼要那樣做，她一點也不知道！這時，她勉力使自己靜下來，想好好追憶一下當時的情景，爲甚麼忽然要去做這種對她來說全然是莫名其妙的事？

當時，她做那些事的一切細節，她都記得十分清楚，但偏偏就不知道爲甚麼要這樣做。就像她停車在路邊，看著原振俠在空地上尋找，突然之間駕車離開一樣，她不知道自己爲甚麼要這樣做！

她只知道自己一定要這樣做。是有人在命令她？絕不，她沒有聽到任何人的聲音，她要那樣做，全然是她自己想那樣做。

然而，她卻不知道自己爲甚麼要這樣做！

這真正使泉吟香感到了極度的迷惑，她能夠靜靜地想，但是她卻找不出答案。她想到自己可能是一個精神分裂症患者，會在不受控制的情形下，突然產生一些極其古怪的念頭，去做一些平時自己想也想不到的事。

如果是這樣的話，那豈不是太可怕了？她不由自主雙手抱著頭，用力搖著，像是想把自己腦中古怪的念頭搖出來一樣。

也就在這時，她陡然停止，那種感覺又來了，她可以強烈地感到這種感覺。當她下定決心要去掘墳之際，當她突然駕車離開原振俠之際，當她不顧極度的危險，駕著飛機逃離鐵男的追逐之際，她都曾經有過這種強烈的感覺。

那種感覺是，她突如其來地想到了要去做一件事。這件事，甚至是違反她本身意願的，可又確確實實是她自己想到要去做的！

這時，她又想到了要去做一件事。那件事，她在半秒鐘之前，還絕對未曾想到過，但這時候，她卻感到無論如何非做不可！

她放下了雙手，坐起身子來。

那時候，她已經感到了疲倦，主治醫師給她服食的鎮靜劑，已開始在她的體內發生了作用。她實在想躺下來，閉上眼睛，好好睡一覺。可是，那個想去做一件事的意願，又是如此之強烈，她還是身子搖晃著，站了起來。

在這時候，她又想到了在鐵男的墳前，原振俠問她的話：「你是說，當時的感覺，有一點像被人催眠了之後，接受命令去做事？」

她當時的回答是：「我沒有被催眠的經驗，說不上來。」

這時，她倒可以清楚地知道，她絕不是接受了催眠，沒有任何人接近過她，也沒有任何人對她下過甚麼命令。她要做的事，全是她自己想做的，全是她的身體各部分，接受了來自她自己大腦中樞的命令的結果！她站了起來之後，身子搖晃著，來到了病房的門口。

泉吟香在病房的門口，略停了一停，深深地吸了一口氣，打開門，向外面看去。走廊中很靜，沒有人。也許是由於院長下達命令，不准任何人接近泉吟香的緣故，所以當泉吟香走出病房，在走廊中直向外走去的時候，一點也沒有受到甚麼阻礙。直到她推開了醫院建築物的大門，迎面而來的寒風，令得她精神為之一振之際，她才遇到了一個年輕的醫生。那醫生用詫異之極的目光望著她，泉吟香向那年輕的醫生微微地一笑。

那是足以令得任何年輕男性沉醉的美麗笑容，那年輕的醫生也不例外。所以，當那年輕醫生定過神來時，泉吟香已經走到接近醫院的大門口了。

那年輕醫生，還在回味著剛才泉吟香對他的嫣然一笑，並沒有追上去，只是目送著泉吟香的背影出了醫院。

當主治醫師將麻醉劑注射器，放在白袍的袋中，鬼頭鬼腦經過走廊，推開泉吟香的病房之際，所看到的只是一間沒有人的空病房。

主治醫師嚇得半天出不了聲，泉吟香服食了鎮靜劑，這時又不在病房中，她到甚麼地方去了？會發生甚麼意外？那令得主治醫師根本不敢往下想去，只是站在那裡發怔和冒冷汗。

五分鐘之後，站在那裡發怔和冒冷汗的人，增加爲兩個人。院長也參加了極度恐懼的行列，兩人面面相覷，半句話也講不出來。

而這時候，泉吟香正和她的經理人，在進行著十分激烈的爭辯。

泉吟香不知道自己在主治醫師手中接過來，吞服下去的那顆藥丸是鎮靜劑，她只是在開始離開醫院之際，覺得極度的睏倦。一出了醫院之後，由於她要做那件事的意願是如此之強烈，所以睏倦的感覺早已消失了！

她一離開了醫院，走出不多遠，就截到了一輛計程車，說出了她經理人的地址。那計程車的司機，在後望鏡中不斷打量她，終於忍不住問道：「是泉吟香小姐？」

泉吟香十分鎮定地回答：「不是，我長得有點像她，被人誤認已經不止一次了！」

計程車司機於是滔滔不絕地，說著有關泉吟香的各種傳說，其中有大部分是泉吟香自己所完全不知道的。

經理人從睡夢中被泉吟香吵醒，一聽得泉吟香要做的事，雙眼睜得極大，不由自主地呼叫了起來。

泉吟香的經理人是一個極能幹的人，泉吟香能夠在電影、歌唱界有今天這樣的地位，經理人功不可沒。泉吟香也很知道這一點，所以她對她的經理人，一向十分尊重，有如兄長。如果在平時，經理人這樣呼叫起來，她一定會放棄自己的意見，聽憑經理人的安排了。

可是這時，她仍然神情堅決，望著神情充滿了驚訝、不滿的經理人，道：「請你替我去辦！」

經理人叫了又叫，才喘著氣，道：「天，你是甚麼時候，起了這樣的念頭的？」

泉吟香自己也在不斷地想：我是甚麼時候起了這個念頭的？我爲甚麼覺得一定要這樣做？我這樣做了，日後，如果有人問我爲甚麼要這樣做，我怎麼回答？我也只好回答不知道！

對於她爲甚麼會突然產生這樣念頭，泉吟香倒還可以記得當時的思路。當時她在病床上，思路十分紊亂，也覺得十分疲倦，想著很多事。先是想到了原振俠和她在一起的情形，接著，想到了原振俠對她講的一句十分奇特的話，原振俠曾說：「不要讓他們替你作X光檢查，尤其是頭部！」

她想到：原振俠爲甚麼會向自己提出這樣奇特的警告呢？難道自己的頭部有甚麼特別的地方？

當她想到這一點之際，她自然而然，伸手在頭上，用力按了一下。對了，就是在那時候，她突然起了這個念頭，覺得非如此做不可！

泉吟香並沒有向經理人說明這一切過程，她只是道：「請你替我去辦，你不肯，我去找別人！」

經理人哀求地看著泉吟香，道：「小姐，你有三部戲在身，又有兩張唱片等你灌錄。而你……卻要我替你立即去辦到中東的旅行？」

泉吟香道：「是的，立即要去，越快越好！」

這時候，泉吟香感覺更強烈，感到她自己一定要到中東的某一個地方去。那地方是在中東，她可以知道自己要去的地方，是一個山區，從以色列可以到達那個地方，所以她的第一站，應該是台拉維夫。

到了之後又應該怎麼走？泉吟香這時一點也不知道，可是她並不擔心，她知道到那時候，自然會懂得該怎麼走。因爲這種情形並不是第一次了，當她突然有了要去挖掘墳墓的念頭之際，她也只知道要到那墳場去，等到到了墳場之後，她自然就知道該去挖哪一個墳。

經理人哭喪著臉，道：「你要去旅行，是不是要趁機宣傳一下？」

泉吟香的聲音，突然變得十分尖銳：「絕不能給任何人知道，絕不能！」

經理人嘆了一聲，剎那之間他所想到的，是大量的金錢損失，可是他知道這是無可避免的事情了。所以他只好點著頭，接受了這個在他看來殘酷無比的事實。

他用近乎呻吟的聲音道：「第一站是以色列的首都台拉維夫？」

泉吟香道：「是！」

在剎那間，她突然又感到了極度的疲倦，走開幾步，在沙發上躺了下來，不到半分鐘，已經睡著了。經理人把一張電毯移過來，蓋在她的身上，怔怔地看著她。

泉吟香睡得很沉，經理人如果有經驗，就應該看得出，那是服食了鎮靜劑的結果。

而鎮靜劑的作用，應該是半小時之前就發作的，是甚麼力量，使鎮靜劑的作用延遲了半小時之久呢？

經過了漫長的飛行之後，原振俠一點也不覺得疲倦。因爲專機上的設備豪華，應有盡有。

等到飛機開始作降落的準備之際，原振俠看到了他熟悉的機場，那果然是卡爾斯將軍的國度！

原振俠吸了一口氣，向那中年人望了一眼，那中年人作了一個「你早該知道」的神情。原振俠感到自己的心隨著飛機在下沉——黃絹和卡爾斯在一起，是不是有一些事已經發生了？

飛機在跑道上滑過，速度減低，原振俠可以看到，一輛吉普車迎著跑道疾駛過來。駕車的人一頭長髮，迎著風向上飛揚，原振俠陡然站了起來，那是黃絹！

吉普車停下，飛機也停下。黃絹從車子上站了起來，原振俠可以看到她有著相當激動的神情。可是等到原振俠下了機，黃絹站在車邊，伸手和他相握之際，看起來，卻又是那種帶著高傲的冷漠。

「你好！」黃絹的手是冰冷的，冷得異乎尋常，她所說的話，語氣幾乎同樣冷。

原振俠在她快要縮回手來時，緊握住她的手。黃絹用力掙了一下，原振俠嘆了一聲，鬆開了手，他也用幾乎陌生的口氣道：「你好！」

當原振俠說出了這兩個字之後，陡然激動了起來，張開雙臂，將黃絹擁在懷裡。黃絹的身子在微微發抖，看來她的心情十分激動，可是她還是推開了原振俠，道：「請上車，有太多的話要說！」

原振俠上了車，黃絹也上了車。吉普車在她的駕駛下，像是一頭野牛一樣，橫衝直撞地向機場外駛去。在經過有武裝士兵守衛的關卡之際，武裝士兵全舉鎗向車子致敬。

原振俠先開口，他的語調之中，帶著點譏嘲的意味，道：「你好像是這個國家的主人一樣！」

黃絹向車子的前面指了一指，道：「如果你留意的話，早就應該注意到，車子前面有一塊金牌，說明這輛車子，是卡爾斯將軍所有的。」

原振俠吸了一口氣，道：「你來了並沒有多久，可是看起來已經……已經……」

原振俠正在考慮該如何措詞才好，黃絹已經接了上去，道：「已經取得了他的信任！」

原振俠挺了挺身子，道：「甚麼程度的信任？」

黃絹的回答極簡單：「絕對的信任！」

她在講了這一句之後，略停了一停，才又道：「我使他知道了自己是一個與眾不同的人，我還記得，你曾經給那樣的人，取了個名字。」

原振俠只覺得自己的心跳得厲害，道：「是的，天人。我這裡，就有兩個這樣的人的頭顱，一個人是輕見博士，還有一個是你的父親！」

黃絹本來駕著車子，在公路上急速地行駛。這時，她感到極度的震動，以致車子忽然在公路上打起轉來，塵土飛揚，幾乎將整輛車子都遮住了。

車子在轉動的時候，黃絹和原振俠兩人，互相碰撞了幾次。等到靜下來之後，原振俠發現黃絹緊盯著他。原振俠將剛才的話重複了一遍，黃絹深深地吸了一口氣，道：「看來我們要先單獨談一談！」

她將車子駛到路邊，背靠向椅背，微仰起頭來。原振俠解開了外衣，向她講述著那兩個「天人」頭顱的由來。黃絹靜靜地聽著，神情一時激動，一時平靜。

一小時之後，兩個「天人」的頭顱，已經放在卡爾斯將軍那豪華的雕花桃花心木的辦公桌之上。坐在辦公桌後的卡爾斯將軍，盯著那兩個骷髏，好幾次伸手想去碰，可是發著抖的手，伸出去，又縮了回來，神情像是一個小孩子在面對著一條鱷魚一樣。

黃絹吸了一口氣，道：「將軍，你就是這一類人，你看到這金屬片的邊緣沒有？」

卡爾斯將軍陡然震動了一下，雙手緊抱著頭。

原振俠在黃絹的身邊低聲道：「你這樣說，會不會太刺激了他？」

黃絹也壓低了聲音，道：「你以為我憑甚麼，才能在他派出恐怖份子抓了我來之後，還能這樣自由自在？」

原振俠有點不明白，黃絹緩緩地道：「那是因為我一見到他，就告訴他，他的腦子裡有著一片金屬片！」

事實上，黃絹是在離開原振俠之後，就立即決定了這樣做的。

當時，原振俠和泉吟香一起上了救護直升機，黃絹在人叢中呆立著的時候，她已經決定了。

黃絹在兩天後就被日本移民機構押上了飛機，她在香港一下機，就已經有人在「恭候」著她。黃絹並沒有表示任何反對的意見，就登上了為她準備的專機。在機上，她已經要求一到就能見到卡爾斯將軍，這正是卡爾斯的願望，當然一說即合。

她和卡爾斯將軍見面的地點，是在一間極其豪華的別墅之中，那別墅守衛之森嚴，只怕可以算得上世界第一。當卡爾斯呵呵笑著，全副武裝，看來確然十分神氣，張開雙臂，想一看到黃絹，就將她擁在懷中之際，黃絹已經直指著他的頭部，道：「將軍，你是一個與眾不同的人，在你的腦部，有著一片金屬片。尋常人在這種情形下，早就死了，可是你不同，你是『天人』！」

卡爾斯一時之間，全然不明白黃絹這樣說是甚麼意思，他張開了的手臂，僵在半空。黃絹又將剛才的話，重複了一遍，卡爾斯仍然一副莫名其妙的神情。黃絹又將她和原振俠兩個人的發現，用最簡單的言詞解釋著，看卡爾斯的神情，開始有點明白了。

當他終於弄明白了是怎麼一回事情時，他的反應，全然出乎黃絹的意料之外。他先是張大了口，又是吃驚，又是怪異，但隨即，他狂笑起來，一面笑，一面手舞足蹈，道：「我和常人不同？我是『天人』！是上天派下來統治全世界的？」

黃絹呆了一呆，道：「只是不同，並不見得你就可以統治世界！據我所知，至少也有另外兩個人和你一樣，一個是古代的大將軍……」

卡爾斯陡然挺直了身子，道：「和我一樣？」

黃絹苦笑了一下，道：「還有一個，只不過是醫院的院長，一位醫學博士！」

卡爾斯吼叫道：「我不同，我要向全世界宣布這件事！證明我與眾不同！」

黃絹真的未曾想到卡爾斯的反應，會是如此之狂烈。她搖著頭，道：「據我所知，這個祕密絕不能有人知道，知道的人，會被一種神祕力量所殺，我父親就是這樣死的！」

卡爾斯瞪著黃絹，道：「你知道了，爲甚麼不死？」

這個問題是黃絹無法回答的，因爲連她自己都莫名其妙，何以她可以不死？當她才從小型X光儀上，看到卡爾斯頭部的情形之際，她自以爲快死的了。

卡爾斯變得暴躁起來，厲聲道：「你別耍甚麼花樣！我已經受夠你的花樣了，這次你一定走不掉！」

黃絹直視著他，道：「我只是一個普通的女孩子，你是願意在報復的心理下佔有我，還是讓我做點工作，來確定你是個與眾不同的人？」

卡爾斯眨著眼，黃絹的話，打中了他的心坎。他是那樣一個狂妄而具有野心的人，要是能確實證明他是一個「天人」，這可以使他在心理上感到極度的滿足，使他認爲他的野心，是一種上天交給他的任務！

與這一點相比較，黃絹雖然有她獨特出色的美麗，但似乎也不算得甚麼了！

在考慮了一分鐘之後，卡爾斯揮了揮手，道：「如何才能證明？」

黃絹深深地吸了一口氣。

爲了說服卡爾斯將軍再走進X光室，黃絹又花了至少半小時的時間。並且，她使卡爾斯相信，她那樣做是冒著生命的危險，而令得卡爾斯可以確實知道，他自己是一個非凡的天人。

一切操作過程，全由黃絹一個人進行，而那就是她父親上次「發生意外」的地點！

當原振俠在疾駛的吉普車中，聽黃絹講到這裡時，他也不禁緊張得手心冒汗，對黃絹的這股勇氣，心中佩服不已。當然，他可以知道黃絹並沒有「發生意外」，因爲她就在身邊，長髮飄揚，神采飛逸。然而，羽仁五朗、黃應駒、陳山，有那麼多死於神祕力量的例子在，她敢這樣做，真需要勇氣。

原振俠有點情不自禁地，伸手在黃絹的手背上輕輕按了一下，黃絹立時敏感地縮了縮手。原振俠心中暗嘆了一聲，問：「結果怎樣？」

黃絹打開了車中的一個箱子，道：「結果在裡面，如果你想看，可以看，如果你不想看，那就算了。」

原振俠看到箱子裡，有一個大牛皮紙袋。

這種大牛皮紙袋，原振俠作爲一個醫科大學的學生，自然再熟悉也沒有，那是用來放X光片的。他盯著那牛皮紙袋，心頭怦怦亂跳，一時之間，決定不下是不是伸出手去。

他注意到黃絹的語氣之中，含有相當程度的挑戰，她不說「你敢看」、「如果你敢看」，而故意只說「想看」。原振俠和黃絹兩人，都知道有一個人，看了這類特殊的「天人」頭部的X光片後的結果，這個人就是原振俠的同學羽仁五朗。

車子在疾駛，迎面而來的勁風相當強，不時有一點細小的沙粒，夾在風中，打在人的臉上，隱隱生痛。在原振俠略一遲疑之間，黃絹轉過頭來，向他望了一眼，眼神之中更充滿了挑戰的意味。

原振俠笑了起來，他不再遲疑，拿起了大信封。黃絹將車速減慢了一些，原振俠自牛皮紙袋中，抽出了X光片來。那是頭部的照片，拍得極好，可以清楚地看到，在大腦的左右半球之間有著一大片陰影，一片在腦中的金屬片的陰影。

原振俠在看了一眼之後，立時閉上了眼睛，等待著災難的降臨。從羽仁五朗的離奇死亡上，他可以知道，那種神祕力量，幾乎是立刻來到的。

可是他閉了眼睛，約有十秒鐘，車子仍在向前駛，並沒有甚麼意外發生。原振俠又睜開眼來，黃絹冷冷地道：「不相信我的駕駛技術，認爲我的車子會出事？」

原振俠對於這種不斷的挑戰，實在也有點厭倦，他只是問：「爲甚麼？」

黃絹搖著頭，道：「不知道，或許我們兩個人與眾不同，也是天人，天人看了天人的X光片，不會有意外發生！」

原振俠立時道：「不對，黃教授是天人，已經有他的骸骨作證明。黃教授就是在看X光片時，發生意外的！」

對於原振俠的話，黃絹的反應是緊抿著嘴，因爲她無法反駁。當她在看了卡爾斯頭部的X光片，而甚麼事都沒有發生之際，她的設想是自己也可能是「天人」。

這一點，本來是很容易證實的，只要她也給X光照射一下就可以了，可是她卻提不起這個勇氣來。如今原振俠提出的反證，是無可反駁的，那麼，何以他們兩個人會沒有意外呢？是那種神祕力量已經消失了，還是那種神祕力量單單放過了他們？黃絹想不出原因來，只好不聲不響。原振俠問：「有多少人看到過X光片？」

黃絹道：「我、你和卡爾斯，一共三個。」她略頓了一頓，又道：「卡爾斯在確知自己果然與眾不同之後，狂妄得認爲自己是真神的兒子。認爲他在做的事，全是在完成真神的使命！」

原振俠悶哼了一聲，道：「他本來就是一個狂妄之極的野心家。」

黃絹側了側頭，讓她的長髮像瀑布一般地瀉向原振俠的那一邊，也使原振俠聞到了自她髮際散發出來的那股幽香。她神情帶著疑惑，道：「有一件事，相當怪誕。」

趁她停了一停之際，原振俠苦笑，道：「我想不出還有比人的腦中，有一片金屬片更怪誕的事了。」

黃絹像是完全沒有聽到他的話，微蹙著眉，陷入沉思之中，然後緩緩地道：「卡爾斯在知道自己是天人之後，就說要和真神作溝通，開始靜坐、冥想——」

原振俠幾乎沒有笑出來，像卡爾斯這樣的野心家，使用一切恐怖手段來鞏固他的權力的人，忽然之間和靜坐、冥想這種行爲聯繫在一起，真有點不可思議。

黃絹繼續道：「我以爲這只不過是他的異想天開，誰知道他靜坐了一天之後——」

原振俠忍不住道：「怎麼樣，他得到了甚麼指令？」

黃絹的口角向上牽了一下，有點不屑的神情，道：「他說，他有極強烈的感覺，要到一個地方去。在那裡，他可以找到他這類人的根源。」

黃絹說得十分認真，原振俠不禁呆了半晌。黃絹又道：「我要他形容那種感覺，是不是有人在命令他？他非常生氣，說全然是他自己的感覺，一種突如其來的意念，非常強烈，但完全是自己產生的！」

原振俠在一時之間，實在有點無法接受這樣的「感覺」，只是「嗯」了一聲。黃絹道：

「我認爲，如果他所說的是可以實現的話，那麼，他，他們這一類人是由何而來的，就可以有答案了。」

黃絹吸了一口氣，聲音變得略爲低沉：「所以我才請你來，因爲這種神祕現象，畢竟是我們共同發現的。」

原振俠望著黃絹，口中囁嚅了一句連他自己都聽不清楚的話，他實在想說些甚麼，可是又不知應該說甚麼才好。車子已駛進了市區，在街道上簡直是橫衝直撞，交通警察特別攔住了別的車子。

等到車子駛進了一幢華麗的別墅，門口的警衛，紛紛舉槍致敬。車子駛過電控制的大門，直來到建築物前的時候，已經聽到了卡爾斯的喊叫聲：「那小子怎麼還沒有來？」

隨著卡爾斯的怒吼聲，兩個軍官像是兔子一樣奔出來，兩個人一個左頰通紅，一個右頰通紅。那兩個軍官奔出來，看到黃絹已駕車來到，神情比死囚遇赦還要高興，其中一個忍不住，低頭在車子上吻了一下。

黃絹跳下車，向原振俠作了一個手勢，兩人一起走了進去，進入了一個佈置華麗得過分的客廳，看到卡爾斯。這個在心理上，認定了自己是真神派他來統治全球的人，正鐵青著臉，像猴子一樣地跳躍著。然後他突然停了下來，停在原振俠的面前，道：「小子，你來了！」

原振俠很沉著，道：「將軍，我來了！」

卡爾斯立時轉向黃絹：「你說，爲甚麼要等他來了，我才能出發？」

黃絹道：「我已經說過了，整件事件，從開始起，都有他參與的。他還帶來了兩個骷髏，其中有一個，是我父親的遺骸，我想你可以看一看！」

卡爾斯一時之間，倒不知說甚麼才好。他一生之中的古怪經歷再多，有人邀請他看兩個死人骷髏，只怕這是破題兒第一遭！

黃絹又道：「這兩個人生前，和你一樣，腦中都有著金屬片！」

卡爾斯先是一怔，接著，就憤怒起來，道：「胡說，真神派來的人不會死，他們不是，我才是！我已經和真神聯絡好了，不是你阻撓，我早就出發去見祂了！」

黃絹揚了揚眉，道：「你已經知道了確切的地點？」

卡爾斯現出了極短暫的迷惘來，接著道：「還不知道，但是到了那裡，真神一定會指引我去到祂的面前。」

原振俠問：「那你至少要知道向何處去！」

卡爾斯道：「當然我知道！」他指著黃絹和原振俠：「你，你，跟我一起去，你們將成爲我最忠實的僕人，在我的豐功偉業之中，佔一席的地位。」

原振俠本來，還怕卡爾斯不讓他們一起去，如今，雖然卡爾斯的話很不中聽，但是也不必去追究了。卡爾斯轉過身來，大喝一聲，一個軍官立時推著一隻巨大的地球儀，來到了他的面前。

卡爾斯先是將手按在地球儀上，用力轉了一下，令得地球儀在它的支架上，急速地旋轉起來。

原振俠竭力忍著笑，這種情形，他在〈大獨裁者〉這部電影中看到過。看來，野心家的心態，全是一樣的。

然後，卡爾斯按停了急速旋轉的地球儀，指著一處地方，道：「這裡！」

黃絹和原振俠看到他所指的地方，兩人互望了一眼。卡爾斯所指的地方是中東——死海，他指著死海。

原振俠終於忍不住，哈哈大笑起來。卡爾斯怒道：「笑甚麼？」

原振俠道：「將軍，請你指詳細一點，因爲你所指的地方是死海，死海的西岸，有一大半是以色列的邊界。如果你要去的是那裡，只怕你沒有毀滅以色列之前，還做不到！」

卡爾斯緊握著拳，道：「那就先將以色列毀滅！」

原振俠毫不留情地道：「用你的拳頭？」

卡爾斯極怒，但是緊握著的拳頭，還是漸漸地鬆了開來，因爲他再狂妄，也知道用拳頭毀滅不了以色列。他盯著地球儀，道：「是在那裡，詳細的地點我不知道。」

黃絹道：「那我們可以取道約旦，到死海邊上去。」

卡爾斯有點不高興，搖著頭，道：「約旦，我和他們國王不算是好朋友。」

黃絹道：「總比以色列好多了！」

卡爾斯的嘴抽動了幾下，不出聲，已經答應了。黃絹向身邊的一個軍官，作了一個手勢，道：「立即和約旦大使館聯絡，將軍的專機要在安曼降落。將軍的行程，要絕對保守祕密，消息若有絲毫洩露，將嚴重影響兩國的關係！聽清楚了沒有？」

黃絹說一句，那軍官答應一句，黃絹話才說完，那軍官就飛步奔了出去。原振俠怔怔地看著，這種情形，是他絕對想不到的。黃絹和卡爾斯在一起有多久？只不過幾天，她已經可以代卡爾斯發號施令了，而且發出的命令還那麼簡短有力，條理分明，只怕卡爾斯自己都做不到。如果這種情形持續下去，只怕黃絹可以成爲卡爾斯將軍最得力的助手，進一步成爲這個國家最高權力的掌握者！

原振俠的心中感到了苦澀，不管開始時，黃絹爲甚麼要忘了暴風雪山洞中的那幾天，但可以肯定，最後令她再也不想起那幾天的原因，一定是剛才那種情形的持續和擴展。

黃絹在那軍官走出去之後，才轉向卡爾斯，道：「只是我們三個人去，不會有人知道我們的行蹤。到了約旦首都安曼之後，全以普通人的身分行動！」

卡爾斯看來對黃絹的話，已沒有表示異議的能力。他只是連連點頭，一面盯著地球儀，一面喃喃地道：「死海，只要讓我看到死海，我就知道該到甚麼地方去！」

當他這樣說的時候，他現出十分迷惘的神情來，像是在追思十分遙遠的記憶一樣。

泉吟香也一樣。

當她坐在大型客機頭等艙的舒適寬大的座椅中，閉上眼睛的時候，她彷彿看到了無邊無際起伏的山峰。而最後，是一片在陽光下閃耀著異樣光芒的海洋。

泉吟香知道自己從來未曾到過那樣的地方，她甚至於也不知道自己爲甚麼要去。她只是知道，自己一定要去，而且一定能找到自己要去的目的地。

如果推開一張世界全圖，泉吟香的行程路線，和卡爾斯他們三人是完全不同的。一個從日本東京出發，一直向西飛，而卡爾斯的專機，自非洲出發，一直向東飛。當泉吟香到了台拉維夫，駕著旅行社替她準備好了的一輛性能極佳的汽車，繼續她的行程之際，卡爾斯、黃絹和原振俠三人，也已經駕著車，駛過起伏的山崗，一直向南駛。雙方的目的地相同——死海。

泉吟香在越過了以色列邊境，進入約旦境內之後，就沿著約旦河的河岸向前駛。約旦河的河水看來極混濁，越向前駛，泉吟香越覺得自己快要到目的地了。這是一種極其奇妙的感覺，她對這個陌生的地方，彷彿有著極度的了解，甚至在輪下揚起的塵土，也給她一種熟悉的感覺。

她還不知道繼續向前去，會發生甚麼事，她只是固執地，像是奉了甚麼召喚一樣，或者說是被她自己的意念所召喚，向前駛著。

傍晚，夕陽西斜時分，泉吟香看到了死海的海水，她已經來到了海邊上。血一樣紅的晚霞，映在海面上，閃爍著異樣的光采。死海這個名稱，帶給人一種聯想，認爲整個海是死寂的，可是海終歸是海，即使有著死海這樣特殊的名字，仍然是活躍多變的。

泉吟香一直將車子駛到海邊，當她停下車，盯著色彩變幻的海面時，她聽到了車子馬達的轟叫聲，也看到另一輛車子，疾駛而來，幾乎就在她車子旁停下。

泉吟香打開車門，才跨下車，就看到一個身形相當高大的人，也從那輛車上下來。

泉吟香有點不由自主地向他走去，那身形高大的人也向她走來。

泉吟香甚至沒有注意到跟著下車的原振俠和黃絹，原振俠和黃絹極疑惑地互望著：泉吟香和卡爾斯兩人，沒有可能是認識的，可是他們卻在迅速接近！

卡爾斯來到了泉吟香的身前，道：「應該很近了！」

泉吟香回答道：「是，應該很近了！」

原振俠和黃絹，都無法明白他們在說甚麼。

卡爾斯伸手向前面指了一指，道：「是在那裡！」

這時他的語氣已變得十分肯定，泉吟香也跟著點了點頭。

原振俠和黃絹，循卡爾斯所指處看去，看到他指的，是海邊一個相當高的土崗所形成的峭壁，一面向著海，聳起的有兩百公尺高，距離他們並不遠。

在他們還未明白，卡爾斯和泉吟香究竟爲甚麼說目的地是那峭壁之際，一個狂妄而充滿野心的將軍，和一個嬌柔美麗的女明星，已經一起向前走了過去。那一段路雖然不遠，可是並不好走，海邊有不少凌亂的石塊，但是他們卻一直觀看前面，向前走著。

原振俠和黃絹忙跟在後面，急急追著。沒有多久，已經來到了那峭壁前，卡爾斯和泉吟香甚至爭先恐後地貼著峭壁向前走。他們的神情，有一種難以形容的怪異，看得黃絹和原振俠兩人，心頭生出了一股極度的詭異之感。

突然之間，前面的兩個人停了下來，不由自主喘著氣。原振俠走前幾步，看到他們兩人停留之處，有一道極窄的山縫，只能供一個人側身擠進去。

卡爾斯和泉吟香兩人並沒有停了多久，卡爾斯首先就從那山縫中擠了進去，接著，泉吟香也擠了進去。原振俠猶豫了一下，黃絹已經來到了他的身邊，神情駭然，道：「看情形，這裡面，就是神祕力量的來源！」

原振俠也有同感：「他們自以爲是自己感到要來這裡，實際上是那種神祕力量將他們召來的！」

黃絹深深吸了一口氣：「他們是天人，我們不是，我們能不能進去？」

原振俠猶豫了一下。他們一直在探索事情的真相，現在已經找到了整個神祕事件的源頭，不論進去之後會發生甚麼事，當然絕沒有放棄的道理。

他作了一個手勢，並沒有說甚麼，已經側著身擠了進去，黃絹跟著也擠了進來。在那狹窄的山縫中前進，並不是容易的事，原振俠想伸手去握黃絹，但黃絹卻推開了原振俠的手。

原振俠壓低了聲音，道：「那次暴風雪，我們在——」

黃絹不等他講完，就道：「過去的事，就讓它過去算了！」

原振俠還想說甚麼，在裡面，突然傳出了一陣極其奇異的聲響來，那種聲音聽來尖銳而短促，一下接一下響著。原振俠忙加快速度向前擠去，通道倒是越來越寬，可以容人向前奔跑了。

原振俠向前奔著，他發現那是一個山洞，越向前去，越是寬闊。山洞中本來應該是極度黑暗的，可是洞壁的石塊上，卻都有著柔和的光芒，使人可以看得清眼前的景象。他奔出了約莫一百公尺，就陡然站定，一時之間，他幾乎不能相信自己的眼睛。在他面前的是一扇門，發出灰白色的金屬光輝，那種急促而尖銳的聲音，就從這扇門中傳出來。

原振俠再也沒有想到，在荒蕪的死海之濱的一個山洞中，會看到這樣的一扇門！這樣的門，通常來說，都只有在設備最先進的建築物中才看得到。

他站著不動，立時聽到黃絹的喘息聲，在他的身後傳來，他回頭看了黃絹一下，兩人一起走向前。他們不約而同地伸手去推門，手還沒有碰到那扇門，門就自動向著一邊移了開去。

當門移開之後，原振俠和黃絹兩人真正呆住了！看到了那扇門，已足以令人發呆，可是門內的情景……原振俠在心中自己問自己：那是甚麼地方，那是些甚麼東西？

那是甚麼地方，實在是很容易回答的。門內，是一間很大的房間，或者說，是一個極大的空間，估計有一百公尺見方。在那個空間之中，四壁全是密密麻麻的櫃子。說是櫃子，或者並不怎麼適合，那是一組一組的架子，架子上全是在緩緩閃動的光亮，和看不出是甚麼用途的小轉盤。那些轉盤，乍一看來，倒有點像是大型電腦的資料儲存帶。

然後，空間的中間，是一排一排豎立著的同樣的架子，同樣的閃光和同樣的小轉盤，一看過去，給人的印象是數不清的那麼多。整個空間之中，唯一和那些架子不同的東西，是一個圓柱形的物體，那物體上有一個橢圓形的旋轉球狀物，尖銳短促的聲音，就是從那個球狀物中所發出來的。而泉吟香和卡爾斯兩個人，就站在那個和人一樣高的圓柱體之前，神情莊嚴得如同在朝聖一樣。

原振俠和黃絹遲疑了一下，向裡面走進去。他們還沒有來到那圓柱體前，就聽得卡爾斯陡地叫了起來：「不是，不是！我是真神派來的，我負有偉大的使命，我是全世界的統治者！」

他一再叫著，一面現出極激憤的神色來，用力敲打著那個圓柱體。

他繼續大聲叫著：「不，我和所有的人不一樣，絕對不一樣！」

卡爾斯叫得那麼大聲，以致他臉上的肌肉完全扭曲了。在他狂叫的時候，泉吟香轉過頭來，用一種不明白的神情望著他，道：「我倒覺得很高興，和普通人一樣，有甚麼不好？」

卡爾斯陡地轉過身來，向黃絹道：「走，我們走！」

黃絹問道：「你在這裡，知道了一些甚麼？」

卡爾斯並不回答黃絹的問題，向外直走了出去。黃絹猶豫了一下，立時跟了出去。

原振俠向泉吟香望去，看到她的神情平靜。他實在不明白，何以兩個人來到了同一地方，所產生的反應會如此截然不同？

正當他想問泉吟香之際，那旋轉的橢圓體中所發出來的尖銳聲響，突然停止。接下來，所發出來的是一陣莫名其妙的雜聲，然後，傳出了一個清晰的語聲來，道：「你不是我們選定的研究對象。」

原振俠陡然呆了一呆，那聲音是在對他說話？他心中充滿了疑惑。那聲音又響了起來，道：「泉吟香是，你不是。」

原振俠「啊」地一聲，道：「對，她腦中可能有一片金屬片，卡爾斯也有，我沒有。你是誰？」

那聲音聽起來清晰而平穩，一點也沒有感情，道：「我是誰，對你解釋起來，實在太困難了。或者簡單地對你說，我們在這裡設立了一個研究站，是專門研究你們這種生物的。」

原振俠陡地吸了一口氣，把人稱爲「你們這種生物」，這是甚麼樣的語氣？他已經有點明白了，雖然那幾乎是不可接受的，但是這個空間中的一切，又豈是可以接受的？

他不由自主，抬頭向上看了一下。這時他在山洞之中，自然無法看到天空，無法看到無窮無盡的天空。但是他已可以明白，這裡的一切和神祕的力量，正是來自無窮無盡的天空。

他只是呻吟也似地道：「研究，腦中的金屬片——」

那聲音道：「那幫助我們，將你們這種生物的一切思想活動，全記錄下來。你們這種生物，是這裡唯一有思想電波的生物。」

原振俠感到雙腿有點發軟，但是他還是勉力支撐著，站著不動，四面看著。他陡然閃過一個念頭，道：「這裡的一切，全是儲存下來的資料？」

那聲音道：「是，資料已經足夠了。你們這種生物的思想活動，其實相當簡單，突不破幾種模式。我們甚至可以掌握到活動的規律，研究工作也可以結束了。」

原振俠怔呆著，講不出話來，那聲音卻在繼續著：「你們這種生物的思想活動，全繞著一個中心打轉，那中心就是一切全爲了自己的利益。有很多情形之下，這種利益，甚至不是生活所必需的。當然，也有少數的例外，不過太少了。」

原振俠只覺得耳際嗡嗡作響，他用手在自己頭上拍了一下，道：「你們蒐集思想電波，那金屬片……是怎麼嵌進腦中去的？」

那聲音停了一停，像是一時之間，不知道原振俠這樣問是甚麼意思。接著，就發出了「嘿」的一聲，道：「嵌進去？當然不是，那是我們利用了一種能量的刺激，聚集了你們體內所有的金屬元素，逐漸生長而成的。大約……需要三年時間，就可以完成了。」

原振俠吞下了一口口水，道：「你的意思是，你們選擇了一個嬰兒，再用一種能量去刺激他，三年之後，這個人的腦際，就會長出一片金屬片來？」

那聲音道：「是，你們體內，本來就會生長異形物體。各種結石，就有著各種不同的化學成分，也是在各種不同的刺激下，在體內自然形成的。」

體內結石的形成情形，原振俠當然了解。他苦笑了一下，道：「經你們選中的人，就有非凡的能力？」

那聲音道：「怎麼會？我們只不過是想得到選定對象的思想活動資料，並不給他任何力量。」

原振俠道：「可是據我所知，那些人有非凡的生存力量，有的可以在沒有氧氣的情形下活下來，有的可以在沒有水分的情形下活下來，也有的可以耐過非人所能抵受的嚴寒！」

那聲音道：「嗯，那些對象，我們既然選定了，當然不希望他們過早消失。那金屬片的作用之一，是使這個對象的身體機能，可以接受我們這裡的指揮，令得他身體的一切機能暫時停頓，像是某些低等生物的冬眠一樣。那樣，就可以幫助他們，在惡劣的環境之中繼續生存。」

那聲音略停了一停，又道：「這種情形，其實已不是甚麼祕密，我們的一個對象，曾經在極惡劣的情形下，在一個木架子上掛了三天，結果沒有死，你們稱之為『復活』？其實，他根本沒死。這個對象的思想活動，資料十分寶貴，因為他是我剛才提及的少數例外之一。」

原振俠的心跳得極其激烈。這個在「木架子」上掛了三天，後來被認為「復活」了的人是誰？這種選定對象來作研究的事，在地球上已發生多久了？

原振俠沒有再想下去，因為他知道，對方如果來自另外一個星球的話，地球上的時間對他們是沒有意義的，三天和三千年，完全是一樣的。

那聲音繼續道：「我們完全沒有惡意，只不過想通過這個方法，蒐集資料而已。」

原振俠陡地激動了起來：「沒有惡意？至少我就知道，有三個人是因此死亡的。你們致力保守這個祕密，不爲世人所知，甚至看到了腦中有金屬片的X光片，也會被你們不知用甚麼力量，而變成『意外死亡』！」

那聲音仍然是如此平靜而不動感情，道：「這真是很抱歉了，那是意外，機會應該極微。」

原振俠問道：「甚麼意思？」

那聲音道：「只有被選的對象，在知道了這個祕密後，由於腦部的特殊反應，使我們這裡有了感應，就有一種特殊的能量去毀滅他。我們實在不願見到有這種情形發生，但是爲了保守祕密，所以也只好這樣做。同樣，我們也可以通過這裡，去指揮對象做一些事。」

原振俠呆了半晌，原來是這樣，和他本來所設想的恰好相反。只有被選定的對象——「天人」，在知道了祕密之後，才會導致神祕力量令他死亡。黃應駒是，羽仁五朗是，陳山也是！他和黃絹不是，所以知道了祕密之後，反倒安然無事。而泉吟香爲甚麼會去掘墳，也有了答案。

原振俠苦笑道：「你們選定的對象，一共有多少？」

那聲音道：「維持十萬這個數字。」

原振俠張大了口，十萬，有那麼多！等於是地球人口的四萬分之一。每四萬個人之中，就有一個被他們選中，自小就被他們用特殊的方法，令得他們的腦中，長出一片金屬片來。而「他們」就通過這金屬片的功能，把這個人的思想活動全記錄下來。

原振俠再吸了一口氣，道：「你為甚麼讓我知道？為甚麼召泉小姐和卡爾斯來？」

那聲音道：「事情快結束了，他們兩個是傑出的人物，感應特別強烈，是他們自己要來的。至於你，是為了要使你明白我們並無惡意。剛才那男性的對象，在知道他自己只不過是一個抽樣調查的對象之後，曾感到極度的失望，這是為了甚麼，我們倒真不明白。」

原振俠苦笑，卡爾斯為甚麼失望，他倒是明白的。「他們」不明白，這證明「他們」的研究工作，實在並不算是成功。原振俠看看那些不斷閃亮的光，了解到可能每一點光，就代表著一個人。

一個人，不論他生活在地球的哪一個角落，他的思想活動，都會在這裡被記錄下來，這真是令人一想到，就不免有昏眩之感的事！

那聲音還在繼續，道：「你快離開吧，記錄我們會帶走，這裡一切會毀滅。調查對象腦中的金屬片，我們會令它還原為金屬，為身體各部分吸收或者排出體外。」

原振俠仍然處在一種極度惘然迷惑的境地之中，他感到被人輕輕推了一下，推他的是泉吟香。泉吟香低聲道：「走吧！」

原振俠還有些話要問，可是他該知道的，都已知道了。而泉吟香在不斷地拉他，他便和泉吟香一起離開。

到了山縫，看到卡爾斯在振臂高呼：「我是真神派來的偉大使者！」

黃絹像哄小孩一樣在哄他：「對，你是！」

原振俠忍不住道：「自欺欺人，是最不可恕的！」

黃絹搖頭道：「不是自欺，我覺得我可以適應他的這種生活！」

黃絹在這樣說的時候，神情是這樣高傲，幾乎有點接近卡爾斯將軍了。原振俠嘆一口氣，沒有再說甚麼，當他們來到車輛旁邊的時候，原振俠自然而然，登上了泉吟香的車子。他甚至沒有和黃絹說「再見」，他只是在想著：對，過去的，就讓它過去算了！

報上有兩則小新聞，不是很爲人注意。

第一則是，死海的東岸，發生了一次輕度地震。那次地震，將海邊的一座山頭，震成了平地。

第二則，報上登得比較詳細。一九八一年九月二十七日，香港東方日報刊登的這則消息是：

「印度南部一名六十四歲男子……被送到特里多德魯姆的醫療科技研究所，接受X光檢查，結果發現他的腦內，藏有一塊十三釐米長的金屬片……醫生不能解釋該塊金屬片，如何放進該男子的腦內。」

世上能知道該男子腦中何以會有金屬片的，只有原振俠一個人。他知道，那是「他們」在消滅調查對象腦中金屬片的時候，一個意外的遺漏。黃絹不知道，因爲當時黃絹已經離開；泉吟香和卡爾斯也不知道，因爲所有的「選定對象」，在腦中金屬片消失的同時，也失去了和那個中心的聯繫，在記憶中沒有了這一段。

至於「他們」將那許多資料作何種用途，原振俠不知道，也根本不敢去想！

迷路

迷路

迷路

序言

在超過二十年的小說寫作中，再也沒有比寫「迷路」這篇小說時遭受過更多的迂迴，在寫作過程中，的確曾經迷路。

「迷路」，是寫靈魂迷路的故事，心靈迷失的故事，但是寫到一半時，發現長期存在心中有深切感覺的人生虛幻、真實的想法，忽然爆發了出來，於是，在「幻由心生」的感覺中，加入了這方面的描述，又取了世界上沒有任何一個人對自己生活滿足的主旨，交織而成了一個情節變幻極多，可以說會令人目眩的故事。

「迷路」中有「天人」的人物，其中，美麗而野性的黃絹，得到了進一步的發展，而原振俠卻仍然是這樣無可奈何。

自己很喜歡的是，在結尾時，恰好套上了「紅樓夢」中的太虛幻境和那副對聯。而通篇故事之中，對於佛家所云的「求不得苦」，也有很多的表達。真、幻、得、失，同付一嘆中。

發覺每篇小說在出版時，自己寫一篇序，真是很有意思的事，可以回顧一下當時寫作的心情。

對了，最後要說明的是：筆者堅決相信靈魂的存在，不然就不會有「迷路」了，是嗎？

倪匡

第一部：奇怪請柬三度出現

迷路是一件很可怕的事。

好好地走著路，要從一處地方到另一處地方去，忽然在中途迷失了，找不到正確的路，不能到達目的地，那是多麼徬徨，會在心理上產生一種極度的恐懼感。

普通人的一生之中，恐怕都有過迷路的經驗。在城市裏迷路還好，因爲到處有人，可以向別人詢問正確的路途。如果在荒山野嶺中迷路，根本沒有可以找到正確路途的方法，那種滋味實在不好受。

如果是在晚上，或者在濃霧中，又沒有交通工具可以使用，只是步行，迷路就更加可怕，有可能永遠到不了目的地，生命就此結束在迷失的路途之中。

有幾則關於迷路的小故事，有的很驚心動魄，有的很撲朔迷離，可以簡略地說一說。

在我國東北，興安嶺山區的原始森林中，最容易迷路。大抵是由於森林之中，都是一株一株矗立著的松樹，周遭的環境看來刻板而一致的緣故。但是，十分有經驗的森林勘察隊員，有時也會在森林中迷路。

這些隊員不但有經驗，可以從林木生長的形態之中，辨別方向，例如樹幹橫剖之後，圓形的「年輪」，總是向南方有少許的突出之類。而且，森林勘察隊員還都帶有指南針，甚至現代化的無線電通訊設備。照說，這樣的情形下，絕無迷路的可能了。

然而不，迷失在原始森林中的事，常有發生。作者在那一區生活的一段日子裏，就有親身經歷：一隊有豐富經驗的森林作業隊員，進入森林工作，預定二十天可以回營，但是等到預定的日期過了，還沒有消息。營地裏的人只好等，一等等過了十天，天氣開始變壞，大風雪降臨，覺得這隊作業隊員可能有問題了，開始組織搜索隊去尋找。搜索隊進入森林不到一公里，就發現了這個作業隊的隊員，已全都死在森林中了，他們是在迷路之後，走不出森林而冷死的。離森林的邊緣只不過一公里，不到半小時的路程，但他們轉了十天，就是轉不出來，看來是不可能的事，偏偏又是事實，真有點不可思議。

有的解釋說，在那樣的情形下，心裏發慌，以爲走的是直線，但實際上，由於人體左右下肢發育不同的緣故，走的是曲線，不斷打圈，所以再走得時間長點，也走不出來，這種情形，鄉下陰暗天氣，夜晚，常有發生，俗稱「鬼打牆」。

國際知名的中國作家三毛也講過一件詭異的迷路故事。

三毛的迷路故事真是詭異莫名；有一雙夫婦，在西班牙某地公路上，駕車要到不是很遠的一個目的地去。天氣良好，視野清晰，但是在駕駛途中，前面忽然起了一陣濃霧。

駕駛人不以爲意，繼續沿路向前駛，駛進了濃霧之中：雖在白天，著亮了車頭燈，但是看出去，仍然只是茫茫的一片。

駕車人並沒有停車的意思，因爲一來，他們是在現代化的交通工具之中。二來，這條路他們經過不止一次了，即使是在濃霧之中，也不會迷失。在那時候，駕車人根本沒有想到「迷失」這兩個字。

大約經過了幾分鐘，車子衝出了濃霧，仍然在公路上行駛。可是，立即地，駕車人夫婦覺得不對了：什麼都不對了。路面不同，路兩旁的風物不同，他們發現自己到了一個陌生的地方，路兩旁有人，連人的服飾，都大不相同。他們開始感到，自己是迷路了。

於是，他們在路邊有人的地方停車，下車向途人去問路，令得他們駭異的是，他們講的話，人家都聽不懂，而人家講什麼，他們也聽不懂！

事情發展到了這一地步，那一對夫婦的心情如何，可想而知，和一般迷路者的心情是類似的，恐懼而徬徨。而他們的恐懼、徬徨，一定比一般的迷途者更甚，因爲在忽然之間，他們竟然到了一個全然陌生的地方！

在路邊問不出所以然來，他們只好繼續駕車前進，一直到駛進了一個鎮市，仍然是陌生的人，陌生的語言，陌生的風物。

他們完全迷失了，只好到處亂問，總算遇到了一個會說西班牙語的人，一問之下，他們是在巴西境內，已經從南歐洲到了南美洲！

那一對夫婦當然不相信，這是不可能的事，不可能一下子，幾分鐘的時間，就從南歐洲到了南美洲！但是接下來他們所遇到的一切，卻無法令他們不信自己在忽然之間，超越了幾千公里的空間。

他們買了地圖，照著地圖，向前駛，駛到了一個較大的城市，在那個城市中，有西班牙領事館，他們到了領事館，於是請求幫忙。

這一對夫婦在走進領事館之際，心中還十分猶豫。因爲他們的遭遇實在太荒謬了，不會有人相信的，所以他們心中，十分惴惴不安。誰知道，他們找到了領事館人員一說，領事館人員的回答，更令他們目瞪口呆。

領事館人員在聽他們講述了經過之後，不等他們作進一步的解釋，就道：「我們明白了，會立刻安排手續，讓你們回西班牙去。」

那一對夫婦極其訝然，問：「像這種不可想像的事，你們竟然一聽就相信了？」

領事館人員道：「第一次，自然不相信，但是到了第四次，就很容易相信。」

那一對夫婦一時之間，還不明白這樣說是什麼意思，領事館人員又道：「發生在你們身上的事，已經不是第一次，你們是第四宗。請放心，以前幾個和你們有同樣遭遇的人，在回去之後，一切都很正常，並沒有再有異樣的事發生在他們身上。」

這對夫婦在駭異之餘，接受了領事館的安排，採用正常的交通途徑回家。回家之後，也沒有什麼怪事發生。他們後來又曾幾次駕車駛過那條路，也沒有再遇上濃霧。他們的遭遇傳出來之後，有的想到南美洲去旅行，故意駕車在那條公路上往返行駛，但是也沒有達到一下就到了巴西的目的。

整件事神秘而詭異，那是一宗超級的「迷路」故事，是空間在突然之間的一個大轉移，原因如何，人類如今的科學知識，不足以解釋。

說了許多關於迷路的話，那只好算是「前言」，和本篇故事，並沒有直接的關係。

當然，本篇講的也是一宗「迷路」的故事，但比起前面所說的一些迷路的事，更加詭異和不可思議，更加離奇古怪。

故事從兩個截然無關的人開始，先說第一個人。

按下了辦公桌旁，一系列按鈕中的一個，落地長窗前的窗簾，就自動向兩旁分了開來。窗玻璃抹得一塵不染，窗簾一拉開，就可以看到大半個城市的景色。

王一恒的辦公室，在這幢以他的名字命名的大廈的頂樓，七十八層高，他的辦公桌，就面對著那一幅高達四公尺，寬十二公尺的大窗。

王一恒很喜歡坐在辦公桌後，透過這個窗子，欣賞這個亞洲大城市的景色，同時心中對自己對這個大城市有極大的影響力而自傲。王一恒的視線，從窗外收回來，又落在面前那張奇怪的請帖上，他習慣性地玩弄著金質的拆信刀，用刀尖輕敲著那份奇怪的請柬。

請柬能使王一恒感到奇怪，當然不是沒有理由的。這的確是一份奇怪之極的請柬，王一恒也不是第一次收到他了。

是第三次了。

第一次，王一恒收到這份請柬，也是在十二月三十日，一年結束的前一天，那是兩年前的事情，當時的情景，王一恒還記得非常清楚。

王一恒是一個龐大的企業集團的首腦，這個企業集團的業務極廣，包括了兩家在亞洲金融事務上有巨大影響力的銀行，一家遠洋輪船公司，世界各地的無數地產、大酒店和各種各樣的工廠，連王一恒自己也數不清他屬下的機構究竟有多少。

像這樣的一個人物，每天所收到的請柬之多，可想而知，他專門有一個秘書，處理每天收到的請柬。大多數的請柬，都根本不必王一恒過目，而直接由秘書答覆：「抱歉，本人業務繁忙，無法參加。」只有一些重要的請柬，才由秘書和王一恒商量，決定是不是參加。

這位秘書十分能幹，對王一恒很有幫助。有一次，收到的一張請柬，是由一個署名「亞尼達」的人發出來的——請王一恒去參加一個私人宴會，王一恒根本沒考慮，就表示拒絕，可是秘書卻查出了這位亞尼達先生，是中東一個小酋長國的重要人物。王一恒參加了那個私人宴會的結果是，他獲得了一份長期低價石油供應的合同，替他的企業帶來了巨額的利潤。

秘書是一位已經超過了四十歲的老處女，整個企業上下對她都很尊敬，許小姐是大老闆重視的人物，每個人都知道這一點。

兩年前的十二月三十日，許小姐照例在上午十時，捧著一疊請柬，進了王一恒的辦公室。每天，固定有半小時時間，他們處理有關請柬的事務。

當他們化了二十分鐘之後，決定接受了印尼商務部長的邀請，出席一個世界性的商業會議和參加他一個老朋友的婚禮之後，許小姐取出了一張純銀色的請柬來，道：「這不知道是什麼人在開玩笑！」

當天，王一恒的事情極忙，像他這樣身份地位的人，對於「開玩笑」這樣的事，真是陌生得如同乞丐對皇宮一樣，他揮著手，本來根本不想接下口去。可是，那份請柬的精緻，卻吸引了他的眼光，他順眼看了一看，許小姐已經將請柬放在他的面前，而當他仔細看去的時候，他心中也興起了一股極度的好奇。

請柬是純銀色的，乍一看來，像是一片純銀的薄片，但事實上，是質量很好的塑膠片，塗上了銀色。在銀色上，是深黑色的字，文字並不很長，但是分成六段，用六種不同的文字來表達。王一恒只認得其中的中文、英文、日文和德文。西班牙文和阿拉伯文他不認得。從他認得的四種文字所表達的意義完全相同這一點上，他可以肯定，西班牙文和阿拉伯文表達的，也是同樣的意思。

其中，中文文字如下：

「敬請臺端於十二月三十一日晚十一時五十九分，獨自準時到達夏威夷群島中之毛夷島著名風景區針尖峰下，屆時，臺端將會見到意想不到而又樂於與之見面的人物，和發生意料不到而必然極之樂於發生的事。請柬送達的時間並非故意延遲，而是假設接到請柬的朋友，都擁有私人噴射機，可以在三十小時之內，到達世界上任何角落之故。樂意見到臺端出現。敬祝新年快樂。」

請柬的下面，並沒有具名。

王一恒看著請柬，心中十分好奇。他當然有私人噴射機，就算明天下午出發，他也可以準時到達請柬所邀請去的地方。

許小姐看到王一恒全神貫注地望著那張請柬，她用十分訝異的語氣問道：「王先生，你不是……想要去吧！」

王一恒已經快六十歲了，從三十多年前，他開始爲他的事業奮鬥起，一直到現在，已經攀上了事業的頂峰。在旁人的眼中看來，他是一個極度成功的人物。在他自己而言，究竟事業的成功，是苦還是樂，連他自己也答不上來，只知道一旦開始，就沒有休止。

這張看來充滿了神秘的請柬，不但打動了他的好奇心，而且，也令得他感到，或許應邀前往，真會有什麼意想不到的事情發生，可能只是一些極其有趣的事情！他真的想去赴約！

可是他隨即嘆了一口氣，他的生活雜冒險和追尋樂趣，畢竟相去太遠了。

他拿起那張請柬，拉開抽屜，順手放了進去，道：「當然我不去，還有什麼重要的邀請？」

他只不過想了一想，就恢復了正常，再也沒有理會那張請柬的事。那張請柬，就在他的抽屜中放了一年，繁忙的事務，使他也根本忘記了有這麼一回事。一直到了一年前，又是十二月三十日上午十時，許小姐又帶著同樣的請柬，來到他的辦公室中，王一恒才感到事情多少有點不尋常。

許小姐的話和神態，或許有點誇張，她把同樣的請柬放在辦公桌上之後，逼尖了聲音，道：「看，又來了，這個開玩笑的人，他究竟想達到什麼目的？」

王一恒拉開抽屜，將去年的那張請柬，取了出來，兩張請柬，是一模一樣的。王一恒皺了皺眉，道：「信封呢？是從哪裡寄出來的？」

許小姐取出了信封來。信封也是漂亮的銀色，印著黑色的字，沒有郵票，是專人送來的。

這一次，王一恒沉吟思索了三分鐘，結果還是把兩張請柬一起放進了抽屜中。

就這樣，又過了一年，在這一年之中，王一恒曾經好幾次想起過這個怪異的邀請。在這一年的夏天，王一恒曾到過一次夏威夷，參加一個國際性的經濟會議。他還特地抽出了大半天的時間，到毛夷島去了一次。

毛夷島是組成夏威夷群島的七個主要島嶼中的一個，面積僅次於主島夏威夷島，從高空看下來，形狀像是一個俯首的人頭，針尖峰在島的近北端，是一個遊客常去的風景區。

王一恒本來準備到針尖峰去走一走的，可是由於他實在太忙，所以他只是在毛夷島的機場上，搭乘直升機，飛到針尖峰的上空，盤旋了一回。

當他決定要這樣做的時候，已經令得別人很訝異。連他自己也有點不明白爲什麼要這樣做。是爲了好奇？連續兩年收到了這樣怪異的請柬，令得他實在想去看一看那個約會地點的情形。

從直升機上看下來，那針尖峰實在沒有什麼特別之處，山峰並不尖，只不過和四周圍其他的山峰相比，顯得相當特出。山勢連綿，看起來形勢很是峻偉。

看起來並沒有什麼特異，這樣的山區，白天雖然多遊客，到了晚上，一定寂靜無人，王一恒心想除了自己之外不知道還有誰收到同樣的請柬？看來，不論是誰，都一笑置之，不會應邀前來的。自己竟然爲了這樣莫名其妙的一張請柬，浪費了幾小時時間，真是傻得可以！

所以，從夏威夷回來之後，王一恒再也沒有將這件事放在心上。可是，一年很快過去，同樣的請柬，第三次出現了！

這一次，許小姐沒有說什麼，只是在處理了事情之後，將這張請柬放在桌上，就走了出去。王一恒在許小姐走了之後，按鈕令窗簾打開，注視著請柬，心中的疑惑，也達到了頂點。

王一恒先吩咐了秘書，暫時不接聽任何電話，連約定了的電話，也推遲十分鐘。他需要十分鐘時間來考慮這件事。

當然，他還不是打算去接受邀請，但是他卻告訴自己，他需認真考慮一下。

如果是開玩笑的話，接連三年開這樣的玩笑？開玩笑的人，有甚麼目的？他實在不想自己去想，但是又忍不住去想請柬上那充滿了誘惑的字眼：「意料不到而必然極之樂於發生的事」！

那會是甚麼事？王一恒將身子向後仰了一仰，像他那樣的人，如果說還有甚麼能夠吸引他的話，就是完全不可測的意外的快樂。物質上的一切，他已經全都有了。他缺少甚麼呢？可以說甚麼也不缺少，他等於已擁有了一切，然而，是真正擁有一切嗎？

王一恒突然覺得煩躁起來。一共是三張請柬，每年一次，一次比一次誘惑力強，他甚至真的想去赴邀，看看到時會遇到甚麼人，發生甚麼事！

然而他又嘆了一口氣，這種事對他來說，真是太奢侈了，他根本沒有時間去做這極胡鬧的事。

他又打開了抽屜，將三張請柬，一起放了進去，在他合上抽屜的那一剎間，他突然想到了一件事，立時按下了對講機，把他的一個主要助手叫了進來。那是一個極能幹的年輕人。

當這個年輕人走進辦公室之後，王一恒就吩咐：「你去問一下，用我的名義去問，詢問的對象是國際上有地位的人，至少要像我那樣，問他們是不是曾經收到過請柬，請他們在除夕夜到夏威夷的毛夷島去。我給你三小時的時間去辦這件事！」

能幹的人有能幹的人的好處，那年輕人聽了之後，連問也沒有問是為甚麼，就答應了一聲，走了出去。

王一恒吁了一口氣，不再理會這件事，開始接見預先約好了的人，主持一個重要的會議。

中午，當他在他自己特別的房間中，和一位美麗的女郎，共進了一頓豐富的午餐之後，回到了休息室中，享受著濃香撲鼻的台維道夫牌的雪茄之際，安樂椅邊上的電話機響了起來。他拿起了電話，是那個年輕人打來的，那年輕人道：「董事長，你吩咐的事，已經有結果，我問到有四個人，有這樣的邀請。」

王一恒直了直身子，道：「你到我的辦公室去等我，我立刻就來。」

午餐之後，王一恒本來有半小時的固定休息時間，但是他縮短了十五分鐘，提前到了他的辦公室，那年輕人已等在那裏，一見到王一恒，就道：「我一共詢問了二十個人，四個人的答覆是肯定的，他們的名單在這裏！」他把一張紙遞給王一恒。

王一恒看著，皺著眉，四個人的名字，他都很熟悉。一個是美國的大油商，德克薩斯州的豪富；一個是日本重工業的巨擘；一個是西歐著名的工業家，早在第一次世界大戰期間，就是軍火輸出的主要人物的工業世家的唯一傳人；一個是在南美洲擁有比世界上許多國王還要多土地的富豪。

王一恒心中想：不錯，這四個人的地位，可以說和自己差不多，請柬上說的不錯，假設被邀請的人，都擁有私人噴射機。

這四個人，是不是曾經赴約？王一恒的心中，起了一股不可抑制的好奇。他深深吸了一口氣，道：「替我安排和這四個人的電話合議，一小時之後，我要和他們商談一些事！」

那年輕人略為猶豫一下，但是他的猶豫不會超過半秒鐘，立即又答應著，走了出去。

在世界上各個不同地點的人，通過電話傳訊系統，經由人造衛星，舉行會議，已經是一件相當尋常的事情了。

但是困難是在於那四個人本身全是超級大亨，要他們接聽電話，已經需要好幾天時間的預約，一小時的時間去安排要他們參加電話合議，聽起來簡直是不可能的。但是，旁人做不到的事，用王一恒的名義去做，卻可以做得到，因爲王一恒本身也是超級大亨！

王一恒的超過十位以上的秘書，忙著替王一恒推掉原來的約會，一小時之後，王一恒走進了電話會議室，坐了下來。有四具經過特殊儀器處理的電話，在他的面前。連他在內五個人處在世界不同的角落，但是他們相互之間，卻可以聽到對方聲音。

時間一到，首先是美國德州石油大王的聲音，美國南部的口音，濃重得像是化不開的原油一樣，他叫道：「王，不是想告訴我你的企業已找到了石油的代用品了吧？」

接著，是其餘三個人的聲音。南美富豪一面在講話，一面打著呵欠。

王一恒道：「對不起，今次的會議，我是想討論一下那一份請柬的事！」

那四個人都不約而同，沉默了片刻。

德州油王首先「哼」地一聲，道：「那請柬，誰會真的去理會它？」

王一恒道：「另外還有多少人，收到過這份請柬，我還不清楚，我們五個人是全有這份請柬的。」

歐洲工業家笑道：「王，你不是準備去赴約吧！」

日本人的英語相當生硬，道：「這是一種惡作劇，可以不必理睬。王先生，你去赴過約？」

王一恒道：「我沒有，你們之中，誰赴過約？」

王一恒的詢問，惹來一陣笑聲，笑聲最大的是德州油王，南美人不耐煩地道：「王，別浪費時間了，有七個美女正等著我！」

王一恒有點惱怒，大聲道：「你們沒有想到過要去赴約？從來也沒有想到過？」

歐洲工業家道：「為什麼要去想這種無聊的事？」

王一恒嘆了一聲，道：「或許，真會有意料不到的事情發生！」其餘四個靜了一會，日本人首先道：「也許，但是一切在我們的掌握和意料之中，這不是更好？何必還要去追求意料不到的？」德州油王立時響應：「對，何必？這樣的邀請，是決不會有人參加的！」

王一恒沉默了一會，道：「實在對不起，耽擱了各位寶貴的時間——」

他的話還沒有說完，那歐洲工業家突然叫了起來，道：「等一等，我們收到的請柬上，有六種不同的文字，其中五種文字，正和我們每個人的國籍一樣！」

又是一個短暫的沉默，顯然是每一個在想：對，正好五個不同國籍的人習慣使用的文字，都在請柬上。日本人最先發言，道：「阿拉伯文，如果說接到請柬的一共應該是六個人的話，還有一個是阿拉伯人？」

德州油王笑著，道：「那該是誰？不見得是沙地的雅曼尼王子吧！」王一恒向一直在他身邊的那個年輕人作一下手勢，南美人道：「我們不妨來比賽一下，誰先查到那個有請柬的阿拉伯人是什麼人！」

歐洲工業家的聲音傳過來，道：「我贏了，我的助手已經開始和道吉酋長國的尼格酋長聯絡了。」

王一恒「哼」地一聲，道：「是他！」

接下來，便是一個女性的流利的英語：「尼格酋長的秘書室。」

另一個純正英語的男性聲音也傳了過來，那當然是歐洲工業家的助手的聲音：「這裏是歐洲國際工業集團董事長室，請尼格酋長參加一項國際性的會議。」

那女性的聲音道：「真抱歉，酋長才在半小時之前，離開了國境！」

王一恒震動了一下，忙問：「請問，酋長是不是到夏威夷去了？」

那女性的聲音猶豫了一下，才道：「是！」

王一恒清楚地聽到了每一個人的吸氣聲。同樣也有這種怪請柬的尼格酋長，中東一個盛產石油的小酋長國，國土幾乎是全部浮在石油上的，有著數不盡財富的尼格酋長，到夏威夷去了。

一個阿拉伯豪富到夏威夷去，本來不是什麼新聞，但是所有的人立即想到的是：尼格酋長一定是到毛夷島去赴約了。

又是日本人先開口：「我們是不是也要接受這個邀請？尼格酋長已經——」

南美人叫了起來，道：「我才不會去！各位，我沒有興趣再討論下去了！」

德州油王，歐洲工業家和日本人也先後表示了同樣的意見，並且還調侃王一恒，道：「王，要是你也去的話，請將結果告訴我們！」

電話會議結束了。

王一恒皺著眉，向他的助手吩咐：「去追查尼格酋長的行蹤。我們在夏威夷的機構中的人員，隨便你調動，我要有十分詳盡的報告！」

那年輕人答應著，王一恒離開了會議室，並沒有回到辦公室，而且直接到了他私人的休息室中，一個美麗的女郎替他進行按摩，他半躺著，看來像是享受著寧靜，但是他的思緒卻十分紊亂。

對於那份怪請柬，他已經多少有了一點概念：請柬上的六種文字，是特地為收到請柬的六個人而設的。六個人都是足以左右世界上一個地區經濟局勢的超級大亨，六個人都一連三年，接到了這樣的請柬。這樣的請柬，無可避免地會引發人類與生俱來的好奇心。

王一恒知道自己的好奇心，幾乎已到了忍受的極限，而其餘四個人，一經接洽，就肯參加電話會議，雖然他們口頭上表示了冷淡，但是他們的心中，同樣表示好奇。六個人之中，尼格酋長已經受不住好奇心的引誘，出發到夏威夷去了。

王一恒是一個極其成功的企業家，作為一個如此成功的人物，自然有性格上的優點。不怕冒險，放大膽地接受挑戰，正是這類成功人物性格上的優點。王一恒可以感到，這份神秘的請柬，有著極其濃厚的挑戰意味，他是不是應該去接受這種挑戰呢？

尼格酋長的行動，表明了他已經接受了挑戰，他是應該看看尼格酋長接受挑戰的結果如何再行決定，還是現在就下決定呢？

看看人家的行動如何，再下決定，這絕不是王一恒這種成功人物的性格，要是什麼事都跟在人家的後面，他也決不會有今天這樣的成功。那麼，是不是他應該出發到夏威夷去呢？還有足夠的時間，可以使他在約定的除夕夜十一時五十九分到達約會的地點！

王一恒沉浸在紊亂的思緒之中，足有半小時之久，才霍地站了起來，自己在自己的頭上，重重拍了一下，為他自己因為這種莫名其妙的請柬而不知所措，感到生氣。他離開了休息室，決定根本不再去想這件事。他以一種看來精神十分飽滿的狀態，走進了辦公室，開始處理被延誤了的公務，一直到晚上九點才離開。

第二天，當他又回到辦公室之際，他那位年輕的助手已拿著報告書在等著他。王一恒擺了擺手，示意年輕人將報告書放下，然後，日常繁忙的工作又開始。

到了中午，年輕人第二次拿著報告書進來。王一恒嘆了一口氣，他本來已經決定，不論尼格酋長在夏威夷幹什麼，他都不加理會。

可是報告書一次又一次送來，等到下午，工作告一段落之際，他忍不住打開了報告書。

報告書把尼格酋長的行蹤，列得十分詳細。

尼格酋長並沒有帶任何隨從，他的私人座駕機，在夏威夷時間，十二月三十一日凌晨四時二十七分，降落在檀香山機場。檀香山市政府的一個高級官員，在機場和他見面，尼格酋長只是在檀香山略為逗留了一會，就直接飛向毛夷島的機場。

他抵達毛夷島的時間，是十二月三十一日早上七時零三分。

毛夷島機場相當小，候機室更小得可憐，整個建築物，實際上只是一個有著柱子和頂蓋的「棚」。

尼格酋長在檀香山的時候，已經通知毛夷島方面，替他準備了一架性能超卓的跑車。尼路酋長到達檀香山，他在檀香山的行蹤，是王一恒屬下機構在檀香山的幾個人員報告的，當他們知道了尼格酋長的下一站是毛夷島的時候，就通過電話聯絡，將追蹤尼格酋長行蹤任務，交給了機構在毛夷島的另一個工作人員。

王一恒的機構，最近正在夏威夷發展一系列的地產事業，駐在毛夷島的那個代表，是一個日裔美國人，相當精明能幹，他的名字叫三橋武也。王一恒這時已收到三份報告書，其中兩份，是三橋用無線電傳真設備傳來的。這兩份報告的內容，都很詳盡。

第一份報告的內容如下：

「接到檀香山方面的電話之後，我立即趕赴機場，在我到達的時候，看到為尼格酋長準備的那輛跑車。通過關係，和機場控制室方面聯絡，知道了尼格酋長座駕機正確的降落時間。我在機場跑道盡頭等，帶去的兩個助手，在車子中等。

尼格酋長的座駕機，在比預定時間早兩分降落，有專人驅車在跑道上接他，他和一個看來是座駕機駕駛員的人一起下機，上了車，直駛回機場的建築物，才又下了車。在機場的建築物中，尼格酋長和那個駕駛員，發生了小小的爭執。

那時，我也眼看到了機場的建築物中，尼格酋長和駕駛員，在一株榕樹旁開始爭執。必須解釋一下的是，毛夷島機場建築，相當簡陋，保持著一種接近原始的風格，在建築的時候，由於當地有一棵樹，建築師將這棵樹保留了下來，在建築物的頂部，開了一個大圓洞，讓那棵樹可以繼續生長。所以，這棵樹的樹幹部份，是在建築物之內的。

尼格酋長和駕駛員就在那榕樹的樹幹之旁，開始爭執，我故意靠近他們，聽得駕駛員在說：『酋長，你絕不能單獨行動，我有責任。不論你到哪裡，我都應該跟在你的身邊！』

酋長十分生氣，道：『我已經說得夠明白了，你留在機場等我！』

那駕駛員的神情十分為難，道：『酋長——』

他方叫了一聲，酋長已經大怒，一腳踢在那株榕樹上，將榕樹的樹皮也踢破了一塊。

駕駛員不敢再說什麼，一個前來迎接的當地官員向酋長道：『閣下是準備到哪裡去？』

酋長道：『到針尖峰。』

那官員聽了，連忙向酋長解釋到針尖峰去的路途，該怎麼行走。」

王一恒看報告看到這裏，「嗖」地吸了一口涼氣：千真萬確，尼格酋長是要到針尖峰去，去赴那個神秘的約會了。

王一恒又看了看時間，算了一下，夏威夷時間是下午六時三刻，離那個約會的時間還有幾小時，他在考慮，如果自己立即出發，直飛毛夷島，時間上也來不及了，只好看看尼格酋長赴約的結果如何了。

王一恒繼續看報告書：

「到針尖峰的路途我十分熟悉，既然知道尼格酋長是要去針尖峰，跟蹤的工作自然容易得多，我離開，和兩個助手先在車上等，不久，我看到尼格酋長登上了那輛跑車，等他駛開去之後，我就開始跟蹤的。

尼格酋長的行蹤如何，在跟蹤途中會繼續不斷地報告。報告人：三橋武也。」

王一恒合上了報告書，想：現在，尼格酋長應該是在赴針尖峰的途中，三橋和他的兩個助手在跟蹤他。午夜時分，尼格會到針尖峰下，三橋就可以知道尼格會和甚麼人見面了。

王一恒感到滿意，這樣，比他自己去赴約好得多了。人心難測，誰知道發那種請柬的人，安的是甚麼心！

在王一恒又耽擱了一會，準備離開的時候，另一份三橋的報告又來了：

「尼格酋長在赴針尖峰途中，在一家酒店休息，租了一間豪華的套房，到如今為止，他進了房間之後，未曾出來。既然他的目的地是針尖峰，跟蹤應該不會有任何困難。我的一個助手就守在他的房門口，一個守在電梯口，我本人在酒店門口，只要尼格酋長一出現，就可以繼續跟蹤。

酒店離針尖峰，大約有兩小時的車程。報告人：三橋武也。」

王一恒問他的助手道：「晚上我有一個宴會，那個三橋有報告來，立即送到宴會場所來！」

王一恒離開了辦公室，直接去赴那個宴會，兩小時後，助手又送來了三橋的報告：

「尼格酋長離開了酒店，駕車直赴針尖峰，正在順利跟蹤中。」

王一恒離開了宴會場所之後，回到了他的豪華住宅之中。自從中年喪偶之後，他一直未曾再娶，也沒有子女，每次回到家裏，屋子中的陳設再豪華，他也會有一種寂寞之感。

當他換上了睡袍，在床上半躺下來之際，電話的鈴音響了起來。

王一恒伸手按下了一個掣，電話中就傳出了他的助手，那個年輕人的聲音，道：「王先生，三橋的報告又來了！」

王一恒「嗯」地一聲，陡然震動了一下，夏威夷時間該是幾點鐘了？已接近午夜了吧！那年輕人的聲音聽來有點急促，道：「是不是要我將報告立即送來？」

王一恒感到相當疲倦，打了一個呵欠，道：「不必了，你念給我聽好了！」

那年輕人道：「是！是！」他的聲音顯得很驚惶：「三橋報告說：尼格酋長在針尖峰途中，本來跟蹤一直非常順利，到針尖峰去，也只有一條路可供汽車行駕，可是在十一時零三分，突然失去了尼格酋長的蹤跡，報告發出的時間是十一時十二分，仍然沒有發現尼格酋長的車子！」

王一恒聽到這裏，已經坐直了身子。

那年輕人繼續在念三橋的報告：「由於知道他的目的地是針尖峰，所以雖然半途不見了他的行蹤，但估計仍然不成問題，可以在到達目的地之後發現他。除非酋長忽然改變了主意！」

王一恒深深吸了一口氣，感到了相當程度的不滿，道：「三橋做事太不負責了！」

他的助手連忙道：「是！是！我想三橋進一步的報告立即會來。」

王一恒道：「報告一到，立刻通知我！」

王一恒的心中十分疑惑，他還不知道詳細的情形，何以在跟蹤途中，會突然失去了尼格酋長的蹤影？雖然是旅遊勝地，但是在接近午夜時分，不應該有太多的車輛，跟蹤應該是十分容易進行的！

時間慢慢過去，王一恒心中越來越感到事情的神秘。半小時之後電話又響了起來，他的助手的聲音更急促，道：「王先生，三橋的報告說，他已經到了針尖峰，一個人也沒有看到。他報告說：針尖峰下，一個人也沒有，正在設法繞著山峰行駛，看是不是能發現尼格酋長下落，俟後再報告。」

王一恒站了起來，來回踱步。接下來，每半小時，收到一次報告，報告的內容是一樣的：

「針尖峰下，一個人也沒有，並沒有尼格酋長的下落。」

幾次這樣的報告之後，算來已是夏威夷時間凌晨二時了，那個神秘的約會如果存在，早已進行過了。王一恒十分惱怒地道：「不必再向我報告了，取消再跟蹤尼格酋長的行動。」

王一恒很不快樂，事情進行得不順利，尼格酋長究竟怎麼了？這個邀請爲什麼那麼神秘？看來三橋武也並不是一個不中用的人，何以在跟蹤的中途不見了尼格酋長？是酋長發現了有人跟蹤他？

當時，王一恒所想到的，只是這些，還未曾想到事情可能有別的發展。

但事實上，事情卻有了出乎意料的發展。

第二部：尼格酋長離奇失蹤

在尼格酋長離開了機場的八小時之後，他還沒有回到機場，他的私人駕駛員，一個體格極其健壯的澳洲人，就開始著急。

那澳洲人的名字叫強生，在尼格酋長不聽他的勸告，而獨自駕車離去之後，他一直在候機室的酒吧中喝酒，消磨時間。

他知道酋長要到針尖峰去，也打聽清楚，來回約莫五小時。他不知道他的老闆到針尖峰去幹什麼，但是他卻素知尼格酋長的性情，決不會去遊山玩水，那麼，預算他到了目的地之後，化費一小時時間，六個小時之後，酋長應該回來了。

強生算準了時間，離開了酒吧去等，又等了兩小時，他感到極度的不安，開始和當地的官員聯絡。當地的一個官員，就是到機場來迎接酋長的那個，是夏威夷土生土長的，毛夷島就是他的故鄉。

他在聽到了強生焦急的聲音之後，「哈哈」大笑了起來，道：「請放心，到針尖峰去只有一條公路，絕對不會迷路。」

強生有點惱怒，道：「我不是說會迷路，是恐怕酋長有了意外！」

那官員也嚇了一跳，笑聲也變得勉強起來。尼格酋長地位的重要，雖然他是地方上的小官員，他也是知道的。要是尼格酋長在夏威夷有了什麼意外，就會使得整個阿拉伯世界對美國政府大起反感，造成嚴重的國際糾紛，這是非同小可的事。
那官員道：「那麼，你的意思是——」
強生道：「我立即出發，去找他。照你說只有一條路，就算他已經開始回來，我也可以看到他？」
那官員道：「是……除非是他繼續向前駛，那需要繞一個大彎，化多幾小時，才能繞回來。」
強生悶哼了一聲，道：「不會，酋長不會那樣做，他的時間很寶貴！請你準備，萬一我找不到他還要請你幫助！」
那官員連聲答應，強生一放下電話，就在機場的租車處租了一輛車，沿著向針尖峰去的公路，駛向前去。
當時強生雖然十分焦急，但是還未曾想到會怎麼樣。尤其，當他經過那家酒店，一打聽，知道酋長曾在那裏休息了幾小時之後，他更感到自己的著急是多餘的了。
可是，當他來到了針尖峰，發現一個人也沒有，而在路上也沒有見到酋長的車子之際，他開始感到不妙了。
強生駕車來到針尖峰下面的那幅平地之際，他看過時間，是凌晨四時。附近靜到了極點，月色也黑，在黑暗中看來，那個錐形的山峰，看來幽暗而神秘。他並沒有看到任何人。那幅平地面臨著一道山溪，四周圍全是黑黝黝的山峰。
強生將車子繼續向前駛，他握著駕駛盤的手，已開始冒出了冷汗來了，忽然看到前面有一輛車駛了過來，車頭燈著得極亮。

強生在那一剎間，高興得不由自主，大叫起來，他以爲他已經找到尼格酋長了。

可是，他卻又失望了。

事後，他在接受盤問時，這樣回憶當時的情形：「我一看到有車子駛過來，高興得大叫，一面駕著車，一面將頭探出車窗去，叫著酋長。對方的車子來得很快，我也加快速度迎上去。兩輛車在相隔極近的距離下停了車，我已經看出，那並不是酋長駕走的跑車，而是一輛中型的房車。」

「車子一停，那中型房車中就走出了一個人，是亞洲人，他對我說，他的名字是三橋武也。」

強生去找尼格酋長，卻沒有找到，而遇上了同樣也正在尋找尼格酋長的三橋武也和他的兩個助手。那是必然的事，因爲三橋武也正駕著車，在繞著針尖峰打轉，一定會遇上強生的。

三橋也不是一見強生，就自己報上姓名的，當車子停下，三橋下車，看到強生之際，還十分疑懼，不知道強生是何方神聖。事實上，還是強生先開口，問三橋有沒有看到這樣的一輛跑車。三橋一聽就知道他問的是酋長的那輛跑車，這才自己道了姓名。

當時，三橋也沒有說自己的目的，只是知道強生也在找尋酋長，他們交談了幾句，再分頭去找。三橋行動的目的，還是以後在聯邦調查局人員的追問之下，才講了出來的，那是事情已經鬧大了以後的事了。

事情真的鬧大了，因爲一直到第二天中午，還沒有尼格酋長的蹤影。

白天，是遊客來到針尖峰遊覽的時間，眾多的遊客也覺得事情有點不對頭，因爲他們看到好幾架直升機，在上空盤旋，也看到幾輛警車，在穿梭來往，彷彿是在搜尋什麼，有一個消息比較靈通的嚮導，從警員那裏聽來了一點消息，告訴遊客，有一個重要人物，來自外國，昨夜在這一帶失蹤了，可能是迷路了。

聽到這個消息的遊客，當時還只是抱著姑妄聽之的態度，但是當他們來到毛夷島的市區，或者回到酒店之後，就知道這消息是正確的。收音機、報紙和電視，都報導了阿拉伯一個酋長國的酋長失蹤的消息。

消息的傳播極快，在夏威夷方面發布了這個消息之後一小時，全世界每一個角落全知道了。幾個阿拉伯大國立時向美國國務院致送照會，要美國政府負起尼格酋長失蹤的責任。美國國務院也慌了手腳，先趕緊發表了一個聲明，說尼格酋長到夏威夷，只是純私人的訪問，事先只是照會了一聲，美國政府不能對他安全負責，但必定盡一切力量搜尋酋長的下落。美國國務院說盡一切可能的力量找尋尼格酋長的下落，倒並不是外交上的空話，而是真的盡了一切可能在做。

搜尋行動包括了空中和陸上，二十架直升機不斷在上空低飛盤旋，和五百名國民軍的陸上搜尋，再加上當地的警務人員和聞風而來的當地居民。從機場到針尖峰的那一段路程，又不是什麼蠻荒之地，可是不但沒有尼格酋長的蹤跡，連那輛跑車也不知所蹤。

第三天，美國聯邦調查局的人員，組成了一個特別小組，來到了毛夷島，先向強生詢問他出發找尋的經過，在強生的口中，得知當時，曾遇到過另一輛車子幾次之多，那輛車子上的人，看來也像是在尋找什麼，由一個叫三橋武也的人駕駛。

要找三橋武也，實在太容易了。那天一直到天亮，三橋還是找不到酋長，就放棄了再尋找，利用車上的無線電話，發出了對王一恒的最後一次報告，就回去了。以後，他也得知了酋長失蹤的消息，不過沒有對任何人講起過，一直到聯邦調查局的人員找到他。

三橋最後的報告，王一恒在看到的時候，全世界都已知道尼格酋長在毛夷島離奇失蹤的事情了。

王一恒是從他機構新聞秘書處知道這消息的。他是一個大企業家，在他經營的業務中，也涉及投機性的金融事業。保持消息的極度靈通，是從事這一行業不可或缺的條件。所以，王一恒的機構下，有一個新聞秘書處，雇用的人員之多，設備之齊全，可以和一家世界性的大報館媲美。每當有什麼大事發生，王一恒可以在第一時間知道。

當尼格酋長在毛夷島失蹤的消息，送到王一恒手上之際，王一恒在剎那之間，只覺得全身發涼。

尼格酋長竟然失蹤了！那份神秘的請柬，會造成這樣可怕的結果，那是王一恒無論如何想不到的。當他在發怔之際，秘書接進了一個來自南美的長途電話，就是那個南美豪富打來的，劈頭就問：「王，知道那消息了！」

王一恒回答：「是，才知道，酋長可能……是迷路了？」

南美人悶哼一聲，道：「當然不會，只有白癡才會真的去赴約，我看可能是什麼恐怖組織，將他綁架了！」

王一恒苦笑了一下，沒有表示什麼意見，南美人又道：「我再去和別的人聯絡，我想再安排一次電話商議，你有意見嗎？」

王一恒道：「沒有，我也想，我們五個人，應該談一下，比較好點。」

五個人就算談一下，又能談出點什麼來呢？王一恒其實也不知道。可是尼格酋長在毛夷島失蹤，的確給他以極度的震撼。他相信，其餘五個，同樣有這種連續三年請帖的人，一定也有同樣的感覺。

王一恒一方面吩咐新聞秘書處，密切注意尼格酋長失蹤的進一步的新聞，一方面又看了三橋最後的報告。他在將三橋的報告全部重新看一遍之後，發現尼格酋長失蹤的最主要關鍵，是在於三橋跟蹤他的途中，他突然不見了這一點上。

王一恒又下達了命令，要三橋將當時的經過，詳詳細細報上來。

所以，王一恒事實上，比美國聯邦調查局人員，更早知道三橋跟蹤尼格酋長途中發生的事。

當美國聯邦調查局人員，找到了三橋武也，和他談話之際，三橋堅決不肯吐露爲什麼當晚凌晨四時，會在針尖峰附近出現。根據美國憲法，他完全有權可以不說什麼的。但是那個特別小組的組長，有著一頭紅髮，在西方人來說，算是小個子的溫谷上校，卻十分有辦法。

溫谷上校並沒有威脅三橋甚麼，他只是十分溫和地拍著三橋的肩頭，在三橋甚麼也不肯說之後，道：「三橋先生，你不妨自己想一想，尼格酋長不是一個普通人。誰都知道你決不會在凌晨四時到針尖峰去觀賞風景。而且，在尼格酋長到達機場的時候，就有人看到你也在機場上，你可以被控綁架或傷害外國元首的罪名！」

三橋當時的態度，還是非常倔強，道：「沒有任何証據，可以控告我任何罪名！」

溫谷上校的聲音聽來仍然是那麼柔和。雖然人人都以為紅頭髮的人大都性烈如火，可是溫谷卻是一個例外，他笑著，道：「或許是，但是你和事情有關，這一點隨便你怎麼否認都不會有用，你想，阿拉伯人會放過你嗎？你可曾聽說過卡爾斯將軍這個人？」

一提到卡爾斯將軍，三橋的神情就有點不自在，但是他還是十分倔強，道：「當然聽說過，這位將軍統治著一個非洲國家，又是全世界恐怖行動的支持者。像我這種小人物，他會注意？」

溫谷愉快地笑著，道：「三橋先生，當你牽涉在尼格酋長的失蹤事件中的時候，你就不算是小人物了。」他的樣子甚至很悠閒，取出了一支煙來，點燃，慢慢噴出一口煙來，道：「我們有很確鑿的証據，証明卡爾斯將軍有好幾種特殊的逼供方法，其中的一種是用腐蝕性極強的『天水』，塗在人身體上，由被害人自己看著自己的肌肉，在『天水』的腐蝕下消融。三橋先生，你知道『天水』的成份嗎？那是兩份硝酸和一份——」

溫谷上校的話還沒有說完，三橋已尖聲叫了起來，道：「住口！」

溫谷上校立時不再往下說，只是又拍了拍三橋的肩頭，道：「好，沒有你的事，你可以走了，再見，三橋先生，祝你好運！」

三橋急速地喘著氣，溫谷上校叫他走，他卻坐在椅子上，或者說，看來簡直像是癱在椅子上一樣，一分鐘之後，他道：「好，我願意把一切經過說出來。」

溫谷仍然微笑，按下了一個錄音機的掣，開始了他和三橋的問答。

以下，就是溫谷上校和三橋武也兩個人的全部問答的記錄：

三橋武也：「我是奉命跟蹤尼格酋長的，命令是只要尼格酋長一到毛夷島，我就要跟蹤他，把他的行蹤，每隔半小時報告上去一次。」

溫谷：「命令來自什麼人？」

三橋：「是我在擅香山的上司，但我知這命令真正是來自王氏機構的董事會主席王一恒先生，因為我要直接向他報告。」

雖然鎮定能力極強的溫谷上校，在聽到了王一恒的名字之後，也不免震動了一下。他當然知道這個亞洲豪富的名字。

剎那之間，在溫谷上校心中，從王一恒和尼格酋長這兩個人身上所聯想到的是國際間的大陰謀，世界性的金融大動盪，又一次全球性的能源大危機，以及世界局勢東西方之間的均衡等等的大問題，就算將溫谷的腦袋剖成八塊，他也決計想不到，王一恒和尼格酋長之間的唯一聯系，是那份神秘的怪請柬。

溫谷是一個極精明的人，他知道三橋接受了王一恒的命令而有所行動的，他並沒有浪費時間去問三橋，爲什麼王一恒會要他那樣做。因爲他知道，王一恒和三橋的地位相差太遠了，王一恒絕不會將這樣一椿怪異行動的真正目的，告訴三橋這樣的小職員的。

他們的對話繼續著：

溫谷：「你跟蹤的經過怎麼樣？」

三橋：「從尼格酋長一到毛夷島開始，我就跟蹤他，我和我的兩個助手，我所講的全是事實，不信你可以去問他們！」

溫谷：「你只管講你的，我會去查問。」

三橋：「尼格酋長使用的那輛跑車，性能十分好，本來要跟蹤他十分困難。但由於在機場上，我已經知道他的目的地是針尖峰，而且，看來尼格酋長並不急於趕時間，所以我一直跟在他的後面，他也沒有發現有人跟蹤他。尼格酋長在一家酒店中休息了幾小時之後，再啟程，跟蹤仍然很順利，我也依時發出報告，可是到了十一時零三分，卻……卻發生了一些事……」

溫谷：「什麼事，你要說詳細一點。」

三橋：「是，那時，公路上只有我們兩輛車子，我和前面尼格酋長的車子，保持著兩百公尺左右的距離，每當前面的車子轉彎，我就加速追上去。那一段路上，彎角特別多——」

溫谷：「哪一段路上？」

溫谷一面說，一面打開了地圖來。地圖上，通向針尖峰的公路，只有一條，那條公路在通向針尖峰之後，繼續向山上伸延，一直到毛夷島上的最高的山峰。

三橋一下子就在地圖上指出了那一段連續的彎路，又補充著：「這一段路上，有一處地方是遊客很喜歡逗留的所在，路邊的峭壁上，有一塊大石，從某個角度看來，恰好是已故總統甘乃迪的頭像。」

溫谷：「別扯開去，那段連續的彎路上，發生了什麼事情？」

三橋：「在彎路的開始時，每當我轉彎之後，就可以看到尼格酋長的車子在前面，可是，到了這裏，一連有三個急轉彎，我看著尼格酋長的車子轉了第一個彎，我也跟著轉過去，但是當我轉過去之際，尼格酋長的車子已經轉了第二個——」

溫谷：「等一等，如果那時，尼格酋長的車子已經轉了第二個轉，那你事實上是看不到他車子的了？」

三橋：「是，可是由於那時候，公路上極其寂靜，而尼格酋長的車子，廢氣管可能有一點毛病，發出的聲音相當大。雖然我看不到他的車子，但實際上距離極近，可以聽到他車子廢氣管發出的聲響。」

溫谷：「然後呢？」

三橋：「我並不性急，因為根本只有一條路可以走，我放緩了一點速度，轉了第二彎。就在那一剎間，我感到事情有點不對，突然之間靜了下來，靜得一點聲音都沒有……事實上，當時我還不知道不對在什麼地方，繼續在行駛，還未曾轉過第三個彎，我就想到，何以前面沒有了聲音？我第一個想法是：一定是尼格酋長發現有人跟蹤他，將車子停下來了！」

溫谷：「嗯，這推測很合理，你怎麼應付呢？」

三橋：「我感到吃驚，因為尼格酋長不是普通人，他要是發起脾氣來，我可要吃不了兜著走，所以，我也停下了車，我還在想，要是酋長下車來向我質問，我應該怎樣應付。」

溫谷：「嗯，結果他並沒有來？」

三橋：「沒有，我等了大約兩分鐘，或者三分鐘，前面仍然一點聲音也沒有，我就慢慢將車子駛過去，轉了彎，沒看到有車子，再轉了一個彎，前面已經是直路了，看過去，仍然沒有車。我暗叫糟糕，於是加快速度駛去，一直駛了十分鐘，仍然沒有看到尼格酋長的車子，我心中急到了極點，又向前駛了十分鐘之後，我就報告說，失去了尼格酋長的蹤跡。」

溫谷：「照你的敘述，尼格酋長的失蹤，應該是在那連續幾個彎路上發生的事？」

三橋：「我不知道，我不知道發生了什麼事，不知道尼格酋長為什麼連人帶車不見了。」

溫谷：「當時你沒有聽到任何可疑的聲響？」

三橋：「絕對沒有，公路上極靜，我相信，如果尼格酋長在車中咳嗽一聲，我都應該聽得見的。」

溫谷本來想問，是不是聽到車子跌下山谷之類的聲音，但是三橋的回答如此肯定，令得他無法再問下去。

當日的談話，就到這裏結束。三橋最後，惴惴不安地又問：「我和酋長失蹤有關的事，會不會傳出去？」

溫谷的回答很肯定：「不會從我這裏傳出去，從你老闆那邊傳出去，我可沒有法子負責！」

三橋垂頭喪氣，無可奈何地離去。

溫谷和他的特別調查小組，接下來又做了兩項工作，一是調查了三橋的兩個助手，結果和三橋所講的完全一樣。另一件工作，是到了那連續三個轉彎的公路上，去察看了一下。

那連續三個轉彎，一個接一個，公路的一邊，全是崇山峻嶺，另一邊，是陡峭的斜坡，如果駕駛不小心，倒是很容易跌下去的。

儘管三橋和他的兩個助手都未曾聽到車子跌下山崖的聲響，溫谷還是下令在這一帶的附近進行搜索。

當然，什麼也沒有找到。

另一方面，早已知道了三橋跟蹤尼格酋長經過的王一恒，在南美人建議的電話會議中，也向其他四個人，提及了這個經過。

這一次電話會議的氣氛，非常沉重。

當然，參加電話會議的人，相互之間並不能看到他人沉重的臉色，但是，每一個人的語聲都很沉重，這是可以聽得出來的。

德州油王的結論最令人吃驚，他道：「尼格酋長一定是被恐怖組織綁架了，而我們，曾收到這種請柬的人，都是恐怖組織的目標，各位千萬小心！」

王一恒當然不同意德州油王的看法，他道：「尼格酋長是阿拉伯人，沒有一個恐怖組織會去惹阿拉伯人的！」

德州油王很固執，道：「那就是以色列特務幹的好事！」

王一恒仍然反對：「以色列特務爲什麼要綁架我們？而且，只要我們不到毛夷島去，也不會無緣無故失蹤！」

歐洲工業家悶哼著，道：「希望今年不會再有這樣的請柬送來！」

那歐洲工業家的話，好像是這五個大亨的共同願望，所以人人都說：「是啊，那的確給我們以很大的困擾。」

王一恒稍爲有點不同，他倒並不覺得太大的困擾，只是覺得好奇：是誰在玩這個把戲，可以肯定應邀前往的尼格酋長，究竟發生了什麼事？何以失蹤了？等等。

所以，王一恒一直在注意著尼格酋長失蹤的事，時間一天一天過去，報上喧騰的新聞，也開始漸漸冷了下來。尼格酋長始終未曾再出現，連人帶車，就像是消失在空氣之中一樣。

尼格酋長的失蹤，成了懸案。負責調查小組的溫谷上校，雖然是一個鍥而不舍的人，但是到了一個月之後，他也不得不放棄了。

在他離開了毛夷島，回到華盛頓之後，他的調查報告書，送到了他上司的辦公桌上，報告書上記述了全部調查的經過，有關人等的証供，十分詳盡。而結束時，溫谷上校表示了他自己的意見：「世上有許多不可思議、無可解釋的事，尼格酋長的失蹤，不幸正是這類事件之一。」

當然，溫谷的工作告一段落，並不表示尼格酋長的失蹤，就此不了了之。

尼格酋長是一個重要人物，一個這樣重要人物的神秘失蹤，會引起一連串連鎖反應。

尼格酋長的失蹤事件，以後還有十分詭異的發展，但既然調查沒有結果，暫時把這件事放下，來說另一件事。另一件事看來，和酋長失蹤全然風馬牛不相及，但是發展下去，卻有著莫大的關係。

第三部：外科醫生突然失常

原振俠已經是一個正式的醫生了。

他曾經一度退學，但是又重新申請入學，由於他成績一向優良，申請很快得到批准，使他能繼續最後一年的醫學院課程。他在醫學院畢業之後，留在日本充當了一年的實習醫生，然後，離開了日本，選擇了亞洲的一個大城市定居，參加了當地的一所規模宏大的醫院工作。

過去發生在原振俠身上的事，他儘量不使自己去多想，（那些事，在「天人」這個故事中，已有詳細的敘述）他只把那些事當成是一場夢。然而，不可避免地，有時，他會想起黃絹。

這個長髮及腰，有著充滿野性的美麗和過份倔強眼神的女郎的確很令人懷念。

原振俠很可以克制自己的這種懷念，因爲他知道，他自己雖然已經不再是一個跳跳蹦蹦的大學生，是一個正式的醫生，然而，如今和黃絹在一起的，是一個國家的首領，卡爾斯將軍！

卡爾斯將軍在國際上的聲譽極壞，大多數政治評論家，都稱他是一個「狂人」，他也是全世界恐怖活動的主要支持者。或許，黃絹體內所流的是充滿野性的血液，和卡爾斯將軍有相同之處，所以他們兩個人，才會結合在一起，臭味相投，繼續著他們的「事業」。

原振俠儘量不去想這些，他只是堅守自己的崗位，要做一個好醫生。

醫院醫生的工作，是相當刻板的，固定的工作時間，偶然有一兩天，需要參加會議，也偶然有一兩天，會有急症需要治理。更多的時間，化在繼續進修上。

這種刻板的生活，對於個性活潑好動的原振俠來說，實在是不很適合的。他勉力要求自己去適應，以致他選擇了住在醫院的單身醫生的宿舍中。

醫院的單身醫生宿舍，設備相當好，提供了現代化生活的一切便利，唯一的缺點是太冷清。年輕的，住在宿舍中的單身醫生，在非工作的時間中，很少留在宿舍中，而總是在外面參加各種各樣的社交活動。原振俠卻是例外，他把大多數時間，化在宿舍中，看書、聽音樂。正由於這個原因，他和一些喜歡音樂的醫生成了好朋友。原振俠把他的收入，化了一半在他的音響設備上。愛好音樂的人，經常在他的宿舍，一聽音樂，就是一兩小時，大家都陶醉在迷人的旋律之中。

其中有一個經常在原振俠宿舍中留戀不去的人，是一個年輕的外科醫生，他的名字是陳維如。

陳維如是原振俠最歡迎的客人，他沉默寡言，熱愛音樂，音樂一起，他整個人就像是不存在一樣，不必主人化氣力去照顧。

陳維如的音樂修養很高，喜愛馬勒的交響樂，認爲馬勒的交響樂有著和神秘世界溝通的力量。

那一天晚上，原振俠照例在休息之前，要聽一段音樂，他正在選擇唱片，未決定是欣賞柴可夫斯基的A小調鋼琴三重奏，還是舒伯特的「鱒魚」鋼琴五重奏時，門鈴響了。原振俠走過去，打開門，看到陳維如，他道：「你來得正好，是聽『鱒魚』，還是『紀念一個偉大的藝術家』？」原振俠在這樣說了之後，才注意到陳維如的神情，顯得十分異樣。

陳維如是一個相當沉默的人，樣子也很老實，臉上的表情，平時不是很多，可是這時，他緊蹙著眉！像是滿懷心事一樣，口唇在微微顫動著，在原振俠開了門之後，他已經走了進來，可是雙眼的眼神，極度茫然，給人的感覺，像是他正在夢遊一樣。

原振俠和陳維如已經可以算得上是相當熟稔的朋友了，看到了他這種情形，原振俠怔了一怔，將手中揀好了的兩張唱片，在他的面前，煽動著，開玩笑地道：「喂，你是睡著，還是醒著？」

陳維如陡然一震，看他的神情，倒像是真的從睡夢中被驚醒了一樣，「啊」地一聲，顯得有點失魂落魄。

原振俠在這時，可以肯定，事情真的有些不對頭了，陳維如從來不是這樣的人。他是一個極有前途的外科醫生。外科醫生必須是一個對任何事情都十分專心一致的人。這種專心一致，甚至需要在日常生活的每一個動作之中，養成習慣，這才不致於在外科手術的進行之中，因爲精神不集中而發生錯誤。

一個外科醫生，在對人體進行外科手術的過程之中，要面對著千百條血管，千百條神經，稍有差錯，就會造成極嚴重的可怕結果。

而陳維如現在的情形，可以看出他心神恍惚，已達到了嚴重的程度。

原振俠皺了皺眉，道：「甚麼事？」

陳維如仍然神情茫然，走前了幾步，向著一張沙發，坐了下來，沙發上，由於剛才原振俠正在揀唱片的緣故，有兩張唱片在，陳維如竟然沒有看到，一屁股就坐了下去。

原振俠又是一呆，對一個音樂愛好者來說，沙發上有唱片而看不見，仍然要坐下去，這種事，也是近乎不可思議的。

他忙一伸手，抓住了陳維如的手臂，不讓他坐下去。陳維如看來，也不明白人家是爲甚麼拉住了他，他仍然維持著向下坐的姿勢，用一種近乎哭喪的聲音，道：「玉音，玉音她……她……」

他只是斷斷續續地說著，一句話也沒有說完，說得並不完整。原振俠一聽得他這樣說，心中反倒釋然了。因爲他知道，徐玉音，是陳維如的妻子，他們結婚已將近三年。徐玉音是一個標準的時代女性，在一個大企業機構中擔任著一個相當重要的職位。陳維如這樣講，那當然是他們夫妻之間有了點誤會，吵架了！

年輕夫妻吵架，那自然是十分尋常的事情。

原振俠當時就笑了起來，一面伸手將沙發上的兩張唱片取起來讓陳維如坐了下去，然後道：「怎麼？兩夫妻吵架了？」

陳維如一聽，反應十分奇特，先是陡然震動了一下，然後，抬起頭來，望著原振俠，像是根本不知道原振俠在說些什麼似的。

原振俠拍了拍他的肩，道：「別放在心上，少年夫妻，吵嘴是難免的！」

陳維如現出了十分訝異的神情來，道：「吵架？哦……吵架，玉音她……她……」

原振俠對於人家夫妻間的事，不是很有興趣，他打斷了對方的話頭，道：「別說了，我們聽音樂！」

陳維如卻站起來，道：「我不聽了，今晚上不想聽。」他講到這裏，頓了一頓，又道：「振俠，如果我告訴你，玉音——你是認識她的，如果我告訴你，在我的感覺上，她忽然成了一個陌生人，你有什麼意見？」

原振俠皺起了眉，心中感到這不是一個很愉快的話題。夫妻間起了誤會，兩個人就會以爲互相間不瞭解，看來陳維如目前的情形就是這樣，他竟感到了自己的妻子是一個陌生人！

原振俠嘆了一聲，道：「嚴重到這一地步？」

陳維如看來是在自言自語，道：「真的陌生，她……玉音她……自己好像也同樣陌生！」

原振俠聽不懂他這句話的意思，心中自顧自在想：這一段婚姻，只怕已面臨結束了。雖然如今社會中婚姻發生變化的例子太多，但原振俠總算是這一雙夫婦的朋友，心中也不免有點感慨。

但是關於這樣的事，勸也無從勸起，他只好無可奈何地看著。陳維如又向他望著，像想講些什麼，但終於未曾講出口，就揮著手，走向門口，打開門，走了出去。

原振俠有點不放心，在陳維如走出了宿舍的大門，上了停在門口的車子，車子駛走，他才算放了心。

原振俠並沒有多想陳維如的事，他獨自聽完了四十五分鐘動人的鋼琴三重奏，就上床睡覺了。

第二天，他照常到醫院工作，大約是在上午十一時左右，他正在醫院的走廊上走著，忽然，緊急的鐘聲，急驟地響了起來。這種緊急的警號，是表示手術室中，有了意外，極嚴重的意外，需要在手術室附近的醫生，立即趕到手術室去。

鐘聲才一響起，原振俠就立即向手術室所在的方向奔去，當他奔進了那條兩旁全是手術室的走廊中的時候，另外還有三個醫生也奔了過來。原振俠也看到，第七號手術室門口的紅燈，一閃一閃地亮著，那表示發生了嚴重事件的手術室，是第七號手術室了。

這時，鐘聲已經停止，擴音器開始傳出召喚，指名要兩位醫生，立即到第七號手術室去。

原振俠和另外三位醫生才到了第七號手術室門口，就看到手術室門打開，兩個實習醫生，幾乎是拖著一個醫生，走了出來。三個人還都穿著手術進行時的醫生袍，戴著帽子和口罩，所以一時之間，也看不見他們的臉面。

三個人出來，一個實習醫生一看到原振俠他們幾個人，就叫道：「快，快！陳醫生錯切了病人的一條主血管，病人——」

原振俠和那三個醫生不等聽完，就衝進了手術室，原振俠在衝進去之際，聽得有人叫他的名字，聲音聽來淒厲和充滿了悲哀，原振俠也沒有留意。一個外科醫生，如果在手術的進行之中，錯誤地切斷了病人的主要血管，那是極其嚴重的手術錯誤！

原振俠在那一剎間，也沒有想到，實習醫生口中的「陳醫生」是什麼人。

陳醫生是陳維如。

手術，是十分簡單的闌尾切除手術。錯誤幾乎是不可原諒的，在手術才開始不久，他竟然切斷了一條通向大腿的主要血管。

而更不可原諒的是，當血管被切斷之後，陳維如竟然手足無措，不立即將血管的斷口箝住止血，以致病人大量失血。當原振俠衝進手術室之際，手術床上的鮮血，令得身為醫生的原振俠也感到了一陣震慄。

病人幸而沒有生命意外，但是陳維如的錯誤是不可原諒的，當天下午，就有一個會議，檢討這件事，院長主持了這個會議，陳維如依例，坐在長會議桌的一端，需要對他的錯誤行爲，進行解釋。原振俠也參加了這個會，他一直用十分同情的目光望著陳維如，但是陳維如卻一直在避免看任何人的目光。他只是道：「我不想爲自己辯護，我……認爲我自己……不再適宜當一個外科醫生！」

陳維如的話，令在場所有人震動。一個外科醫生的誕生，需要經很多年的嚴格訓練，而他竟放棄了！

原振俠的性格衝動，當時就大聲問道：「爲什麼？你的專業訓練，証明你是一個好外科醫生，爲什麼會犯這樣的錯誤？爲什麼要放棄你多年來所受的訓練？」

陳維如神情茫然，道：「我不適宜再做外科醫生，因爲我不能保証我不犯同樣的錯誤，我……我……」

他沒有再講下去，會議進行到這裏，也無法進行下去了。院長只好宣佈：「陳維如醫生，由於不可原諒的疏忽，造成錯誤，醫院方面，決定暫時停止他的職務，等待進一步的調查。」

陳維如在院長一宣佈之後，就衝出了會議室。原振俠想叫住他，而沒有成功。原振俠在這時，也想起了一點：當他衝進手術室之際，曾聽到有人叫他，聲音淒厲，那一定是被兩個實習醫生拉出來的陳維如當時在叫他的。所以他決定要找陳維如談一談。

陳維如的家，是一幢高級大廈中的一層。原振俠是在醫院下班之後才去的，當他到達那幢大廈的門口之際，天色已經黑了下來。

大廈矗立在一個山坡上，高而醜陋，看起來像是一個碩大無朋，有著無數怪眼的怪物一樣。原振俠每當看到同類型的大廈之際，心中總會想到：在這樣的大廈的每一個窗子裏面，都有著一個不同的故事。

發生在陳維如身上，又是什麼故事呢？為什麼一個一向負責的年輕醫生，忽然會犯下了不可原諒的錯誤。在這對他人眼中看來，恩愛逾恒的年輕夫婦之間，又發生了什麼事？

當他走進大廈的電梯之際，原振俠由於心中的感慨，不禁連嘆了幾口氣。人的一生之中，充滿了不可測的各種變幻，看來這是無可奈何的事。

電梯到達了陳維如所住的那一層，原振俠跨出電梯，在川堂中，種著一大盆室內綠葉植物，在柔和的燈光下，綠葉閃著光芒，可見得種植者曾悉心照顧過。

原振俠知道陳維如的妻子徐玉音是一個十分能幹的女性，不但在事業上有成就，而且把家庭也整理得井井有條。門口的那盆熱帶蕉葉藤，就給人以一種十分光潔明亮的感覺。原振俠按了門鈴，不一會，門就打開，他看到了女主人徐玉音，女主人可能是才從大公司的繁雜業務問題中走出來，看來帶著幾分倦容，但依然明麗可喜，當她看到來客時，神情感到十分意外。

原振俠對女主人的那極意外神情，感到有點訝異，因為看起來，女主人的神情，像是面對著一個陌生的訪客一樣。但是事實上，他們曾見過好幾次面，雙方應該相當熟悉的了。

原振俠笑了一下，道：「維如在麼？」

女主人「啊」地一聲，道：「維如還沒回來。你是維如的朋友吧，請進來坐！」

原振俠又怔了一怔。剛才，他還只不過感到了一點訝異，但這時候，他卻有點不知所措了。女主人的話，表示她完全不認識他；這怎麼可能呢？原振俠不由自主，同對方多看了一下。一點也不錯，那是陳維如的妻子，徐玉音。原振俠對她所知並不很多，只知道她出身於一個大家庭，受過高等教有，和陳維如是在英國留學時認識等等。徐玉音明麗可人，少婦的風韻，看來極動人，這時她穿著顏色淡雅的便服，臉上的化妝很淡，在她那一雙發出柔和眼光的大眼睛中，似乎也有著一種疑惑的神采。那毫無疑問，就是徐玉音。

原振俠只好自嘲似地笑了一下，道：「陳太太不記得我了？我叫原振俠，是維如醫院中的同事。」

徐玉音忽然笑了起來，她的笑容雖然是突如其來的，但一樣十分自然，她一面笑，一面道：「你在跟我開玩笑？我怎麼會不記得你？上次聚會，你拚命喝酒，我就曾經問你，是不是想忘記心中記掛著的什麼事。」

原振俠笑著，道：「真的，叫你見笑了！」

他一面說著，一面已跟徐玉音進了她那佈置得極其高雅的客廳，踏在象牙色的長毛地毯上，在白色的天鵝絨沙發上，坐了下來。

陳維如還沒有回家，這使原振俠有點擔心，因爲手術出錯，會議上不作解釋，陳維如的情緒看來十分不穩定，所以他一坐下來之後立時問：「維如應該回家了，他會在什麼地方？」

徐玉音正在整理咖啡，她並沒有轉過身來，只是道：「不知道，我們互相之間，很少過問對方的行動！」

原振俠不安地換了一個位置，徐玉音的一切，看來是極正常的，但是卻令得原振俠感到，在正常之下，卻又有著極度可疑惑之處，然而，又是那樣不可捉摸，難以捕捉到可疑的中心點。

他吸了一口氣，道：「維如今天在進行一項手術時，出了一點意外——」

他話還未講完，徐玉音就陡地震動了一下。

徐玉音的震動，相當劇烈，以致她手中已斟好了的咖啡，由於她的震動而濺了出來。剎那之間，她看出來有點手忙腳亂。原振俠忙走了過去，在她的手中接過咖啡杯來，徐玉音抓起了一塊布，抹著濺出來的咖啡，一副心不在焉的樣子。就在她面前，有著濺出來的咖啡，她並不去抹，而在根本是十分光潔的地方，不斷地抹著。

原振俠嘆了一聲，放下了杯子，道：「陳太太，這或許我不該問，但是，維如是我的朋友，嗯……是不是你們夫婦之間，有了什麼爭執？」

徐玉音睜大了眼睛，道：「誰說的？我們之間——」

她講到這裏，陡然頓了一頓，聲調變得相當憂鬱，道：「是不是他對你說了什麼？」

原振俠忙道：「沒有，他沒有說什麼！」

陳維如其實是對原振俠說過些什麼的，但是原振俠卻不想說出來。在那一剎間，他只感到十分無聊：就算他們夫妻之間有了什麼事，那也是很普通的事，外人是加不進任何主意的。他也不想再理下去了。

當然，在這時候，原振俠絕想不到，陳維如和徐玉音之間的事，會是一件詫異莫名事情的開端。

當下，他站了起來，道：「維如不在，我也不等他了。請你轉告他，如果他想找人談談的話，我會在宿舍裏等他！」

徐玉音並沒有挽留的意思，只是陪著原振俠來到了門口，替他打開了門。當原振俠在電梯中的時候，他仍然十分疑惑，而且，捕捉到了兩個疑點。一個是當徐玉音打開門，看到他的時候，像是完全不認識他。另一個是他提到陳維如出了意外，徐玉音雖然震動了一下，但竟然不曾問一問那是什麼意外。

原振俠跨出電梯，經過寂靜的大堂，走出了大廈，他才一出來，就看到有一個人，依在一根路燈柱的旁邊，木然而立，抬頭向上望著。濃黃色的路燈光芒。映在那個人的臉上，正是陳維如！

原振俠忙向他走了過去，陳維如只是呆若木雞地向上望著。原振俠看到他這樣出神，循他所看的方同，也抬頭向上望，發現陳維如所望的，正是他自己所住的那個單位的陽台。原振俠不禁苦笑：望著自己的家，這是什麼毛病？他忍不住大聲叫了一聲，陳維如仍然維持著原來的姿勢，道：「你才下來？看到她了！」

原振俠點頭，陳維如又道：「她，是不是她？」

原振俠皺了皺眉，陳維如的話，他實在沒有法子聽得懂。什麼叫「她，是不是她？」可是陳維如在問了這樣莫名其妙的一句之後，卻緊盯著原振俠，神情十分嚴肅地等著原振俠的回答。

原振俠只好反問道：「我不懂你的話——」

他才說了半句，陳維如陡然之間，激動了起來，雙手用力抓住了原振俠胸前的衣服，甚至，還用力搖著他的身子，聲音發啞，道：「你怎麼不懂？我問你，她是不是她！她是不是她！」

原振俠也不禁有點冒火，這算是什麼混蛋問題，只怕把這個問題去問愛因斯坦，也一樣會瞠目結舌，不知如何回答才好。

原振俠也提高了聲音，道：「我不懂，不懂就是不懂，什麼叫她是不是她！」

原振俠一面說，一面用力掙脫了陳維如的手，陳維如忽然又沮喪了起來，喘著氣。原振俠嘆了一聲，道：「你鎮定一下。」

陳維如深深吸了一口氣，看來神態鎮定了不少，指著上面，他自己家的陽台，道：「你見到玉音了？」

原振俠道：「是的，你爲什麼不回去？」

陳維如道：「別打岔！」他停了片刻，又問道：「她是不是她？」

這一次，原振俠總算有點明白陳維如是在問什麼了。

「她是不是她」的意思，應該是在問，原振俠看到的徐玉音，是不是徐玉音本人。雖然原振俠已經明白了陳維如的意思，但是「她是不是她」這個問題，仍然是怪誕到了極點的。

原振俠心中在想，應該如何回答才好，這時，他又陡然想起，陳維如曾向他訴說，說他的妻子「看起來是那麼陌生」，這令得原振俠感到事情一定相當嚴重。他先不出聲，只是伸手按住了陳維如的肩頭，陳維如望向他，眼神是一片極度的迷惘和求助。

原振俠一字一頓，緩緩地道：「我想我還不致於認錯人，她，當然是她！」

陳維如嘆了一聲，顯然對原振俠的回答，十分不滿。他想說什麼，但是口唇顫動著，卻沒有發出聲音來，接著，又惘然而痛苦地搖著頭，道：「不，她已經不是她了！」

原振俠皺著眉。陳維如的精神狀況不正常，有著極大的負擔，這是已經可以肯定的事，不然，他不會在一項簡單的外科手術中出錯。

任何人，都可能有因爲情緒上的變化而精神不穩定的時刻，這是絕對值得原諒的。但是，陳維如的精神困擾，卻來自他一再認爲自己的妻子已不再是她本人，這一點，原振俠卻絕對無法接受。他想責備陳維如，可是看到陳維如的精神之中，實實在在帶著極度深切的痛苦，他又不忍開口。

他只好把氣氛弄得輕鬆一點，道：「我還是不明白，要是她已經不是她了，那麼，她又是什麼人？」

這本來是一個開玩笑式的問題，可是陳維如聽了之後，卻陡然震動了一下，盯著原振俠，一本正經地道：「她是一個陌生人！」

原振俠盯著陳維如，嘆了一下，道：「我看你應該好好去檢查一下，看看是不是——」

原振俠沒有講完，陳維如就憤怒起來，在路燈昏黃的光芒之下，可以看到他雙頰紅了起來，額上也綻出了青筋，聲音也粗了，道：「你以爲我的神經不正常？」

原振俠也同樣生氣，他老實不客氣地道：「是，我看你不正常到了極點。多半你在幻想自己是國家元首！」

陳維如怔了一怔，一時之間，不知道原振俠這樣說是什麼意思，原振俠立時又道：「所以，你才會感到自己的妻子是一個陌生人，那一定是敵對國家的特務機構，訓練了一個和妻子一樣的女人，把你的妻子換走了，這是一篇奇情小說的情節！」

陳維如陡然轉過身去，從他的背影看來，他的心情一定十分激動，過了一會，他才直了直身子，直視著路燈，道：「你可以盡情取笑我，但是，你真的不明白，真正不明白！」

他這幾句話，又講得十分沉痛，原振俠吸了一口氣，道：「好了，你該回家去了！」

陳維如沒有再說什麼，慢慢轉過身，向大廈的門口走去。當他來到門口的時候，他又轉過身，向原振俠望來，像是有什麼話要說，但是在猶豫了一下之後，終於沒有說出任何話來，就走了進去。

原振俠一直看到他走進了電梯，才走回自己的車子。這時候，原振俠絕未曾想到，會有什麼可怕的事會發生，雖然後來，原振俠曾極度後悔，當時沒有進一步再聽陳維如講述他心中的困惑。以後所發生的事，是不會有人可以預知的。

原振俠在當時，感到自己已經盡了朋友的責任，而且他也根本不瞭解陳維如在「胡說八道」些什麼，當然只好就在這樣的情形下分手了。

第四部：黃絹調查尼格失蹤

原振俠上了車，一路駕車回宿舍，一路也把陳維如的情形，想了一遍。以他作爲一個醫生的立場而言，他覺得陳維如的精神狀態極不穩定，不知道是受了什麼刺激，看來，不但需要長期的休息，還需要進行藥物的治療。他準備明天向醫院當局提出這一點來。

原振俠在宿舍附近停了車，當他下車的時候，他已經覺得有點異樣。夜已經相當深，宿舍旁邊的停車空地上，往常，只是幾輛熟悉的車子，全是住在宿舍裏的單身醫生所有的。

可是這時，原振俠一下車，就看到有兩輛大房車，停在空地上。

多了兩輛車子，本來也不是什麼特別的事，可是引起原振俠的注意的是，那兩輛車子中，全有人坐著，但是車卻又完全沒有著燈。

漆黑的夜，完全沒有著燈的車子，在車中卻又坐著不少人，產生一種陰森譎異之感。

原振俠呆了一呆，就著星月微光，注意了一下那兩輛車子的牌號。

那更令得他訝異，因爲兩輛車子的車牌，都是外交使節專用的車牌。

原振俠儘管心中疑惑，但是也沒有想到事情會和自己有關，且也沒有採取什麼行動，關上了自己車子的車門之後，用手指繞著車匙的匙圈，打著轉，向宿舍走去。

當他經過那兩輛黑色的車子之際，他故意不特別去注意，可是卻在暗中留意。

他看到車中的人，本來是坐著一動不動的，但是在他經過的時候，一輛車子裏，有兩個人伸了伸手，像是向他指點了一下。又有一個人，拿起了一個方形的小物體，湊近了臉部。原振俠並沒有停留，而且他也不是正面在注視著車子，所以，他雖然在一瞥之間，看到了車子中的人有所動作，但是那些人究竟在幹什麼，他也無法知道。

他繼續向前走，心中總覺得事情有點怪，在走進宿舍的大門之際，他又回頭看了一下，黑暗中，看到車裏的人都端坐著沒有動。

原振俠下意識地擺了擺手，進了電梯，在他住的那一層，走出電梯，才一出電梯，他又不禁呆了一呆，就在他住的那個單位的門口，有兩個黑衣人站著。

那兩個黑衣人，原振俠幾乎在一眼之間就可以肯定，他們和那兩輛車子裏的黑衣人是一夥的。他們的身形都相當高大，深黑色的西裝，襯得他們的面目，看來格外有一股陰森之氣。這種冷漠和陰森的神情，像是在告訴每一個人：我們不是好惹的。

原振俠在電梯口遲疑了不到一秒鐘，他在迅速地轉著念：這個城市的治安並不是太好，這兩個黑衣人，會不會是企圖搶劫的歹徒？他同時也想到，這一層樓，並沒有住滿人，但是自己如果高聲呼叫的話，至少也可以叫出四個人來，和自己共同抵抗。

不過，看來那兩個黑衣人雖然面目陰森，一副不懷好意的樣子，但是也不太像是企圖搶劫的匪徒。

原振俠一面迅速地轉著念，一面仍然若無其事地向前走著，直來到了門口。

那兩個黑衣人一直站著不動，當原振俠來到了自己住所的門口之際，他等於已經站在那兩個人的中間了。原振俠的鑰匙在手中，他本來可以打開門，進去，只要那兩個黑衣人沒有進一步行動的話，他可以完全不去理會他們。可是，在這樣的情形之下，如果當那兩個黑衣人不存在的話，未免太不合情理了。

所以，原振俠在持鑰匙插進匙孔之前，儘量保持著鎮靜，道：「兩位找人？」

那兩個黑衣人中的一個，向著門，作了一個手勢，用一種聽來極平板沒有感情的聲音道：「黃部長在裏面等你很久了！」

原振俠陡然一呆，黑衣人講的是帶有濃重歐陸口音的英語，轉起來就像是法國人在講英文一樣。可是他們的皮膚黝黑，顯然不是歐洲人。也直到這時，原振俠才留意到，在他的住所中，有音樂聲傳出來。

有人在他的家中，門口的那兩個黑衣人，空地上那兩輛車子中的人，看來全和如今在他家中的那個人有關。而在他家中的那個人，又顯然是一個大人物！黃部長！

原振俠絕不記得自己在什麼時候曾認識過這樣的一個人來。他這時，心中的驚訝，蓋過了氣憤。他只是悶哼了一聲，道：「什麼部長，我認識他？」

另一個黑衣人陡然伸了伸手，原振俠不禁緊張了一下，連忙擺出了一個自衛的姿勢來。不過那黑衣人伸出手來之後，只是握住了門柄，旋轉著，推開了門，又作了一個「請進」的手勢。

這種情形，真令得原振俠感到了憤怒。

原振俠記得很清楚，他在離開的時候，是鎖上門的，而這時候，門一推就開，可見來人是擅自進入的，那個「黃部長」是甚麼人，怎麼可以這樣爲所欲爲！原振俠儘管憤怒，可是他當然知道，和那兩個黑衣人理論，是沒有用處的。主要的人物是那個「黃部長」。

他又悶哼了一聲，用力將門推開，氣衝衝走了進去。才進門，他又呆了一呆，他看到的，是一個頎長苗條的背影，一頭長髮，垂在背上，那是一個女郎，女郎的手中，正拿著一張唱片，在看著唱片的封套。那女郎顯然知道有人進來了，可是她卻並不轉過身來，只是道：「賀洛維茲這個鋼琴怪傑，真有他獨特的演奏方法，是不是？」

原振俠並沒有回答，只是陡然地吸了一口氣，反手關上了門。當他方一看到那個頎長的背影之際，他心就跳得十分劇烈。那樣的苗條，那樣的長髮，這不可能是第二個人，除了黃絹以外，不可能是第二個人！

黃絹，這個曾和他在一起，有過那麼奇異經歷的女郎，在分手之後，原振俠只知道自己所過的生活，和她截然不同，幾乎是在兩個世界中一樣。

他，由一個醫科學生，變成了一個醫生，日子和普通人並沒有多大的分別。可是黃絹，在獨裁者卡爾斯將軍統治的國度中，權勢越來越甚。原振俠曾經斷續地在一些報章雜誌上，看到過有關黃絹的報導。

有一份國際性的雜誌，還會發表過一篇專題報導，題目是：「誰統治著這個非洲國家？卡爾斯將軍，還是那個神秘的東方女郎？」有關這篇報導文章的花邊新聞是，卡爾斯將軍運用了他的影響力，禁止這份雜誌在所有的阿拉伯國家中銷售。只有埃及政府沒有這樣做，卡爾斯將軍甚至想因此而策動一場政變，來對付埃及政府，黃絹已經成了卡爾斯將軍統治的這個國度中極其重要的人物，原振俠以為自己再也沒有機會見到她了。他再也想不到，黃絹會突然出現在他的家中，這實在是太突兀了，突兀到了原振俠一時之間，幾乎無法適應的程度。他在陡然吸了一口氣之後，才定下神來，又向前走出了一步，道：「你好，好久不見了！」

黃絹轉過身來，原振俠有點無禮地盯著她。還是那麼美麗，那樣充滿了野性的驕傲，比以前，更多了幾分近於霸道的氣勢，揚著眉，道：「對不起，我不習慣在外面等人，所以自己開門進來了。」

原振俠攤了攤手，道：「作爲老朋友，完全可以這樣，請坐！」黃絹笑了一下，在她笑的時候，眼光閃爍著，還隱現著幾分少女的佻皮。她順手拋開手裏的唱片，坐了下來。原振俠又吸了一口氣，用遲疑的聲調道：「黃部長？」

黃絹也感到了原振俠問話中的那股諷刺的意味，所以，當她在回答的時候，她的神態格外矜持和自負，道：「這是我正式的官銜之一，新成立的一個部，軍事情報部。」

原振俠並沒有肅然起敬之感，卡爾斯將軍統治下的那個國家，包括卡爾斯將軍本人在內，都只給人以滑稽、恐怖之感，而不值得令人尊敬。

但是原振俠並沒有用言語去表示這一點，因爲他早已感覺到，如今更可以肯定，黃絹對於如今的權位，十分滿意，人各有志，不值得爲這個去爭論。

他只是「哦」地一聲，道：「你不見得是爲了和我討論賀洛維茲的鋼琴藝術而到這裏來的吧？」

黃絹的笑容仍然高傲：「當然不，我有一項重要的任務在身，到了這裏，想起你在，順便來看看……老朋友。」

原振俠道：「謝謝你記得我，不過，你探訪老朋友的方式，太特別了些。」

黃絹對於原振俠講的話，好像只注意第一句，她輕輕地咬了一下下唇，在剎那之間，像是陷入了沉思之中。

可是那只是極短暫時間內的事，立即地，她又回復了常態，道：「在外面的那些人，全是我的手下。」

原振俠本來，還想說幾句諷刺她的話，可是卻忍住了沒有說，黃絹又道：「我這次來的身份，是阿拉伯聯盟組織的特別代表團團長！」

原振俠吹了一下口哨，對於黃絹這樣，不斷炫耀她特殊的身份，反感越來越甚，他道：「任務是什麼？不是對我們這個城市實施特別的石油禁運，來製造混亂的吧！」

黃絹悶哼了一聲，道：「不是，我是來調查尼格酋長的失蹤的！」原振俠呆了一呆，不由自主，發出了「啊」地一聲。

尼格酋長，這個名字，和「失蹤」連在一起，他絕不陌生。那是兩三個月前，轟動一時的新聞！阿拉伯一個酋長國的酋長，在乘搭私人噴射機，到達了夏威夷群島中的毛夷島之後，神秘失蹤。這件事，全世界各地的傳播媒介，都有繪聲繪影的報導，聽得黃絹這樣說，原振俠自然而然地道：「原來你是路過這裏！」

尼格酋長是在夏威夷失蹤的，要調查他的失蹤，當然得到夏威夷去，所以原振俠才會這樣說。

可是，黃絹的回答，如出乎他的意料之外，黃絹道：「不，要在這裏展開調查。」

原振俠呆了一呆，一時之間，不明白黃絹這樣說是什麼意思。一個人在毛夷島失蹤，為什麼要在幾千公里之外的另一個城市展開調查？

隨著時間的過去，原振俠畢竟也成熟了不少，不再像以前那樣，有著過份強烈的好奇心。所以，儘管他心中疑惑，他卻沒有發問，只是道：「你的調查工作還順利麼？」

他並不是存心過問黃絹調查工作，只不過隨口問一問。黃絹卻悶哼了一聲，現出了十分憤懣的神情來，道：「可惡得很，王一恒竟然向我擺架子，明天才肯見我！」

原振俠又呆了一呆，王一恒這個名字，他也絕不陌生，那是聞名國際的大富豪，原振俠自度不是沒有想像力的人，可是尼格酋長失蹤，黃絹為什麼要去見王一恒，原振俠卻想不出任何原因來。

他只好睜大了眼睛望著黃絹。黃絹挪動了一下身子，道：「整件事情，極其神秘而不可思議，我來看你，也是為了想把事情的經過向你說一說，聽聽你的意見！」

原振俠苦笑了一下，道：「我？我現在不過是一個普通的醫生，並不是什麼具有特殊才能的調查人員！」

黃絹皺了皺眉，道：「可是，你對於一件不明不白的事，有一種鍥而不舍的追根究底的精神。我們曾經共同對一件神秘的事，進行過探索，難道你現在，已經沒有了這樣的精神？」

黃絹的話中，有著太強烈的挑戰意味，那令得原振俠的精神一振，他愕然地笑了一下，道：「好，我聽著。不過當時我也很注意這段新聞，其中大部份經過，我已經知道了，你不必重覆！」

黃絹道：「至少有兩點，你是不知道的！」

原振俠揚了揚眉，並沒有說什麼，黃絹又道：「第一，尼格酋長，當日一到夏威夷，他的行蹤，就受到嚴密的監視，我們已經調查得非常清楚，監視、跟蹤尼格酋長的命令，來自亞洲大富豪王一恒！」

這真是原振俠所不知道的事，事情真可以說極端離奇，引起了原振俠的興趣，他沉吟了一下，道：「王一恒爲什麼要這樣做？」

黃絹道：「還不知道，我準備一見到他，就向他直接提出這個問題！」

原振俠站了起來，將那張已轉完了的唱片，翻了一面，又重新播放，在鋼琴聲中，他道：「如果王一恒有什麼特殊的目的，你猜他會說？」

黃絹又「哼」地一聲，道：「你不知道尼格酋長的失蹤，使得阿拉伯世界多麼震怒，王一恒的財富再多，也無法和整個阿拉伯世界對抗！」

原振俠揮著手，道：「可是，你們的勢力，伸延不到這裏，王一恒可以全然不和你合作！」

黃絹自負地道：「你錯了，王一恒是一個極其精明的商人，如果不是有太隱秘不可告人的原因，他會衡量得失情勢的！」

原振俠吸了一口氣，道：「好，這不必爭論下去，明天你見到了王一恒，就可以知道結果了！」

黃絹加強語氣，道：「明天，我們見到了王一恒，就可以知道結果了！」

原振俠陡地跳了起來，道：「什麼？這算是邀請，還是命令？」

黃絹有點佻皮地笑著，道：「當然是邀請，剛才是你說的，我們的勢力，伸延不到這裏！」

原振俠又好氣又好笑，道：「好，如果是邀請，那我就拒絕。我現在是醫生，每天有極繁忙的責任，和以前是學生時，大不相同了。」

黃絹搖著頭，道：「可以向醫院請假！」

原振俠一口拒絕，道：「不行！醫院今天，已經因爲一件意外，而少了一個醫生，我不能再請假！」

黃絹沉默了半晌，出乎原振俠的意料之外，她竟然沒有再堅持下去，只是輕描淡寫地道：「那就算了！」

她略頓了一頓，才又道：「第二點你不知道的是，尼格酋長出發到毛夷島去之前，發生的一些事！」原振俠作了一個手勢，詢問黃絹可要喝些什麼，黃絹搖著頭，繼續她的話：「尼格失蹤之後，引起混亂最大的，當然是他所統治的那個酋長國。他的幾個兄弟，如今正在爭權奪利，要不是沙烏地阿拉伯的王室，一直對尼格家族有著影響力的話，早就開始內亂了。我被委任爲調查團團長之後，曾經先去瞭解過酋長出發之前的情形。」原振俠點了點頭，黃絹同酒櫃指了一指，原振俠過去，斟了兩杯酒，遞給了黃絹一杯。

黃絹開始了她的敘述。

尼格酋長的心情極煩，沒有人知道他爲什麼煩。

尼格酋長居住的地方，可以說是世界上最豪華的住宅之一。完全建立在沙漠上，在這所豪華住宅的附近，還有著遊牧民族的帳幕。

沒有人知道尼格酋長為什麼心情煩躁，他的幾個親信更想不出原因來。昨天，在幾個酋長的獵鷹比賽中，尼格酋長蓄養的幾頭獵鷹，成績極好，壓倒了其餘參加比賽的獵鷹，替尼格酋長帶來了高度的榮譽，酋長應該高興才是。

可是酋長一點也不高興，一早，他登上了他那輛特製的鍍金車子，當他平時最喜愛的一個侄子，提醒他還有一天，就是新的一年開始之際，他陡然之間，大發雷霆，罵道：「我們有自己的新年，你是不是伊斯蘭教徒，怎麼忘了這一點？」

那少年被罵得臉色發青，一句話也不敢說。

酋長侄子的話，其實沒有錯，那一天，是公曆的十二月三十日。

酋長心情煩躁的消息，迅速傳了開來，每一個人都戰戰兢兢，唯恐得罪了酋長。因為在這塊幾乎是浮在厚達一公里的石油層上的土地上，酋長擁有至高無上的統治權，他的命令，就是法律，誰也不敢得罪他，不然後果，不堪設想。

酋長上了車，命令將車子駛到沙漠中去兜風，當車子在沙漠中疾駛之際，追上了幾個牧民，酋長給了他們每人一枚金幣，作為賞賜。這是尼格酋長的慣例，表示他對屬下人民的愛護。

然後，車子停在一個看來十分殘舊的帳幕之前。

這是一件相當奇怪的事情，那天和酋長在一起的，一共有三個人，一個是司機，另一個是保鏢，還有一個，是能言會道，擅於即景講笑話，專使酋長開懷大笑的隨員。三個人事後，在黃絹代表了阿拉伯國家聯盟，來到酋長國調查酋長在失蹤前有什麼奇怪的行動之際，這三個人都異口同聲地說：「酋長曾命令在達爾智者的帳幕前停車，都使我們感到奇怪。」

達爾智者，是部落中的一位智者。整個酋長國，其實就是一個遊牧部落，要不是在大地下埋藏著石油，尼格酋長別說坐不了汽車，連住所也不過是帳幕。石油帶來了財富，卻並不能改變落後，智者在部落中，還受著部落人民的尊敬。也由於這一點，所以酋長有自己的權威被削弱了的感覺，平時對達爾智者，根本不理不睬的。可是這天，他在停車之後，卻下了車，走進達爾智者的帳蓬中去。

當天，他在達爾智者的帳幕中，耽擱了大約半小時，三個人在外面等著，寒風吹得他們幾乎昏過去，但是沒有酋長的命令，他們既不敢進帳幕去，也不敢在車上等——酋長下了車，他們安坐在車中，這是大大的不敬，何況今天酋長的脾氣不好，他們可不敢冒這個險。

酋長在帳幕之申，和達爾智者談了些什麼呢？那三個人的印象是，尼格酋長出帳幕的時候，滿懷著心事。去調查的黃絹，當然要去見一見達爾智者，去問一問尼格酋長當天和他談了什麼。

黃絹去的時候，也帶著那三個人，仍然由酋長的司機駕車，那個擅講笑話的隨員，自從酋長失蹤之後，沒有說過任何笑話，只是愁眉苦臉。當車子在帳幕處停下之後，黃絹下了車，冒著強烈的風，走進了帳幕之中。

達爾智者盤腿坐在帳幕中心看書，黃絹進來，他連頭都不抬起來。

帳幕之中十分寂靜，除了達爾智者偶然翻動殘舊的羊皮書發出一兩下聲響之外，就是強風吹打著帳幕時發出的「拍拍」聲。

黃絹知道阿拉伯部落中「智者」的地位，雖然她在卡爾斯將軍的國家中，發號施令已慣，但是在這個殘舊的帳幕之中，她卻也不敢胡來。

她找了一個有著刺繡，但是顏色早已淡褪了的墊子，坐了下來，打量著達爾智者。她無法猜測達爾智者的年齡，看來應該超過七十歲了，雪白的長鬍子，將他滿是皺紋的臉，幾乎遮去了一大半，可是在舊羊皮書上移動的眼光，看起來還是十分有神。

沉默維持了相當久，黃絹好幾次忍不住要開口，但是都忍了下來。直到她聽到達爾智者長長地吁了一口氣，她知道，事情快開始了。

達爾智者在吁了一口氣之後，托了托他那副老花鏡，神態仍然停留在舊羊皮上，用一種十分沉緩的聲音問：「有什麼問題嗎？」

黃絹聽到了這樣的發問，一時衝動，幾乎想問達爾智者：「尼格酋長到哪裡去？」但是黃絹畢竟不是阿拉伯人，不會把智者當作是無所不能的先知，她來看達爾智者的目的，只不過是想瞭解尼格酋長在失蹤前，究竟和達爾智者講了些什麼。

因爲尼格酋長在見了達爾智者之後，據和他在一起的那三個人說，酋長顯得十分憂鬱，而且過了沒有多久。就突然作出了到夏威夷去的決定。

黃絹也知道，尼格酋長私下對達爾智者，有著一種天主教徒對神父的崇敬，當他們心中有難以解答的疑難之際，會去向智者傾訴，尋求解答。所以，尼格酋長究竟說了一些什麼。就是一項十分重要的線索。

黃絹吸了一口氣，道：「我想知道，若干時日之前，尼格酋長曾經來見你，他和你講了一些什麼？」

達爾智者一聽，抬起了頭來，托高了眼鏡，向黃絹望了過來。他的聲音仍然是這樣沉緩，道：「任何人和我之間的談話，除了真神之外，其他我不會轉述給任何人聽！」

黃絹的心裏有點惱怒，但是在表面上，她仍然維持著對智者應有的恭敬，她道：「你必須告訴我。因為在和你合面之後，尼格酋長有一項非常奇異的行動，他到了一個遙遠的地方，然後失蹤了，幾個月來，我不知他的蹤影。我是受整個阿拉伯世界的委託，調查他的下落，所以請你告訴我！」

黃絹不能肯定達爾智者是才知道尼格酋長失蹤的消息，還是早已知道了的。總之，他聽了之後，一點震驚的神態也沒有，只是緩緩抬起了頭，看著帳幕的頂部，一副沉思的神情。

黃絹等了一會，未見他開口，有點不耐煩，於是又道：「請你——」

可是她才講了兩個字，達爾智者就作了一個手勢，令她別再講下去！然後，他又沉默了片刻，才道：「尼格並沒有失蹤！」

黃絹實在忍不住，她要切切實實地找出尼格酋長的下落來，而並沒有興趣和任何人來打原始哲學上的啞謎，她加強語氣，道：「酋長肯定是失蹤了，是在一種很神秘的情形下失蹤的，可能有敵人——」

達爾智者陡然低下頭，直視向黃絹，他的眼光是那麼有神，所以當他向黃絹逼視過來之際，黃絹不由自主住了口，智者緩慢地揚起手來，道：「敵人？只要心裏沒有敵人的話，敵人就不存在！」黃絹苦笑了一下，她不想爭辯，這種問題爭論下去，是永遠沒有結論的，這似乎是信仰上的問題。

智者接著說：「尼格沒有失蹤，他在見他樂於見到的人，在做他樂於去做的事！」

黃絹皺著眉，一時之間，不知道這樣說法，是什麼意思，她正想再問，智者接下來所說的話卻令黃絹感到了震動。

達爾智者接著道：「由於你是代表著整個阿拉伯世界來的，我可以告訴你一點。尼格來見我，是因爲他的心中有疑難，他不知道是否應該接受一項邀請。」

黃絹聽到這裏，心中已經陡然一凜，「一項邀請」！這是什麼意思？

達爾智者接看道：「尼格有了一切，他自以爲已經有了一切，可是他爲什麼還要受不住一項邀請的誘惑呢？那只証明他實在是什麼也沒有，有了一切，只不過是表面上的情形而已。我告訴他，如果一個人要追求自己很想得到的，那他就該去追求。」

黃絹仔細思索著這幾句話，那幾句話，聽來還是十分空泛的，但是卻又像是有所指而言。黃絹覺得自已已經掌握到了一點線索，是以她又道：「請問，誰邀請尼格酋長？」

智者搖頭道：「不知道！」

他頓了一頓，又補充道：「不但我不知道，連尼格自己也不知道！」黃絹忍住了不滿，再道：「他到什麼地方去？他去了之後，會得到什麼？」

這一次，黃絹得到的回答，更加空泛，道：「他會到他該去的地方去。他並不是要求得到什麼，而是應該放棄些什麼。近年來的生活，使每一個人的心靈蒙垢，能將這種污垢清洗掉，這就是他所求的！」

黃絹深深地吸了一口氣，又技巧地試圖在智者的口中問出尼格酋長還說了一些什麼。可是都沒有結果，達爾智者最後的一句話是：「我對你說的話，當時也曾對尼格說過！」

然後，他又專心一致地去看那些舊羊皮，對著寫在舊羊皮書那些彎彎曲曲的文字，再也不理睬黃絹的任何問題。

黃絹會見達爾智者可以說毫無結果，也可以說有了一定的線索。

那時候，黃絹已經通過了外交途徑，取得了美國聯邦調查局方面的全部資料，對尼格酋長的失蹤，也已經有了一定的瞭解。

可是，尼格酋長有可能是接受了「一項邀請」這一點，卻是連聯邦調查局的調查小組都不知道的。黃絹的推斷是：有人，製造了一個極動人的理由（還有什麼理由可以打動像尼格酋長這樣的人，黃絹想不出來），使尼格酋長到了毛夷島，然後，在尼格趨向針尖峰之際，令他失蹤。這個人是什麼人呢？黃絹立即想到的一個人，就是亞洲豪富王一恒。

在美國聯邦調查局的報告書中，黃絹知道王一恒曾派人密切注視尼格酋長的行蹤，並且派了人跟蹤他。一個亞洲豪富，雖然他的商業活動是國際性，營業範圍遍及全世界，但是這樣「關切」一個阿拉伯酋長國的首腦人物的行動，自然極其可疑！

所以，黃絹就決定來見王一恒，直接向王一恒詢問他爲什麼要這樣做。

以黃絹如今的身份而言，她要做任何事，都有許多意想不到的便利。譬如說，別人要見王一恒，就不是那麼容易的一件事。但如果有人掛上了「阿拉伯大聯盟貿易代表團團長」的名銜，要去見王一恒的話，那自然容易多了。

黃絹要見王一恒的信件，是由此間的一個阿拉伯國家領事館代發的。

當這封信，由王一恒的一位秘書許小姐照經常一樣，在上午十一時左右，送到王一恒的辦公室中之際，許小姐盡了她秘書的最佳服務，她解釋道：「這個阿拉伯大聯盟貿易代表團，好像是新成立的，以前，從來也未曾聽說過。而且，團長還是一位女性，這真是一件打破阿拉伯傳統的事。」

王一恒本來已經決定要接見這訪客的了，聽得許小姐這樣說，他遲疑了一下，道：「是不是有問題？」

許小姐道：「不會是假冒的，我已經向領事館方面覆查過，這個團長，黃絹女士，是卡爾斯將軍面前的紅人，身兼數職，權傾朝野，在整個阿拉伯世界之中，和卡爾斯將軍有相等的影響力。」王一恒點頭道：「好，安排時間見她。」

許小姐離開之後，王一恒又拿起了那封信來看了一下，「有重要事項與閣下商議」，王一恒憑地敏銳的感覺，感到這個名字，看來像是中國人的「團長」，有點來意不善。不過，他也無法想到，黃絹要見他，會和尼格酋長的失蹤有關。

第五部：原振俠助黃絹偵查

黃絹望著原振俠，原振俠把酒杯放在眼前，慢慢地轉動著，燈光透過琥珀色的酒，產生一極奇異的光彩。黃絹道：「怎麼樣，明天是不是和我一起去看王一恒？」

原振俠有點自嘲地回答：「算是你的隨員？」

黃絹道：「可以說是顧問，整件事，可能是一項巨大的國際陰謀！」

原振俠低低嘆了一聲，道：「你還是不明白，事情越大，對我來說，越沒有興趣。我再說一次，我只不過是一個普通的醫生，並不像你，是一個有資格可以在國際事務中叱吒風雲的大人物！」黃絹的聲音很沉著，道：「你曾經對我講過你的理想，你告訴過我，你學醫，只不過是爲了追求知識，目的並不是做一個醫生。」

原振俠攤了攤手，道：「正如你所說，那是過去的事了！過去的事，就讓它過去吧！」

原振俠在這樣說的時候，多少有幾分傷感。也使他自然而然地想起了以往和黃絹在一起的那段日子，那場大風雪，他和黃絹在山洞裏的那幾天，兩個人溶成一個人的那種狂熱。

黃絹停了半晌，道：「想不到你對那麼詭秘的事，也失去了任何興趣！」

她一面講，一面站了起來，指著早已在茶几上的一個文件夾，道：「這是美國聯邦調查局調查尼格侖長失蹤的報告書全文。調查小組的負責人，是一個叫溫谷的上校，你不妨看看，經過十分曲折離奇，像奇情小說一樣！」

原振俠無可無不可地應了一句，黃絹又道：「明天我會和你聯絡，要是那份報告書能引起你的好奇心，我們還是可以一起去看王一恒。」

原振俠喝下了一口酒，點了點頭。

黃絹向門口走去，一面道：「事情實在很怪異，老實說，我希望你能成爲我的助手！」

她已來到了門前，原振俠跟在她的後面。當黃絹在門前停下來，準備打開門之際，原振俠剛好在她的身後，兩個人靠得極近。黃絹的身子，陡然震動了一下，原振俠很自然地伸出手，輕輕摟住了她的細腰。黃絹的呼吸有點急促，向後微仰著頭，望向原振俠。

原振俠的呼吸也急促了起來，他在那一剎間，在黃絹明澈的眼睛中：看到了一種異樣的幽怨。

黃絹應該不會有這樣的眼神的，至少原振俠絕沒有期望著這樣的眼神。可是如今，她看來是那麼幽怨，再也不像是一個有著權勢的女強人，只像是一個有著無數心事要傾訴的年輕女孩。

原振俠在那一剎間，完全陶醉在她那種比酒還醇的眼神之中，他低下頭去，黃絹緩慢地閉上眼睛，長睫毛在顫動。然而，就在嘴唇快要相接，氣息已可互聞之際，黃絹陡然低下頭，打開門，掙脫了原振俠的擁抱，走了出去。

砰然的關門聲，令得原振俠又從昔日的夢中，驚醒了過來。他又怔怔地站了一會，才轉過身來。對於黃絹留下來的那份東西，他實在一點興趣也沒有，他只是任由它放在茶几上，走進了臥室，在床上倒了下來。可是躺在床上之後，思潮起伏，翻來覆去了好久，仍然一點睡意都沒有。

他嘆了一口氣，走到客廳，把那份報告書拿起來，翻閱著。正像黃絹所說的那樣，尼格酋長失蹤的經過，是這樣神秘，立即就吸引了原振俠全部的注意力。

等到他詳詳細細看完那份報告書之後，曙光已經透過了窗簾。原振俠只考慮了一分鐘，就已經有了決定：不單是爲了可以有更多的機會和黃絹在一起，也爲了尼格酋長的失蹤，實在太神秘了，他要回醫院請假！

向醫院請假的過程，其實是一個和院長激烈爭吵的過程，歷時一小時，最後，憤怒的院長吼叫道：「請假，我絕對不准，除非你辭職！」

原振俠嘆了一聲，道：「好，我辭職，我會在最短時間搬出醫院的宿舍！」

院長聽得這樣的回答，不禁呆了片刻，原振俠是一個十分盡職的醫生，醫院失去了他，是一件可惜的事。但是事情已經發展到了這一地步，看來是無可挽回的了。院長重重地拍了一下桌子，喝道：「走吧！」

原振俠在走出院長的辦公室之際，心中也不免帶著一絲歉意。離開了醫院之後，他通過一個阿拉伯國家的領事館，和黃絹取得了聯繫，他一開始就說：「我決定和你一起去看王一恒。」

黃絹聽了，發出了一下高興的呼叫聲，道：「請你先到我住的酒店來。」

黃絹是住在全市最豪華的酒店的一間大套房中，原振俠在見到黃絹之前，見到了至少八個以上、穿著黑衣裝、面目陰森的護衛人員。

原振俠對於黃絹目前的這種生活、地位，一點也不欣賞。雖然這樣豪富權貴的生活，幾乎是人人欣羨的，但是原振俠有他的一種知識份子的高傲，而黃絹權勢的由來——卡爾斯將軍，又是那樣不堪的一個「小丑」型的人物，這更使原振俠感到厭惡。

原振俠竭力抑制著自己的這種厭惡，而事實上，在看到了神采飛揚的黃絹之後，這種厭惡，也大大減低。

黃絹今天穿著一套極其得體大方的衣服，看來不但美麗——而且高貴，但是又絕不掩蓋她全身洋溢著的那股逼人而來的青春氣息。

原振俠不由自主，深深地吸了一口氣。黃絹道：「離約定的時間，還有一小時，我們之間，可以先交換一下整件事的意見？」

原振俠攤開了雙手，道：「全然是無可解釋的！」

黃絹坐了下來，將她一雙優雅的腿，美妙地斜側向一邊，道：「一定有解釋的，一個人，一輛車，不可能在短短的一分鐘時間內，消溶在空氣之中——」

原振俠轉過頭去，望著壁上的一幅油畫，道：「可是已知的事實，就是這樣。」

黃絹揮著手，道：「我卻感到，這其間有一個重大的陰謀在，一切全是精心策畫的結果，目的是綁架尼格酋長。」

原振俠悶哼了一聲，道：「綁架的目的，無非是勒索，何以還未曾有人開條件出來？」

黃絹冷冷地道：「勒索金錢，只不過是小規模匪徒的目的。更大的陰謀，是製造混亂，從中取利。譬如說，陰謀者在道吉酋長國製造了混亂，將早已收買好了的人捧上臺去當酋長，那麼所得的益處，比任何勒索得來的金錢，多不知多少！」

黃絹的話，也不是全無道理。雖然要執行這樣的陰謀，過程如何，還全然不可思議，但黃絹的這種假設，卻是可以接納的。

原振俠想一想，道：「你的意思是，世界上能主持這樣大陰謀的人，並不太多？」

黃絹道：「是，王一恒可以夠條件了！」

原振俠又深深吸了一口氣，王一恒這樣的大豪富，如果真是陰謀的主持人，那麼，這是什麼樣的一件大事，不知道要牽涉到國際上多少事和人！

黃絹和原振俠兩人，這時，當然想不到，引誘尼格酋長到毛夷島去的，只不過是那份請柬，那份神秘的請柬！

和其餘五個人一樣，尼格酋長也連續三年，收到這份神秘的請柬。開始的第一年，他連注意都未曾注意。第二年，他一笑置之。第三年，當他又收到這樣的請柬之際，他仍然沒有將之放在心上。可是，就在這時，卻發生了一件不爲外人所知的事情。即便是事後來到調查的黃絹，也不知道。知道這件事的，只有尼格酋長和他的眾多兄弟中的一個。

這可以說是這個酋長國的「宮廷」秘密。

尼格酋長的這個兄弟，暗中勾結，收買了一批武裝部隊中的軍官，已經回尼格酋長作出了最後通牒，逼他放棄酋長的街頭，而由陰謀的策動者來繼任酋長。

尼格酋長化了三天時間，去瞭解他自己的處境，發現他的處境，比他敵人告訴他的還要糟，看來除了照敵人所說的，到瑞士去避難之外，沒有第二條路可走了！

當然，就算到瑞士去，尼格酋長的日子還是可以過得很好，但是，那是變相的放逐，尼格酋長還想作最後的掙扎，當他向幾個鄰國的元首作了試探而反應冷淡之後，他又接到了那份請柬。

在一個沒有甚麼要求的人而言，這樣的一份請柬，除了引起強烈的好奇之外，不可能再有其他的後果。但是對一個有某種強烈要求的人而言，那就大不相同了。

尼格酋長先去請教達爾智者，在達爾智者那裏，他其實並沒有得到甚麼，他就下了決定，應邀到毛夷島去。當他駕著車在駛向針尖峰去之際，他只想到一件事：要見到陰謀策動者的失敗！

尼格酋長到毛夷島的原因，就是那麼簡單，黃絹當然想不到，因為酋長喜歡自己處理信件，三年來連續收到請柬的事，也只有他自己知道。

黃絹和原振俠又作了一些猜測，都不得要領。和王一恒約會的時間快到了。黃絹先站了起來，道：「委曲你一下，算是我的顧問！」

原振俠倒不在乎甚麼，反正他已經決定和黃絹在一起追查這件事了。

他只是道：「王一恒絕不是一個容易應付的人！」

黃絹自負地笑了一下，道：「我也不是，你也不是！」

原振俠笑了起來，和黃絹以及她的隨員，一起離開了酒店。

在裝飾豪華的會客室中，等了不到三分鐘，一個看來很有禮貌的年輕人走了進來，道：「我是王先生的會談秘書，請問你們要選擇甚麼語言來商談？」黃絹悶哼了一聲，這種氣派，作爲一個國家元首也未必有。原振俠道：「英語、或者法語。中國話也可以！」那年輕人道：「王先生會寧願選擇英語。請問，是不是有甚麼文件，要先給王先生看的？」

黃絹有點沉不住氣，道：「沒有，約定的時間已經快到了吧，我想，王先生一定會準時？」那年輕人道：「是！」

那年輕人轉身走了出去，又過了幾分鐘，他才又走回來，道：「請到王先生的辦公室去！」

黃絹揚了揚眉，站了起來，拖著身，向前走去。原振俠跟在她的後面，不免有點緊張。這時，王一恒的心中，也有點緊張。他在全世界範圍內的活動，和整個阿拉伯世界，也有著密切的聯繫。有很多事業的利益，是隨著阿拉伯集團的意向而轉移的。尤其阿拉伯集團控制著工業生產上所不可或缺的能源！

王一恒不知道這個突兀的代表團，會給他以什麼麻煩，他已經告訴自己，一定要小心，客氣地應付。

約定的時間到了，王一恒移動了一下桌上的文件和文具，桌邊的一盞紅燈亮起，這表示辦公室的門，會在兩秒鐘之後打開，而來人就會出現在眼前。

王一恒一向很注意禮貌，所以在他的辦公桌上，才會有這樣的裝置，可以使他及時地從他那寬大的辦公桌後站起來，歡迎來客。王一恒將椅子回後略推了推，站起來，也就在這時，門向旁無聲地滑開，黃絹走了進來。

王一恒已經準備好了笑容，和表示歡迎的手勢，可是當他一看到黃絹時，他陡地呆住了！

他禮貌的笑容，變成僵凝在他的臉上，他的身子甚至未曾完全站直，就凝住了不動，視線直留在黃絹的臉上。

他那種神態，令得才進來的黃絹，也不禁陡地呆了一呆，不知道是應該繼續走進來好，還是停留不動，等待這位亞洲豪富改變了他這種奇怪的神態再說。

黃絹也望向王一恒。王一恒看起來比照片上年輕些，六十歲左右而看起來遠比實際年齡為輕，正是一個男人最成熟的時刻。

王一恒的身形相當高，而且堅實，看起來簡直是一個運動家，髮型成熟而不古怪，除了這時他的笑容和姿態看來十分古怪之外，他可以說是一個充滿了男性魅力的人。尤其想想他在事業上，獲得了如此巨大的成功時，他就更具有一種令人心折的威儀。而這時候，王一恒體內的血液流轉，至少比平時快了一倍，以致他可以聽到自己劇烈的心跳聲。黃絹的出現，真正令他怔呆了。一個阿拉伯貿易代表團的團長，就算是一個女性，又怎麼可能是這樣年經，這樣美麗的一個女郎？王一恒男性的本能，這時像火山爆發一樣，不可遏止，這樣的美女，他想，應該是我的妻子！

這是一種很突兀的想法，似乎是絕對無稽的，但也是最直接的想法。王一恒從來也沒有對任何女性有過這樣的想法，但這時，這種念頭，卻像是焦雷一樣，一下接一下襲向他！

黃絹停了幾秒鐘，看到王一恒仍然維持著那古怪的神態，她只好繼續向前走來。王一恒聞到了一股淡淡的幽香，隨著黃絹的移動，向他鼻端飄過來。這時，他只感到向自己移近來的不是一個人，是一團雲，一個幻夢。這令得他的心跳更劇烈。

在那一剎間，他感到自己不再是一個成功的富豪，而只像是一個用發顫的手，想將費了一夜功夫寫好的情書，交給心愛女友的一個少年！

跟在黃絹後面進來的原振俠，也立即注意到了王一恒的神態有點不正常，他故意弄出了一點聲響。王一恒的秘書也走了進來，大聲道：「王先生，這位就是——」

秘書介紹著黃絹的街頭，把王一恒從難以形容的興奮、迷惘和聯想中驚醒過來。他在剎那之間，恢復了常態，道：「歡迎光臨，請坐！」

黃絹鬆了一口氣，剛才那幾秒鐘，她實在不知道發生了什麼事。作為一個如此美麗出眾的女郎，她當然經歷過不少男人一看見她就失態的場面。但是她卻也絕想不到王一恒一見到了她，心中所想的是什麼。

她也客氣地道：「幸會！幸會！」

她一面說，一面伸出手來。王一恒握住了她的手，雖然只是輕輕的一握，已足以令得他手心冒汗。當他縮回手來之後，他自然不好意思在自己的衣服上把手心的汗抹掉，只好讓他繼續冒汗。當黃絹和原振俠坐下之後，眼皮略向下垂，看起來是一副深思熟慮的樣子，但實際上，卻是在恣意欣賞黃絹那雙優美的小腿。

他感到口中發乾，所以在開口之前，先舐了一下嘴唇，才道：「黃團長有什麼貿易上的問題，只管提出來好了，我一定盡力使雙方都有利。」黃絹直視著王一恒，聲音極其鎮定，道：「其實，我來，只是想向王先生問一個問題！」

王一恒睜大眼，他感到事情有點不尋常了。

黃絹不給對方以更多考慮的機會，霍然站起來，以加強她所講的話的壓力，提高了聲音，道：「請問，閣下為什麼要派人去跟蹤尼格酋長在夏威夷的行動？」

王一恒陡然震動了一下，也不由自主，站了起來。

這時，辦公室中的氣氛，緊張到了極點，秘書在一旁，目瞪口呆，不知道發生了什麼事，原振俠沉著臉。王一恒和黃絹對望著。

剛才，王一恒一看到走進來的黃絹，心中所湧起的那股念頭，使他自己覺得自己就像是一頭獵豹，看到了最佳的獵物。

這時，他心中的感覺是：自己還是獵豹，但是獵物卻不是普通的獵物，看來不知道要經過多麼艱辛的追逐，才能將獵物追到手。

他派人去跟蹤尼格酋長的事，一直是一個秘密。在酋長失蹤之後，王一恒倒也曾擔心過一陣子，怕事情會牽涉到他的身上。但是一直只是阿拉伯集團和美國政府之間的反覆交涉。他也已經知道美國聯邦調查局的溫谷上校，曾經盤問過三橋武也，他也準備接受聯邦調查局的訪問，可是聯邦調查局的人一直沒有來，如今卻來了一個阿拉伯世界的代表。

這個代表，王一恒已經知道，這個代表雖然是這樣出色的一個美人兒，自己也下定了決心，要把她當作獵物一樣獵到手，但是現在，至少在目前的情形下，這個美麗的女郎，充滿了挑戰的意味。

王一恒若是害怕挑戰，決計不會這樣成功，而獵物如果太容易到手，他也不會有太大的興趣！

他挺了挺身子，維持著禮貌的微笑，兩個人仍然站著，互相盯著對方。

王一恒沉著聲，道：「我非回答這個問題不可？」

黃絹冷冷地道：「我看最好是回答。」

王一恒的神情變得很輕鬆，先作了一個手勢，請黃絹坐下來。可是黃絹卻只是盯著王一恒，王一恒自己坐了下來，仰著頭，望著黃絹，這樣的姿勢，可以使得他心中感到自己占著優勢，雖然黃絹的目光咄咄逼人。

王一恒用一種十分悠然的語氣道：「好，只不過是爲了私人的理由！」

黃絹的臉上，閃過了一絲怒意。當怒意在她俏麗的臉龐上閃過之際，原振俠也不免感到了一陣心寒，他感到了黃絹性格上殘忍、專權的一面。也許正是由於黃絹性格中有這樣的一面，才會使她和那個橫暴的獨裁者卡爾斯將軍處在一起。

美麗的臉龐上罩著寒霜，甚至聲音也是冰冷的：「王先生，這不成理由！」

王一恒針鋒相對：「除此之外，無可奉告！」

黃絹陡然揚起手來，看她的樣子，像是抑制不住心中的怒意，想要出手去掌摑對方。可是當她揚起手來之際，卻接觸到了王一恒盯著她的那種嘲弄似的眼光。這種眼光，使黃絹陡然感到，這個對手，不是普通的對手，自己如果不是小心應付，不但可能一無所獲，而且可能有極大的損失！

當黃絹一想到這一點之後，她揚起的手，在半空中只停頓了極短的時間，就改變了動作，變成了十分優雅地掠了一下她的長髮，然後，在她的臉上，也浮起微笑，同時，坐了下來。

在一旁的原振俠，看到了這種情形，心中暗自嘆了一口氣。

黃絹和王一恒都不是普通人，原振俠心中這樣想。他們，全是屬於人類中精英，天生有一種本領，可以使得他們自己與眾不同，高高在上！

而自己呢？原振俠心中繼續想：自己只不過是一個平凡的人，一個普通人，和黃絹之間，有著絕對無法接近的距離！

原振俠的心中又低哼了一聲，在這時候，他聽得黃絹用十分美妙的聲音道：「王先生，你可曾想到過，一個重要的阿拉伯領袖失蹤了，而在失蹤之前，這個人又曾受過你的監視，這樣的事，會引起什麼後果？」

黃絹開始在出言威脅了，可是王一恒雙手交叉，放在腦後，看來神態更是悠然，道：「後果？我已經看到了後果之一，是黃小姐你大駕光臨。」

黃絹立時道：「是的，那只是後果之一。如果我來訪，而沒有結果的話，那就只好認定，尼格酋長的失蹤，是閣下精心策畫的行動。」

王一恒心中暗叫了一聲「厲害」，可是表面上卻全然不動聲色。

黃絹接著道：「這樣，王先生，閣下就會成爲整個阿拉伯世界的敵人！」

王一恒放下雙手來，笑著，道：「那我只好儘量和以色列結盟了，哈哈！」

黃絹揚了揚眉，道：「一點也不好笑，王先生，卡爾斯將軍在全世界各地的影響力，你是應該知道的！」

王一恒無法再維持悠然了。

卡爾斯將軍是世界各地恐怖份子的組織者和訓練者，這一點，稍有國際常識的人都知道，黃絹的威脅，來得太直接了，不但使他震動，也使他惱怒！

王一恒盯著黃絹，如果不是他在第一眼看到黃絹，心中就有了那個秘密意願的話，他早已叱責著，將黃絹趕出去了。

這時，他緩緩地吸了一口氣，道：「哦，看來我該和你合作才是？」

黃絹道：「最好是那樣！」

王一恒欠了欠身子，道：「還是我剛才的回答，純粹是為了私人的理由——」

王一恒才講到這裏，黃絹又站了起來，王一恒作了一個手勢，道：「其中有一點曲折，十分有趣，但是我絕不習慣接受人家的盤問，如果作為朋友間的閒談，我倒可以毫不保留地說出來——黃小姐，今晚你有空嗎？」

在劍拔弩張的談話之中，王一恒突然話風一轉，問起黃絹今天晚上是不是有空來，這也令得黃絹怔了一怔。

但是她卻立時倔強的接受了挑戰，道：「有，我們可以一起吃晚飯！」

王一恒深深地吸了一口氣，道：「好，請等一等，我叫秘書安排時間和地點！」他一面說，一面按下了通向秘書室的對講機的按鈕。

原振俠心中想：這兩個人，一個是著名的豪富，一個代表著一股龐大的勢力，這真是棋逢敵手了！黃絹邀自己來幫忙，可是看起來，自己完全插不進手去。至少，在他們兩人一見面之後的交談之中，自己就完全沒有加上一句話的機會！

王一恒按下了按鈕，剛要對著對講機說話，就聽得對講機中，突然傳出了急促的聲音：「王先生，有一位陳先生，一定要來見你！」

王一恒感到十分狼狽，這種情形，出現在像他這樣身份地位的人的辦公室之中，太不正常了，這証明他的組織，十分散漫。尤其黃絹立時現出了一種不屑的神情來，那更令得他尷尬、生氣。

他向著對講機，表示出他這樣身份的人應有的憤怒，斥道：「我已經吩咐過，不見任何人——」

秘書的聲音竟然打斷了王一恒的話：「可是，王先生，那位陳先生——」秘書的話也未能說完，又聽得另一個聲音，帶著哭音，在叫：「舅舅，是我，我一定要見一見你！」

原振俠一聽得那哭叫聲，就不禁呆了一呆：這聲音好熟，那一定是一個和自己十分熟稔的人，可是原振俠在一時之間，卻又想不起那是什麼人來！

第六部：陳維如迷糊殺嬌妻

在王一恒更感到狼狽，還來不及說話時，黃絹已格格笑了起來，道：「看起來，今天晚上，我倒有空，是你沒有空！」

王一恒一時之間，無法應付黃絹的諷刺，而這時候，對講機中傳來了秘書的急叫聲：「喂，喂，你不能進去！」同時，有重物墜地的聲音，和好幾個人的驚叫聲，還夾雜著那個人的帶著哭音的叫聲：「舅舅，我有要緊的事，要見你！」

原振俠也站了起來，和黃絹交換了一下眼色，辦公室的門上，已經傳來了撞擊聲，王一恒十分氣憤地重按下了一個按鈕，辦公室的門打開，一個人幾乎是直仆跌了進來的。

那個人一進來，似乎全然沒有注意到辦公室中還有別的人在，直衝到了辦公桌之前。如果不是有一張辦公桌隔著，他一定直撞到王一恒的身上了！

他的雙手撐在桌上，大口喘著氣，額上青筋暴綻，滿臉都是汗珠，一看到他的情形，就可以知道他正遭逢著極大的困難。

而當這個人站定了身子之後，原振俠也呆住了！

剛才他一聽得那哭叫聲，就肯定那是一個熟人所發出來的聲音，但是他無論怎麼想，也想不到會是這個人！

衝進王一恒辦公室來的人是陳維如！

原振俠從來不知道陳維如是這個大富豪的外甥，陳維如剛才叫王一恒舅舅，舅舅和外甥，那是極其親密的親屬關係！

原振俠張大了口，還未曾叫出陳維如的名字來，陳維如已經叫了起來，道：「舅舅，我殺了她，我殺了她！」

王一恒怒道：「你胡說八道甚麼？」

陳維如繼續喘著氣，道：「我殺了她！」

原振俠心中更是吃驚，陳維如的精神狀態十分不正常，這一點，自他在醫院中出了錯開始，原振俠已經知道了。如今，他又說自己殺了人，這究竟是怎麼一回事？他一面想，一面向前走出了一步，可是黃絹卻一伸手，拉住了他，向他使了一個眼色。

原振俠發急，指著陳維如，道：「他是——」

原振俠的話還沒有說完，已經被王一恒的怒吼聲壓了下去，道：「住口！你不看到我有重要的客人？」

陳維如全然是一副失神落魄的樣子，直到這時，他才轉頭，向一旁看了一下，當他看到原振俠時，他整個人都震動得彈跳了一下。

陳維如顯然也想不到會在這裏見到原振俠，所以才會這樣震動。

他在震動之後，張大了口，一時之間，出不了聲。雖然那只是極短的時間，只不過幾秒鐘，但是也已使得王一恒在混亂之中，有了喘一口氣的機會。也就在這時，兩個秘書，神色慌張地在辦公室門口，不敢進來。王一恒向他們作了一個手勢，示意他們後退，同時，他再運用按鈕，把辦公室的門關上。

他的辦公室，有著完善的隔音設備。剛才，陳維如在外面，可能已經吵了很久了，要不是王一恒按下了對講機的按鈕，外面的聲音，也傳不進來。

門關上之後，王一恒心念電轉：陳維如究竟幹了些什麼事？他說他殺了人，那怎麼可能？陳維如是他的外甥，他自然知道他的爲人，殺人？那實在是不能想像的！

陳維如是王一恒的外甥，而且，是王一恒唯一的親人，王一恒有一個妹妹，就是陳維如的母親，在陳維如十二歲那一年，他的父母在一宗車禍中喪生。那時，他們在英國居住，王一恒在接到了噩耗之後，到了英國，安排了喪事，曾和少年的陳維如作了一番談話。

王一恒當時的意思，是要陳維如從英國搬到他身邊來。但是陳維如卻拒絕了。陳維如的父親有不少遺產，足可以使陳維如受高等教有，王一恒也就由得陳維如自己決定。

陳維如是一個十分有志氣的人，在醫學院畢業之後，雖然他來到了這個亞洲城市，可是他自己從來也未曾提及過王一恒是他的舅舅。而事實上，作爲一個出色的外科醫生，他有自已獨立生活的條件，也不必在任何地方去依靠他這個聲勢喧赫的舅舅。

所以，原振俠和陳維如雖然是好朋友，也不知道他有這樣的親戚關係。

這時，王一恒心中所想到的是：陳維如若不是遭到了極度的困難，決不會來找他！然而，說他殺了人，王一恒卻也不相信！

從陳維如突然闖進來，到這時，實際上的時間，只怕還不到一分鐘，但是各人心念電轉，卻已想了不知道多少事。黃絹全然不知道發生了什麼事，她想到的只是：王一恒有麻煩了！這可能對自己有利！

原振俠的心中也極亂，陳維如會殺人，這對他來說，也是不可想像的事，然而，在這時，陳維如又一面哭著，一面叫道：「振俠，我殺了她！」

黃絹已經從原振俠的行動上，看出原振俠是認識進來的那個人的，可是王一恒卻未曾想到。原振俠是用阿拉伯代表團團員的名義，走進他的辦公室的，這叫王一恒如何想得到，他的外甥會與之是好朋友！

情形是如此混亂，王一恒這樣能幹的人，一時之間，也覺得手足無措起來。

原振俠走向前去，抓住了神態失常的陳維如的雙臂，用力搖著他的身子，道：「你殺了什麼人？」

陳維如大口喘著氣，道：「她，她！」

原振俠道：「她是什麼人？」

陳維如突然哭了起來，身子劇烈地發著抖，看來真是不正常到了極點，一面哭，一面叫道：「其實，我不是殺了她，她不是她，她不是她！」

在任何人聽來，這都是一個精神失常者的胡言亂語，陳維如一面說「殺了她」，一面又說「不是殺了她」，還有「她不是她」，更是莫名其妙之至！

可是，原振俠卻心頭狂跳了起來。

剎那之間，他想到昨天，在陳維如的住所之外，電燈柱下，陳維如問過他的話。當時，陳維如曾問：「她是不是她？」

在這個問題中，原振俠只知道其中的「她」，是陳維如指自己的妻子徐玉音而言。

這個問題是毫無意義的，可是在當時，陳維如還有一句聽來更沒有意義的話：「她已經不是她了！」那時候，原振俠只好把陳維如當作精神恍惚在胡言亂語。

然而，此際，陳維如說他「殺了她」，又說「殺的不是她」，那問題就嚴重得多了！

剎那之間，原振俠只感到全身泛起了一陣寒意，甚至一開口，有點口吃，他問道：「你……殺了人？殺了……玉音？」

陳維如的淚下得更急，抽噎著，道：「是，我殺了她，我實在無法忍受，她……她是一個陌生人！我實在無法忍受！」

「她是一個陌生人」這句話，原振俠也不是第一次聽到，就在昨天晚上，陳維如也曾講過。原振俠還未曾進一步問，已聽得王一恒發出了一下呻吟聲來。王一恒已經感到，陳維如真的殺了人，儘管在波詭雲譎的商場上，他有著各種各樣的經歷，但是殺人，一個殺了人的人，是他的外甥，這時在他的辦公室中，要他援手，這樣的經歷，他卻從來未曾遇到過！

黃絹在一旁，也感到莫名其妙，她忍不住道：「這個人是瘋子？」

原振俠忙道：「不是，他一定是受了什麼重大的刺激，維如，你殺了——」

陳維如的聲音聽來嘶啞而凌厲，簡直令人毛髮直豎，他道：「玉音！我殺了玉音！」

王一恒再度發出了一下呻吟聲。他自然知道「玉音」是什麼人，那是陳維如的妻子。本來，王一恒已經有點動搖，感到陳維如真有可能是殺了人，可是這時，一聽說他殺了自己的妻子，王一恒實在忍不住怒意，大聲喝道：「你胡說些什麼？」

他一面說，一面走過來，一揚手，就重重打了陳維如一個耳光。當他縮回手之時，他不由自主，向黃絹望了一下。黃絹那種半嘲弄半幸災樂禍的眼光，令得他恨不得自己突然消失！

陳維如捱了一個耳光，一點也沒有反抗的表示，雙手捂住了臉，發出了一陣嗚咽抽噎的聲音來。王一恒一直感到黃絹不懷好意的目光在他身上盤旋，令他不敢正視黃絹，而心中的怒意，又無處發洩。他轉向原振俠，厲聲問：「你是怎麼認識他的？」

原振俠鎮靜地道：「我和他是醫院的同事，我們是十分要好的朋友！」

王一恒呆了一呆，他絕對想不到會有這樣的回答，那令得王一恒更加狼狽，而黃絹卻又偏偏在這個時候，發出了誇張的笑聲來。

原振俠在回答了王一恒的問題之後，又用力搖著陳維如，把他捂住臉的雙手，拉了下來，道：「你慢慢說，究竟發生了什麼事？」

陳維如雙手發著抖，他把發著抖的雙手，放在自己的臉前，顫聲道：「我……扼死了她……就是用這雙手……扼死了……她……」

原振俠抬起頭來，望向王一恒，王一恒道：「他……好像有點不正常！」原振俠還沒有回答，桌上對講機忽然響起了尖銳的聲音，王一恒用力按下一個按鈕，秘書惶急的聲音傳了過來：「王先生，有兩位警官，一定要來見你！」

王一恒怔了一怔，道：「叫他們等一等，我有重要的事！」他放鬆了按鈕，不由自主喘起氣來。

黃絹冷冷地道：「看來，真有人殺了人！神經不正常的兇手，在這裏會判什麼罪？」

王一恒狠狠瞪了黃絹一眼，黃絹笑得更是起勁。原振俠將陳維如推得倒退了一步，令他坐了下來，道：「王先生，維如若真的殺了人，事情就很麻煩——」

原振俠的話沒有說完，陳維如陡然跳了起來，尖聲叫道：「舅舅，你一定要救我，我殺的實在不是她，她已不是她……她……我實在忍不住，我……雖然扼死了她……可是……」

王一恒道：「你先別胡說八道，我替你找律師！」

陳維如喘息著，四面看著，眼神之中，充滿了求助的企望，道：「我不是胡言亂語，我說的全是真的！」

原振俠又按著他坐下去，道：「已經有兩個警官來了，是不是爲你的事來的？」

黃絹道：「當然是！哈，看來大富豪的麻煩，真還不少！」

她坐在椅子上，擱著腿，修長的腿，在微微晃著，看來姿態極其撩人。

王一恒勉力令自己鎮定下來，手放在對講機上，像是不知道在按下了按鈕之後，該如何吩咐他的手下才好。原振俠沉聲道：「要不要我先去看一下，兩個警官是爲什麼事而來的？」

王一恒如釋重負地吁了一口氣，點了點頭，原振俠向黃絹望去，黃絹皺著眉，也不知道她在想些什麼，原振俠打開辦公室的門，走了出去。

辦公室外的空間，幾個秘書正在交頭接耳，原振俠一出來，他們立時停止了交談。原振俠道：「那兩位警官呢？王先生叫我先去應付他們一下！」

一個秘書忙道：「在會客室！」

原振俠道：「你們沒有說些什麼？」幾個秘書連聲道：「沒有，沒有！」

原振俠在一個秘書的指引下，走進了會客室。會客室佈置豪華得令人吃驚，兩個便衣警官，看來都十分精明能幹的樣子，正在等著。原振俠一進來，就道：「真對不起，王先生和一個阿拉伯代表團，正在進行一項重要的會談，兩位有什麼事，請告訴我！」

那兩個警官互望了一眼，其中年紀較長的一個道：「有人看到一個殺人疑兇，進入了這幢大廈，而這個疑兇的身份，是王一恒先生的外甥！」原振俠的心頭，像受了一下重擊一樣。本來，他還存著萬一的希望，所謂殺了人，是陳維如的胡言亂語，但如今，看來是千真萬確的了！

原振俠竭力使自己鎮定，道：「有這樣的事？那個疑兇，他殺了什麼人？」年輕的那個道：「殺了他的妻子，疑兇可能是一個極嚴重的心理變態者，極其危險，他在殺了人之後，還和被害者的屍體，共處了一夜。據目擊者說，情形極其可怕，所以，要請王先生合作！」

原振俠的臉，不由自主，變得煞白！

殺了人之後，還和被害者的屍體，共處了一夜！那就是說，陳維如殺人，是昨天晚上的事！

而昨天晚上，他曾先到陳維如家裏，和陳維如的妻子講過話，告辭之後，又在大廈門口見到陳維如，也談了相當久！

陳維如殺了他的妻子徐玉音，難道就是陳維如和他分手之後回到家裏的事？事情本來就怪異，如果是在那時候發生的事，更加怪異莫名！

他爲什麼要殺了自己的妻子，是不是和他那極怪異的話有關連？

原振俠的思緒極亂，一面思索著，一面道：「是，這樣的話，我想王先生會議一結束，就可以和兩位見面。不過，照兩位所說，疑兇的行爲如此可怕，他又進入了這幢建築物，警方爲什麼不採取行動？」

那年輕的警官道：「我們已採取了行動，有上百名警方人員，正在逐層搜查。」

原振俠的心頭怦怦跳了起來，那警官接著道：「本來，我們可以直接進入王先生的辦公室執行任務，可是由於王先生是一個很有地位的人，所以——」

原振俠勉力擠出了一個苦笑來，，道：「兩位不見得以爲疑兇是在王先生的辦公室裏吧？」

年長的那個警官看來很深沉，道：「不是那麼說，疑兇是王先生的外甥，恐怕他會向王先生求助！」

原振俠吸了一口氣，道：「警方是今早才發現兇案的吧？怎麼調查工作進行得那麼快，一下子什麼都知道了？」他這樣試探著，是在想：是不是可以有機會，讓陳維如逃走？

原振俠絕不是一個不守法的人，在警方的行動之下，他一下子就想到了要讓陳維如逃走，是因爲他深知陳維如的爲人，知道他決不會殺人的，而他竟然真的殺了人，其中一定有極其曲折離奇的原因在。而一般來說，警方調查起謀殺案來，是不會去注意原因的。那年輕的警官道：「目擊的人太多了。」

原振俠又吃了一驚，道：「什麼？有人目擊行兇？」

年輕的警官搖著頭，原振俠咳嗽了一下，坐了下來，又看了看手錶，道：「經過的情形怎樣？是不是可以先簡略說一下，我可以一有機會，就向王先生報告一下，大家節省點時間？」

那兩個警官互望了一眼，就在這時，又有一個警官，走進會客室來，向那兩個警官作了一個手勢，道：「搜索還在進行，但未曾找到疑兇！」

年長的那警官道：「繼續搜尋！」那警官走了出去，年長的那個道：「王先生也真沉得住氣，整幢大廈全是和他的事業有關的機構吧？我們在一層一層搜尋，他居然還在開會！」

原振俠正色道：「阿拉伯聯盟代表團的來頭很大，商談的業務，牽涉到上億美金和國際上微妙的局勢，他是做大事的人，不能為了小事而在國際上喪失信譽！」

對原振俠的回答，對方像是感到滿意，那年長的警官道：「經過十分複雜，我們已有相當足夠的証據，証明疑兇是十分危險的變態者，你還是快去催王先生出來吧！對了，我看到有幾個穿黑西裝的人，他們是——」

原振俠道：「他們是阿拉伯代表團長的護衛人員！」

兩個警官「哦」地一聲，原振俠看看已問不出什麼來，就轉身走出了會客室。在經過那幾個秘書身旁的時候，他壓低了聲音，道：「各位，我提議各位，什麼也不要說，王先生一定不會忘記各位曾保持緘默！」

那幾個秘書連聲答應，原振俠回到了王一恒的辦公室，看到陳維如還抱著頭，身子在劇烈地發著抖。王一恒在來回踱步，黃絹則好整以暇地搖著腿。原振俠進來之後，心中苦笑了一下。在這間房間中，總共有四個人，可是這四個人之間關係之複雜、玄妙，真是到了極點。他自己和黃絹，在偶然相識之後，曾經在一場風雪中——在一個山洞中渡過了他畢生難忘的三天。可是黃絹卻像完全忘了那三天，現在她是卡爾斯將軍眼前的紅人，權威薰天，又負調查尼格酋長失蹤的要任，要和王一恒這樣的大人物作針鋒相對的鬥爭。而王一恒，這個聞名全球的富豪，不知為什麼要派人去跟蹤尼格酋長？在黃絹的責問之下，他本來已經夠麻煩的了，偏偏又遇上了他的外甥，衝進來說自己殺了人！陳維如殺了人，要王一恒幫忙，王一恒財勢再大，又有什麼法子？四個人之間的關係，複雜到了這一地步，只怕真是天下少有的了！

原振俠才一進來，王一恒立時向他望了過來，原振俠指了陳維如一下，道：「警方知道他進了這幢大廈，也知道了你和他之間的親戚關係，如今有上百名警方人員在逐層搜索，因為顧及你的地位，和你正在開重要的國際性會議，所以才沒有進來！」

王一恒悶哼了一聲，道：「我要把全市最好的刑事律師，全都叫來！」

黃絹冷冷地道：「全世界最好的刑事律師加在一起，也無法使一個自己承認殺了妻子的人，變得無罪！」

王一恒提高了聲音，道：「我根本不相信他殺了人！」

黃絹又笑了起來，道：「陳先生，你是不是殺了你的妻子徐玉音？」

陳維如陡然抬起頭來，道：「是，我殺了她！」

他在這樣說了之後，突然又全身發起抖來，道：「不，不，我殺的不是她！」

陳維如這種反常的話，已不止說了一次，也根本沒有人知道他這樣說是甚麼意思。黃絹盯了一句，道：「說實話，你是不是殺了人？用手扼死的？」

陳維如的身子抖得更厲害，道：「是……我殺了人，用手扼死的！」

王一恒冷笑了一聲，道：「黃小姐，你好像對他殺了人，感到十分高興！」黃絹笑著，她笑得十分歡暢。在那一剎間，她看來十足是一個佻皮的少女，可是天知道這個少女心中在想些甚麼，這時，不但原振俠心中有這樣的感覺，王一恒也深切地感到了這一點。可是儘管這時在形勢上，王一恒和黃絹處於敵對的地位，王一恒也越來越覺得把她當作自己的獵物的話，可能是世界上最難獵獲的獵物了，但是王一恒絕沒有意思去改變一見到她時就打定的主意。

黃絹一面笑著，一面道：「當然感到高興，你給我們製造了麻煩，現在，他也給你製造麻煩。你想想，你的一個至親，成了殺人犯，這是多麼轟動的新聞！」她說到這裏，忽然轉過頭，向原振俠望了過來，道：「這樣的新聞，會不會影響他的商業活動？」原振俠沒有回答，王一恒發出了一下憤怒的悶哼。他當然知道，雖然兇殺案，和他一點關係也沒有，但是他是一個名人，所有的報導，一定會將他扯進去，暫時，和他的商業活動，當然不會有影響，但是他的敵人，卻會藉此對他進行攻擊！

王一恒自然地知道，陳維如被拘捕之後，替他找律師辯護，也一定要盡他自己所能，去証明陳維如的爲人，這將使他陷得更深！

這的確令他感到極度的煩躁。

王一恒雙手緊握著拳，身子轉動著，雖然，他看到了黃絹還充滿笑容的臉，他心中陡然一動，黃絹的高興，一定還另外有原因的！

他畢竟是一個經過大風大浪的人，立時鎮靜了下來，甚至，也現出了笑容來，道：「黃小姐，看來你有辦法，解決我的煩惱！」

黃絹笑道：「是，但必須你先解決我的煩惱！」

王一恒感到極度的興奮：這樣的人，才是自己的對手！這樣能幹的女人，而又這樣年輕美貌，這是絕不能放過的一個女人！

他攤了攤手，道：「一項交易？我要將為什麼派人去跟蹤尼格酋長的事，源源本本告訴你？」

黃絹道：「是的！」

王一恒道：「那麼，我得到什麼？」

黃絹指著陳維如，道：「我可以使他不落入警方的手中，可以使他離開這個城市。」

原振俠心中「哼」地叫了一下，黃絹的確是有這個能力的，以她的身份而論，她要做這件事，不會有什麼特別的困難！

王一恒只考慮了不到三秒鐘，就道：「好，成交了！」

黃絹道：「我相信你，我先把他帶到一個領事館去，你再告訴我為什麼要跟蹤尼格酋長！」

王一恒伸出手來，黃絹也伸出手來。他們握著手，表示一項「交易」已經達成了協議。可是黃絹憑她女性特有的敏感，卻立時感到，王一恒把她的手握得太緊了，遠遠超過了為了表示達成協議的熱忱。黃絹也立時想到：這個大富豪為什麼要這樣？

她當然猜得到這個大富富為什麼要這樣，那使她的臉上，浮起了高傲的矜持，也使她略為用了一些力，把她柔軟的手，自王一恒寬大厚重的手掌之中，抽了回來。原振俠看到了這種情形，他看得很清楚，心中也很不是滋味。黃娟是屬於他們的，他們，包括掌握了一個國家的卡爾斯將軍，和掌握了一個龐大經濟王國的王一恒，而不是他，一個普通的小醫生！

黃絹轉過身，在轉身過去之際，長髮揚了起來，拂向王一恒的臉上，令得王一恒不由自主深深吸了一口氣。

黃絹走出了王一恒的辦公室，原振俠立時來到陳維如的身前，道：「維如，黃小姐要幫你逃走！」

陳維如惘然抬起頭來，道：「逃？我逃到哪裡去？我殺了人，為什麼要逃？」

原振俠沉聲道：「你一定要先避開一下，我們都相信你……即使殺了人，一定有原因！」

陳維如又抽噎了起來，道：「你相信？你根本不會相信我說的話，她已根本不是她，我非殺她不可！」

原振俠道：「這可以慢慢再說，你先跟黃小姐走，不要再胡來，好不好？」

陳維如又呆了半晌，才點了點頭。

這時候，黃絹已經和四個穿著黑西裝的人，一起走了進來。

黃絹的行動十分簡單，她帶進來了四個她的護衛人員，這些人，全是有外交人員身份的。然後，她叫其中一個身形和陳維如相仿的，和陳維如對換了衣服，又堂而皇之，將之帶了出去。

在這幢建築物中的警務人員雖多，也沒有人來盤問一個阿拉伯代表團的團長和她的隨員。

黃絹帶走了陳維如之後，王一恒接見了邢兩個警官，原振俠和王一恒在一起。還有那個留下來的黃絹的保鑣，也暫充公司職員。

王一恒一副不耐煩的神情，道：「這是什麼意思？警方行動太過份了，陳維如是我外甥，你們怎麼可以這樣對付我？」

兩個警官不住道歉，年長的那個道：「我們可以肯定疑兇進了這裏，所以才採取行動的。」

王一恒悶哼了一聲，坐了下來，年長的那個警官道：「王先生，警方掌握的資料已經相當充份，你是不是要聽一下經過？」

王一恒一揮手，道：「我很忙，沒有興趣，你對我的秘書講好了！」他說著，指了指原振俠，那正是原振俠求之不得的事，他正想知道陳維如是如何殺人的。

兩個警官又用銳利的眼光，四面看了一下，直到肯定辦公室中沒有人，才和原振俠一起離開。

在一間精緻的會客室中，原振俠聽他們詳細地敘述著陳維如怎樣被人發現他行兇殺人的經過。

經過十分複雜、曲折。

首先發覺事情不對勁的，是大廈的夜班管理員。一般高級住宅大廈的所謂管理員，所負的責任是司閽，保安等等，通常都有一個小小的空間作「辦公室」，而值夜班的，就會在夜深人靜之際，睡在這個辦公室中。

陳維如所住的那幢大廈，保安設備十分好，電梯中設有閉路電視，在辦公室的一具電視螢光幕上，可以看到電梯中的情形。有了這樣的設備，如果有歹徒要在電梯之中進行不法行爲，那就無所遁形。

管理員的責任之一，就是要時刻注意閉路電視，所以他看到陳維如進電梯。

「陳醫生進電梯，電梯，只有他一個人！」管理員的敘述很詳細，「那時，我正準備出去巡邏，這是我的責任，在午夜之前，我要從上到下，每一層都去看一遍，通常需要一小時的時間，所以，那時，大概是十一點左右，我已經拿起了電筒。陳醫生經常一個人回家，時間也不算太遲，所以我沒有太注意。」

晚上十一時，原振俠心中想，自己和陳維如分手時，最多不過九時，這兩個小時，陳維如到什麼地方去了？一直在大廈附近徘徊？

這兩小時，應該十分重要，原振俠心中這樣想。

管理員接下來的敘述是：「可是，陳醫生這時，神情不是很對。電梯中的閉路電視攝像管，是裝在電梯頂上的。所以從螢光屏中看到的畫面，是自上而下的，角度相當怪，看不慣的人，會看得很吃力。看到的，是電梯中搭客的頭頂部份，看不到臉上的神情。我看到陳醫生，不斷地抓自己的頭髮！」

「他不但不斷抓自己的頭髮，看起來抓得很用力，而且，還不斷緊握著拳，敲打著電梯的壁，這種情形，實在很不正常。」

「在管理室，是有對講機可以和在電梯中的人通話的，這種設備，本來是爲了電梯有故障時使用的，我已經按下了按鈕，想問問陳醫生發生了什麼事。可是我又想到，一個人在電梯裏，如果在突然之間，聽到了有人講話的聲音，可能會嚇一大跳，所以我又關上了通話的按鈕，並沒有講什麼。」

「我繼續注意著陳醫生，看到電梯停了下來，門打開，才見陳醫生卻並不立即向外走去，只是站在電梯中，伸手向著打開的電梯門，不知道在幹什麼。」

管理員不知道陳維如在幹什麼，那是因為在電視上看來，完全是俯瞰的角度，無法看到陳維如臉上表情的緣故。

可是，有一個年輕人，才送他的女朋友回家。女朋友就住在陳維如的那一層，這時，正好要搭電梯下樓，當電梯門打開之際，這年輕人和陳維如相隔，不過一公尺的距離，陳維如伸出來的手，幾乎碰到他的臉上。

那年輕人的說法是：「我真的嚇了一跳，電梯門一打開，我以為沒有人，就一步跨了過去，可是電梯中卻有一個人在，這人，我因為經常送女朋友回家，曾見過一兩次，知道他是陳醫生。我差點撞在他的身上，連忙站定身子，陳醫生像是根本沒看到我，他的樣子可怕極了，口中發出含糊不清的聲音，面上的肌肉扭曲著，我才站定，就發現他眼睛之中，射出一股兇狠的光芒來，雙手伸向前，看來像是要來捏我的脖子！」

「我在嚇了一跳之後，不知怎麼才好，陳醫生忽然用極可怕的聲音道：『你是誰？』我忙回答了他的問題，他似乎根本未曾聽到我的回答，繼續大聲道：『你別騙我！我知道你不是！你不是！你究竟是什麼人？你再不說，我就殺了你！』」

那年輕人要不是以前曾見過陳維如幾次的話，這時一定以爲他是一個瘋子了。年輕人又後退了兩步，道：「陳醫生，你喝醉了！」

陳維如的聲音變得更可怕，據那年輕人的形容是，簡直如同夜梟的鳴叫一樣，聽了之後，令人毛髮直豎，全身不由自主地發顫。陳維如在尖叫著：「我沒有喝醉，我很清醒，我知道得很清楚！」

那年輕人當時所想到的，只有一點！喝醉了酒的人，總是不肯承認自己喝醉的，他一定是喝醉了！

年輕人是在事情發生之後，向調查的警官敘述當時的經過的，當他講到自己的想法之際，警官曾問：「他真的喝醉了？有很大的酒氣？」年輕人想了一想，搖搖頭道：「我倒沒有聞到酒味。或許他喝的是伏特加酒？據說，這種俄國酒，就算是喝醉，也聞不到什麼酒味！」

警官沒有再說什麼，年輕人就繼續說下去。

當時，陳維如的尖叫聲，令得那年輕人不知所措，他心中想，和一個喝醉酒的人，何必多計較，不如快點下樓去算了吧！就在他打算跨進電梯去的時候，陳維如居住的那個單位的門打開，有人走了出來。

「走出來的人，我也認識！」那年輕人說：「那是陳醫生的太太，她叫什麼名字？就是案中的死者？徐玉音？真太可怕了！」年輕人在講到這裏的時候，聲音禁不住有點發顫，他繼續講述著當時的情形！

徐玉音打開門出來，皺著眉，道：「維如，你叫嚷些什麼？」徐玉音才一出現，陳維如的神情，就像是遭到了電殛一樣，陡地震動了一下，然後，連走出了幾步，他是打橫走出去的，一下子來到了電梯旁邊，掛著的滅火筒的旁邊，發出可怕的聲音，繼續在叫著：「你是誰？你是誰，老實說，你是誰？」徐玉音只是一直皺著眉，並沒有回答，那年輕人看到這樣的情形，說道：「陳太太，要不要我幫忙扶他進去？他大概是喝醉了！」

這時候，才被那年輕人送回家的，年輕人的女朋友，也因爲外面的叫聲，而打開門，走了出來，同時，管理員也因爲不放心，也乘搭另一架電梯，上來看看究竟。

所以，在接下來所發生的事，有三個目擊証人，這三個目擊証人是：大廈管理員，年輕人和他的女朋友。

三個人的說法全是一樣的，而且這三個人，也絕沒有串通了來捏造當時經過的可能。

管理員的敘述，最是生動，他道：「我想來想去，總覺得陳醫生的行動十分古怪，所以不放心，上來看看。大廈一共有兩架電梯，一架由陳醫生乘了上去，一直沒有落下來，所以我就乘搭另一架上去。」

「電梯停下，門才一打開，我就聽到陳醫生在大聲叫嚷，樣子很可怕。同時，也看到了陳太太，站在她家門口，門打開著。還有林小姐，林小姐是陳醫生的鄰居，和林小姐的男朋友，我曾見過好幾次，每次林小姐回來得晚，總是他送回來的，他好像姓……黃？（管理員說的，就是那年輕人和他的女朋友。）我看到有那麼多人，又聽到陳醫生在不斷地叫著，就知道一定有什麼事發生了，我忙走出電梯去，才一跨出去，又聽得陳醫生大叫了起來——」

陳維如大叫著，叫的仍然是那句話：「你是誰？我看你已經不是你，你……你……」

他叫到這裏，突然急速地喘起氣來，接著又道：「你是從阿拉伯來的？」

陳維如忽然間叫出這樣一句話來，令人莫名其妙。

那年輕人只好同情地望向徐玉音，事後他對陳維如的評語是：陳醫生那時候的情形，完全像是一個瘋子一樣！

原振俠聽兩個警官詳細敘述著事情發生的經過，當講到這一段時，一個警官有點歉意地道：「原先生，陳維如在那時候講的話，其實是一點意義也沒有的！他說他的妻子，也就是案中的被害人，是從阿拉伯來的，這可以証明他有點神經錯亂了，但是三個目擊証人這樣說，我們只好照樣轉述給你聽。」

原振俠的心中十分亂，陳維如爲甚麼會這樣神經失常？這是不可能的事，陳維如這樣子，一定有極其神秘的原因，但是原因何在呢？

這時，原振俠也未曾特別注意陳維如指徐玉音是「從阿拉伯來的」這句話，有甚麼特殊的意義，他只是隨口應道：「是啊，聽來，一點意義也沒有。」

另一個警官道：「可是奇怪的是，根據三個証人的供述，陳維如不斷地說他的妻子是阿拉伯的一個酋長！」

原振俠一聽，整個人幾乎直跳了起來！

由於他的反應是如此之強烈，以致那兩個警官，也爲之愕然半晌，道：「原先生，你怎麼啦？」

原振俠忙道：「沒甚麼？沒甚麼？我只不過——真的沒有甚麼！」

原振俠本來想說「我只不過想到了一些事」，但是他隨即想到，自己想到的事，要向這兩位警官解釋起來，實在太複雜了，還是不要提的好，所以他才突然改了口。

那兩個警官雖然神情有些疑惑，但是也沒有再問甚麼。而原振俠所想到的是：阿拉伯的一個酋長！事情怎麼那麼巧？

他剛因為一個在夏威夷群島上失蹤的阿拉伯酋長，而和黃絹、王一恒扯在一起，那宗失蹤案如此之神秘，如今忽然又在陳維如的口中，冒出了「阿拉伯酋長」來，這不是太怪了嗎？

原振俠不由自主，用力搖了搖頭，想令得自己清醒一些，他絕對無法把尼格酋長的失蹤和陳維如指責他妻子的話，聯在一起，可是又不能不放在一起想。原振俠在思緒一片紊亂之中，只好苦笑著問：「陳維如怎麼會認為他的妻子是阿拉伯的一個酋長？這不是太怪誕了嗎？」

那兩個警官都同意原振俠的話，道：「是的，真是太怪誕了！」

陳維如在責問了徐玉音，問她是不是「從阿拉伯來」之後，徐玉音發出了一下呻吟聲，奇怪的是，三個証人都一致認為，徐玉音的反駁，十分軟弱，她只是靠著門邊，像是站不穩一樣，說道：「你在胡說什麼？你在胡說什麼？」

陳維如卻反而一副理直氣壯的樣子，大聲喝道：「你敢否認？你敢說不是？我要你現出原形來，我不管你是什麼妖精，我要你現出原形來！」

在一旁的三個人，聽得陳維如越說越不像話，那姓黃的年輕人忍不住道：「陳醫生，你在胡說些什麼？」

陳維如陡然大喝一聲，道：「你不信，我叫她現出原形來給你們看！」

陳維如在這樣大叫了一聲之後，接下來的動作，真是出人意料到了極點，他陡然一伸手摘下了掛在牆上的滅火筒來。

由於他的動作是如此突然，事前他又是胡言亂語，說什麼要徐玉音「現出原形來」，一點要有所行動的跡象也沒有，而且，平時陳維如給人的印象，又是極度的文質彬彬，誰也想不到他忽然會有這樣的人動作。所以，三個人雖然眼看著他把掛在牆上的滅火筒取了下來，一時之間，也猜不到他想幹什麼，也沒有來得及去阻止他。

而陳維如一將滅火筒取在手中之後，又發出了一下十分怪異的聲音，在一剎那之間，將滅火筒倒轉了過來！

誰都知道，滅火筒如果一倒轉了過來的話，滅火筒中的兩種化學劑，就會混合，因此而產生可以滅火泡沫！自滅火筒的嘴中，疾噴出來。

這時的情形，就是這樣，泡沫自滅火筒中，激射而出，射回徐玉音。徐玉音發出了一下尖叫聲，立時後退，她退得雖然快，身上已經被滅火筒中射出來的泡沫，射得一身都是。

徐玉音本來就是站在門口的，她一退，就退進了屋子內，而且立刻要將門關上，可是陳維如卻像是兇神惡煞一樣，直衝了過去，仍然抱著滅火筒，連人帶筒，重重撞在門上，將門撞了開來。他可能是太用力了，以致他撞開了門之後收不住勢子，整個人都跌了進去。他跌倒在地上，仍然抱著滅火筒，泡沫也不斷在噴出來，三個在旁的人，看到這種情形，全都嚇呆了！

管理員和那年輕人，首先向內直衝了進去，林小姐也跟在後面。

他們三人衝進去之後，並沒有看到徐玉音，只轉到了一下關門聲，看到臥室的門，正重重地被關上，顯然是徐玉音一逃了進來之後，就進了臥室，並且把門關上。

而倒在地上的陳維如，正掙扎著站了起來。當他站起來的時候，雙手已不再抱住滅火筒，滅火筒在地上，由於泡沫還在激射，產生了一股力道，令得滅火筒在地上不斷地旋轉著，泡沫也隨著轉動而四下飛濺，射得幾個人的身上全是，傢俬陳設，也弄得一團糟。

不過這時候，三個人都無暇去理會這些，因為陳維如的態度，越來越是怪異，他哈哈大笑著，道：「原來有用？原來真有用！」他一面叫著，一面還要去拾起滅火筒來，又叫道：「她怕了！她會現出原形來！」

管理員和年輕人一起衝上去，把陳維如緊緊抱住，不讓他有進一步的行動，陳維如用力掙扎著，三個人一起倒在沙發上。

林小姐在一旁，駭然叫道：「陳醫生瘋了！」

陳維如那時的情形，除了使人覺得他「瘋了」之外，不可能有第二個形容詞。

原振俠陡然站了起來，大聲抗議，道：「不，陳維如不會那樣的的！」兩個警官中的一個道：「三個証人，都可以在法庭上發誓供述當時的情形，他們絕無串通之理。而且，現場上還留著那滅火筒，和自滅火筒中噴出來的泡沫。」

原振俠又坐了下來，心頭一陣苦澀，一直是溫文儒雅的陳維如，有著那麼好的教育背景，有那麼高尚的職業，為什麼突然之間會變成這樣子？他受了什麼刺激？是婚姻的不如意，會使一個人變成瘋子？

原振俠實在沒有法子再想下去，他只好喃喃地道：「看來，陳維如已經不是他自己了！」

原振俠連他自己也是無意之中，講出這一句話來的。話一出口，他自己也怔呆了一下，一個警官冷笑著諷刺道：「陳維如說他的妻子不是她，你說陳維如不是陳維如，真是無獨有偶！陳維如不是他，是什麼人？難道也是一個來自阿拉伯的酋長！」

原振俠苦笑著，講不出任何的話來，那警官道：「事情還有得發展下去！」

原振俠當然知道事情還有得發展下去，事情發展下去的結果是陳維如殺了人，殺了徐玉音！

管理員和那年輕人，終於將陳維如按在沙發上，陳維如掙扎得滿頭大汗，一面喘著氣，一面叫道：「出來！出來！你為什麼不敢出來！阿拉伯酋長不是最神氣的人嗎？為什麼不敢出來！」

林小姐在一旁，勉力定了定神，道：「陳醫生瘋了，要不要報警？」

管理員和那年輕人委決不下，照當時的情形來看，除了報警之外，似乎沒有別的法子可想，但是他們都顧慮到，陳維如是一個有著高尚職業的人，如果一報警，事情鬧了開來，對他將來的事業，有極大的影響。

陳維如卻叫了起來，道：「報警有什麼用處？不如去請一些和尚道士來作法拿妖！對了，白蛇精是吃了什麼才現出原形的？雄黃酒？你們去拿雄黃酒來，我倒要看看這個阿拉伯酋長是什麼樣子的！」

陳維如的話，簡直是語無倫次到極點，可以說完全沒有人可以聽得懂他在說些什麼。他一面說，一面又衝著臥室的門，大聲喝道：「出來！」

林小姐看看情形越來越不對，她已經拿起了電話來，可是就在這時，臥室的門打了開來，徐玉音走了出來，神態很鎮定，道：「不必報警了，陳醫生他……他最近事業上有點小挫折，心境不是很好，喝醉了，沒有事情的！」

徐玉音這樣說，倒令大家都鬆了一口氣，陳維如一看到徐玉音出來，神情又變得極度緊張，徐玉音說著，來到了陳維如的身前。陳維如像盯著什麼怪物一樣地看著他那位美麗又能幹的太太。

徐玉音深深嘆了一聲，柔聲道：「好，維如，我什麼都告訴你好了！」

陳維如震動了一下，低下了頭去。

管理員和那年輕人看到氣氛已經緩和了許多，也就鬆開了抓住陳維如的手。陳維如站起來，又坐下去，道：「你知道發生了什麼事？」

徐玉音苦笑了一下，道：「我盡我所知告訴你！」

陳維如像是同意了，半晌不出聲。在一旁的三個人一看到這種情形，分明是他們夫妻間的爭執，已告一段落了。在這樣的情形下，最好自然是由得他們夫妻自己去解決問題了！

所以，三個人互望了一眼，管理員首先道：「陳醫生，你也該休息了！」

他說著，已向外走了，年輕人和他的女朋友，也採取了同樣的態度，三個人一起離開。

管理員在事後，十分後悔，道：「我們離開的時候，真的看不出還會有什麼事發生。雖然剛才發生的事，那麼奇特可怕，但我們走的時候，陳醫生甚至還送我們到了門口，我俯身，要去拾起那隻泡沫已噴完了的滅火筒來，陳醫生說：『不用了，明天再說吧！』」

「我們三個人離開之後，在陳醫生的門口，又站了一會，總是有點不放心，可是裏面什麼聲音也沒有傳出來，看來一切都恢復了平靜。黃先生送林小姐回去，我和黃先生一起下樓。」

「黃先生離開之後，我回到房間裏，沒多久，也就睡著了，一直到我再被驚醒，那時，已經是凌晨四時了。」

管理員的敘述中，負責調查的警官曾問：「你們離開的時候，是幾點鐘？」

管理員的回答是：「陳先生鬧了大約一個鐘頭，我回到房間時，是十二點不到一點。」

管理員回到他的小房間，是午夜十二時，直到他又被吵醒，是凌晨四點，這其間，一共四個小時。

管理員是被一下砰然巨響所驚醒的。由於職業上的習慣，一被驚醒，他立時跳了起來，順手拿起一根大棍子，就衝了出去。

當他衝出去之際，他又接連聽到了幾下聲響，當他奔到聲響的來源處時，看到了陳維如。一看見又是陳維如，管理員心中也不禁暗罵了一聲。但是大廈的管理員，通常是不敢得罪大廈住客的，管理員按住了氣，道：「陳醫生，又怎樣了？」

陳維如像是站立不穩一樣，又向前衝出了一步，再撞在一列信箱上，發出了一下巨響，然後，他扶住了牆，轉過身來，望著管理員，只是喘氣。管理員這時，不但注意到了陳維如的神情十分駭人，而且還注意到了一件十分奇怪的事，那就是，陳維如的手中，提著一隻箱子。陳維如是一個醫生，他提著醫生常用的那種箱子走出去的情形，管理員看到過許多次，不會覺得有什麼特別奇怪。而這時，令管理員有怪異之感的是，陳維如手中所提的那隻箱子，是一隻嫩黃色的女用化妝箱。陳維如看了管理員一眼，又抬頭向上看了一眼。

陳維如在抬頭向上看的時候，據管理員說，神情更是可怖。這種神情，即使那管理員是一個知識程度不高的人，也一下子就可以意識到，在樓上，有什麼不尋常的事發生了。

管理員也算是十分機智的人，他一想到了這一點，又看到陳維如想回外奔去，他就問：「陳醫生，你要到什麼地方去？」

陳維如並沒有回答，只是向外直奔過去，奔到了大廈的大門口。

大廈的大門，是兩扇相當大的玻璃門，陳維如奔得很快，一下子撞到了玻璃上，又發出了一下巨響，還好玻璃很厚，沒有撞破。

陳維如撞了一下，就伸手去推門，可是大廈的門，在午夜之後，是下了鎖的。本來，住客都有鑰匙，可是陳維如這時，顯然沒有帶鑰匙，於是他轉過身來，聲音乾澀，叫道：「開門！快開門！」

管理員連忙答應看，轉身奔進他住的小房間中，抓了鑰匙在手。

一般的門，都可以在裏面不用鑰匙打開，但大廈的那扇大門，卻爲了治安上的理由，在裏面，也一樣需要鑰匙來開，那是爲了預防萬一有歹徒被困在大廈範圍內時候，也不易逃脫。

管理員在抓了鑰匙在手之後，陡然想到陳維如的情形，極度可疑，所以，他拿起了電話來，報了警。這就是警方爲什麼那麼快就會來到的原因。

管理員在電話中只簡單地講了幾句，就走了出去，他看到陳維如把臉貼在玻璃上，不斷在喘著氣。管理員打開了門，陳維如幾乎是跌出去的，管理員去扶他，他把管理員推開，就一直向外奔了出去。

管理員不知道發生了什麼事，也不知道自己剛才打電話報了警，會不會大驚小怪，心中很惴惴不安，他關上了門之後，決定上樓去看看。

管理員才一出電梯，就感到事情不對，因爲他看到陳維如居住的那個單位，大門半開著，並沒有關上。在凌晨四時而大門半開，這自然是絕不正常的。他在門口叫問了幾聲，沒有人答應，就走了進去。

管理員一進屋子，所看到的情形，和二十分鐘之後，大批警方人員趕到之後所看到的情形是一樣的。

向原振俠講述事情被發現經過的兩個警官，正是當時第一批趕到的警方人員。

警方人員趕到的時候，看到管理員在大門口，不住地發著抖，指著樓上，結結巴巴，講不出話來，他們乘搭電梯上樓，看到徐玉音——陳維如的妻子，倒在客廳中，屋子中十分凌亂，接著來到的法醫，立時在徐玉音的頸子上，發現了明顯的扼痕，而且，斷定了徐玉音是因爲頸部受扼而死亡的。

在徐玉音的屍體，從大廈門口？出去之際，警力的通緝工作已經展開了。根據管理員及鄰居林小姐的供述，再根據那年輕人的供述，陳維如毫無疑問是殺人的兇手！

警方辦事迅速，在屋子中找到了陳維如的照片，立時複印了分發出去。在陳維如進入王一恒所屬的那幢巨廈之際，恰好被兩個巡邏警員看到，立刻報告上去，警方人員在進一步的調查，發現了陳維如和王一恒有著近親關係之後，當然更加緊張，立時派大隊人馬，進入大廈搜索。

這種搜索行動，照說是萬無一失的，但是恰好黃絹帶了她的安全人員，也在大廈中，她把陳維如扮成了她的安全人員，帶了出去。

當兩個警官，講述完了一切經過之後，原振俠只是苦笑，一句話也講不出來。

那兩個警官，在提到陳維如之際，還只是稱之爲「疑兇」，但是原振俠卻十分清楚，因爲陳維如在衝進王一恒的辦公室之際，早已直截地承認自己殺了人，而且，正是用手扼死的！

原振俠知道，陳維如這樣性格的人，本來是絕不會做出這樣事情來的，而他居然做了，一定有極其重大的原因！陳維如也說了原因，可是根本沒有人聽得懂，他是說「她不是她」，所以才「非殺她不可」，這是神經錯亂者的囈語，而原振俠絕不相信陳維如會神經錯亂，他只是相信其中另有極隱秘的原因！

那兩個警官相當客氣，他們臨走的時候，道：「原先生，請你轉告王先生，如果有疑兇下落的消息，請立即和彎方聯絡！」

原振俠連連點頭，道：「當然！當然！」

他送兩個警官出去，再回轉來時，王一恒已經急不及待地要見他。

第七部：酋長迷路變成陳太太

原振俠把經過的情形，大略向這位富豪講了一下。王一恒自始至終只是皺著眉，等到原振俠講完，他才揮了揮手，道：「原先生，我可不可以問你一個相當私人的問題？」

原振俠怔了一怔，他早已看出，在自己向王一恒說著陳維如的事情之際，王一恒一副心不在焉的神情，顯然他正在想別的問題，而不是在關切陳維如。

這時，王一恒這樣問，雖然很突兀，倒也不是全然出乎他的意料之外。他吸了一口氣，道：「請問！」

王一恒在寬大的椅子中略為挪動了一下身子，並不是立即開口，像是在考慮應該如何開口問才好。過了半晌，他才道：「請問，你和陳維如是同事，是本市醫院中的一個醫生，如何會成為一個阿拉伯代表團的成員的？」

原振俠一聽得他這樣問，心中「啊」地一聲，他知道，在他和那兩個警官談話的那段時間內，王一恒已經利用了他整個機構的那種無可比擬的工作效率，對他作了一個調查。

原振俠也幾乎立即可以肯定，王一恒調查他，真正的目標並不是他，而是黃絹，原振俠是和黃絹同時走進王一恒的辦公室的，當王一恒看到黃絹的那一剎間，他的神情動作，即使是一個全然不相干的人，也可以看出他的心意來，何況原振俠對黃絹，還有著一份念念不忘的戀情，自然更加容易敏銳地感覺得到！

原振俠的神態看來很鎮定，語氣也很平淡，道：「因爲我認識黃團長，黃絹！」

王一恒的身子向前俯了俯，神情比原振俠提起陳維如時，不知專注了多少，他問：「是同學？」

「不！」原振俠搖頭：「我在日本學醫的時候，曾和她在一起，研究過一件相當離奇的事，她知道我對事物有一定的分析能力，所以，她要調查尼格酋長失蹤一事，在未曾看見你之前，先來和我商量一下！」

王一恒十分用力地聽著，原振俠已經知道，他會一直追問下去的，所以已經回答得十分詳細。可是王一恒還不滿足。

原振俠的話才一說完，王一恒就已經道：「她和那個獨裁者卡爾斯將軍的關係，究竟怎樣？」

原振俠對這個問題，感到十分厭惡，他的神情和語調，也變得冷淡了起來，道：「我不知道。我想，如果你要知道這一點的話，留心一下專門報導各國政治內幕的雜誌，還來得好些！」

王一恒的身子向後仰了仰，道：「不瞞你說，我知道黃小姐極得卡爾斯的信任，在那個國家中，她幾乎可以替代卡爾斯發言的！」

原振俠聳了聳肩，顯然地表示了他不感興趣。

可是王一恒卻顯得興趣盎然，道：「原先生，由於我和阿拉伯世界有相當大的貿易，我屬下的鑽石公司，也和卡爾斯的國家有巨額交易，而卡爾斯的行爲，又是這樣的怪誕和囂張，支持全世界的恐怖活動，所以我的機構，對他也早有了詳細的資料！」

原振俠耐著性子聽完，便已經站了起來兩次又坐下，用行動表示了他極度的不耐煩，然後，他道：「王先生，你想說明一些什麼？」

王一恒用一種十分詭秘的神情，笑了一笑，道：「根據極可靠的情報，卡爾斯將軍，是一個絕無希望治癒的性無能患者！」

原振俠陡地一怔，一時之間，他倒絕不是懷疑王一恒所得情報的正確性，而是因這項所知，而聯想到了許多的問題。

黃絹和卡爾斯將軍之間的關係是什麼呢？這個問題，他問過自己許多次了。儘管他不願意有答案，但是答案卻明顯地放在那裏：黃絹是這樣出色的一個美女，又有著超卓的能力。卡爾斯將軍這樣的野心家，幾乎把治理國家的權力，交到了她的手上，那麼，他們是什麼關係？在原振俠和任何人看起來，卡爾斯將軍和黃絹之間，所缺少的，只不過是形式上一個排場極豪華的婚禮而已！

但是，如今王一恒卻說，他有可靠的情報，証明卡爾斯是一個性無能患者！

那麼，他和黃絹之間……原振俠只覺得思緒一片混亂，再也想不下去。

王一恒吸了一口氣，道：「我的情報來源，是蘇聯，國家安全局，和美國中央情報處，絕對可靠的！」

原振俠只是茫然反問道：「那又怎麼樣？」

王一恒深深吸了一口氣，站了起來，直視著原振俠，道：「那就是說，總會有一天，卡爾斯將軍給黃絹的權力再大，她也會感到不滿足！」

原振俠閉上了眼睛一回，王一恒的意思，他已經明白了，王一恒是在向他表示，他可以有希望，把黃絹從卡爾斯將軍的身邊，搶到他的身邊來！

原振俠沒有在表面上有任何表示，他早已自己告訴過自己，黃絹，絕不屬於像他這樣的普通人，普通人或者可以給黃絹以深切的愛，但黃絹所需要的是權力、金錢、地位，那只有卡爾斯將軍或王一恒這樣的大亨，才能給她！原振俠更想到，在這樣的情形下，卡爾斯是不是性無能，究竟是否重要！

原振俠在思索著，王一恒也在思索著，兩人所想的當然不一樣，王一恒陶醉在他自己的想像中，現出充滿自信的微笑來，道：「原先生，以後，我或許還有借重你之處。」

這樣的話，出自這樣一個超級大亨之口，在其他人聽來，一定會受寵若驚了，但原振俠只是淡淡地道：「以後的事不急，倒是維如——」

王一恒皺著眉，道：「我想請黃小姐把他弄到南美洲去，我在那裏有一個好朋友，他可以生活得很好。」

原振俠感到十分氣憤，提高了聲音，道：「維如他殺了人，殺了他的妻子！」

王一恒用一種極度不瞭解的神情看原振俠，道：「什麼意思？你要他上法庭去受審？由黃絹掩護他逃走，你也是同意的！」

原振俠揮著手，道：「我的意思是，一定要查出維如爲什麼會殺人，而不是讓他作爲一個逃亡的殺人兇手過一輩子！」

王一恒又凝視了原振俠半晌，才道：「好，那我就把這件事交給你了，需要任何費用，都不成問題。」

原振俠沒有法子推辭，事實上，就算沒有王一恒的這種「委託」，他自己也要去進行的。他點了點頭，站了起來。就在這時，電話鈴響了起來，王一恒拿起了電話，略怔了一怔之後，聲調就變得轉來極其活潑，道：「當然，黃小姐，我一定實現我的諾言，我們需要作長談，今晚，在舍下，怎麼樣？」

他略頓了一頓，接著又有點放肆地哈哈大笑了起來，道：「如果你感到和我單獨相處不夠安全的話，大可以把你的安全人員帶來！」

原振俠忙道：「問她，維如在哪裡？」

王一恒照著問了一句，又答應了一聲，神情愉快地放下了電話，道：「維如在一個阿拉伯國家的領事館中，她已經吩咐了人特別照顧，她說維如的精神狀態極不穩定，你可以隨時去見他！」

原振俠吸了一口氣，轉身就走。當他走出大廈，回頭向高聳的，在近處要一直把頭仰得極高才能看到頂部的大廈看了一下，感到頭昏目眩。大廈在市區的中心，來往行人極多，原振俠心不在焉地向前走著，碰到了好幾個途人之後，才上了車。

見到了陳維如，應該直接問他，為什麼要殺人，原振俠心中已經有了決定。

黃絹口中的「一個阿拉伯國家的領事館」，就是卡爾斯將軍統治的那個國家。卡爾斯將軍在全世界各地支持恐怖活動，大概是心虛的關係，那領事館的安全措施，十分驚人。原振俠道明了來意，雖然早已有過黃絹的吩咐，但是他還是經過三道門，每進一道門，經過一次徹底的檢查。檢查的徹底程度，幾乎連他的左手無名指指甲之中，有著一小點污垢也查了出來。

領事館是一幢相當古老的大花園洋房，房子的四周有很大的花園，當然也有高得異乎尋常的圍牆。在經過了三次徹底的檢查之後，原振俠被帶到地下室，由那裏，通過了一道暗門，進入了一間燈光柔和，佈置豪華，看來舒服之極的大房間。

陳維如的身子，緊緊縮成一團，蜷在一張大沙發的一角。他將身子縮得如此之緊，看來像是想把自己擠成一個蛋一樣。

原振俠進來之後，向帶他進來的領事館人員，作了一個手勢，示意他要單獨對著陳維如。領事館人員恭敬地退了出去，順手把門關上。原振俠叫道：「維如！」

他一面叫，一面向陳維如走過去，一直來到了陳維如面前，陳維如一點反應也沒有，一動也不動。

原振俠在沙發上坐了下來，道：「維如，你一定要回答我的問題，一定要！」

原振俠的話，講得十分堅決，有一股真的令人不能不回答的力量。陳維如抬起頭來，面肉抽搐著，神情很茫然，原振俠一字一頓，道：「你爲什麼要殺了自己的妻子？」

陳維如的身子，劇烈地震動了一下，但是他的聲音，卻十分平靜，道：「我是殺了一個人——」他伸出自己的手來，看看，喃喃地道：「本來是一雙……學了來救人的手……可是我卻扼死了……一個人……」

原振俠緊盯著：「爲什麼？」

陳維如道：「可是，我卻並沒有殺死自己的妻子，我殺的，是……是……」

他講到這裏，現出極度猶豫、疑惑的神情來，完全像是在徵詢原振俠的意見一樣，接下去道：「是……是一個阿拉伯酋長？」

原振俠嘆了一口氣，道：「你在胡說八道些什麼？」

陳維如苦笑了一下，道：「振俠，我要把事情源源本本告訴你，你信也好，不信也好！」

陳維如的神情，看來十分正常，原振俠心中想。

陳維如的神情，也十分嚴肅，原振俠並不是精神病的專科醫主，但是他也可以憑他的專業知識，判斷陳維如並不是一個精神病患者。

他道：「你不斷說阿拉伯酋長，是什麼意思？」

陳維如雙手抱住了頭，身子劇烈地發了一陣抖，才又抬起頭來，道：「你一定要聽我說，不要反駁我，聽我告訴你……」

原振俠道：「這正是我來看你的目的！」

陳維如有點神經質地揮了揮手，道：「事情是那天……晚上開始的，你可還記得，那天晚上，我在你那裏聽音樂？」

原振俠道：「你在我那裏聽過許多晚音樂，你指的是哪一天的晚上？」

陳維如道：「新年，一月一日那晚！我們聽的是新世紀交響樂。」

一月一日是新的一年開始，是各行各業的假期，醫院也不例外，那天，當原振俠準備獨自聽音樂的時候，門鈴響了，原振俠打開門，看到陳維如在門外，他覺得相當訝異：「怎麼？今天也不陪太太？」

陳維如的神情很無可奈何：「她工作的機構有聯歡晚會，我不想去參加！」

原振俠表示了他的歡迎：「那就來聽音樂！」

陳維如回家，已經將近午夜了，當他走出電梯之際，看見有燈光從大門的縫中透出來，他知道徐玉音已經回家了。想起兩個人的工作都這樣繁忙，工作的性質又截然不同，陳維如有點傷感。他在門口停了片刻，心中在盤算著，是不是可以有辦法說服徐玉音放棄現在的工作。但是他想了一想之後，只好嘆了一聲，徐玉音的事業十分成功，要她放棄，那是沒有可能的事。

他打開門，進去，客廳中燈火通明，並沒有人，他走進臥室，也沒有人，但是卻有聲音自浴室中傳出來。陳維如一面叫著他妻子的名字，一面推開浴室的門，用一種聽來十分親暱的聲音，又叫了一聲。但是當他叫了一聲之後，他卻呆住了。

徐玉音在浴室中，全身赤裸。在浴室之中什麼衣服都不穿，這本來也是極正常的事，作為夫妻，陳維如自然也不是第一次看到徐玉音美好的胴體，那都不足以令得陳維如怔呆。

令得陳維如怔呆的是那時徐玉音的神態。

陳維如和徐玉音的收入都很好，他們的居所，也曾經過刻意的裝飾，浴室相當大，有一個角落，在牆上，全部鑲著鏡子。

當陳維如推開浴室門門時，他看到的剛好是這一個角落，他也看到徐玉音站在鏡前，注視著鏡子中的自己，臉上的神情，怪異莫名。陳維如自從認識她以來，從來也未曾看到她有過這樣奇特的神情。

這是一種極難形容的神情，有驚疑、有恐懼、有悲哀，交雜在一起。當陳維如推門進來時，徐玉音雖然背對著他，可是她卻面對著鏡子，照說是一定可以看到陳維如的，可是她卻完全沒有注意，只是看看鏡子中的自己。

陳維如也從來未曾見過一個人，這樣子注視自己的。這時，徐玉音不但看著自己，而且，一隻手還在用力撫摸自己的臉，不，不是簡單的撫摸，簡直就是在用力拉著，扯著自己的臉，從她的動作看來，像是她的臉上，戴著一個面具，她要將之扯下來一樣！

陳維如看到了這種情形，陡然呆了一呆，一時之間，不明白他的妻子在幹甚麼，也不知道該如何說話才好。就在這時候，他聽得徐玉音一連說了幾句話。那幾句話，陳維如只可以肯定，徐玉音是在重覆著同一句相當簡單的話，可是，他卻沒有法子聽得懂。

陳維如向前走出了一步，道：「玉音，你說甚麼？」

看徐玉音的樣子，像是直到陳維如開了口，她才知道身後有人一樣，陡然之間，轉過身來。當她轉過身來之際，她的神情仍然是這樣怪異莫名，她像是想笑，但是又十分憤怒，一看到陳維如，又講了兩句話，仍然是陳維如完全聽不懂的話。

這時候，陳維如只感到了一股極度的寒意，突然侵襲全身，眼前的景象實在太詭異了，詭異到了他全然無法知道發生了甚麼事。在他面前的，明明是他的妻子，可是，爲甚麼她望著自己的眼光，全然是一個陌生人，講的又是自己聽不懂的語言？

陳維如張大了口，不知道怎麼才好，徐玉音反手指了一下鏡子，繼續講了幾句陳維如聽不懂的話，陳維如尖聲叫了起來，道：「別講我聽不懂的話！」

徐玉音怔了一怔，忽然改了口，道：「你……是日本人？」

徐玉音的這句話，卻是用純正的英語說出來的，陳維如在那一剎間，真是駭然到了極點！

陳維如從小在英國長大，徐玉音是在英國讀大學的，他們兩人，平時也習慣用英語交談，兩人的英語都十分流利，徐玉音的英語，還帶有相當濃的利物浦口音。可是這時，出自徐玉音口中的英語，卻極其純正，但多少有點生硬，而且，她還完全將自己的丈夫當成陌生人，問他是不是日本人！

陳維如嚇得目瞪口呆，盯著徐玉音看著，像是在看什麼妖魔鬼怪一樣。

而徐玉音還在不斷用她那種聽來極不自然的聲音問道：「這是什麼地方？我怎麼會在這裏的？發生了什麼事？究竟怎麼了？」

她發出了一連串的問題，每個問題，都令得陳維如的寒意增加。

陳維如是一個醫生，他對眼前這極詭異的情景，首先要想到的，就是醫學上的問題，他想到的是：玉音一定因為精神上的過度壓力，而令得她神經錯亂了！他大聲叫了起來，道：「玉音，你在說什麼？你為什麼變成這樣子？」

這兩句話，他也是用英語叫出來的，剛才他說中國話的時候，他的妻子，竟然問他是不是日本人！這時，他一說英語，玉音怔了一怔之後，道：「你叫我什麼？」

雖然陳維如是一個醫生，可是在這樣的情形下，他也不禁手足無措，他採用了最原始的辦法，不等徐玉音有任何動作，就一步跨向前，揚起手來，重重一掌，摑在徐玉音的臉上。

那一掌，摑得十分重，令得徐玉音的身子，陡然一側，跌倒在地上。陳維如看著跌在地上的妻子，又看看自己的手，身子禁不住在發抖。

他和徐玉音認識以來，連吵架都未曾有過，更不要說動手打架了，而這時，他卻出手打了徐玉音！

他不知道自己這樣做對不對，一面發著抖，一面過去扶徐玉音，徐玉音的臉，又紅又腫，這一掌下的力道，著實不經。

當陳維如上去扶她的時候。她推開了陳維如，低著頭，像是在想什麼，陳維如又不知道怎麼才好。過了好一會，大約有三四分鐘，徐玉音才抬起頭來，掠了掠頭髮，望著陳維如，發出了一個苦澀的笑容來。

一看到這種情形，陳維如大大鬆了一口氣，剎那之間，他的感覺也十分奇特，他感到的是：啊，玉音又回來了！玉音一直在浴室中，在他的面前，可是此時他卻真正有這樣的感覺。

陳維如的口唇發著抖，道：「你……你……」

徐玉音慢慢站了起來。由於陳維如一直在注意她，所以也留心到了她的一些小動作，她在站了起來之後，向鏡子看了一眼，又向自己的臉上撫摸了一下，卻全然不在意半邊臉的紅腫。

她的聲音，聽來像是十分疲倦，道：「真……是的，我連我自己也不知道……有夢遊症！」

陳維如呆了一呆：「夢遊？」

徐玉音轉過了頭去，道：「我回來，等你，你還沒有來，我就睡著了，等你把我……弄醒，我一定有十分怪異的行動？」

陳維如苦笑了一下，道：「還好，我……打痛你了？」

徐玉音這才撫摸著被打紅了的臉，突然之間，她撲向陳維如，在陳維如把她輕輕摟住之後，她緊靠著他，伏在他的肩頭。陳維如立即感到，她的淚水也弄濕了他肩頭的衣服。

陳維如在那一剎間，完全忘記了徐玉音剛才的怪異，只是不住地安慰道：「別哭，別哭，夢遊，就算真是夢遊也不算什麼，很容易醫治的。」

陳維如當時，連他自己也不知道為什麼在勸慰徐玉昔時，要加上一句「就算真是夢遊！」就要說這樣的話？我記得很清楚，我說了：『就算真是夢遊，也不要緊！』這樣的話。」

陳維如定定地望著原振俠，仍然是一副失魂落魄的樣子，道：「我……為什麼在一開始，

原振俠一直在用心聽著陳維如從頭說起，雖然他在聽的時候，疑惑重重，但是他並沒有打斷陳維如的敘述。中斷敘述的是陳維如自己，他向原振俠提出了這個問題。

原振俠緩緩吸了一口氣，道：「那是你心中，並不以為她真的是在夢遊！」

陳維如喃喃地道：「是的，我心中這樣認為。因為她當時的情形，很明顯她是在掩飾著些什麼，是在向我撒謊，我根本就不相信她！」

原振俠感到十分痛心，事態演變的結果，他是知道了的，他真不能肯定，究竟是陳維如不正常，還是徐玉音不正常。他沉聲道：「你和我都不是心理和精神方面專家，但是我知道，一個嚴重的精神分裂患者，會有一種幻覺，幻覺他是一個全然不同的另一個人！」

陳維如陡地尖叫起來，道：「幻覺？」

原振俠被陳維如突如其來的尖叫聲嚇了一大跳，道：「當然是幻覺，這種病例很多！」

陳維如盯著原振俠，道：「你以爲我爲了她有自己是另一個人的幻覺，就把她……我自己的妻子殺了？」

陳維如說到後來，語音尖利而帶著哭音，顯出他心中極度的哀傷。原振俠在這時候，實在無法作評論，他只好道：「你再說下去，我才可以表示我的意見！」

陳維如不斷安慰著，徐玉音也不斷流著淚。好一會，徐玉音才抬起頭來，滿臉淚痕，望著陳維如，道：「維如，我們是相愛的，是不是？」

陳維如忙道：「當然，玉音，當然！」

他一面說，一面去吻玉音臉上的淚痕，玉音又陡然抱住了陳維如，抱得極緊，在陳維如的耳際，喘著氣，一面抽噎著，一面斷斷續續地道：「你愛我，不論發生什麼事，你都愛我！」

陳維如一面答應著，一面問：「會有什麼事發生？」

徐玉音卻並沒有回答，只是將陳維如抱得更緊。陳維如心中雖然疑惑，可是也看出她的情緒很不穩定，不適宜再問下去。

陳維如沒有再問下去，只是把徐玉音半拖半扶，弄回了臥室去，等到他和徐玉音一起躺在床上之後，熄了燈，兩個人都不說話，陳維如已經朦朧地快要睡著了，突然之間，他被徐玉音的叫聲驚得直坐了起來。

他們的臥室，設計得幾乎一點光也透不進來，窗簾是兩層的，有一層是全然不透光的膠布。所以，當陳維如直坐起來的時候，眼前一面漆黑，他第一個動作，就是去摸身邊的妻子。

他的手才伸過去，就被玉音緊緊抓住，玉音在喘氣，陳維如記得是被徐玉音的叫聲弄醒的，由於剛才他快睡著了，所以未能聽清楚她叫了些什麼。這時，徐玉音一抓住了他的手，就喘著氣，急速地又說了幾句話，那又是陳維如聽不懂的話。

陳維如驚駭莫名，道：「我聽不懂你說些什麼！」

在他這樣說了之後，徐玉音改了口，又是那種純粹而生硬的英語，她在急速地道：「我……一定是迷路了，怎麼一回事……快送我回去！」

陳維如忙一欠身，著亮了燈，燈光一亮，徐玉音用手遮住眼，可是卻靜了下來，陳維如拉開了她的手，徐玉音的神情，一片茫然，喃喃地說了一句話。

徐玉音在那一剎間講的那句話，陳維如倒勉強可以聽得懂，他聽得出徐玉音是在叫著：「真神阿拉！」

陳維如陡然一震，他想起了徐玉音所說的其他的他未能聽懂的話。那些話，他仍然不懂，但這時，他倒可以肯定，那是屬於阿拉伯語發音體系的語言！

陳維如一想到了這一點，忙問道：「玉音，你是什麼時候學會阿拉伯語言的？」

徐玉音陡然轉過頭去，用力撫著臉，道：「你在說什麼？阿拉伯語，誰說阿拉伯語了？」

陳維如心中的疑惑，到了極點，沒有再問下去。當他熄了澄，再度躺下去之際，他再也沒有法子睡得著。他把當晚見到的，發生在徐玉音身上怪異的事情，歸納了一下，想弄清楚究竟發生了什麼事。

他歸納得的結果是：徐玉音突然之間，行動像是另一個人，而且在講阿拉伯語和平時不說的那種英語，其中主要部份，是用阿拉伯語來說的，他聽不懂。

第二天早上，陳維如由於沒有睡好，顯得相當疲倦，但是徐玉音看來完全正常，她和陳維如一起出門，各自駕著車離去。

陳維如到了醫院之後的第一件事，就是找到了醫院的精神科醫生，把徐玉音昨天晚上發生的事，假託是發生在另一個人的身上，請教對方的意見。

精神科主治醫生在聽了陳維如的敘述之後，輕拍著陳維如的肩頭，笑道：「陳醫生，你說的情形，不應該請教醫生，應該去請教靈媒！」

陳維如愕然，精神科主治醫生，是一個德高望重的長者，似乎不應該在這樣的情形下，和他開玩笑。在他瞠目不知所對之際，對方又道：「嚴重的精神分裂，可以使人的人格也分裂，造成幻覺。譬如說，一個嚴重的精神分裂症患者，幻想自己是拿破侖。他會學拿破侖說話、行動，甚至會積極去尋找約瑟芬來作爲他的情婦。可是，不論他覺得自己多麼像拿破侖，他作爲『拿破侖』的一切行動，還是由他意識產生，由他的知識所產生的，是根據他對拿破侖的所知來言、行的。也就是說，如果他本來不會說法文的話，在他自覺他是拿破侖之際，他也決不會講法語！」陳維如道：「我明白，可是剛才你說靈媒——」主治醫生道：「開玩笑，你說的那個人，絕不會說阿拉伯話，忽然在自覺自己是阿拉伯人之際，說起阿拉伯話來，說不定是什麼阿拉伯鬼上身了，哈哈！」

精神科主治醫生有點放肆地笑著。他是把陳維如當成晚輩的，而且陳維如又沒有說明事情是發生在徐玉音的身上，所以他可以毫無忌憚地取笑著。

但是陳維如卻一點也不覺得好笑，他只覺得有一股寒意，在背脊上直瀉而下。

「阿拉伯鬼上了身！」這種話，聽在一個受過專業訓練的高級知識份子的耳中，自然會覺得荒謬。如果不是有昨晚的經歷，陳維如一樣會說荒謬。然而，昨晚的情景，歷歷在目，陳維如除了遍體生涼之外，沒有別的反應。

主治醫生又道：「鬼上身，是不是應該找靈媒，或者是找驅魔人——」他說著，突然停了下來，那是由於突然之際，他發現陳維如的臉色，難看到了極點之故！

主治醫生有點駭然，止住了笑聲，道：「如果你那位朋友……我看，還是約一個時間，讓我來替他檢查一下……」

陳維如不但臉色難看，連聲音也很難聽，道：「不必了，我會找驅魔人的！」他負氣講完了這句話之後，掉頭就走，弄得那位主治醫生，僵了半天。陳維如離開之後，心不在焉地去上班，中午休息時，他駕車出去，去買了一套「阿拉伯語自學」和一具專為學習語言用的小錄音機。

他肯定徐玉音還會用他聽不懂的語言來講些什麼話，他既然估計那是阿拉伯語，那麼，他就必須學會幾句簡單的阿拉伯語才好。

當天下午，他在讀了阿拉伯文的字母，聽了它的發音之後，更肯定徐玉音講的是阿拉伯語了！接下來的三天，都相當平靜，三天之後的一個晚上，已快要就寢了，陳維如在衣櫥旁準備著明天要穿的衣服，徐玉音在浴室中，一切看來也很正常。但就在這時，陳維如陡然聽到了徐玉音在浴室中講了一句話，這次，他聽懂了這句話，徐玉音用阿拉伯語在說：「怎麼一回事，究竟是怎麼一回事！」

陳維如整個人都呆住了，他想推開浴室的門，去看徐玉音在幹什麼，可是他卻沒有勇氣，他只是來到了浴室門口，又聽得徐玉音講了一句，這一句，由於他只學了三天阿拉伯語，他只聽懂了半句，那是：「我爲什麼——」

這一次，是原振俠打斷了陳維如的敘述，道：「等一等！你的敘述之中有一處極不合情理的地方，我要問清楚！」

陳維如吞了一口口水，只是怔怔地望著原振俠，作了一個請他問的手勢。

原振俠道：「維如，如果你能在三天之內，就學會聽懂一句半句阿拉伯話，那麼，玉音可能也暗中在學，她會講阿拉伯話，也就不算是什麼了！」

陳維如苦笑了一下，道：「當時，我的反應，和你完全一樣，我也是這樣想。當我一想到這一點的時候，我精神鬆弛了不少，我想，玉音一定是由於她業務上的需要，所以學了阿拉伯話，又爲了要記熟它，所以有時在精神恍惚中，也講了出來。」

原振俠點頭道：「是，這很合理！」

陳維如深深吸了一口氣，道：「所以，我不再去推開浴室的門，轉回身去。當時，我是開了衣櫥的門在整理衣服的，你記得不記得？」

原振俠點了點頭。

陳維如感到心情輕鬆了許多，轉回身去，繼續整理衣服，同時也決定了，等玉音自浴室出來之後，他要突如其來，向她講兩句才學會的阿拉伯話，好讓她驚奇一下！就在他這樣想的時候，他忽然看到，衣櫥的一個角落處，有一隻花布的手提袋在。

那是一隻十分精緻的花布手提袋。法國名家設計，是陳維如送給徐玉音的，徐玉音十分喜歡，幾乎每天都要用，而陳維如也知道徐玉音從來也沒有把東西藏得如此隱秘的習慣，更何況是每天要用的東西。

花布袋在衣櫥的後角落，他們臥室中的衣櫥十分長，超過三公尺，一人使用一半，花布袋就在徐玉音使用的那一半的後角落。

陳維如立時想到：如果不是有什麼秘密要隱藏，玉音不會做這樣的事。他先向浴室的門看了一眼，估計玉音不會那麼快出來，他迅速地來到衣櫥的一端，打開門，取出手提袋來，打開。手提袋中的東西，出乎他的意料之外，是幾本雜誌，和一些剪報。

雜誌的封面，全是一個人。那是一個看來和其他阿拉伯人並無不同的阿拉伯人，作相當高貴的酋長打扮，說明全是一樣的：道吉酋長國的尼格酋長。這本來並不奇怪，奇怪的是在其中一本封面之上，有紫色的顏色寫著的三個大字：這是我，寫的是阿拉伯文，陳維如剛好看得懂。

用紫色顏色的筆來寫東西，是徐玉音在學生時期就有的習慣，而且一直堅持到現在，這三個字，當然是徐玉音寫上去的。

那是什麼意思？陳維如又駭異又莫名其妙，他再去看剪報，報上登的是尼格酋長在夏威夷群島中毛夷島上神秘失蹤的消息。

陳維如還想再看，聽到浴室中的水聲停止了，他忙把所有的東西放回去，心頭怦怦亂跳，在床沿上坐了下來。浴室的水聲止了之後，又過了一會，門才打開，徐玉音的神情，看來極其疲倦，披著浴袍，走了出來。

陳維如本來打算突然說兩句阿拉伯話，可是這時，卻說什麼也提不起這個勇氣來了。他們甚至一句話也沒有說，就各自睡了下去，這是他們結婚之後從來也未曾有過的事。

陳維如有強烈的感覺，感到就在自己身邊的，是一個陌生人，不再是他的妻子，非但不是他的妻子，而且，那可能是一個陌生的阿拉伯男人，一想到這一點，他實在無法睡得著，這種感覺之怪異和令人之不舒服，真是到了極點。徐玉音的胴體，本來是那樣美麗動人，可是這時陳維如卻有一種噁心之感，只想離得她越遠越好！甚至不小心，偶然碰到了一下，他都禁不住會起雞皮疙瘩。

這樣的情形。又維持了好幾天，陳維如真的快到了忍受的極限了！

在那幾天之中，他發現了他妻子更多的秘密，徐玉音不斷地在一本本子上寫著，陳維如趁她不注意時，打開那本本子來看過，上面寫的，全是他不認得，極其潦草的阿拉伯文字。

徐玉音不正常的行動更多，每一個行動，都使陳維如看來，她像是另一個人，在開始的時候，陳維如還只覺得徐玉音的行動，像一個陌生人，但是一天接一天，這個「陌生人」，卻漸漸定了型，使陳維如可以強烈地感到，那是一個阿拉伯人，阿拉伯男人，一個阿拉伯的酋長，那個失蹤了的尼格酋長，因為陳維如發現越來越多徐玉音搜集的有關尼格酋長的資料。

到了下一個月的月初，陳維如又在無意之中，看到了長途電話的收費單，上面的數字，把他嚇了一大跳，作為一張電話收費單來說，那是天文數字了，仔細一看，電話全是打到道吉酋長國去的。

那個酋長國的酋長，就是失了蹤的尼格酋長。而真正令陳維如忍無可忍的，還是那天晚上徐玉音的那個動作。

那天晚上，徐玉音坐在化妝台前，陳維如已經精神恍惚到了不敢正眼看他妻子的程度了，這時，他偶然向徐玉音看了一眼，看到對著鏡子的徐玉音，神情極其怪異，動作更是莫名其妙，她不斷地用手在自己的下顎、腮邊撫摸著。

陳維如開始，真不知道她是在幹什麼，先是呆了一呆，但是緊接著，他卻想到了，徐玉音在顎下是在撫摸著鬍子！那純粹是一個多鬍子的男人，在撫摸自己鬍子時的動作！

可是徐玉音卻是一個女人，根本沒有鬍子！也正由於如此，是以她這時的動作，看來就格外詫異，格外令人毛髮直豎！

陳維如心中的震驚是如此之甚，以致張大了口想叫，可是卻並沒有發出呼叫聲，只是發出了一下呻吟聲來。徐玉音根本沒有注意他。陳維如在這些日子來，精神上所受的壓力之大，絕不是旁人所能想像的。他每分每秒，都感到他的妻子不再是他的妻子，受成了另一個人，一個莫名其妙的阿拉伯男人，而且，他還無法向任何人訴說這一點，只有一個人默默地忍受著這種痛苦的折磨。

這時，他再也忍不住了，在呻吟了一聲之後，他忍住了強烈的、想嘔吐的感覺，向外直衝了出去，一直在馬路上奔跑了一個多小時，幾乎，連氣也喘不過來時，他方軟癱在地上。

他的思緒一片混亂，他實在不知道發生了什麼事，這些日子來，他也曾好幾次想和徐玉音好好談一談，但是徐玉音卻什麼也不肯說，他實在沒有別的辦法可想，這時，他只想到了一點！找一個會捉鬼的人去！

這種念頭，在陳維如的心中，也不是第一次想到，他也曾有意地打聽過很多有這方面本領的人的消息，他們的能力和住址等等。不過他一直不相信什麼鬼魂，所以也沒有行動。

這時，他實在無法忍受了，他除了去找那種人之外，還能作什麼？

定了定神，仍然喘著氣，他伸手截停了一輛計程車，向司機說了一個地址。他要去找的人，是一個靈魂學專家，他是聽一些人說起過這個人的。

靈魂學家的名字是呂特生。和陳維如想像中完全不同，靈魂學家並不是一個面目陰森，有著可以看到鬼的陰陽眼，令人望而生寒，穿著一身黑衣的那一種典型，而是一個十分和藹可親，頭髮半禿的中年人。

更令陳維如感到意外的是，靈魂學家是人家給他的街頭，他本身是一家大學的教授，有著心理學博士的街頭，是一個十分出色的學者。

陳維如到的時候，已經是午夜了，這樣冒昧地去找一個人，對陳維如來說，還是首次，所以，當一個僕人，把他帶到客廳中，在那個陳設古舊典雅的客廳中，他看到呂教授出來時，真不知道說什麼才好。

他只好先囁嚅地介紹了自己，然後，神情苦澀地，道：「我有一件……十分荒謬的事……真是冒昧，我實在沒有人可以……聽說你很有一些特異的才能……」

呂教授的神態很安詳，道：「請坐，慢慢說！」

陳維如的神情更苦澀，道：「我……恐怕……不必說了，對不起，打擾了！」

陳維如只覺得對方實在不像是一個驅魔人，他也不想隨便把發生在自己妻子身上的事對人說，所以他準備退縮了。就在這時，客廳旁的書房門打開，另外有一個人，走了出來。

這個人年紀大約在三四十歲之間，一副充滿自信的樣子，呂教授並沒有介紹這個人，這個人不客氣地直指著準備離去的陳維如，道：「你心中的困擾，已經人人都可以看得出，對呂教授說說吧！」

陳維如苦笑道：「這……太荒誕了！」

呂教授笑了起來，指著那個人，道：「再荒誕的事，這位先生也經歷過，我想你一定聽過他的名字，他是──」

當呂教授想介紹那個人之際，那個人搖著手，道：「不必提我的名字了，我正有很麻煩的事，不能再管其他的事情！」

那個人說著，就匆匆的向外走去。

陳維如向原振俠望來，道：「那位在呂教授家裏遇到的先生，聽說他遇到過很多怪誕的事，我當時如果留他下來，一起聽我的事，結果或者會不同？」

原振俠聽了陳維如的敘述，思緒也亂成了一團，他搖頭道：「也不一定，那位先生，我知道他。」原振俠知道陳維如在呂教授家裏遇到那個人，就是黃絹當日去找過他，問及他關於人腦中有一片金屬片意見的那個人，當日他並沒有說出什麼具體的意見來，所以原振俠並不重視，只是問：「呂教授怎麼說？他是一個著名的心理學家，應該會給你正確的意見！」

陳維如嘆了一聲，沉默了片刻。

原振俠並不催促他，只是自己迅速地轉著念，這時，他當然還不是全部接受陳維如的敘述。

陳維如說他的妻子，變成了另一個人，這是極度不可思議的一種說法。可是原振俠卻想起了，那天晚上，就是陳維如在醫院中出了差錯的那一天，他在晚上，曾去找陳維如，徐玉音打開門來，看到他的情形。

徐玉音在看到他的時候，像是完全不認得他一樣！

原振俠絕對可以肯定這一點，當時他就曾十分疑惑，不知道是為了什麼。這時，他想到，如果徐玉音變成了另一個人，像陳維如所說，一個阿拉伯人，那麼，不認得他，也是理所當然的事情了。

原振俠的思緒十分亂，為什麼徐玉音會自以為是那個失了蹤的尼格酋長？

尼格酋長神秘失蹤的事，已經是如此詭異，徐玉音是不是看到了有關的報章，受了這種神秘詭異氣氛的影響，才導致精神分裂的呢？

疑問實在太多，原振俠找不到任何答案，他只好嘆了一口氣，而在他嘆氣之際，陳維如也嘆了一聲，才繼續開始他的敘述。

那個人走了之後，呂教授只是用十分誠懇的眼光望著陳維如，陳維如躊躕坐了下來，開始向呂教授訴說他遭到的困擾。

由於這時，他精神的痛苦，已到了人可以忍受的極限。所以他的話，說來十分凌亂，一時說徐玉音的詭異行動，一時又說及自己在這種情形下的痛苦，呂教授十分用心地聽著。

等到陳維如講完，呂教授仍然不出聲，可是神情卻十分嚴肅的。

陳維如語帶哭音，道：「呂教授，這……是怎麼一回事？我……實在快崩潰了，所以……只好來找你……聽聽你的意見。」

呂教授仍然不說話，緊蹙著眉，在等了大約三分鐘之後，呂教授忽然向陳維如作了一個手勢，道：「請你等一等，我去打一個電話！」

陳維如有點啼笑皆非，呂教授在這個時候，忽然要去打一個電話。

那豈不是表示他對於自己的敘述，一點也不重視。

陳維如已經盡可能地把事實說了出來，可是對方的態度卻是這樣不重視，那令得陳維如感到了極度的沮喪。

陳維如很後悔來找呂教授，當呂教授走進書房去的時候，他已經打定主意，要不告而別了。呂教授在走進書房去之際，順手關了房門，可能是他感到，陳維如還在外面，如果他就這樣把門關上，那是一種很不禮貌的行為。所以，他只是將書房的門虛掩著。

陳維如已經站了起來，可是就在這時候，呂教授的聲音，從書房傳了出來，他的聲音聽來十分認真，道：「陳先生，對不起，請你等一下！」

陳維如怔了一怔，決不定是走好，還是等著好。就在這時候，他聽到書房中傳出了電話鍵盤撥動的聲音，一下接一下。

這時已經夜深了，撥動電話鍵盤的聲音雖然不是很響，但是也可以聽得很清楚。陳維如這時的心情極亂，可是他還是注意到了，呂教授撥了很多號碼，那當然不是在打本地的電話，而是在撥直通的國際電話。

陳維如想到了這一點，相當重要。呂教授忽然之間要去打電話，陳維如有一種嚴重被侮辱的感覺，但一知道了對方是在打國際長途電話，陳維如心想，那一定是有重要的事，早就約好了的，不是他對自己的話不重視。陳維如一有了這樣的想法，就打消了要不辭而別的念頭，所以他可以聽到呂教授對著電話所講的話。

在撥了電話號，之後，靜了片刻，然後，便聽到呂教授聲音，道：「我要找溫谷上校，對，這是長途電話，請他快來聽。」

陳維如怔了一怔，溫谷上校，這個名字，他十分熟悉。本來，在他的生活中，是不可能知道什麼有著「上校」街頭的人的。

可是這個名字，他的確十分熟悉。而且，在一怔之後，他立時想了起來，他是在那裏知道這個上校的名字的。

由於徐玉音異常行動，使得陳維如也一直在留意尼格酋長失蹤的事件。當尼格酋長失蹤之後，美國方面派去調查的特別小組的負責人，就是溫谷上校！

這時，陳維如的心中，大概疑惑呂教授忽然打電話給溫谷上校，那是爲了什麼？他一面想著，一面不由自主，走得離書房的門近了些。

他並不是有意去偷聽人的電話，而是心中的疑惑，實在太甚。而且，呂教授似乎也沒有不讓他聽的意思，因爲他講話的聲音相當大——這是一般人通長途電話時的習慣，以爲隔遠，非講大聲一點不可，其實，完全沒有這種必要的。

陳維如走近了幾步之後，又聽得呂教授道：「是溫谷上校？我是呂特生，對，上校，我這裏發生了一件事，我認爲，我已經找到尼格酋長了！」

陳維如聽到這裏，陡然嚇了一大跳？呂教授這樣說，是什麼意思？

陳維如還未能進一步去想，呂教授的聲音又傳了出來，道：「不是，情形極其奇特，我無法在電話裏向你講得明白。不，不，不，你錯了，完全出乎常理之外，絕對不是，你一定要立刻來，才會知道事情的經過，對，一定要立刻來，可以說是怪誕，但是……你一定要來，半分鐘也不要延誤，我等你！」陳維如的腦中，亂成了一片，只是呆呆地站著，等到書房門打開，他立時道：「你剛才這樣說，是什麼意思？什麼叫已找到尼格酋長了？」

呂教授的態度，十分嚴肅，他作了一個手勢，道：「你聽我解釋，我有我的設想——」

陳維如叫了起來，道：「什麼設想？你叫溫谷上校來有什麼用？玉音是我的妻子，不是什麼尼格酋長，你找溫谷上校來幹什麼？」

呂教授皺著眉，道：「如果你這樣想，你來找我，是爲了什麼？」

他一面說著，一面伸手，要去拍陳維如的肩頭，可是陳維如陡然後退，尖聲道：「別碰我！告訴我，你在打什麼主意！」

呂教授又作了一個手勢，但是他可能立時感到他要說的話，決不是用手勢所能表達的，所以手勢做了一半，他就停了下來，道：「陳先生，發生在尊夫人身上的事，是一種十分奇特的現象，必要深入地研究——」

陳維如不等對方講完，就叫了起來，道：「不要把我的妻子當作是實驗室中的老鼠，不要把她當試驗品！」

呂教授忙道：「我不是這個意思，我的意思是，尼格酋長——」

陳維如怒不可遏，道：「別提那個鬼酋長，我的妻子和他一點關係也沒有。你剛才說找到了尼格酋長，是什麼意思？」

呂教授沉聲道：「在某種程度上而言，我認為尊夫人就是尼格酋長，那個神秘失蹤的——」

呂教授的話還沒有講完，陳維如實在忍不住了，一拳揮出，打得呂教授身子轉了一轉，跌倒在地，陳維如只發出沒有意義的呼叫聲，衝了出去。

離開了呂教授的住所之後，陳維如腦中一片混亂，漫無目的地在街上閒蕩。他並不是一個粗魯的人，自從少年時代之後，只怕也沒有揮拳打過任何人。他也知道剛才為甚麼要打人，那並不是因為對方的胡說八道，相反地，是因為呂教授的話，說中了他心中最害怕發生，明知已經在發生，可是又絕不想承認的事！

他的妻子，徐玉音，已經不是徐玉音了，變了！照呂教授的說法是：「在某種程度上而言，她就是神秘失蹤了的尼格酋長！」

在寂靜的街道上，陳維如一想到了這一點，感到一股異樣的妖氣，包圍在他的四周。他明知這些日子來，徐玉音的怪異行為，很可以証明這一點，但是他卻又絕不願承認這一點。

當晚，他在街上闖蕩到了天亮。他甚至不敢打一個電話回家，因為他怕電話一打通，徐玉音發出的聲音，是阿拉伯話，或者是那種標準而生硬的英語！

原振俠也感到了那種妖異的氣氛，當陳維如略停了一停之際，他不由自主地深深吸了一口氣，然後才道：「你太衝動了，應該進一步聽聽呂教授的意見！」

陳維如的聲音，在剎那之間，又變得十分尖銳，道：「衝動！換了你，你會怎樣？同意他們把玉音當白老鼠那樣去研究？」

原振俠並沒有說甚麼，有一句話，他在喉嚨裏打了一個轉，卻沒有說出口來。那句話是：「總比殺了她好吧！」

原振俠只是在呆了片刻之後，問道：「那麼，溫谷上校來了沒有？」

原振俠在黃絹那裏，知道了尼格酋長失蹤的經過，所以他也知道溫谷上校這個人。

陳維如苦笑了一下，道：「誰知道，當天晚上，我闖蕩了一晚，直接到醫院去，就出了事！」

原振俠「啊」地一聲，道：「原來你去看呂教授，是！是！最近的事？」

陳維如道：「是前天晚上。醫院裏出了事，你來找我，我們在大廈門口講了幾句，你還取笑我，說我幻想自己是一個國家元首！」

原振俠神情苦澀，沒說甚麼。陳維如又道：「再接著，事情……事情就發生了！」

他說到這裏，身子又劇烈發起抖來。原振俠道：「最後應該還有一些事，你還未曾說。」

陳維如雙手抱著頭，原振俠道：「經過情形，你用滅火筒等經過，我已全知道了！」

陳維如帶著哭音，道，「我實在忍無可忍了，你知道，我是受過嚴格科學訓練的人——」

原振俠糾正道：「你應該說自己是受過人類現階段科學訓練的人！有很多現象，人類現階段的科學還未曾觸及，別把科學這個詞的範圍弄得太窄！」

陳維如悶哼了一聲，也不和原振俠爭辯，只是自顧自說下去，道：「可是，我也不得不作了種種絕無可能的揣測，我和你分開之後，我忍不住去喝了一點酒。相信我，我決計沒有喝醉，可是當我再見到玉音的時候，我實在無法再假裝自己不知道她已經變了這件事，所以……我……我才——」

原振俠道：「所以你才要她現原形？」

陳維如現出痛苦的神情，來，道：「經過你已知道了？當管理員和鄰居走了之後，玉音答應把一切告訴我，發生在她身上的事，只有她自己最清楚，她肯告訴我，自然是……再好不過，所以我也平靜了下來，當屋子裏只有我們兩個人時，我幾乎是在哀求她，我問道：『玉音，究竟是怎麼一回事？』」

「究竟是怎麼一回事？」陳維如問，雙手緊緊地互握著，彷彿這樣，就可以使心中的緊張減輕一些。

徐玉音半轉過身去，好一會，才道：「我也不知道，真的，我不知道我爲什麼會在這裏，有很多事，我想不起來了，可是我至少記得，我絕不應該屬於這裏的！」

徐玉音這時，用的是那種不屬於她平時所講的英語，聽在陳維如的耳中，每一個字，就像是一柄利鋸在鋸他的神經一樣。

陳維如不由自主喘著氣，道：「這是什麼話，你是我的妻子！」

徐玉音先是苦笑了一下，然後，忽然大聲笑了起來，陳維如不知她有什麼好笑，徐玉音一面笑，一面道：「你的妻子？看來你比我更糟糕，那……是你的妻子？你的妻子倒真是一個美人兒！」

陳維如又是吃驚，又是憤怒，大聲喝道：「你自己以爲是什麼人，你說，你以爲你是什麼人？」

徐玉音來回走了幾步，她那種走動的姿勢，無論從哪一角度來看，都不像是女人，陳維如只覺得遍體生涼，希望這一切，全是一場惡夢，而惡夢快點醒來。

可是，接下來發生的事情，卻令得陳維如墮入更深的惡夢深淵之中！

徐玉音道：「我知道我自己是什麼人，只是不知道發生了什麼事，一定是一件奇妙之極的事，我開始的時候，十分焦急，但現在，我相信這是真主的安排，才能有這樣奇妙的經歷——」

徐玉音還在說著，可是陳維如卻已忍無可忍了，他尖聲道：「我知道你是誰，你……自以爲是道吉酋長國的什麼尼格酋長！」

徐玉音怔了一怔，沒有立時回答，但是她沉默了並沒有多久，便立時怪聲怪氣地笑了起來，道：「是麼？自以爲是？我總沒有辦法自以爲是你的妻子！哈哈，你妻子的身材倒真不錯，皮膚也夠細滑的——」

她說的話，已然令得陳維如目瞪口呆，可是接下來，她的動作，更看得陳維如整個人，像是要炸了開來一樣，徐玉音一面說，一面竟然撫摸著自己的身子。當她在撫摸自己的身子之際，她雙手的動作，完全像是那是另外一個人的手一樣，她的雙手，甚至在她自己飽滿的胸脯上，用力地搓揉著。

陳維如只感到血向自己的頭上衝，他大口喘著氣，道：「住手，住手，停止！」

徐玉音笑得更邪惡，雙手的動作沒有停止，而且更加不堪，她一面還在道：「真不錯，你知道，我經常照鏡子，欣賞你妻子的胴體，我感到我和她比你要親近，你已經多久沒親近她了？可是我——」

陳維如陡然跳了起來，叫道：「住手！」

他一面叫，一面已經伸出了雙手去，這時，他已經完全失去了自制力，再也無法控制自己了，在他眼中看出來，在他面前的已不是徐玉音，而是一個極其邪惡的阿拉伯男人，這個阿拉伯男人，正在用人類歷史上從來未曾有過的方法，在侮辱他的妻子！

他雙手向前伸著，摸過去，一下子就扼住徐玉音的脖子。

當他的手指，深深地陷進徐玉音喉際之時，他聽到徐玉音的喉際，發出了格格聲。

這時，如果不是徐玉音還睜大雙眼看著他，而且，眼神仍然是那麼邪惡的話，他或許會鬆開雙手來。

但是，徐玉音卻一點也沒有害怕的神情，只是望著他，像是在嘲弄他。

那更令得陳維如怒發如狂，不斷在雙手上加勁。

陳維如一面用力掐著徐玉音的頸，一面一直盯著徐玉音，直到他看到徐玉音的臉轉了色，雙眼之中，現出的眼神，也變得一片茫然之際，他才鬆了手。

當他鬆開雙手之際，只感到自己全身脫力，身子向側一歪，「咕咚」一聲，跌倒在地。

他用手撐著地，大口喘著氣，大滴大滴的汗，自他的額上，向下滴著，他完全無法思想，整個人，像是被禁閉在一塊大石之中一樣。

他不知道自己維持了這個姿勢多久，在這樣的情形下，誰還會去注意究竟過了多少時間？當他又可以開始想到一些事情的時候，他轉動著僵硬的頭部，向在一旁，睜大著失神的雙眼的徐玉音望去。他一看到了徐玉音，整個人就像是受到了雷殛一樣地震動起來。

「殺了人！扼死了玉音，殺死了玉音！」陳維如在片刻之間，只能想這一點，他撐起身子來，坐在地上，好幾次，想站起來，可是在劇烈發抖的雙腿，根本無法支撐他的身子！

他殺了人！被殺的是他自己的妻子，可是，他又強烈地知道，當他下手的時候，那絕對不是他的妻子，那是另一個人！

在經過了極度的混亂之後，陳維如開始漸漸地冷靜了下來。他知道，不論自己怎麼說，人家都不會相信的，他要人家相信，就必須尋找徐玉音不再是徐玉音的証據。

在這時候，他想起了徐玉音不斷在寫著字的那個本子，他衝進了臥室，翻抄著，終於在一隻化妝箱中，找到了他要找的東西，不單有那本本子，還有許多圖片，剪報。

陳維如匆匆看了一下，就合上了箱子，提著箱子，又來到了客廳。

他沒有勇氣再向徐玉音看多一眼，這時他所想的以有一點：我要逃走，我殺了人，沒有人相信我的話，我一定要逃走！

他提著化妝箱，衝出了住所，甚至性急得來不及等電梯，他是從樓梯上直衝下去的。

他一口氣衝到大堂，由於他衝得這樣急，所以才會碰撞到了東西，把大廈管理員吵醒，起來看他。

當他離開了大廈之後，他想到要把那隻化妝箱藏起來，箱子中的東西，就算不能証明他沒有罪，至少也可以証明他殺的不是徐玉音，他截了一輛車，來到了機場，把那隻箱子，存在行李寄存處。

陳維如在機場並沒有耽擱多久，他感到每一個警員，都像是瞪著他，看穿他剛殺了一個人一樣，他匆匆離開，在街上徘徊了一會，感到在如今這樣的情形下，能幫助他的只有他並不時常來往的舅舅王一恒一個人了。所以，他就來到了王一恒的辦公室。

而這時，警方早已發現了兇殺案，開始在搜尋他了，一有警員發現了他的行蹤，搜捕的行動就展開了。

陳維如怔怔地望看原振俠，原振俠神情苦澀，陳維如的口唇發著抖，道：「你……你信不信我講的……全部過程！你一定要相信我！」原振俠深深地吸了一口氣，他實在不知道該如何回答這個問題才好。陳維如的整個敘述，都是怪誕得不可思議的，不可相信的，但是，除非他先肯定了陳維如的神經有毛病，不然，陳維如爲什麼要編出這種沒有人相信的謊話來！他想了一想，道：「我相信你，維如，暫時，你很安全，黃絹可以設法把你弄到更安全的地方去！」

陳維如苦笑，道：「振俠，我不想落在警方的手中，並不是不敢對我的行爲負責，而是我要保留自由活動的權利，去弄清楚究竟這是怎麼一回事！」

原振俠苦笑道：「這怎麼可能?全市的警員，都在找你，只要你一離開這裏——」

陳維如搖頭道：「我不用自己去，你代我去！」

原振俠怔了一怔，一時之間，不知道陳維如這樣說，是什麼意思。陳維如接著道：「那化妝箱，箱子中的一切文字記載，我看不懂，這裏是阿拉伯國家的領事館，一定有人看得懂的！」

原振俠「哦」地一聲，道：「那簡單，你存放行李的收據呢？我可以幫你去取來。」陳維如道：「我相信那些記載，一定極其重要，不然，她不會不斷地寫著——」他用力敲打著自己的頭，咬牙切齒地道：「我一定要弄清楚，究竟發生了什麼！」

原振俠沒有再說什麼，只是安慰了陳維如幾句，取過了存放行李的收據，離開了那間房間。他才一走出房間，就有一個職員走上來，道：「原先生，黃部長在等你的電話，她要你和她聯絡！」原振俠跟著那職員，到了另一間房間中，由那職員撥通了電話，把電話交給了原振俠，黃絹的聲音傳了過來：「我和王一恒約會的時間快到了，我要你來參加！」

原振俠感到了一陣迷惘，不知該怎麼回答才好。

第八部：五度空間靈魂離體

黃絹和王一恒的約會，是的，那是黃絹救陳維如的交換條件，王一恒答應黃絹，告訴她為什麼派人去追蹤尼格酋長。

可是，尼格酋長的失蹤，如今看來，似乎和陳維如的妻子徐玉音的怪異行為有關連，原振俠實在不願意相信這一點，他寧願相信徐玉音是患了嚴重的精神分裂症，徹頭徹尾地幻想自己是另一個人。可是，看來事情卻又絕不是那麼簡單！

還有一點原因，是原振俠無法立即作出決定的，那就是他自己在問自己，黃絹和王一恒的約會，自己坐在裏面，算是什麼呢？

黃絹和王一恒，是同一類的人，叱吒風雲的大人物，王一恒還曾經明顯地向原振俠表示過他對黃絹的野心，他，一個普通的心醫生，算是什麼呢？

黃絹可能完全不瞭解原振俠那極複雜的心情，她聽不到原振俠的回答，催道：「怎麼啦？」

原振俠道：「我有一點事，陳維如告訴了我一個十分怪異的故事——」

黃絹不等原振俠講完，就放肆地笑了起來，道：「別理會陳維如的故事，一個人殺了他的妻子，總會編一些故事出來的！」

原振俠忙道：「不，陳維如所講的，還和失蹤的尼格酋長有關！」

黃絹呆了一呆，隨便她怎麼想，也無法把一個在夏威夷神秘失蹤的阿拉伯酋長，和這裏的一個醫生的妻子，聯在一起。所以，她並不在意，道：「還是先聽聽王一恒的解釋好！」

原振俠又深深地吸了一口氣，道：「你要注意，王一恒絕不會歡迎我也在場！」

黃絹又呆了一呆，道：「你是說——」

原振俠沒有進一步說明，只是道：「你應該知道的，我不信你感覺不出來！」

在電話那邊傳來的，是黃絹充滿了自信的笑聲，十分動聽，她道：「好，那我再和你聯絡！」

原振俠放下了電話，嘆了一聲，離開了領事館，這時，天色已快黑下來了。

他離開了領事館之後，直赴機場，在行李寄存處，拿到了那隻化妝箱，化妝箱上著鎖，原振俠也沒有法子打得開它，他小心地提著箱子，在走出機場大廈之際，有兩個人，向他走了過來，一個是頭髮半禿的中年人，一個是一頭紅髮，個子矮小的西方人。

這兩個人來到原振快的面前，那半禿的中年人問：「是原醫生？」

原振俠十分訝異，只是點了點頭，但是在剎那之間，他「啊」地一聲，指著面前的兩個人。這兩個人，他雖然從來他沒有見過，可是卻不止一次聽人講起過他們！那半禿的中年人，是呂特生教授，而那一頭紅髮的西方人，是溫谷上校！

原振俠所不明白的是，這兩個人何以知道他會在機場，但這個疑問，也立時有了答案，呂特生立即道：「陳維如打電話給我，說在機場可以見到你！」

原振俠遲疑了一下，陳維如是什麼時候打電注給他的？陳維如現在的處境十分不妙，爲什麼他還會和呂教授聯絡？他是爲了什麼？

原振俠遲疑的神情十分明顯，呂特生和溫谷兩人互望了一眼，呂特生道：「原醫生，陳維如做了什麼事，我們全知道了，所以，收到了他的電話，我也覺得很突兀，我們是不是可以先找一個地方談談？」

原振俠心中暗自嘀咕著，如果他知道陳維如的下落，而不通知警方，他也有罪的，他只好謹慎地道：「陳維如……有告訴你他在什麼地方？」

呂特生搖頭道：「沒有，他只是說，他覺得我的話——我曾對他說過一些話——」

原振俠道：「是，我知道，他告訴過我！」

呂特生繼續道：「他認爲我的意見，值得參考，而他又有進一步資料可以提供，所以，他才打電話告訴我，要我趕快到機場來找你！」

原振俠又想了一想，才道：「我們可以詳細談談，我們到——」

呂特生道：「到我的住所去怎麼樣？」

原振俠並沒有異議，點了點頭。他只是注意到，滿面精明的溫谷上校，自始至終，未曾發言，只是用他銳利的目光在觀察著他。

原振俠他們三人，一起出了機場，坐上了呂教授的車子，由呂教授駕著車，一路上，三個人都保持著沉默，並不出聲。

到了呂特生的住所，由於陳維如曾向原振俠形容過這地方，所以原振俠有並不陌生的感覺。呂教授將原振俠直請進了書房，坐定之後，呂教授才道：「原醫生，我，我和溫谷上校，都假定你可以接受一些非現代科學所能解釋的現象。」

原振俠勉強笑了一下，道：「多謝你們看得起我，但是我不以爲這樣，以兩位的身份而言，會有什麼離奇的設想！」

呂教授笑了一下，道：「我是學心理學的，可是近十年來，我專研靈學。我在靈學上的研究，只有同是研究靈學的人才知道，因爲直到如今爲止，靈學的研究，還在摸索的階段，而且，並未曾在科學界被肯定。」

原振俠道：「我明白。」

呂特生又指了指溫谷上校，道：「溫谷上校和我一樣，也是一個靈學研究者！」

溫谷上校揚了揚眉用手撥了一下他那頭大紅的頭髮，道：「和我的職業不是十分相稱，嗯？」

原振俠攤了攤手，道：「簡直不可想像！」

溫谷上校道：「其實，那和我的職業，有很大的關係。我的職業，需要對許多謎一樣的事，展開徹底的調查，在許多事件中，我發現有許多事，是完全無法解釋的，逼得我要向另一方面去尋求答案，像尼格酋長失蹤的事，就是一個典型的例子。」

原振俠知道溫谷已經說到了正題上，所以他只是點著頭，並不打斷溫谷的話頭。

「尼格酋長神秘失蹤的經過。真是不可思議，從任何角度來看，都是無可解釋的！」溫谷上校揚著手，語調之中，仍然充滿了疑惑。

原振俠道：「由於一個偶然的機會，我已經知道了全部詳細的經過，也知道你是負責調查工作的。」

溫谷上校笑了笑，重演了原振俠的一句話，道：「偶然的機會？」

原振俠怔了一怔，溫谷上校已然道：「黃絹一出發到東南亞來，我們便已經有了情報，知道她的真正任務，是負責調查尼格酋長的下落，也知道她到了之後，和王一恒取得了聯絡，和你也取得了聯絡！」

原振俠「嗯」地一聲，道：「你們的情報工作做得很不錯，什麼都知道。」

溫谷上校的神情，像是有點歉意，道：「你已經知道的事，我們不說了，只說你不知道的。尼格酋長失蹤，我盡我所能去調查，結果仍然一點頭緒也沒有，那就使我想起，我用的調查方法錯了，我不能用常規的方法來解決這件事！」

原振俠道：「我不明白你的意思。」溫谷吸了一口氣，道：「我作了一個大膽的假設。」

原振俠揚了揚眉，仍然不明白，溫谷搓了一下手，加強他說話的語氣，道：「我的假設是，尼格酋長連人帶車，在剎那之間，進入了另一個空間，或者說，在那一剎間，空間和時間，發生了我們全然不知道的變化，所以，令得尼格酋長連人帶車，徹底在我們習慣的空間之中消失了！」

原振俠皺著眉。四度空間，甚至五度空間的理論，他多少也知道一些。但那些，全只不過是一些人提出來的假設，是不是真的另外還有空間，誰也沒有法子確切証明。溫谷上校的推理倒是最省事的，因爲完全找不出尼格酋長失蹤的原因來，所以，就委諸於另一空間！

原振俠並沒有說什麼，但是當他在這樣想的時候，他自然而然，現出不以爲然的神情來。

呂特生和溫谷互望了一眼，呂特生揮了揮手，道：「另一個空間，這本來是很玄妙的事情。但是像尼格酋長這樣的失蹤案，歷史上有記錄的，超過二十宗。只不過發生在夏威夷，還是首次而已。」

原振俠道：「我知道，所謂大西洋百慕達神秘三角或魔鬼三角，就有不少船隻和飛機無緣無故失蹤的記錄。」

溫谷接著道：「對，在印度，有整隊士兵出去步操，結果消失了的記錄。在馬來亞的金馬倫高原，著名的泰絲大王，晚飯後出去散步，就永遠沒有回來。這些神秘的失蹤案，除了他們突然之間，進入了另一個空間之外，簡直就沒有別的解釋！」

他講到這裏，略頓了一頓，又強調了一句：「不管我們對另一空間知道多少——實質上，還只好說是一無所知，但是我們必須在觀念上接受這一點！」

原振俠有點譏諷似地道：「在沒有出路的情形之下，假設一條出路？」

溫谷上校立時道：「是，如果你能假設出另一條路來的話，請講我聽！」

原振俠呆了半晌，搖了搖頭，道：「我想不出——」他向溫谷作了一個手勢，不讓他插言：「好了，就算尼格酋長達人帶車，忽然之間，進入了另一個空間，那麼，他和萬里之外的一個醫生的妻子，又有什麼關係？何以徐玉音會以爲她自己是尼格酋長？」

溫谷和呂特生又互望了一眼，像是商議如何措詞，才能使原振俠接受。他們靜了一會，呂特生道：「是的，這個現象，比較奇特一些，是兩種奇特現象的一種複式的組合。」

原振俠一時之間，聽不懂對方這樣說是什麼意思，他道：「複式組合？聽你這樣說，倒有點像是什麼彩票的賭博方法！」

呂特生苦笑了一下，道：「別開玩笑，我所說的兩個特異現象，一個是空間的轉移，另一個，是靈魂和肉體之間的轉移！」

原振俠一聽得呂特生這樣說，不自由主，「咯」地吞下了一大口口水。他瞪著眼，道：「所謂……靈魂和肉體的轉移，意思是——」

這時候，他只感到了極度的迷惑。實際上，呂教授的話，他是明白的，但是他必須再聽對方解釋一次。因爲這種事，實在太玄妙了。

呂特生沉聲道：「我們從事靈學研究的人，有一個根本的大前提，這是近年來才形成的。那就是，我們不是去研究靈魂的是否存在，我們都絕對肯定了靈魂的存在，然後，再去研究靈魂存在的形態，活動的方式，和肉體的關係，等等。」

原振俠深深吸了一口氣，沒有說什麼。

呂教授又道：「可以証明確然有靈魂存在的實例太多了，這方面的記錄，出成專書的，在普通的書店之中，就可以買得到，其中牽涉到人的前生，托生，靈魂脫離肉體後單獨存在的情形，冤魂轉移肉體的情形，等等，靈魂轉移肉體，中國有一個俗稱，叫作『鬼上身』，想必你也聽說過！」

原振俠不禁苦笑，想起陳維如告訴他，第一次發現妻子的異行之後，去找精神病醫生的事，當時那位老醫生向陳維如開玩笑，想不到呂特生真的這樣解釋！

原振俠緩緩地道：「這類事情，也有很多實錄，我也聽說過，例如一個英國的農夫，忽然會用希臘文來寫詩之類，也有很多了！」

呂特生道：「是的，這種情形的實錄非常多，在靈學研究之中，已被普遍接納成爲事實，而不當作是什麼神秘不可思議的怪事！」

原振俠苦笑了一下，伸手在臉上用力撫摸著。

他自己也不知道這種動作是什麼意思，像是想自己從極度的迷惑中清醒過來。

他道：「兩位知道，我是一個醫生——」

他的話還未曾講完，溫谷上校已介面道：「對，你學過解剖學，把人體的每一部份，都剖開來看過，找不到有什麼靈魂，對不對？」

原振俠想說的，正是這兩句話，既然已被溫谷搶先說了，他只好點了點頭。

溫谷轉向呂特生，道：「教授，我的意見是，我們有必要向原醫生介紹一下，如今世界各地靈學家研究的初步結論！」

呂特生道：「是！」

他回原振俠望來，原振俠的心中，仍是一片茫然，他只好等對方說下去。呂教授側著頭，想了一想，道：「現在的假定是，靈魂是一組電波，這組電波，由人體發出的生物電積聚而成。人體的活動，會發出生物電，這一點，是已經由實驗証明的了！」

原振俠點了點頭，呂教授又道：「假定，人腦在活動之中，不斷放出生物電，這種生物電，形成組合、記憶，那一組虛無飄渺的電波，實際上就是人的靈魂。」

原振俠「嗯」地一聲，仍然沒有表示什麼意見，他不是靈學家，也根本沒有意見可以表示。

呂教授繼續道：「這一組合，根本一直是在人的身體以外活動，原醫生，你學過解剖學，可曾有人在人體中找到過人的記憶、思想？而人有記憶、有思想，這又是不容否認的事！」

原振俠只好揮著手，呂特生的話是合乎邏輯的。問題是他的邏輯，全建立在「假設」上。

呂教授又道：「這種組合，在絕大多數的情形下，都只跟隨特定的一個肉體，或者說，只跟特定的一副人腦，發生作用。舉個淺顯的實例來說，等於一個電台，發出一極特殊波長的無線電波，只有一具收音機可以接收得到，而且這具收音機，是無法仿製的！」

呂教授說到這裏，向原振俠望來，原振依又點了點頭，他在想：這種說法，黃絹一定十分有興趣。黃絹和王一恒已經會面了吧？他們會面的情形不知道怎樣？當原振俠一想到黃絹的時候，他有點心不在焉，以致沒有聽到呂教授的幾句話，他忙請呂教授重說一遍。

呂教授道：「可是，在非常特殊的情形下，另外有一副人腦，也可以和這組組合發生聯繫，那麼，這組組合，就可以在這個人的身上，發生作用。」

原振俠「啊」地一聲，張大了口，道：「靈魂的轉移或鬼上身？」溫谷高興地道：「他明白了，關於這方面，還有一個淺顯的比喻。」

溫谷上校忽然向原振俠指了一指，道：「聽說你對音響，相當有興趣！」

原振俠愕然：「你們的調查工作真是無所不包！」

溫谷聳了聳肩，道：「那你一定有錄音座？錄音座，像是人的身體，而錄音帶，就是那種組合。放什麼錄音帶進去，就播出什麼聲音來，錄音座並不決定一切，決定的是錄音帶！人活動的情形，也是一樣。決定的，是和人腦組織發生感應的那組組合。」

原振俠來回走了幾步，道：「這一點，我明白了。」

呂特生道：「好，你明白了。我就可以解釋複式組合這回事了。尼格酋長，忽然之間，基於不明的原因，進入了另一空間，在那個空間中，他的思想記憶組合，又和他的肉體分離，靈魂離開了身體之後，又再回到我們的空間來，那可以說是迷了路，而那組迷路的組合，和徐玉音的腦部，發生了感應！」

呂特生在講了這番話之後，頓了一頓，又強調地道：「整個事件，就是這樣。所以當日，陳維如對我一講，我就通知溫谷上校，說我已找到尼格酋長了！」

原振俠的腦中，紊亂得可以，呂特生的話，其實已經說得再明白也沒有了，但是，他卻實在無法一下子就接受過來。

他舉起手來，道：「等一等，等一等！」

他怕呂特生再一口氣說下去，他更消化不了。然後，他把呂特生的話想了一遍，整理了一下，道：「我有三個問題！」

呂特生和溫谷，一起作了一個「請問」的手勢。

原振俠一口氣地道：「一、是不是尼格酋長已經死了？二、徐玉音原來的靈魂呢？三、如今，尼格酋長的靈魂——那種組合，又到哪裡去了？」

呂教授苦笑了幾下，道：「你這三個問題，我真的無法全部回答。尼格酋長的靈魂分離，是發生在另一個空間中的事。我們對於那另一個空間，一無所知，自然不知道他是不是已經死了！」

原振俠道：「如果是發生在我們生活的這個空間呢？情形怎麼樣？」

呂特生十分小心地回答道：「首先，是次序的問題，絕大多數的情形下，都是人死了，靈魂離體，而不是靈魂離體之後人死。當然也有例外，中國古代的小說筆記之中，就有很多關於『離魂』的記載，離魂之後，人也可以不會死亡的。」

原振俠想不到呂教授會引用古代的傳說，他吸了一口氣，道：「對，古代的筆記，有關離魂的，大都是美麗淒幻的愛情故事──主角之一，太思念他的愛人，以致魂魄離開了軀體，去到他愛人的身邊。」

原振俠在這樣說的時候，又不由自主地想起了黃絹，也自然而然長嘆了一聲。

溫谷和呂特生顯然不知道眼前這個年輕人是爲什麼在煩惱。呂特生繼續道：「你第二個問題，我的解釋是，在開始的時候，尼格酋長的靈魂，只不過是對徐玉音的腦部進行干擾，在干擾的過程中，徐玉音的那種組合弱，尼格酋長的組合強烈，結果，就由尼格酋長的靈魂，全部佔據了徐玉音的腦部！」

原振俠失聲道：「照這樣說，在某種程度上而言，徐玉音早已死了！」

溫谷立時向原振俠望來，緩緩地道：「據我所知，沒有一個法庭會接納這種辯護的，何況就算這種說法成立，殺了尼格酋長，一樣是殺人！」

原振快的神情極其苦澀，道：「作爲一個不幸的丈夫，陳維如是早已知道的，他一再說：『她已不是她！』陳維如是早已知道的！」

這時候，原振俠是無論如何不應該發笑的，可是他卻有了強烈想笑的感覺，雖然他發出的笑聲，結果是如此之乾澀。他道：「想想看，陳維如的妻子，是一個阿拉伯酋長，而那個阿拉伯人，卻可以隨便欣賞撫摸他妻子的胴體，換了任何人，也會殺人的！」

呂特生把他的眼睛，緊緊地閉上了一會，才又睜了開來，他顯然不願討論陳維如那種可怕的處境，他道：「第三個問題是：我不知道。尼格酋長的靈魂，可能又遇上了第二個會對他發生感應的身體，可能回到那另一個空間去了，也可能仍然在我們這個空間之中，漫無目的地飄蕩。我不知道，真的不知道。」

原振俠半晌不語，溫谷上校道：「原醫生，這樣的剖析，你滿意了吧？」

原振俠道：「我們的假設，只不過是假設，陳維如說，徐玉音每天都用阿拉伯文字在寫一些什麼，他已取了全部她寫的東西。照你們的假設，這應該全是尼格酋長寫下來的東西？」

溫谷道：「可以這樣說！」

原振俠道：「那我們就來看看他寫些什麼，豈不是可以得到進一步的証明？」

呂教授道：「當然，我們來機場找你的目的，正是如此，但是我們必須先使你對發生的事，有一個概念，才能作進一步的瞭解！」

原振俠提起那隻化妝箱來，溫谷上校的職業，使他必須是一個開鎖專家，弄開一隻普通化妝箱的鎖，對他來說，實在容易不過。化妝箱打開，先取出了一大疊報紙和雜誌，全是有關尼格酋長的報導。然後，便是用各種各樣紙張寫成的記錄。

記錄全是用阿拉伯文寫的，三個人苦笑，他們全不懂阿拉伯文字。原振俠道：「這件事，必須讓黃絹知道，她一定看得懂，而且，她是代表阿拉伯國家，來尋找尼格酋長的！」

溫谷上校並沒有表示異議，只是喃喃地道：「我懷疑她如何向那些只知道石油可以換美金的阿拉伯國家領袖去解釋尼格酋長的失蹤！」

原振俠道：「那是她的問題，我們是不是去找她？兩位也可以和陳維如作進一步的詳談。」

呂特生和溫谷都沒有意見，原振俠將一切仍舊放進化妝箱，仍然由他提著，一起離開了呂特生的住所，直趨那個領事館。

他們到了領事館，試圖和黃絹聯絡時，得到的答案是意料之中的：「黃部長正和王一恒先生在會談。」

第九部：王黃約會各展奇謀

王一恒的豪華住宅中，從肯定了黃絹會來赴約起，就開始刻意的佈置。他的資料搜集人員告訴他，黃絹最喜愛的顏色是淺黃色。

儘管有很多的「嘉言錄」或是文學作品，一直在酸葡萄地說金錢並不是萬能的，但是財富豐足到了像王一恒這樣的地步，辦起事來，畢竟容易得很。在幾小時之內，豪華住宅之中，可以換上淺黃色陳設之處，全都變成了嬌嫩的淺黃色。不但本市的羅馬尼亞黃玫瑰被搜購一空，凡是計算到專機可以趕在約會之前到達的各鄰近城市之中的黃玫瑰，也在最短時間內，被搜購一空，而用專機，一分鐘也不耽擱地運到。

所以，當黃絹到達，自她的專車中跨出之際，看到在淺黃色的地毯之旁，放滿了嬌嫩欲滴的黃玫瑰時，儘管是見慣大陣仗的她，也不禁揚了揚眉，現出驚訝的神色來。

王一恒在大門口迎接她，他倒沒有穿淡黃色的衣服，穿的是看來相當隨便的真絲便裝。黃絹的裝束看來也十分隨便，但實際上是經過精心搭配的。她把她的長髮，梳向一邊，梳成一個看來蓬鬆而佻皮的髮髻，在另一邊，配著一大隻大到誇張程度的耳環，是德國著名首飾設計家的精心傑作，原料只不過是普通的銀——黃絹知道，在王一恒這種超級大富豪之前，炫耀代表財富的珠寶，是一點意義也沒有的事。

黃絹走上了四級石階，而王一恒恰好走下了四級。黃絹是算好了的。他們在石階的中間見面，王一恒看來很自然地笑著。這是多年來，在波譎雲詭的商場上訓練出來的本領，儘管他的心，緊張激動得快要從口腔之中蹦了出來，但是他臉上的微笑，還是可以保持那樣的優閒。

這時候，事實上黃絹從車子上一跨出來，他的心就開始劇烈跳動。黃絹的這種裝束，簡直可以令得看到她的人，受到她那種青春韻律的影響而彈跳！王一恒緩緩吸了一口氣，他已好久沒有這種感覺了，在那一剎間，他像是回復到了三十歲，全身的肌肉，都充滿了一種急待發洩的力量。黃絹那種青春野性的美麗，簡直是可以令人窒息的。

但是王一恒的一切行動，都不顯示他內心的情欲，他輕輕和黃絹握了握手，道：「歡迎！」

黃絹矜持地微笑：「看得出，你是真的很歡迎我！」她一面說，一面大方地讓王一恒挽著她的手臂，一起向石階上走去。

和黃絹隔得這樣近，香水的味道相當淡，但是另有一股令得王一恒心跳得更劇烈的香味，那是自黃絹淺古銅色的皮膚中直透出來的！王一恒心中不禁想：是北非洲的陽光所形成的香味，還是她天生的？

要遏制在黃絹額際深深吻下去的衝動，並不是容易做到的事，王一恒總算做到了。

他們一起，走進了建築物，客廳之外，是一個寬大的飯廳，一隻大花盆中，插滿了黃玫瑰，王一恒順手摘下一朵來，望著黃絹，道：「可以嗎？」黃絹仍然微笑著，略為側了側頭，讓王一恒把他手中的黃玫瑰，簪在她的髮髻上。

然後，他們一起走進客廳，在天鵝絨的沙發上，坐了下來，立時有僕役送上飲料，那是極品的中國龍井茶，和幾乎令人以為早已不再存在於世上的八式蘇州鹹甜點心。黃絹道：「我以為只不過來聽你說一下理由就算了！」

王一恒道：「我決不會食言，理由其實極簡單，我可以先告訴你！」

王一恒知道，對付黃絹這樣能幹的人，拖泥帶水是最沒有用處的事，一見面就開門見山，她願意留下來談別的，當然最好，不願意，只好另外想辦法，強迫也不會有用處。

果然，王一恒這樣說，令得黃絹略感意外，唇角向上略翹，作了個詫異的神情。

王一恒先請黃絹一起喝了一口茶，然後道：「一連三年，我都接到一份神秘的請柬——」

他講到這裏，伸手在沙發邊的几上，將一隻文件夾取了過來，打開，遞到黃絹的面前。那每年除夕之前送到的請柬，精緻而又特別，黃絹用心看著，她並不抬起頭來，坐在她對面的王一恒，看著她低垂著的臉，在這個角度看來，她閃動著的長睫毛，特別動人。

黃絹緩緩吸了一口氣，令她豐滿的胸脯挺起了一些，道：「你是說，同樣的請柬，尼格酋長，也有一份？」

王一恒道：「請注意請柬上的文字，我相信一共是六份，發給六個不同的人，除了我和尼格酋長之外，另外還有四個人，就是——」

王一恒把另外那四個人的名字說了出來。儘管黃絹這時本身的地位已經是如此特殊，可是她每聽到了一個名字，還是不自覺地揚一次眉。六個收到請柬的人，全是世界上頂尖的大亨！

黃絹緩緩抬起頭來，這時，她的神態，顯得十分優雅高貴，髮際的那朵黃玫瑰，顏色又是如此鮮艷，在柔和適當的燈光下，看來簡直令人心醉。她道：「請柬是什麼人發出來的？」

王一恒攤了攤手，道：「很奇怪，簡直難以令人相信，以我們六個人的力量，居然也有做不到的事情，我們查不出請柬是什麼人發出來的！」

黃絹微微一笑，道：「看起來，發請柬的，倒有點像是希望之神，可以給人三個願望的那種！」

王一恒跟著笑了一下，道：「我和其餘四個人，都聯絡過，都認爲那是無聊的玩笑，不加理會，可是，我們發現尼格酋長真的去赴約了，倒也忍不住好奇之心，想知道他如果依約到達毛夷島針尖峰下，會遇到什麼事，所以——」

黃絹「嗯」地一聲，道：「所以，你就派人去跟蹤尼格酋長了！」

王一恒一攤手，道：「看，就是那麼簡單！」

黃絹將身子往後仰，把頭靠回沙發的背。

黃絹這樣的姿勢，把她全身玲瓏的曲線，略爲誇張地表現了出來。王一恒心跳得更劇烈，他迅速地在想：「要是得不到這個女人，自己的一切成功，還有什麼意義？」

黃絹也在想：「事情就是那麼簡單？但是看來，王一恒並不是在欺騙自己。尼格酋長的失蹤一事，是如此怪異，這份請柬，看來更是怪異！」

她想了片刻，又回復了原來的坐姿，道：「這份請柬，是一個極度的引誘。對普通人來說，引誘的程度，只怕還不大！」

王一恒搖頭道：「未必，『意想不到，又樂於與之見面的人物，意料不到而必然極之樂於發生的事』，這是每一個人都嚮往的，這等於說，到那裏去，自己極希望發生的事，就會發生，可以實現自己的願望！」

黃絹道：「普通人的願望太多了，一定要像你們這種人物，普通的願望，十分容易實現，真有難實現的願望，自然就只好應邀前去！」

王一恒作了一個略爲誇張的神情，道：「哦？尼格酋長有什麼不能實現的願望？」

黃絹略爲思索了一下，就道：「他的統治權遭到了困難，他的幾個兄弟已經使得他眾叛親離，不得不讓出酋長的寶座！」

王一恒笑了一下，道：「所以，前兩年他收到請柬，全然不受引誘，而這一次，他獨自去赴約。可是，他失蹤了，難道這就是他自己心中想發生的事？」

黃絹的心中，也感到十分迷惑。整件事，從頭到尾，是不可解的謎團。她殷紅的口唇，作了一個看來相當古怪但是極有趣的神情，道：「誰知道？」

王一恒突然之間，有點放肆地哈哈大笑起來。

自從黃絹下車開始，王一恒和黃絹之間，一直在表現著極其優雅的超級人物的風度，言談、動作，都是那麼彬彬有禮，帶著三分做作和矜持，以維持他們這種身份的人應有的禮貌。

可是這時，王一恒卻突然毫無忌憚地笑了起來，這很令黃絹感到愕然，也使她立時戒備起來，因爲她知道王一恒並不是一個容易對付的人，他忽然改變了態度，一定有他目的。

王一恒笑了片刻，將身子向前欠了欠，離黃絹近一些，道：「可惜，卡爾斯將軍沒有收到這樣的請柬，不然，我敢打賭，他一定會立刻前去赴約！」

黃絹將王一恒的話，迅速想了一遍，已經明白了王一恒的意思，王一恒說卡爾斯將軍心中，有希望達到而不能實現的願望！

她淡然道：「我想是，將軍會樂於見到整個阿拉伯世界由他來領導，變得堅強而統一，可以抵抗一切邪惡的力量！」

作爲一個國家的代表人，黃絹必須這樣說，她說得也非常得體，而且，卡爾斯將軍有這樣的野心，那是舉世皆知的事，也用不著隱瞞。

可是，黃絹的話，雖然極其嚴肅，王一恒聽了之後，卻像是聽到了世界上最好笑的笑話一樣，他的笑聲，簡直是爆發出來的。

他肆無忌憚地笑著，那令得黃絹有點憤怒，臉頰上也益增紅艷。她淡古銅色的皮膚，本來配上淺抹上去的印地安自然胭脂土粉，濃淡恰宜，這時，變得更紅了些，看來更增風韻。

王一恒止住了笑聲，用力揮了一下手，道：「他才不會有這種願望！」

黃絹用挑戰的眼光望向王一恒，王一恒故意避開她的眼光，裝成完全是因爲忍不住笑，所以下面的話是衝口而出，根本未曾經過考慮一樣，他道：「將軍會樂於見到，他是一個真正的男人！」

黃絹陡然震動了一下，以致她手中的那杯茶，也由於劇烈的震動，而灑出了幾滴來。她的神情，變得惱怒但是又無法發作，看起來，有點像一頭被激怒了的美洲豹。

王一恒很善於做作，他立時裝出了自己失言的神態來，連聲道：「對不起，我不是有意這樣說的！」

黃絹在不到一秒鐘之內，就恢復了常態，她先呷了一口茶，然後淡淡地道：「不必道歉了，你為了要自然而然說出這句話來，只怕已練習了好幾小時？成績很不錯，我是不是應該鼓掌？」

這一下，輪到王一恒尷尬了，他心中想：好厲害的女人！他打了一個哈哈，道：「我看餐桌準備好了，是繼續討論這個問題呢？還是進餐之後再說！」

黃絹滿不在乎地笑了起來，道：「一般來說，這種問題，都是在飯後討論的！」

王一恒站了起來，道：「請！」

黃絹也站了起來。

餐廳中，三名小提琴手一看到他們進來，立時開始了演奏，甚至音樂也是黃絹最喜歡的一首幽默曲。

整個進餐過程中，王一恒和黃絹，都說著不相干的話。從開胃茶一直端上來的，全是黃絹最喜愛的食品，不必等到甜品出現，黃絹已經可以肯定，王一恒為了這餐飯，不知化了多少心血。

這樣的精心安排，當然不是單為了要請她幫助陳維如那麼簡單，黃絹的心中，十分明白王一恒是為了甚麼。作為一個出色的美女，從少女時代開始，就不斷接受各種各樣異性的贊美和追求。女性的虛榮心，使她十分樂意有眼前這種情形出現。

當她的手中，轉動著酒杯，陳年白蘭地琥珀色的光芒隱隱閃動之際，她還在想：王一恒提到了卡爾斯希望自己成為一個真正的男人，他是那麼露骨地在暗示！

黃絹把酒杯舉高些，透過酒杯，去看坐在她對面的王一恒。王一恒有多大年紀了？從他的外表來看，實在很難估計，可以從四十歲到六十歲。一大半是由於他的地位和財富的襯托，他自然而然，散發著成熟男性的魅力。而且，他還保持著體育家的體格。他暗示知道卡爾斯的弱點，那言外之意是甚麼呢？是說他自己是一個真正的男人？

黃絹一想到這一點，心跳得劇烈起來。她連忙呷了一口酒，來掩飾一下。可是，芳香柔滑的酒，順喉而下之後，卻令得她的心跳得更劇烈。

是的，卡爾斯離真正的男人，很有一段距離。黃絹自然不會忘記，在死海邊上，她跟著卡爾斯回他的國家去，開始一個月，卡爾斯還對她維持著禮貌，一個月之後的某一個晚上，卡爾斯闖進了她的臥室。

黃絹並不感到意外，她早已知道，這是遲早會發生的事。卡爾斯將軍在言詞中，已經不知暗示過多少次：她想獲得全部的信任，至高的權力，就必須使她屬於他。

對於這一點，黃絹也不感到意外。財富和權力，是地球上的最高級生物——人類一直在追求的東西，不論男女，毫無例外。男人獲得財富和權力的方式，和女人多少有點不同。大多數的男人，在獲得財富和權力的過程之中，都需要經過極其痛苦的掙扎過程，如今成爲一國元首的卡爾斯將軍，就曾成爲俘虜，幾乎死在大沙漠中。但是女人卻可以有一條捷徑，只要有一個已經擁有財富和權力的男人，願意把財富權力和她分享的話，她就可以得到她所要的一切。

當然，代價還是要的，代價，就是拿她自己去交換她所要的東西！

卡爾斯將軍曾經侵襲過黃絹，當時，他的手中握著一把鑽石，可是被黃絹堅決拒絕，反而把他擊昏了過去。這並不代表黃絹和卡爾斯之間的「交易」已經就此中止了，只不過表示她不喜歡這種方式——任何女人都是一樣的，在不同的方式之下，可以得到各種不同的女人。黃絹不願意被當作娼妓一樣讓卡爾斯到手，可是在相處一個月之後，她可以自己告訴自己，卡爾斯，人不討厭，甚至樣貌也算得上英俊，尤其他那麼想得到自己，可以說是愛情吧！

這是一個最好的自欺欺人的幌子，對女人來說，「愛情」兩字，真是恩物，可以掩飾事實上是爲了輕易獲得權力和財富的目的。

卡爾斯將軍那一晚闖進黃絹的臥室之際，事實上，已是黃絹等待他第七個晚上了。黃絹經過刻意的打扮，使得任何男人一看到她，絕沒有十分之一秒的餘暇去想及旁的事。

卡爾斯將軍一下子就將黃絹拉了過來，緊緊擁在懷中，這位充滿了征服世界野心的將軍，在那一天晚上，居然在自己的身上，灑滿了香水！

在卡爾斯將軍雙手粗野的撫摸之下，黃絹的情欲，也被煽動了起來，她那種熱切期待著外表看來如此粗獷的卡爾斯進犯她的神情，令得卡爾斯興奮得發出如狼嗥一般的叫聲。

可是一切卻全在絕對意想不到的短時間中結束了。黃絹在那一剎間，感到一種接近爆炸的憤怒，她陡然睜開眼來，已經準備要將卡爾斯推開去。

可是當她一睜開眼來之際，她看到卡爾斯滿臉全是汗，充滿了內疚，懊喪和憤恨的神情。

在那一剎間，她知道自己應該怎麼做了。以後，每一次她都做著同樣的事，儘管每一次，她都同時在心中，用盡了她全身的氣力在呼叫：不，不是這樣的，不應該是這樣的！應該是這樣的！應該是酣暢淋漓，應該是極度的快感，應該是……就像原振俠在那暴風雪中的山洞一樣。

可是不管她心中怎麼吶喊，她表面上的做作，都可以令得卡爾斯感到滿足，於是，她得到了她要得到的東西。

當黃絹想到這裏的時候，她不由自主，輕輕地咬住了自己的下唇，雖然她立時覺察，自己在王一恒的面前，絕不應該現出這樣的神態來，但是，一直在目不轉睛注視著她的王一恒，卻已經看到了。

王一恒也立刻知道，已經找到了黃絹的要害。

王一恒也緩緩地轉動著手中的酒杯，道：「由我所統領的，其實也可以算是一個王國，一個龐大的經濟王國。」

黃絹緩緩地吸著氣，一雙妙目，望定了王一恒，那種眼神，令得王一恒不由自主，喝了一口酒，那口酒令得他的膽氣也壯了些。他也回望著黃絹，道：「蘇聯國家安全局和美國中央情報局，都擁有卡爾斯的資料，黃小姐，這不是什麼秘密！」

黃絹有點倔強地抬起頭來：「那又怎麼樣？」

王一恒說得十分露骨，道：「所以，我不認爲你是一個快樂的女人！」

黃絹像是聽到了一句十分普通的話一樣，一點異特的反應也沒有。王一恒會開始對她挑逗，她是早已預料得到的。她笑著，道：「請問，你是一個快樂的男人？」

王一恒低嘆了一聲，道：「你的問題如果是：『你是一個快樂的人？』那就十分難回答，現在你問的是我是不是一個快樂的男人？」

黃絹自鼻子中發出「嗯」的一聲，那麼簡單的一下聲響，可以令王一恒的手不由自主，發起抖來。王一恒道：「這比較容易回答，只要我有一個能令我快樂的女人，那麼，我就是一個快樂的男人了！」

黃絹「格格」地笑了起來，道：「太簡單了，就像二加二等於四一樣，是不是？」

王一恒跟著笑了起來，談話進入到這種程度，他也比較大膽了。他知道，黃絹不是普通的女人，擁有極高的權力，一個國家的財政可以歸她調度，她幾乎和世上所有的女人不同，超乎她們之上，要去擒獵這樣的一個女人，絕不是容易的事，所以他一直小心翼翼地在進行。然而這時黃絹的神情，卻給他極度的鼓勵。

黃絹像是不經意地微伸出舌來，在唇上緩緩而又輕柔地舐了一下。王一恒立時想：那是飢渴的表示麼？

黃絹的心中也在想：王一恒自然是男人中頂尖出色的人物，他對自己這樣子，算是迷戀麼？是不是就在今晚，就和他……

兩個人都不講話，突然靜了下來。那一分鐘的寂靜，簡直使他們兩人，互相之間，可以聽到對方的心跳聲。他們非但保持靜默，而且幾乎一動都不動，只是互相注視著對方。

等到黃絹又再一次用那種誘人的動作，去舐她的唇之際，王一恒認爲時機成熟了！

王一恒想到的是，黃絹是那樣成熟的一個女人，而卡爾斯將軍絕不能滿足她，以她的地位，也不能太隨便，自己這樣身份的男人，應該是她理想的對象。她接連兩次那樣的動作，豈不是正表示她某種需要上的飢渴？

當王一恒想到這一點時，他輕輕按下了沙發扶手上的一個按鈕，本來，他和黃絹是相對地各自坐在一張單人沙發上的，當他按下了那個按鈕之後，沙發下面，看來鋪著象牙色的西藏純羊毛地毯的地面，突然緩緩地轉動起來，將兩張單人沙發，轉得巧妙地靠在一起。

王一恒的書房中，有著這樣的設備，倒也頗令黃絹感到意外，就在她睜著眼睛，現出一個驚訝的神情時，王一恒已緩慢，但是堅決地，向她的唇際湊來。

開始時黃絹並沒有任何動作，但是，當王一恒和她距離變近時，她揚起手來，擋在兩人中間，並且輕輕把王一恒推了開去。

王一恒在商場上勇猛非凡，但是在這時，他卻敏感無比，立時坐直了身子，只是以詢問的眼光望定了黃絹。黃絹像是剛才根本什麼事也沒有發生過一樣，微笑著，道：「謝謝你告訴我叫人跟蹤尼格酋長的原因，這三張請柬，如果可以給我帶回去的話，我會設法找出是誰發出這種請柬的，尼格酋長的失蹤，一定和這發請柬的人有極大的關連！」

王一恒緩緩吸了一口氣，黃絹拒絕了他！

雖然黃絹拒絕的方式是這樣不著痕跡，但是在幾乎任何事上，都無往而不利的王一恒而言，卻感到自尊心受到了極度的傷害。那種強烈的羞辱感，令得他的臉色一陣發紅，一陣發青。他竟然無法保持鎮定，這真是他這三十年來未曾有過的事。

黃絹裝成完全看不見的樣子，半側著身站了起來，道：「我應該告辭了！」

她已經測驗到了王一恒對她的迷戀程度，這令她很高興。在這樣情形下，她當然不必再有任何行動。她瞭解王一恒這種成功典型的男人的性格，越是得不到的，他們越是要盡一切力量追求！

黃絹站起來之後，跨出了一步，估計王一恒已經恢復正常了，她才轉過身來。果然，王一恒的神態已經完全回復了正常，也跟著站了起來。

他們一起離開書房，在走廊上，黃絹的保安人員已迎了上來，其中一個低聲向黃絹講了一句話，黃絹轉頭道：「真要走了，有幾個很特別的人在領事館等我。」

王一恒作了一個無所謂的神情，心裏卻恨不得抓住黃絹的頭髮，把她拉回來。他一直送黃絹到車邊，才道：「希望我們再能見面！」

黃絹給王一恒一個令他充滿了希望的微笑，道：「當然，一定會！」

王一恒深深吸了一口氣，看著黃絹上了車，車子緩緩駛過花園，向外駛去。

王一恒怔怔地看著駛遠的車子，其實，他已經根本看不到車子了，可是，他還是怔怔地站著，令得他的僕人，個個也站著不敢動，心中詫異到了極點。過了好久，王一恒才轉過身，慢慢地回到書房，喝了一大口酒，坐了下來，不由自主，苦笑起來，搖著頭。爭著向他投懷送抱的美女，不知有多少，而他，卻像是一個普通人在追求公主一樣，在黃絹面前，一籌莫展！

在這時候，連王一恒自己也覺得有點意外，他突然想起了那請柬上的話：「你將會見到意想不到，又樂於與之見面的人物，和發生意科不到而必然極之樂於發生的事！」

當他突然想到這一點時，他整個人都爲之震動，驚訝於自己會突然想到了這一點。

然而，他還是控制不住自己的思想，繼續向下想去。他先想到：如果我在約定的時間，到了毛夷島的針尖峰，我會見到什麼人？什麼人是我最樂於見到的？

他的心底深處，立時自然而然叫出了一個人的名字來！黃絹！然後，什麼又是他「極之樂於發生的事」呢？是黃絹帶著動人的微笑，投進了他的懷抱？王一恒一想到這裏，不禁劇烈地心跳起來。近年來，他幾乎已沒有什麼願望，或者說，他的一切願望，都可以輕而易舉地達到。他倒一直不感到，這樣的生活，其實十分乏味。

如今，他又迎接了一個新的挑戰：要把黃絹獵到手！黃絹臨走時的話是這樣挑逗，意味著只要自己進攻，就可能有收獲。但是，王一恒也不禁想：自己想獵獲黃絹，黃絹是不是看穿了這一點，而在玩弄自己呢？王一恒的心中七上八下，他只是呆呆地佇立著不動，令得他的僕役，越等越是詫驚。

第十部：一死以求靈魂會妻

呂特生，溫谷上校和原振俠三人，在到了領事館之後，沒有立即見到黃絹，他們略爲商量了一下，原振俠的提議獲得了通過：先去看一看陳維如。

陳維如和上次原振俠來看他的時候一樣，身子蜷縮著，縮在沙發的一角。當原振俠等三人進來的時候，他才緩緩地抬起頭來，用失神的眼光，望著三人，身子仍然一動不動。

原振俠來到他的身邊，坐了下來，伸手按在他的肩頭上，道：「維如，這位就是溫谷上校。呂教授你是見過的了。我們三個人，已經討論了一下，認爲你是一種極其特異的現象的犧牲者。你一點也沒有任何過錯，這種特異的現象之所以和你有關，完全是偶然的。」

他講到這裏，略頓了頓，才又道：「至於徐玉音，她比你更加無辜！」

一提到了他的妻子，陳維如的身子，又劇烈地發起抖來，他仍然望著原振俠，一聲不出。原振俠就開始簡單扼要地把他們三個人的設想，從呂教授提出的「複式組織」開始講起。

等到原振俠講到了一大半之際，陳維如尖聲叫了起來：「我早已說過她，她已經不是她！」

原振俠對陳維如的遭遇，寄以極大的同情，他道：「是的，從某方面來說，你扼死她的時候，她早已死了，是由於尼格酋長侵佔了她身體而死的。在某種意義上而言，你是替她報了仇，所以，你應該儘量減輕你心中的內疚。」

原振俠用這樣的話來勸慰陳維如，這樣的話，對於一般人來說，是絕難接受的，可是這時在場的幾個人，卻都覺得這樣的話，十分自然。

陳維如呆了半晌，神情仍茫茫然，他怔怔地道：「你的意思是，人的生命存在與否，並不是由……由身體決定，而是由……由……」

呂特生介面道：「由靈魂來決定。」

溫谷上校補充道：「我們通常，說一個人死了，並不是指這個人的身體消失了。這個人的身體還在，甚至於用化學分析法來分析，他的身體也沒有少了什麼，可是他的生命卻已消失了！」

陳維如深深地吸了一口氣，把身子挺直了些，道：「請再說下去。」

原振俠繼續說著，等到講完，陳維如才苦笑道：「那麼，玉音的靈魂到哪裡去了呢？」

原振俠望向溫谷和呂特生，兩位靈學專家的神情都很苦澀，顯然，這都不是他們可回答出來的問題。陳維如又道：「會不會在另一個空間？就在你們所說的另一個空間之中？」

呂特生沉吟著，沒有回答，溫谷上校道：「有可能，誰知道？什麼可能都存在！」

他的話才一出口，就聽得有一個清脆悅耳的聲音，隨著房門的推開而接了上來，道：「這算是什麼？一個哲學教授的話？」

隨著聲音飄進來的，是長髮飛揚的黃絹。她已經拆下了梳起來的髮髻，可是那朵黃玫瑰，還插在她的鬢邊。原振俠又一次感到有點窒息。

溫谷上校只是向黃絹冷冷地望了一眼，道：「不，不是哲學教授的話，是一個竭力在探索靈魂的秘奧，可是，所知道還極少的靈學家的話！」

黃絹顯然不準備接受任何和靈魂有關的理論，她揮了揮手，道：「溫谷上校？呂教授？」然後，她又轉向原振俠，蹙了蹙眉，道：「我好像沒有說過，你可以帶任何人來見陳先生！」

原振俠道：「他們兩位不是任何人，是對整件事，能提得出解釋來的人！」

黃絹有點肆無忌憚她笑起來，道：「靈魂學家？」

原振俠正經的道：「是！我們也要你出點力，請你看看這些東西！」

一面說著，一面原振俠已將化妝箱打開，遞到了黃絹面前。

黃絹滿不在意地順手抓起了一疊化妝箱中的紙張來，可是她才看了一眼，就怔住了，她顯然不願意在各人面前，過度地表露她的震驚，所以她略低著頭，維持著視線才接觸到紙張時的姿態，過了一會，對她內心的震驚，已漸漸平復下來了，她才緩緩抬起頭來，道：「上校，你真本事，從哪裡弄來這些尼格酋長寫的東西？」

溫谷上校嘆了一聲，並沒有回答，呂特生的聲音有點緊張，道：「你肯定這是尼格酋長寫的？」

黃絹揚眉道：「當然！我負責調查他的失蹤，你以為我沒有做過準備工作？我絕對可以肯定！」

陳維如仍坐在沙發的一角，這時，他不由自主，發出了一下呻吟聲來。

原振俠勉力使自己的聲音鎮定，道：「可是，寫下這些字的人，是徐玉音，就是陳維如的妻子！」

黃絹怔了一怔，然後用力拍打著手中的紙張，道：「這種鬼話，我不會相信！」

呂教授道：「是的，可以稱之爲鬼話，但是你必須把鬼話從頭到尾聽一遍。」

黃絹現出一副倔強而不服的神情來，望向各人，可是她所接觸到的眼光，連陳維如在內，都是那樣堅定不移。

她坐了下來，道：「好，鬼話由誰來開始說——」

原振俠道：「我來說！」

黃絹向原振俠望了一眼，忽然有點情怯似地，低下頭去，道：「好，請說！」

她在說了那句話之後，就一直低著頭，一面聽原振俠說著，一面迅速地翻閱著那些寫滿了阿拉伯字的紙張。她的神情，看來倒還不是十分緊張，但是在她的鼻尖和上唇上，卻漸漸有細小的汗珠在滲出來。

當一個人靜坐不動的時候而會有這種現象，那說明她正感到極度的恐懼、驚詫和迷離。

就在她對面的原振俠看得很清楚，他也想到，黃絹的震驚，當然是由於紙上所寫的一切。然而，嬌俏如黃絹的臉上，有細小的汗珠滲出來，那是極其動人的一種情象，令得原振俠在不知不覺之中，停止了敘述，而由呂特生和溫谷兩人，接了下去。

原振俠感到了自己的失態，半轉過頭去！黃絹也停止翻閱，靜靜地聽著。

等到溫谷和呂特生兩人講完，黃絹長長地吸了一口氣，點燃了一支煙，一口接一口吸著。房間裏沒有人說話，是一種難以形容的，使人在精神上感到極度重壓的沉默。最先打破沉默的是黃絹，她道：「這些文件，是不是可以交給我處理？」

黃絹這樣問，其實是一種客套。這時，是在她國家的領事館中，在這裏，她可以行使至高無上的權力，若是她要得到這一批文件，誰也沒有力量阻止她。所以，原振俠等人互望了一眼，原振俠道：「那要問陳維如——」

陳維如立時道：「可以，但是我需要知道，上面寫的是什麼！」

黃絹的神情，看來若無其事，道：「上面寫的，全是道吉酋長國上層人物之間互相鬥爭的來龍去脈，他們和他們之間各自培植的政治勢力之間的恩怨。」

陳維如不由自主喘著氣，道：「不止這些吧，他難道沒有提及……靈魂的遭遇？」

黃絹並不是立即回答這個問題，她停了片刻，才道：「提到了一些，但他只提到說他迷路了，不知怎麼，他從鏡子中看出來，自己忽然變成了一個十分美麗的女人，他覺得這件事十分的滑稽。」

在房間中的所有人，連講述這幾句話的黃絹在內，顯然並不覺得這件事有什麼滑稽，反而都感到了極度的陰森。

陳維如喃喃地道：「一定……一定還說了些其他什麼的，一定有……」

黃絹冷冷地道：「沒有。」

溫谷上校釘著道：「他也沒有說及他失蹤……迷路的經過過程？」

黃絹搖頭道：「也沒有。我也有一個問題，這些文件，基本上已經可以証明你們的推測是對的，那麼，現在，尼格酋長到哪裡去了？」

原振俠苦笑了一下，道：「這正是你剛才推門進來時維如在問的問題。」

黃絹把文件放回化妝箱中，道：「這件事，我看應該宣告結束了。我回去之後，當然不能據實報告，我只好說，我的尋找失敗了，就像溫谷上校的報告一樣！」

溫谷上校苦笑，用手指抓著他那頭大紅的頭髮，黃絹又道：「我們在這裏討論到的事，絕不是世界上普遍存在的觀念所能接受的，所以，我主張這成爲我們幾個人之間的秘密。」

呂特生緩緩搖著頭，道：「那不行，在靈學專家的集會上，我要報告這樁典型的靈魂離開一個軀體，又進入另一個軀體的例子。」

黃絹現出了一絲惱意，顯然她對呂特生的話表示了不滿，可是她也料到，自己的力量無法阻止對方這樣做，所以她只是悶哼了一聲，轉過頭去，望回溫谷上校，道：「上校，有一件事，以貴國的情報局設備之齊全，倒是可以做一下調查工作的！」

溫谷上校挺了挺身子，黃絹已將王一恒給他的那三份請柬取了出來，道：「調查一下這請柬是誰發出來的！」

溫谷接過了請柬來，看著，在旁邊的其餘人自然也看到了這三份請柬，黃絹又解釋了有關請柬的一切。呂特生「啊」地一聲，道：「尼格酋長是應邀前去的，他到了那裏，才生了意外！」

黃絹沉聲道：「你們的假設，我其實還只是接受下半部，我不相信什麼迷失到了另一個空間之中這種說法，你們都看到了請柬，尼格酋長的失蹤，毫無疑問，是一樁經過極度精密安排的陰謀了！」

溫谷上校雖然是靈學家，但是他由於工作的關係，想法倒和黃絹比較接近。

所以，溫谷上校在聽得黃絹這樣說之後，道：「對，不應該排除這個可能，但是你又如何解釋他以後的事呢？」

黃絹相當沉著，道：「我認爲在那件陰謀之中，尼格酋長已經死了！就像你們剛才所說的那樣，在通常的情形下，靈魂和軀體分開，都是在一個人死了之後的事情——」

呂特生舉起手來，道：「這只是一般的說法，其中情形相當複雜，不可一概而論，靈魂和軀體，我們認爲本來就是分開存在的，不過其間有看聯繫而已！」

黃絹毫不客氣地道：「不必咬文嚼字了，總之，我認爲是尼格酋長在陰謀之中喪生，才會有以後的事情發生。」她忽然低嘆了一聲，道：「至於尼格酋長的靈魂，和徐玉音的腦部發生了聯繫這一點，倒是不用懷疑的。」

溫谷悶哼了一聲，道：「黃小姐，尼格酋長在他的記載中，應該說明了那是什麼陰謀，以及他是如何遇害的！」

黃絹冷冷地道：「你不相信我？我剛才已經說過了，他沒有提到！」

這時候，原振俠、呂特生和溫谷三人，都不禁有點後悔，化妝箱中的那批文件，不應該帶到這裏來讓黃絹看的。懂阿拉伯文的人很多，爲什麼要給她看？如果是給一個不相干的人看了，他們就可以知道全部內容，但是這時，黃絹卻明顯地不肯將全部內容告訴他們，只是約略而含糊地提了一下。原振俠緩緩地道：「難道尼格酋長連自己是怎麼死的也未曾提及？」

黃絹道：「沒有，他只是說突然之間，當他再看到自己時，已經變成了一個美麗的女人！」

幾個人對黃絹這樣的答覆，顯然都不滿意，是以他們都保持著沉默，一聲不出。黃絹感到了各人態度的不友善，她惱怒地道：「我相信意外是突如其來的，比如說，他正在駕車前駛，忽然之間死了，連他自己也不知道自己怎麼會死！」這個解釋，雖然比較合理一些，但是也無法解釋何以在極短的時間內，會連人帶車一起失了蹤影這種怪現象。黃絹像是不準備再討論下去，道：「陳先生，我已經替你安排好了，你會乘搭外交飛機到巴西去，你舅父說，在巴西他已經叫人照顧你！」

陳維如的神情，一直十分沮喪、惘然，像是失魂落魄一樣。可是這時，他陡然站了起來，斬釘截鐵地道：「我不到巴西去！」

各人都怔了一怔，黃絹道：「陳先生，除了巴西之外，我想不出你還有什麼地方可去！」

陳維如的神態更鎮定，顯見得他的心中，已經下定了決心，他一字一頓，道：「我有我的地方去，玉音到哪裡去，我就到哪裡去找她！」

這本來是一句很普通的話，出自一個對妻子感情深厚的丈夫之口，更不足爲怪。可是這種話，竟出自陳維如之口，卻人人爲之一震！

誰都知道，徐玉音已經死了！那麼，陳維如這樣說，是什麼意思呢？原振俠首先叫道：「維如——」

可是他還未曾來得及講下去，陳維如已經一揮手，打斷了他的話頭。他像是在演講一樣地站著，道：「各位，本來，我對於靈魂，一無認識，也根本不認爲人有靈魂，是一種什麼另外存在的組合，可是發生在玉音身上的事，除了確定靈魂確然存在之外，似乎無法作別的解釋！」

他講到這裏，頓了一頓，他的神情是那樣認真，以致令得人人心中，都不由自主，感到一股寒意。自然，也由於各人都料到了他已經打定了什麼主意之故。陳維如繼續道：「你們又推測尼格死了，靈魂害了玉音，這說明，如果我要找玉音的話，我的身體是找不到她的了，唯有——」

他講到這裏，陡地住了口，而且「嗖」地一聲，吸進了一口氣。然後，他陡地「哈哈」大笑了起來，道：「所以，我不要到巴西去，玉音在巴西麼？當然不會，我要到她的地方去！」

這時，人人都屏住了氣息，說不出話來。陳維如卻越說越是堅決，道：「玉音被尼格切斷了……那種聯繫，我要自己切斷那種聯繫，只有那樣，才能使我再找到玉音，黃小姐，你說是不是？」

他說著，忽然問了黃絹一句，黃絹正因爲陳維如的話，而感到震撼，陳維如忽然向她發問，她實在不知道該如何回答才好，陡地怔了一怔。

就在黃絹一呆之間，意料不到的事發生了，陳維如站起來講話，大家都在注意他的話，沒有注意到他站立的位置在移動，更沒有注意到，他已經移到了黃絹的身邊。

黃絹這時，穿的是一套軍服，腰際，掛著手搶，這樣的打扮，正是卡爾斯將軍最喜歡的裝束，黃絹在這種裝束下，看來倒也英姿勃發。陳維如在這時，就在黃絹一呆之間，突然極用力地一下子撞向她！

陳維如的那一撞，令得黃絹的身子，一下子向身旁的沙發跌去，而陳維如的動作，快疾無比，在其餘幾個人，還不知道發生了什麼事之擦，他已經撲過去，撲在黃絹的身上！

平時看來文質彬彬的陳維如，這時的動作，卻又快又有力，他方一撲向黃絹，手一伸，已將黃絹腰際所佩的那柄手槍，拔在手中。

那是一柄威力十分強大的軍用手槍。對於槍械稍有常識的人，都可以知道，這種手槍如果在近距離發射，子彈射進人體的後果是如何可怕。

一時之間，所有的人都呆住了，陳維如握槍的手勢，極其笨拙，那可能是他有生以來，第一次握了這樣的武器在手，但是這並不能令得緊張的氣氛減輕，因爲他至少懂得把手指扣在槍的扳機上。那大約只要二十克的重量，就可以使子彈呼嘯而出！

他緩緩地站了起來，當他站起來之際，他有點決不定槍口應該向什麼地方，所以手槍在他的手中搖晃著。當槍口無意中指向原振俠時，原振俠不由自主，「嗖」地吸了一口涼氣。

陳維如終於站直了身子，他喘著氣，說道：「你們不要阻止我！」

黃絹神情驚怒，在沙發上坐直了身子，她陡地揮了一下手，想說什麼，但是卻又沒有發出什麼聲音來。在如今這樣的情形下，誰都看得出，還是不要激怒陳維如的好。

陳維如的手發著抖，他握著手槍的手，指節在泛白，可知他是如何出力，心情是如何緊張。

除了喘息聲之外，房間中幾乎沒有任何聲響，首先打破沉默的是原振俠，他竭力使自己的聲音聽來不發顫，道：「維如，沒有用的！」

陳維如陡然轉頭，向他望來，道：「怎麼沒有用？你們不是已經肯定……有靈魂麼？爲什麼會沒有用？」

原振俠在說了一句話之後，已經鎮定了許多，他道：「可是，你根本不知道靈魂是存在於一個什麼樣的空間之中，你怎麼能找到玉音？」

陳維如怔了一怔，但是隨卻有點神經質笑了起來，道：「那總比到巴西去好！」

他說著，陡地一停，然後，目光射回呂特生和溫谷，陳維如這時的這種目光，令得呂特生和溫谷兩人，不由自主，打了一個寒顫。

陳維如的聲音，聽來很尖利刺耳，道：「你們是靈學家，我捨棄了身體，我會儘量和你們接觸！」

呂特主和溫谷兩人，這時的心理都是一樣的：他們都從事靈學研究多年，從來也沒有遇上過一個人，為了切斷自己肉體和靈魂之間的聯繫而採取過行動。這種行動，對靈學家來說，實在是極大的誘惑，可是他們又實在沒有理由去鼓勵這種行動。

一時之間，他們兩人不知該如何回答才好，而陳維如的主意，看來更堅定了，他已經回過手槍來，使槍口對準了他自己的太陽穴。

黃絹發出了一下低呼聲，倏地轉過頭去，原振俠大叫一聲，不顧一切地向陳維如撲了過去。可是原振俠的動作再快，也及不上陳維如手指的略略一扳。陳維如先是現出了一個慘然的笑容來，他那種笑容才一現出，槍聲就響了。槍聲是這樣震耳，令得在向前撲去的原振俠眼前一陣發黑。

他在感覺上，感到自己已經撲中了陳維如，由於他向前撲出的勢子十分急驟，所以他一撲中了陳維如，就和陳維如一起跌倒在地。

他立時恢復了視覺，眼前所看到的情形，即使原振俠久經醫學上解剖人體的訓練，也忍不住心胃一起翻滾，起了一陣強烈的要嘔吐之感。

陳維如的半邊頭顱，幾乎全不見了，血和腦漿、碎骨，迸射了開來，形成一個可怕無比的深洞。原振俠發出了一下呻吟聲，想站起來，可是只覺得雙腿發軟，身子才挺了一下，又「砰」地一聲，摔倒在地上。

在槍聲還在各人耳際，發出迴響之際，一陣急驟的腳步聲傳了過來，房門打開，幾個軍裝、便裝的人出現在門口，叫道：「部長——」

黃絹立時道：「沒有事！」她一面說，一面站了起來，又道：「各位，我們換一個地方，這裏——」她向那在門口的幾個人：「你們要用最快、最乾淨的方法，處理這個屍體！」

在門口的幾個人，大聲答應著，黃絹已大踏步地向前走了出去。

溫谷上校和呂特生，望著倒在地上的陳維如，喃喃地說了一句連他們自己都聽不到的話，也跟著走了出去。原振俠實在也沒有勇氣再多看陳維如一眼。一個好朋友死了，活著的人能做的事，或許是撫下死者的眼皮。可是陳維如的眼睛也根本不見了，原振俠還有甚麼事情可做的呢？

原振俠在那一剎間，心中只是極度的後悔，後悔自己不該向陳維如述及那麼多關於靈魂的事，使陳維如相信他的行動，可以和他的妻子相會合。

可是，陳維如如果不採取這個行動，逃到巴西去，他有什麼辦法如常人一般地生活？那幾乎是沒有可能的事，發生在他身上那些離奇的事，根本令他無法向任何人訴說，他親手扼死了他的妻子，而他的妻子，卻早已不是他的妻子了！這是足以令得神經最堅強的人瘋狂的事！

這樣看來，陳維如的行動，倒是唯一的解脫之道了。原振俠心中十分茫然，他也跟著走了出去。

他們全跟著黃絹，進入了另一間房間，黃絹先斟了一大杯酒，一飲而盡。原振俠走過去，在她的手中取過了酒瓶來，對著瓶口就喝，然後，又將酒瓶，遞給了溫谷和呂特生。四個人都不說話。

黃絹來回踱了幾步，臉色仍然十分蒼白，道：「好了，整件事，已經全結束了！」她為了加強語氣，在說這句話的時候，用力揮著雙手，做了一個「一切全結束了」的手勢。

呂特生喃喃地道：「對我來說，事情只不過才開始！」

黃絹一揚眉，道：「教授，請你進一步說明這句話的意思！」

呂特生吸了一口氣，道：「陳維如臨死之前說，他會盡力和我聯絡、接觸，這對於一個靈學家來說，是頭等大事！」

一聽得呂特生這樣說，黃絹的神色，立時和緩了下來。剛才，她顯然誤解了呂特生的意思，是還要追究這件事。如果呂特生只是研究和靈魂的接觸，那對黃絹來說，是全然沒有關係的。

她有點嘲諷似地道：「希望你能成功！」當她這樣講的時候，她神情冰冷，眼望著門口，又加了一句，道：「會有人領你們出去的。」

呂特生和溫谷互望了一眼，溫谷隨即望向被黃絹帶出來的那隻化妝箱。黃絹立時把手按在箱上，道：「上校，你的調查任務早已結束了！」

溫谷一臉不服氣的神色，但是他卻也想不出法子，把化妝箱中的文件自黃絹的手中奪過來，所以他只好嘆了一聲，轉身向外便走。呂特生和溫谷離去之後，原振俠也慢慢站了起來，道：「看來，也沒有我的事了！」

黃絹陡然叫道：「等一等！」

黃絹在叫了一聲之後，原振俠向她望過去，看到她蹙著眉，像是正在想什麼。原振俠等著，過了好一會，黃絹才道：「王一恒那邊，由你去告訴他吧，我暫時不想和他再見面！」

原振俠感到十分失望，黃絹要對他講的，就是這些？他仍然不出聲，黃絹轉過頭去，故意不和他的目光相對，道：「我要立即趕回去——」

她指著化妝箱，道：「這裏面的記載，可以使我們的勢力，輕而易舉地進入道吉爾酋長國！」

原振俠感到了極度的反感，道：「我們？」

黃絹「哦」地一聲，道：「我是指我和將軍。」

原振俠還想說什麼，可是卻實在沒有什麼好說，他轉身向門口走去，到了門口，又忍不住回頭望了一眼，黃絹的側影，看來是這樣的俏麗。在那一剎間，原振俠心中想：她為什麼不是一個普通的女孩，而要那麼突出？

他不願意讓黃絹聽到他的嘆息聲，所以他急急向外走了出去，直到走出了門口，才長長地嘆了一口氣。

雖然在門外，可是黃絹還是聽到了那一下嘆息聲。黃絹閉上了眼睛，眼前又浮起了在暴風雪中，和原振俠在山洞中相處的日子。她真不知道，是那幾天的日子令她快樂，還是迅速增加的權力能令她滿足。她所知道的是，如今，她已經無法退縮了。人一旦嘗到了權力的滋味，就像幼獅嘗到了血腥一樣，再也不能放棄，終其一生，會連續不斷地吞噬著權力！

她坐了下來，點著了一支煙，深深地吸著，然後噴出煙來，讓煙霧在她的面前，迅速消散。

第十一部：遂心意王一恒赴約

王一恒噴出雪茄的煙霧，他那口煙吸得這樣深，以致他整個臉，全被噴出來的煙遮沒了，令得在他對面的原振俠，一剎那間，完全看不到他臉上的神情。

等到煙散開來之後，王一恒看來像是什麼也沒有發生過一樣，只是「嗯」地一聲，道：「這樣，本地警方也不會再來麻煩我了！」

原振俠想不到王一恒在聽到了陳維如的死訊之後，反應竟如此冷淡，他感到了一股涼意，也對眼前這個到處受人崇敬的人，產生了極度的卑夷感。他冷冷地道：「我想是——我告辭了！」王一恒作了一個手勢，示意他留下來，可是原振俠由於心頭的卑夷實在太甚，假裝看不見，轉身走向門口。

王一恒不得不站了起來，道：「請等一等。」

原振俠站定，並不轉過身來。王一恒不知有多久沒有受過這種不禮貌的待遇了，那使他感到自己的財力，還不是可以使他自已每一件事情都能如心願。他忍著心頭的怒意，道：「黃小姐，她——」

原振俠立時道：「黃絹只怕已在她的專機上了，她有重要的事務要處理，回去了！」

原振俠講完這幾句話之後，拉開了門，向外就走，王一恒在不由自主之間，手指太用力，把他指中的雪茄，捏得變了形。

黃絹看來對他一點意思都沒有！他的暗示已經再明顯也沒有，黃絹絕無可能不明白的，但是，黃絹根本沒有把他放在眼裏！

王一恒甚至不由自主發起抖來，他感到羞辱，也感到憤怒。多少年來，他一直在成功的坦途上邁步前進，他所要得到的東西，往往可以加倍得到，再驕傲的女人，他都有辦法用一個眼色，就令得那女人跟著他走，可是黃絹，根本沒有將他放在心上！

他用力轉過身來，把雪茄重重地按熄在煙灰缸上。他感到自己面上的肌肉，在不由自主地跳動著，他忍不住高聲叫了起來：「我一定要得到你，看著，我一定要得到你，一定要！」

當大富豪王一恒下定了決心，一定要得到什麼的時候，真是可以得到的。可是在一定要得到黃絹的這一點上，王一恒卻一點進展也沒有。

王一恒已經盡他的所能了，他先是用鉅款——驚人的天文數字，賄賂卡爾斯將軍的兩個親信，那是通過一個法國的大軍火商去進行的。

這兩個親信收了鉅款之後，所要做的工作只是向王一恒提供黃絹在當地的活動，包括她和卡爾斯將軍的一切日常生活。

當然，這兩個收受了鉅款的官員，還有一個任務，就是在「適當的時機」，那當然是卡爾斯將軍不和黃絹在一起的時候，向卡爾斯將軍暗示，黃絹對她的權位表示滿意，但是對卡爾斯將軍作為一個男人，表示不滿。而且，更暗示黃絹另有所戀，對方是某亞洲豪富。

王一恒的目標是，只要引起了卡爾斯將軍的妒意，黃絹就會失勢。

可是結果卻使王一恒目瞪口呆。那兩個親信之一，果然在適當時機，提到了這一點，卡爾斯將軍在一聲不響聽完之後，所採取的行動，真令王一恒傷心。

卡爾斯將軍的行動是，先是陰森森地一笑，道：「是麼？」然後，在那個親信還沒有明白是怎麼一回事的時候，卡爾斯將軍已經掣槍在手，一槍打去了那親信的半邊腦袋。

這件事發生之後，另一個僥幸未死的受賄者告訴王一恒：「把你的財產全部給我，也不會替你做任何事了！」

王一恒倒並不痛惜他化出去的冤枉錢，只是那種一次又一次的失敗，使他難以忍受。

當然，即使有了這樣的挫敗，王一恒還是有別的方法，可以知道黃絹的消息的。當卡爾斯將軍的勢力，突然伸進了道吉爾酋長國，使得道吉爾酋長國的領導人，甘願把酋長國置於卡爾斯將軍的保護之下的時候，全世界都為之愕然，大批政治分析家幾乎都要跳樓自殺，因為這幾乎是絕無可能的事！這樣一來，卡爾斯將軍的手中，不但有鑽石，而且有了石油，這可以使他瘋狂的野心，又得到了進一步的拓展。

在這件大事變為事實之後的一個月，在一次盛大的閱兵典禮上，卡爾斯將軍令全副戎裝的黃絹，站在檢閱臺上，和她並立，並且當場宣佈黃絹的軍銜是將軍，職位是全國武裝部隊的副總司令，而總司令是卡爾斯自己。

這一個宣佈，使黃絹成為這個國家，名正言順地除了卡爾斯之外的最重要人物。

當王一恒接到這個消息，並且看到經由人造衛星傳送過來的圖片之際，他難過得閉上了眼睛。卡爾斯能給黃絹的，他絕對無法做得到，他能給黃絹的，只不過是他是一個生理正常的男人，而生理正常的男人，全世界大約有二十億之多！

王一恒，這個多少年來要風得風，要雨得雨的大富豪，終於感到了他事業上的成功，實在不算是什麼，一點也不能給他帶來成功的樂趣，難怪黃絹根本不將他的追求放在眼裏！

那一天，王一恒沒有見任何客人，只是獨處一室，雙手緊緊地抱著頭，思索著可以有什麼力量，使黃絹離開卡爾斯將軍而投回他。然而他是白費時間，他根本沒有任何辦法可以做到這一點！

在卡爾斯將軍統治的國家之中，黃絹擔任了這樣重要的職位，倒並沒有什麼異議。一則，是由於卡爾斯將軍的決定，根本不容許別人有異議，二則，使道吉爾酋長國，變成了卡爾斯的保護國，完全是黃絹的功勞。黃絹幾乎是獨力辦成這件奇跡一樣的大事的。

當黃絹向卡爾斯將軍提及，她有辦法可以使道吉爾酋長國幾個當權的酋長，完全聽命於她之際，即使野心大得如卡爾斯將軍這樣的人，也以為她是在說夢話。可是黃絹卻真的做到了這一點，以致卡爾斯將軍都對她佩服得五體投地。

黃絹是憑什麼創造了這個奇跡的呢？就是憑著從陳維如手中取到手的那隻化妝箱中的文件。那一大疊紙上，徐玉音的手，寫下了道吉爾酋長國中所有當權人物的一切隱私，這些隱私，如果揭發出來，根據阿拉伯國家的傳統法律，每一個都會被砍頭。而黃絹又巧妙地利用了那些人之間的矛盾，使得他們每一個人都知道，自己的隱私一被拆穿，別人都不會放過他！

所以，黃絹的計畫一提出來，誰也沒有反對，使得卡爾斯將軍和她，實際上掌握了道吉爾酋長國的統治權。反正那些酋長，只要本身的收入不起變化，旁的什麼也不在乎。黃絹的成功，使她攀上了另一個高峰。

原振俠自然也知道了黃絹的成功，他隱約的估計到，那是化妝箱中那些寫滿了阿拉伯文字的紙張所起的作用。黃絹所能給他的，既然只是惆悵的回憶，他倒也並不羨慕黃絹在權力高峰上又進了一步。他只是定期和呂特生教授保持聯絡。

保持聯絡的目的，是想知道，陳維如（或者應該說陳維如的靈魂），是不是曾和呂教授接觸。

可是每一次，原振俠都失望。呂教授的聲音，都是那麼苦澀，他的回答也總是：「沒有，什麼資訊也沒有。」

大約是三十多次之後，原振俠忍不住問道：「教授。會不會根本沒有靈魂？」

呂教授一面仍然苦笑著，一面道：「如果根本沒有，發生在徐玉音身上的事，又怎麼解釋？」

原振俠只好長長地嘆著氣。有時候，在聽音樂之際，他也會凝坐著一動也不動，希望在熟悉的音樂聲中，在他自己思想集中的情形下，可以感應到陳維如和他接觸，不過，他一直沒有成功。

比起呂特生教授的努力來，原振俠所做的，簡直是微不足道。呂教授在離開了領事館之後的第二天，就已經致電英國的靈學研究會，聲言有重大的靈學上的發現要報告。英國靈學研究會是一個世界性的組織，會員都是極具資格的靈學家——專業或業餘的。兩個月之後，一次出席人數達到空前的靈學會議，在倫敦舉行，參加者共有兩百三十三人。

兩百三十一個來自世界各地的靈學研究家，聽取了呂特生和溫谷上校共同的報告。令得呂特生和溫谷遺憾的是，當他們在報告的時候，已經拿不出任何的証據來。徐玉音死了，陳維如死了，那一批寫滿了阿拉伯文的紙張本來是最好的証物，但是也全落入了黃絹的手中。

不過，由於他們的報告，是如此之詳細，令得參加會議的靈學家都相信，沒有人可能憑空虛構出這樣豐富的情節來。

更令得靈學家們感到興趣的是陳維如臨死之前的那一句話，於是，在報告之後，所有的靈學家，都開始使用自己的獨特方法，希望能藉此和陳維如的靈魂，取得聯絡。

那簡直是世界上有史以來，歷時最久，規模最大，參加人數最多的一次召靈聚會。各國靈學家，每人用自己的辦法，全神貫注，希望能和陳維如的靈魂接觸，突破人類在靈學上的探索。這次聚會的詳細經過情形，每一個靈學所用的方法等等，在英國靈學會的特別年報中，有著極詳細具體的記載，這份特別年報有兩寸厚，自然無法作詳細的介紹。

令得所有對靈學有興趣的人感到沮喪的是，陳維如並沒有實現他臨死之前的諾言，沒有一個靈學家，可以和他的靈魂接觸！

不論多麼努力，結果是令人失望，這令得呂特生和溫谷兩人，更是垂頭喪氣之至。呂教授自英國回來之後，又和原振俠聯絡了一下，連講話的聲調也是無精打采的。他說：「我們失敗了！唉，集中了那麼多靈學專家，結果還是失敗，這真叫人懷疑是不是真有靈魂這種現象存在！可是如果沒有，又怎麼解釋尼格酋長、徐玉音他們之間的事？」

原振俠搖頭道：「這本來是人類最難探索的一件事！人類的科學，只怕沒有法子突破這一環了！」

呂特生只是唉聲嘆氣喃喃地道：「怎麼會？怎麼會？不應該這樣的！」

原振俠看到這位熱衷於靈學研究的人，如此沮喪，只好安慰他，道：「或許，其中還有什麼人類無法瞭解的情形在內！」

呂特生苦笑道：「當然是，喏！」

呂特生在離去的時候，還不斷在嘆息著，原振俠再也想不出別的話去安慰他了。

徐玉音的死，陳維如的自殺，成為本地頗為轟動的一件大新聞。

不論是多麼大的新聞，隨著時間的逝去，總會給人漸漸淡忘的，而且，陳維如和徐玉音之間發生的事，新聞界並沒有獲知真相，都只以為陳維如忽然之間神經錯亂而已。

再加上王一恒究竟有他的影響力，陳維如是他的至親，傳播媒介在報導這件事的時候，多少給王一恒一點面子，不會太過份渲染。

日子在過去，王一恒的日子並不好過。在他成功的一生之中，從來也未曾感到這樣苦惱過。他從青年時開始奮鬥，就算不是一個成功接著一個成功，每一次挫敗，反倒更能激起他性格中堅強的一面，使他有能力克服困難，邁向新的成功。

他是一個站在成功顛峰的人，可是這些日子之中，他卻與快樂絕了緣。

他有大量的金錢，他曾幾百次告訴自己：黃絹不是天下最美麗的女人，他可以得到比黃絹更動人的美女，而事實上，他也得到了，不止一個，都是出色之極，任何男人看了都會心跳加劇的美女。

可是，當那些美女，裸裎在他的面前，媚態橫生，絕無保留地給他之際，王一恒卻興趣索然，每一次，他都拋下了巨額的支票在美女的胴體之上，然後，像是逃亡一樣地離開。

他能得到比黃絹更美麗的美女，但這並不能抹去他在黃絹面前的失敗！

他要得到黃絹，對一個事業這麼成功的人來說，這種心理所形成的強烈欲望，已經不單是男女之間的情欲，而是一定要得到的一種考驗自己能力的關口。王一恒知道，自己如果不能通過這一關的話，一切都將會變得沒有意義。對一個長期以來處於順境的成功人物來說，得不到實現的願望簡直會令他瘋狂，那種焦躁，那種強烈的想要得到的煎熬，那種不能暢所欲為，受了限制而急欲衝破的期待，都令得王一恒幾乎變成了另一個人。當他自己一個人的時候，他會雙手緊握著拳，一拳一拳打在牆上，大聲喊叫，來發洩心中積壓著的苦悶。而這種苦悶，除非願望達到，是全然無法用其他途徑來宣洩的。王一恒就在這樣的情形下，受著痛苦的折磨。又到了一年快結束的日子了。

每年快結束的時候，王一恒的集團，照例有高層人士的聚會，討論一年的業績。

以往，在一年一度的這種聚會上，王一恒至少發表一小時以上的報告，興高采烈地敘述過去一年的成績，同時發表下一年的新計畫。

可是這一次，所有參加會議的人，都明顯地感到氣氛大大不對，王一恒不是神采飛揚地作報告，而只是怔怔地望著他面前的兩枝黃玫瑰。

黃色玫瑰花，插在一隻銀質的小花瓶中，那本來只是會議桌的小裝飾，桃花心木的巨大會議桌，抹得潔亮，幾乎像鏡子一樣。所以，銀質的小花瓶和玫瑰花，都在桌面上映出倒影來。

王一恒望著花，手指在桌面上，慢慢撫摸著。

來自世界各地的王氏機構的高層人員，都屏住了氣息，等王一恒說話，可是王一恒只是望著花出神。以致巨大的會議桌旁的人，都互望著，有的顯得不安地挪動看身子，不知道發生了什麼事。

難堪的沉默一直持續著，有幾個人開始輕輕地咳嗽，以提醒王一恒，應該發言了。可是王一恒卻全然不覺，又過了好一會，他才喃喃地說了一句話。

這句話，即使是坐在離他最近的幾個人，也沒有聽清楚，在王一恒左邊的那個，是王一恒事業上最得力的助手，大著膽問：「對不起，王先生，你說什麼，我們沒聽清楚！」

王一恒連眼都不抬，手指仍在桌面上撫摸著，聲音略爲提高了些：「你們看到沒有，花明明在我的面前，可是我卻只能撫摸花的虛影。」

由於會議室中極靜，所以王一恒的聲音雖然不是太高，還是人人聽到了。一時之間，人人面面相覷，不知道如何表示才好。

最得力的助手乾咳了一下。道：「王先生——」

王一恒忽然長長地嘆了一聲：「虛影就在眼前，可是那根本是觸摸不到的，只是一個虛影！」

他說到這裏，陡然站了起來，把面前的文件夾，向左一推，叫著他得力助手的名字，道：「你來作報告吧！」在眾人極度的錯愕之中，他已經轉過身，走出了會議室去。王一恒甚至可以聽到在他走出會議室之際，會議室中驚訝莫名的交頭接耳聲。可是他自己，卻有一絲快意。這樣的會議，以前是認爲頭等重要的大事，但是現在看來，如一點意思也沒有！

一切都變得沒有意義了：今年，純利潤是十七億美元，明年，估計本集團的利潤，可以突破二十億美元……就算是二百億美元，那又怎麼樣？能令得自己的心願達成麼？

進入了自己的辦公室，王一恒吩咐了任何人都不見，任何電話都不聽之後，按上按鈕，令得窗簾合攏，光線變得暗了許多。他在辦公桌後坐了下來，雙手抱住了頭，一動也不動地坐著。

剛才離開會議室時那一絲快意，已經迅速消失。他不再對任何事感到興趣，這並不等於他有興趣的事，就可以得到實現。

他陡然之間，對自己產生了一種異樣的惱恨，這種惱恨感是如此之強烈，令得他重重一拳，打在辦公桌的桌面。他的手感到一陣疼痛，那是一種對自己感到失望的痛苦自虐。他不由自主喘著氣，雙眼失神地，毫無目的地向前瞪視著。

他剛才那一拳，是打得如此用力，桌面震動，在桌面上的東西，都跳動了一下。本來，有一疊疊起來的信件，由於震動，而散跌了下來。

王一恒注視著那疊散跌下來的信件，突然發顫，他看到了那份純銀色的請柬！

那份請柬！已經是第四次收到了！他吞下一口口水，緩緩地伸手出去，像是那美麗悅目的純銀色請柬，會像毒蛇一樣噬咬他一樣地小心，他伸出去的手，甚至發抖。

他的手指終於碰到了那份請柬，他深深吸了一口氣，視線向旁略移，看到了案頭日曆上的日子，十二月三十日。

以前三次，請柬也總是在十二月三十日送到。以前幾次，王一恒總是一笑置之，雖然有時，略為會引起一點好奇，但是絕未會想過，真的會接受這個邀請。

而這時候，他之所以緊張得發抖，是因爲他知道，自己會接受邀請！

王一恒緊緊地按住了請柬，然後又將它慢慢地移到了面前，再深深吸了一口氣，把請柬揭了開來。

和以前的三份，幾乎完全一樣。

乍一看之下，是完全一樣的，但是王一恒立時發覺，請柬和以前不同了，本來有六種文字，這次，只有五種文字，其中沒有了阿拉伯文部份。

王一恒也立時想到，尼格酋長已經赴過約，所以不必再有阿拉伯文的邀請了。

王一恒感到口中極度的乾澀，他不自覺地一再舐著唇，一個字一個字，仔細讀著請柬上的文字：「敬請臺端於十二月三十一日晚十一時五十九分，獨自準時到達夏威夷群島……屆時，臺端將會見到意想不到，又樂於與之見面的人物……樂意見到臺端出現……」

王一恒閉上了眼睛，一再吸著氣。「意想不到」，這幾個字，用得多麼好！王一恒以前，無法體會到這簡單的四個字所代表的意義，但這時，他卻可以深刻地體會到，那是說，他怎麼想也想不到的事！是不是他怎麼也想不到的事，一到那裏，一接受了這神秘的邀請，就可以變成事實呢？

王一恒一想到這一點，不禁心跳加劇。如果是這樣的話，他還猶豫什麼？應該出發了！

他想實現自己意想不到的事的願望是如此強烈，那實在沒有多考慮的餘地。

可是，他不能不考慮的，是那尼格酋長在赴約之後，所發生的事。

尼格酋長赴約之後，突然消失了，那表示什麼呢？是不是在消失了之後，尼格酋長已經達成了願望？尼格酋長是有所求而去的，他會去赴約，一定是由於他的情形，和自己如今相仿，所以才去的，一種強烈的願望，為了實現這個願望，可以驅使人去作任何程度的冒險，因為這個願望如果不能達到的話，整個生命，都將變得一點意義也沒有！

王一恒對於後來發生在徐玉音身上的事，只是約略知道一些，而且他也根本不相信這種事，所以那倒不在他考慮之列，他只是在想，尼格酋長到哪裡去了，自己去了，是不是也一樣會消失？他考慮得如此激烈，以致鼻尖之上，滲出了汗珠來。他一直盯著那請柬，直到一滴汗珠滴了下來，發出輕微的一下聲響，落在請柬上，他已經有了決定！

得不到黃絹，生命全無意義，那麼，去冒一下險，又有什麼關係！

當他一有了決定之後，他已經完全鎮定了下來，他按下了對講機，通知秘書：「替我接機師！」

像王一恒這種大人物，擁有私人的噴射機，一流的機師，是二十四小時候命的。不到三分鐘，電話鈴響起，王一恒按下通話鈕，傳來了機師活潑的聲音：「老闆，想到哪裡去？」

王一恒沉聲回答：「夏威夷，立時出發。」

半小時之後，王一恒跨出豪華大房車，機師已經在車房等候了。機師是一個相當熱情的西方人，有著豐富的飛行經驗，出身空軍，所以他站直了身子，同王一恒行了一個軍禮，道：「四十分鐘之後，可以起飛，十四小時之後可以到達。」

王一恒沉聲道：「我要直飛毛夷島。」

機師並沒有表示任何驚訝，作為大亨的私人機師，他早已習慣了超級大亨的行動，一向是不可思議的。

王一恒向停著的飛機走去，機師跟在他的身邊，王一恒來的時候，沒有通知任何人，這時候，知道他登上飛機的，也只有機師一個人。

登上了飛機之後，王一恒在寬大柔軟的椅上坐了下來，把椅背推回後，伸長了腿，一口喝乾了一杯馬丁尼，和閉上了眼睛。

他在計算著，到了毛夷島之後，時間還相當寬裕，在毛夷島的時間，他到達之際，應該是十二月三十日的中午時分，離約會的時間，還有三十六小時。

在這三十六小時之中，他可以做一點準備工作，以防備這份請柬，根本是一個陷阱。

他感到很滿意，感到自己比尼格酋長有計畫。尼格酋長看來是在毫無準備的情形下去赴約的！

如果到了目的地，他真能實現意想不到的願望……王一恒想到這裏，禁不住全身發熱。

機師在起飛之前三分鐘，自駕駛艙中探頭出來看王一恒時，王一恒看來好像睡著了，他沒有驚動王一恒，就令得飛機平穩地起飛。

王一恒當然沒有睡著，懷著熱切的願望，他心情無比的興奮。他以前從來也未曾想到過去赴這極荒唐的約會，但這時，他全然不理會發請柬的是什麼人，也不理會可能會有多大的代價，他只希望，請柬上的話，能夠實現，他能夠在毛夷島的針尖峰下，得到他所要得到的一切！

飛機一直很平穩地飛著，王一恒又給自己斟了酒，慢慢喝著，冰箱中的食物很充份，全是依據他喜愛的口味烹調的精美食物，可是王一恒卻一點也不想吃，反倒享受著空著的胃，接受酒精的那種愉快。在機師報告三小時之後可以到達目的地之後，王一恒令機師和地面聯絡，通知三橋武也，他機構中的一個職員，他曾在一年前要他去跟蹤尼格酋長的，要他到機場等候他的差遣。

然後，王一恒又閉上眼睛，他告訴自己：到了之後，還有三十六小時，有足夠的時間，不能太心急。自從和黃絹分手之後，已經大半年了。大半年都過了，三十六小時，一定不能心急。

飛機在毛夷島的上空略一盤旋之後，就在機場上降落，王一恒一下機，就有當地的海關人員請他去辦手續，王一恒這樣的超級大亨，在辦手續時，也比常人享受到更多的方便。

這時，王一恒的心情，顯得十分輕鬆，是以當官員問他：「王先生，請問你前來的目的是——」

王一恒的回答是：「我來尋找可以令我感到生命有意義和令我快樂的願望。」

官員呵呵的笑了起來，認為王一恒的回答，幽默而充滿了詩意。

機師陪著王一恒離開了官員的辦公室，走了一小段路，就進入了機場，三橋武也搓著手，一看到王一恒，就奔了過去。

像三橋這樣的小職員，他從來也沒有夢想過有朝一日會面對一個這樣龐大機構的最高負責人，在他這樣身份的人的心目中，王一恒簡直有著高不可攀的神的地位。所以，那令得他手足無措，在到了王一恒的面前之後，不知該如何行禮才好。

王一恒和善地在他肩頭拍著，道：「我要你在針尖峰附近，替我找一個安靜的休息地方，找到了沒有？」

三橋抹著汗，道：「找到了，一幢十分精緻的小洋房，設備很齊全。」

王一恒吩咐機師道：「你另外找地方去休息，我只想一個人靜一靜！」

機師大聲答應著，王一恒和三橋向外走去，三橋急急奔回一輛車子，打開了車門，恭候王一恒上車。王一恒坐定之後，道：「你上次的報告很不錯。」

三橋滿面慚色，道：「上次我跟蹤任務失敗，真是對不起。」

王一恒道：「你先帶我，沿上次跟蹤的路走一遍！」

三橋大聲答應著，駕著車，向前駛去，不一會，就已駛上了上山的路。三橋一面駕車，一面解釋著當日跟蹤尼格酋長時的情形。

然後，到了那個轉過山頭的彎路上，三橋把車子的速度減慢了。王一恒雖然第一次到這條路，但是他曾詳細研究過三橋的報告。

王一恒知道，尼格酋長就是在轉了這個彎之後，神秘失蹤的！是以他也不禁有點緊張。

三橋的氣息也有點急促，道：「就到這裏為止，當時，酋長的車在前面走著，先轉過彎去，我跟著轉過彎——」

車子在三橋的語聲中，轉過了那個彎角，仍然是山壁，蒼翠的樹木，甚麼異樣也沒有。

王一恒緩緩吸了一口氣，三橋在繼續著：「——前面的車子就突然不見了！」

王一恒沉聲道：「停車！」

三橋把車子駛近路邊，停了下來。王一恒下了車，有幾輛車子在路上駛過，這個太平洋的小島，雖然已是著名的旅遊區，但還是十分寧靜。王一恒四面看看，遠處山峰隱約，風光怡人。

王一恒看了一會，轉過頭來，問道：「這裏離針尖峰有多遠？」

三橋恭敬地答：「不遠，五分鐘就可以到了！」

王一恒想了一會，實在想不出尼格酋長連人帶車失蹤的原因，他默然上了車，吩咐三橋：「到針尖峰去！」

三橋繼續駕車，三分鐘後，已經可以看到針尖峰，針尖峰海拔不過八百公尺，並不算高，可是形狀十分奇特，車子在峰下的空地停了下來。

空地上停著幾輛旅遊車，不少遊客，正在用這個形狀奇特的山峰作背景拍照。

這一次，王一恒並沒有下車，他看了看表，離約會的時間還有三十多小時，這三十多小時，只怕是他一生中最憂急的等候了，到了約會時間，來到這裏，究竟是不是可以見到自己樂於見到的人？究竟是不是會有自己樂於發生的事發生？

還是結果是像尼格酋長一樣，莫名其妙失了蹤？而且，忽然變成了一個本來與之毫不相干的女人？

王一恒心情的焦迫是可想而知的，因為在三十多小時之後，就要有不可測的事，發生在他的身上。

他在峰下並沒有逗留多久，就上了車，車子又行駛了三分鐘左右，就到了一幢十分精緻的小洋房前，停了下來。三橋下車，替王一恒打開門，帶著王一恒進了小洋房。裏面的佈置十分精緻。在王一恒表示滿意之後，三橋看來有點賊頭賊腦地道：「王先生，如果你要人作陪的話，我可以安排，一小時之內，就會有世界上最動人的女郎來——」王一恒瞪了三橋一眼，嚇得三橋不敢再講下去，只是一面鞠躬，一面後退。

王一恒嘆了一聲，他並沒有責怪三橋的意思，只是心中道：「世界上最動人的女郎！我就是為了她而來的！明知希望是如此微渺，可是我還有什麼辦法？除了把希望寄託在不可測的怪異之外，還有什麼辦法？」

他從來也未曾想到過，以他的地位，超過三十年的成功，結果還會懷著如此徬徨的心情，來赴這樣的約會！

人生的意義究竟是什麼呢？他在揮手令三橋離去，並且吩咐他，如果未曾接到通知，絕不可以來打擾他，之後，在柔軟的沙發上坐了下來，開始思索。

究竟怎樣才能使一個人滿足？在世界上所有的人看來，他，王一恒，商業巨擘，擁有數不盡的財產，應該是世上最滿足的人了。可是只有他自己才知道，他根本不滿足！他的不滿足，甚至不是在見到了黃絹，和得不到黃絹之後才開始的。

這時候，他有機會一個人靜下來，好好回想一下，自己那種不滿足的心情，是什麼時候開始的？是從財富已積累到了他這一輩子無論如何都用不完的時候開始的？在那時候，金錢對他已經沒有意義了，多賺了一億英鎊，在任何人來說，都是值得高興的事，但對他來說，卻仍然是麻木的，引不起興奮的反應。

作為一個男人，他自然希望以自己的身體去征服他想征服的女人，然而，到了任何女人，只要他略為招一下手，就會投懷送抱的時候，還有什麼樂趣？而且他更知道，吸引那些女人的，並不是他這個人的本身，而只不過是他的金錢。這種感覺，他越來越強烈地感覺到。

當那些女人緊纏著他，表演著她們的歡愉之際，王一恒有好多次忍不住高聲大叫：假的！你們是為了我的錢在喘息！為了我的錢在歡愉！

樂趣本來已逐漸在減少，那種不能滿足的情緒，像是積鬱著的岩漿一樣，平時不知如何宣洩。黃絹是一個引子，引得岩漿噴射而出，使他知道，他實實在在，找不到歡樂，找不到愛情，得不到滿足！憑他自己的力量既然無法做得到，他除了來赴約之外，還有什麼辦法？

王一恒緩緩站了起來，走到一面鏡子之前，看著鏡中反映的自己，他吃驚於自己的愁苦，那是發自內心的愁苦，他想得到一個女人，可是卻無法得到！在這樣的時候，一個出色成功的大富豪，和一個貧窮潦倒的普通人，實在沒有什麼分別，他們一樣得不到自己要的東西。

王一恒陡地轉過頭去，不去看他鏡中的自己。

他的雙手緊緊握著拳，不由自主，自喉深處，發出了痛苦的呼叫聲，而且，身子慢慢蹲下來，像是野獸一樣，蜷伏著，心中在盡他一切的氣力在叫：「讓我得到！讓我得到！」

這時，王一恒的那種痛苦，只怕即使給他最親近的人看到了，也未必認得他出來！

他不知自己蹲了多久，當他慢慢又舒直身子之際，天色已經漸漸黑下來了。

他並沒有站起來，只是躺在地毯上，胸脯起伏著。他早已料到這三十多小時不好過，可是也未曾料到，時間竟然過得如此之緩慢，他甚至是一秒一秒在數著時間。要是他可以肯定，自己在數了十二萬秒之後，肯定可以看到黃絹，肯定黃絹會投入他的懷抱的話，他一定會毫不猶豫開始一二三四數下去，可是，誰知道三十小時之後，會發生什麼事？

然而，他沒有別的辦法可想，只好等下去。

第十二部：轉移空間重逢黃絹

就在王一恒在針尖峰下，等著約定時間的來臨，受著痛苦的煎熬之際，有一個長途電話，打到了王一恒的辦公室：「有重要的事找王一恒先生，找他的人是黃絹將軍。」

王一恒秘書回答：「真對不起，王先生突然離開，不知道上哪裡去了。」

「有極重要的事，不論他到什麼地方去了，我們都有法子可以聯絡到他，告訴我們他的行蹤。」對方語氣堅決地強硬要求。

秘書的回答是：「我們真的不知道王先生的行蹤，只知道在十多小時之前，他曾吩咐準備私人飛機，立時出發，可是目的地不明。」

電話是黃絹的秘書處打來的，當黃絹在她巨大得有點過份的辦公室中，接到了她秘書的報告之後，她不由自主，陡然站了起來。

她的動作，令得秘書嚇了一跳，黃絹已疾聲下令：「運用外交關係，問他出發的那個城市的航空管理局和機場去查詢王一恒的飛機，飛經何處。不論他是什麼的大人物，他的私人飛機必須向管理局提供飛行資料的！」

秘書大聲答應著，退了出去，黃絹手按在辦公桌上，緊抿著嘴。

她的這種神態，十分誘人，不過這時並沒有男人欣賞她。黃絹在想：王一恒在這個日子，他到什麼地方去了？

已經是一年要結束的時候，黃絹要找王一恒的目的，是想問他是不是又收到了那份怪請柬。同樣的電話，打給王一恒時，已經是第五個了，其餘四個電話，打到法國、日本，巴西和美國的德薩斯州。這四個人的名字是王一恒給她的，黃絹向他們詢問的，也是同樣的問題。

黃絹得到的答覆是：「是的，又收到了這份請柬。當然，那只是一種玩笑。對的，開玩笑的人耐性真好！已經繼續了四年了。對不起，查過，但是很奇怪，居然查不出請柬是誰發出來的。什麼？去赴約，哈哈，當然不會。」

黃絹以為王一恒的電話接通之後，也會得到同樣的回答。可是出乎意科之外，王一恒卻突然離開了！

在一年結束的時候突然遠行，他是不是去赴約了？他如果去赴約，目的是什麼？

黃絹立時想起她和王一恒見面的時候，想起王一恒的神態來，那不禁令得她的臉，有點發熱。她不自覺地把手掌按向自己的臉頰。

卡爾斯將軍的辦公室就在對面，這個男人，給了她權力和財富，但是卻使她感到極度的空虛。那種空虛，是抓不住，摸不著的，可是一旦感到了這種空虛，那是可怕的經歷。

這種空虛感最多襲來之際，就是卡爾斯在她的身邊，鼾聲大作之時。黃絹會忍不住用力擁抱著卡爾斯的身子，卡爾斯有著十分堅實的肌肉，黃絹真難以想像，這樣的一個男人，怎麼會不是一個真正的男人。那時候，她會冒汗，會打顫，會恨不得將卡爾斯肩頭上咬出一個深洞來。

然而，對於那種可怕的感覺，一點幫助也沒有。更糟糕的是，她不是一個普通的女人，她的地位，她的自尊，她的趣味，都不容許她隨便找一個生理正常的男人。她只考慮過兩個人，一個是原振俠，曾和她有過那麼不平凡的幾天的年輕人。另一個就是王一恒。王一恒以為黃絹完全沒有想過他，其實不是，黃絹每常想起王一恒那麼露骨的暗示之際，就禁不住會輕咬著下唇，想像著這個充滿自信的男人，雖然已經將近六十歲，但是看起來還像是盛年，會在性的方面，帶給自己怎麼樣的歡樂。男人是不是像酒一樣，到了王一恒這個年齡，更加香醇呢？黃絹也知道王一恒在注意她的一舉一動，知道王一恒收買了卡爾斯將軍的兩個親信，她知道王一恒不會放過她，一定會盡一切方法得到她。

黃絹始終沒有和王一恒聯絡的原因，一來是為了自尊，連王一恒都自尊倔強得不再和她聯絡，她為甚麼要採取主動？二來，她在等待，等王一恒到了實在太思念她而又無法可施的時候，黃絹估計他會走尼格酋長的老路：去赴那個神秘的約會。

如今，王一恒是不是真的已經去了呢？

黃絹在秘書又叫門時，勉強令自己鎮靜下來。然後，當她聽到了秘書的報告之後，她還是立時轉過身去，背對著秘書，揮手令之離去。她神情激動，有點控制不住，不想被秘書看到。

已經証實，王一恒的私人飛機，是直飛夏威夷群島之中的毛夷島！

黃絹可以肯定，王一恒是去赴約了，而王一恒赴約的目的，黃絹也肯定：為了她！

黃絹坐了下來，思緒十分亂。如果這時候，不是卡爾斯將軍推門走了進來的話，黃絹可能還決不定該怎樣做。但就在這時，卡爾斯卻推門走了進來。

黃絹抬起頭，看著這個穿著軍服，看來雄赳赳的男人，心中突然產生了一種莫名的厭惡之感！權力固然使人迷醉，但是她實在厭倦了面對卡爾斯的那種低能，心中受著痛苦的煎熬，全身的每一個細胞都感到不著邊際的空虛之際，還要裝出極度的滿足。

卡爾斯一進來，怔怔地望著黃絹，黃絹由於心情的異樣而令得她的雙頰，泛著一陣迷人的酡紅。卡爾斯的呼吸急促了起來，走過去，雙手緊摟住黃絹的腰肢，把黃絹移向他，在黃絹的耳際，含混不清地道：「寶貝，親愛的，讓我們現在就——」

黃絹並沒有抗拒，她只是想笑，她實在想大笑，而她卻竭力忍著，卡爾斯的撫摸，已令她全身發熱，她知道接下來的，又是那種墮入無底深淵一樣的痛苦，可是卡爾斯卻還起勁得像是他完全是一個正常的男人一樣。

黃絹始終沒有笑出聲來，由於她忍住笑忍得那麼辛苦，以致她的喘息和緊咬下唇，全然沒有假的成份，卡爾斯在喘息著吻她的時候，感到十分滿意。

黃絹的心中，卻已經有了決定，道：「我要到夏威夷去，那邊，有一個地位重要的美國參議員在等我，和他會面，對我們有重大的幫助。」

卡爾斯聽了呆了一呆，才道：「可是，我捨不得你不在我的身邊。」

黃絹掠著凌亂的頭髮，現出堅決的神情來。

卡爾斯將軍早已知道，當黃絹有這樣神情時，她所說的話，就一定要實現，所以只好嘆了一聲，道：「去多久？」

黃絹綻出動人的笑容：「兩天，或者三天，通知準備飛機！」黃絹決定到毛夷島去，去見王一恒。她想給王一恒一份意外的發喜。這樣，如果以後她和王一恒在一起，王一恒就會更對她珍若拱壁，這是女人控制男人心理的妙著。

黃絹在飛機上，想起王一恒見到了她時，一定會認為那是那份神秘請柬的力量時，不由自主「格格」地笑了起來。

她也想到：如果王一恒只是自信心太強，實際上也根本不能填補她那種要命的空虛時，她怎麼辦呢？

她深深吸著氣：原振俠！她利用飛機的通訊設備，通知了當地的領事館，要他們用最快的方法，通知原振俠，並且安排最快的旅程，讓原振俠也趕到毛夷島來。

然後，她舒服地伸長腿，緊抱住了兩個枕頭，令那兩個枕頭緊緊壓在她的身上，閉目養神。

原振俠望著額上在冒汗的領事，有點發怔。領事喘著氣，道：「黃將軍的緊急……命令，請原醫生你立刻趕到毛夷島去！」

原振俠揚著眉：「我並不是貴國公民，似乎貴國將軍不能向我下達任何命令！」

領事連連抹汗，道：「是，是，是請求，請求！」

原振俠嘆了一聲，他不是不想見黃絹，可是他也知道黃絹追求的目標是什麼，他實在沒有必要，再應黃絹的「請求」而去見她。

正當他想表示拒絕之際，領事又已道：「黃將軍說，事情和一份請柬有關，或許在那裏可以找到正確的答案。這是她說的，我也不知那是什麼意思。」

原振俠深深地吸了一口氣，是啊，又是一年快結束的時間了。尼格酋長的神秘失蹤，徐玉音的離奇遭遇，陳維如的悲慘死亡，這些怪異的事，原振俠也經常在思索著，企圖有一個答案，但是即便是一種設想，他也無法可以提得出來！

這時，他也不禁怦然心動，神情也猶豫起來。領事趁機道：「醫生，如果要去的話，要爭取每一分鐘的時間，黃將軍說，必須在當地時間，除夕午夜之前趕到。」

原振俠喃喃地道：「是的，那請柬上是那麼說，可是我們根本沒有請柬！」

原振俠在自言自語，領事看到他的神情又猶豫了起來，不禁大是著急，因為他接到黃絹的命令是：如果他不能令得原振俠在除夕午夜前到達毛夷島，那麼，領事就會被調回國，去充當沙漠巡邏隊的隊員，那比起當高級外交官來，實在相去太遠了，所以原振俠神情的變化，實在可以令得他心臟病發！

他不由自主喘起氣來，道：「黃將軍說，有一位王一恒先生，已經去了！」

原振俠「啊」地一聲，王一恒終於去應邀了。在這段日子之中，他和王一恒見過幾次面，都是王一恒主動來找他的。有一次，甚至是在凌晨時分，王一恒看來已極有了七八分酒意，卻來到原振俠的住所之外按鈴，衝進來，向原振俠訴說，他其實是世界上最無法滿足自己的人。

原振俠很明白王一恒這種人的心理，一個人，若是連達到普通願望的條件都沒有，失望對他來說，是不足令他痛苦的。但是一個人，平時什麼願望都可以達到，偶然有一個願望達不到時，他的痛苦程度，就會千倍、萬倍！

原振俠自然也知道王一恒的願望是什麼，那晚，他也沒有勸王一恒，只是由得他自己去訴說，等到王一恒酒力不勝時，才把他送了回去。

當時，原振俠就曾想過，王一恒是不是會接受那個神秘的邀請呢？

如今，這個問題的答案已經肯定了！

為了這份神秘的請柬，也應該去看看，究竟在王一恒的身上會發生什麼事。可是原振俠不明白的是，黃絹為什麼要去呢？

難道那個發出請柬的人，真有一種力量，可以使黃絹投向王一恒？

原振俠想到這裏，才道：「好，我去！」

當他說出這何話時，領事先生的汗水，已經透過了他的襯衣，到達他的外衣了！領事高興得直跳起來，拉著原振快的手就回外奔，道：「你什麼也不用準備。一切讓我們來準備！」

原振俠道：「至少我得熄了燈！」

領事已把原振俠拉到了門口，怎麼還肯讓他回去，大聲道：「不必了，我們會替你付十年電費！」

王一恒一夜沒睡，他眼看著十二月三十一日早上的太陽升起，有點薄霧，晨曦也因此有點朦朧。他心中在數著：「還有十八小時。」

在一架外交專機上，陪著原振俠的領事鼾聲大作，原振俠一上飛機，他就知道自己可以完成任務，黃將軍把兩個職位隨便他選擇，一個是升作大使，隨便他選擇哪一個國家，一個是升他當國內的部長。在酣夢之中，他正在作選擇。

原振俠只是閉目養神，把過去一年中所發生的種種怪事，又重新整理了一下，分析著呂教授和溫谷上校兩個靈學家的意見，一再問自己：過去所發生的事，是不是真如他們所設想的那樣，是另一空間的被突破和靈魂的突然轉移呢？

兩件事的任何一件，都是不可思議的，都是超越人類知識範疇以外的事，原振俠知道了事實的經過，可是他卻無法在原因上作任何探索，只好依靠假設。然而假設也脫不了呂特生和溫谷上校的範圍。

最令原振俠迷惑的是，幾乎集中了世界上所有靈學家的召靈大會，陳維如的靈魂，並沒有出現。在一切玄妙而不可思議的現象之中，彷彿中間突然斷了一環，又令得一切假設，無法連貫起來了。

飛機一直在平穩地飛著，原振俠在知道自己無法作出任何結論之後，也就索性不再去想，漸漸地，在那個領事的鼾聲之中，他也睡著了。

這時候，黃絹已經到達了毛夷島，在機上的時候，她已經下達了一連串的命令，作好了準備。所以，當她的飛機降落之際，並沒有人注意，沒有人知道這個阿拉伯世界之中，地位十分重要的女強人，已經來到了毛夷島上。

因為黃絹已通過外交途徑，告訴美國政府，她這次來，純粹是私人渡假性質，不想受任何騷擾，如果受到騷擾，將會嚴重影響兩國之間的關係。

美國政府有關方面接到了這樣的通知，自然一口答應。可是也覺得事情有點古怪，所以，就將官方的資料，送到了聯邦調查局，聲明只給調查局作參考之用。

這份資料，如果落到了旁人手中，看了之後，自然順手歸檔，不會引起注意。可是由於這種雜七雜八的事，一直是由溫谷上校在處理的，所以，資料送到了溫谷上校的辦公桌上。

溫谷上校一看，滿頭紅頭髮，幾乎沒有直豎了起來！

黃絹到毛夷島去了，她去幹什麼？溫谷上校發揮了現代通訊設備的最佳效能，半小時之後，他知道亞洲豪富王一恒，也到毛夷島去了。

溫谷上校作了決定，自己也去，看看在毛夷島上，究竟會有什麼事發生。

在接近除夕的寧靜的晚上，這個恬靜的島上，和尼格酋長去年神秘失蹤一事有關連的人，幾乎全到了。

王一恒最先到，在那幢美麗的小洋房之中，等待著午夜的來臨，對他來說，時間是過得如此緩慢，每一秒鐘，他都在空虛的、什麼也捉摸不到的苦痛心情下渡過。

對黃絹來說，時間也過得相當慢，但是她卻並不像王一恒那樣閒著，她有很多事要做。一下機，一架汽車屋已經準備好，停在機場外。黃絹吩咐了幾句，就獨自駕著車，直駛向針尖峰。

黃絹手下替她準備的汽車屋，自然是設備最好的一種，雖然小，可是現代豪華設備，應有盡有。當黃絹來到針尖峰下時，天色已經黑了下來。所有的遊客，都已經離去，附近一帶，幽靜得驚人。

黃絹停了車，她揀了一個相當有利的地方停車。而她也配備了紅外線望遠鏡。

這時，天色雖然黑了下來，可是當她調好了望遠鏡時，她可以清楚地看到大約三百公尺外的一株松樹上，有兩隻松鼠正在追逐嬉戲。

然後，她在汽車屋的一張隨意可以變換角度的椅子上，坐了下來，把自己的身子，舒適地挨進柔軟的椅子之中。

四周圍靜得一點聲音也沒有，所以，當她聽到一陣汽車聲傳近來時，她知道，那是原振俠到了。幾分鐘之後，駛近來的車子，車頭燈的光芒，射進了汽車屋的窗子，在車廂內造成一種奇異的圖案。

黃絹仍然坐著不動，她看到車燈熄滅，然後，車廂的門上，傳來了敲門聲。

黃絹的心跳有點加劇，在那一剎間，她想到的是原振俠強有力的手臂，那雙手臂，曾經那麼有力地擁抱過她，幾乎令她窒息，也幾乎令她快樂得昏過去。

她勉力使自己的聲音鎮定下來：「進來，門沒有鎖！」

門推開，原振俠出現在門口，他們兩人對望著，誰也不開口。然後，原振俠慢慢走了進來，自己斟了一杯酒，坐下，兩人之間，仍然保持著沉默。

就在這時候，忽然又有汽車駛近來的聲音，黃絹和原振俠都震動了一下。

原振俠翻腕看了看手錶，才八點鐘過一點，他望著黃絹：「那麼早，王一恒就來了？」

黃絹立時直了直身子，雙眼湊向望遠鏡，轉動著。這時，車聲已經停止了，黃絹看了一會，冷冷地道：「我們的紅頭髮朋友來了！」

「溫谷上校？」原振俠感到詫異：「他來這裏的目的是為了什麼？」

黃絹的語聲聽來相當傷感：「每一個人都有不同的目的，旁人怎麼能深究？」

原振俠也來到了望遠鏡的旁邊，當他湊向前去看的時候，黃絹就在他的身邊，長髮有幾絲拂在他的臉上，而他的鼻端，又被黃絹身上所散發出來的那股迷人的香味衝擊著。如果不是他極有自尊心的話，他一點不再理會溫谷上校，而轉身將黃絹緊摟在懷中了！

原振俠暗中咬了咬牙，他一動也沒有動，因為他知道自己並不是黃絹心目中的男人，就算黃絹基於生理上的需要，會很樂意他去抱她，但是，這是多麼無趣的一種情形，任何有自尊心的男人，都不肯做這種事的！

原振俠強迫自己，集中精神，從望遠鏡中看出去。他看到溫谷從一輛小車子中走出來，四面看看，顯然並未注意到汽車屋和他駛來的車子。

然後，溫谷又上了車，把車子緩慢地倒退著，退到了一株大樹之後停下。然後，他就坐在車中，點燃了一支煙，抽著。煙頭冒出的亮光，在黑暗之中一閃一閃，看來十分異特。

原振俠喃喃地道：「大家都來了！至少有一個目的，是每個人都一樣的：都希望看到，邀請王一恒來的是什麼人，和尼格酋長的神秘失蹤，有什麼關連。」

黃絹的反應，看來不是很熱烈，過了好久，她才道：「也許。」然後，又停了一會，才又道：「王一恒現在在什麼地方？」

原振俠搖著頭，他望向黃絹，恰好看到黃絹的側面，他看到黃絹的長長的睫毛，在不住地閃動。就在這時，原振俠的心中，像是被什麼硬物，重重地撞擊了一下一樣！他明白黃絹為什麼要來了！

黃絹是想要王一恒在這裏看到她！

他同時也明白自己為什麼在這裏了！黃絹是在利用他，作為一種填補，這就是原振俠何以忽然像是捱了重擊一樣的原因。

這實在是超過一個人所能忍受的極限了！

原振俠知道，自己在那一剎間，臉色一定變得極其難看，所以當黃絹向他望來的時候，才會現出一種訝異的神情來。

原振俠吸了一口氣，道：「我並不後悔這次前來，但是我可以肯定，以後再有這樣的情形，我一定不會再來！」

這時，原振俠的情緒，已然極其激動。

黃絹聽了之後，並沒有出聲，只是自然而然，現出了一個十分輕視的微笑來。

那種微笑之中所包含的卑視，只有身受者才能瞭解，原振俠在剎那之間，感到了心口一陣絞痛，他不自覺地，發出了一下呼叫聲，根本不及再去考慮其他，一個轉身，衝向門口，拉開門，就跳了下去。

這時候，他心中的憤懣、哀痛、激動，真是到了極點，落地之後，他又大叫了一聲，然後，不顧一切，向前疾奔了出去。

他不知道自己要奔向何處，他只是用盡自己每一分力氣，向前奔跑著，希望擺脫黃絹那種充滿了卑夷的微笑。

突然之間，他在黑暗之中，一腳踏了空，整個人向前，直傾跌了出去。

當他感到自己向前跌出去之際，他仍然不及去想自己會跌成什麼樣，他在想的只是：黃絹為什麼要這樣對待自己，自己縱使不是她心目中的男人，但也不應該這樣沒有地位！

在如此激動的情緒之下，原振俠實在沒有法子分辨自己究竟會跌成什麼樣子，他只是在一瞬之間，覺得自己忽然撞中了什麼，坐跌在硬地上。

當他喘息著，還不想睜開眼來之際，他忽然感到了一股寒意，那股寒意，令得他不由自主，全身發起抖來。

然後，突然有一個柔軟豐滿的胴體，緊緊抱住了他。

原振俠的喉際，發出了「咯」地一聲響，他的神智十分清醒，他已經覺出事情極不對頭，一定有什麼極其古怪的事在他的身上發生了！

他還未曾來得及睜開眼來，兩片濕熱的唇，已經吮住了他的唇。原振俠心中叫了起來！黃絹！只有黃絹的吻才會這樣熱烈！

是黃絹追了出來，看見他跌倒了，把他扶了起來，又親吻他？他可不要這種施捨，原振俠一想到這裏，陡地感到一陣憤怒，睜開眼來。當他一睜開眼來之際，他整個人如同遭到電殛一樣地呆住了！

原振俠一睜開眼來之後，首先看到的，當然是黃絹俏麗的臉，離得他極近，可以看到她臉上細小的汗毛。然後，原振俠看到了一堆火，火光在閃耀著，那使他立時看到，自己是在一個山洞之中！

而且，他對那個山洞再熟悉也沒有，那個山洞，就是他曾和黃絹渡過三天的那個！這三天，已成為原振俠一生之中，最最難忘而又一想起就在心頭陣陣絞痛的回憶！

怎麼又回到這個山洞中來了？黃絹怎麼又在他的懷中了？這是不可能的事，幾秒鐘之前，他還在夏威夷，絕不可能在幾秒鐘之中，就到了日本，不是的，那一定是夢境，他記得很清楚，他在急速的奔跑之中，曾跌了一跤，那一定是他跌昏了過去之後的幻覺！一定是！

原振俠一面心念電轉，一面伸手去，想去推開黃絹。可是黃絹卻抱得他極緊，神情有點驚訝地微睜開眼來，原振俠可以完全感到她因為喘息而噴在他臉上的熱氣。

原振俠忍不住叫了起來：「黃絹，是你？」

黃絹的聲音令人心醉：「不是我，會是誰？」

原振俠雙手用力抓住黃絹的手臂，他的手指，甚至陷進了黃絹豐滿的手臂之中，同時，他不住地搖著黃絹，搖得黃絹的身子，前後擺動，長髮也隨之凌亂地披拂在臉上。這種真實的感覺，原振俠可以知道絕不是夢境，但是他還是一面搖著黃絹，一面叫道：「不是的，我在做夢！我在做夢！那不是真的，不是真的！」

他陡地一用力，推開了黃絹，向外面奔去，可是才一奔到山洞口，一陣刺骨的寒風，把他逼了進來，他的身子不由自主縮緊，陡然之間，眼前一黑，那堆火的火光不見了，他不知道自己在什麼地方，只覺得寒意在漸漸減退。他拚命睜大眼，想看清楚自己到了什麼地方，可是四周圍的黑暗，是如此濃稠，他完全看不到，他伸手四面摸索著，想摸到一點東西，他也不斷移動著他的身子，然而，他就像是處身在一個什麼也沒有的虛無境界之中一樣，不論他如何努力，他什麼也碰不到！而且，他也開始感到，自己的雙腳，也根本沒有踏在任何實物上，他的整個人，是飄蕩在空中的，可是又不是在飄蕩！

原振俠心中真是駭異之極，他剛想大聲叫，就聽到了有人在講話：「怎麼一回事，這個人怎麼不受控制？」

另一個人道：「或許是能量還未完全集中，就給他破壞了。」原振俠清楚地聽到了對話，但是卻完全聽不明白。

原振俠喘著氣，大聲叫了起來：「甚麼人？甚麼人在我的身邊？」

原振俠沒有得到回答，可是他又聽到了聲音：「咦，他到哪裡去了？怎麼他忽然不見了？」

另一個聲音道：「我找到他了，他在……他在超越空間的過程中，奇怪，他怎麼停頓在兩個不同的空間之中了？這種情形，你能理解麼？」

另一個聲音道：「是啊，這是怎麼一回事，我實在無法理解！」

這時，原振俠的心情，已經從極度的惶惑之中，慢慢鎮定了下來，他也有點瞭解那兩個人的對話，他儘量使自己保持沉著，道：「請，請回答我的話，你們聽到我的話麼？請回答我的話！」

在原振俠這樣說了之後，是一片死寂，那是真正的靜寂，原振俠甚至可以聽到自己的血液在體內流動的聲音，而他的心跳聲，聽來就像是鼓聲一樣。死寂維持了並不多久，他還是沒有得到回答，聽到的仍然是兩個人的對話。

一個道：「看來又是意外，和去年的一樣！」

另一個道：「去年的不能算是意外，我們的空間轉移是成功的！」

第一個道：「不算是成功！那人在空間的轉移過程之中，產生了極度的恐懼，以致不能克服，用佩槍自殺了！」

第二個道：「可是他的記憶系統卻繼續了轉移的過程，不過那種轉移過程，不是我們所能控制，結果送出了範圍，連我們也找不到了！」

原振俠心中怦怦亂跳，叫道：「你們在說尼格酋長！」

這時，原振俠對於自己的處境，多少也有點瞭解了。他明白，自己曾經在剎那之間，經歷了「空間的轉移」，從夏威夷忽然到了日本。可是他只明白這一點，何以如今自己又會在「兩個空間之間」，他就不明白，而黃絹何以會出現在山洞中，他也不明白。

從那兩個人的對話聽來，呂特生和溫谷上校的假設，倒是事實，在空間轉移的過程之中，尼格酋長由於極度的驚懼而自殺，可是轉移在繼續著，他的身體和他的車子，不知道被轉移到甚麼地方去了，他的「記憶系統」卻在轉移過程中「逸出了範圍」。「記憶系統」，那就是一個人的靈魂，原振俠倒是知道它去了何處，它和徐玉音的腦部，發生了作用，使徐玉音變成了另一個人！這一切不可思議的事，是由誰在促成的呢？

原振俠由於不斷在大聲叫著，以致他的聲音聽來有點嘶啞。可是他還是叫著：「你們究竟是誰？」

可是在交談的兩個人，顯然聽不到原振俠的呼叫，兩個人繼續在自顧自交談。一個道：「真不懂，他剛才不是已經在他一直想要處身的環境之中麼？為什麼他又要放棄？說自己是在做夢？說那不是真的？」

另一個嘆了一聲，道：「我也不明白。當他們腦子的活動感應到了之後，對他們來說，就是真的，還有什麼真假之分？真的就是假的，假的就是真的，全在於他們腦神經細胞的活動，這個人好像有點特別，或許他的腦細胞活動，比較不受控制？」

第一個道：「不是很清楚。事實上，真、假、虛、實，根本全是他們腦細胞活動的結果，這一點，在他們之中，幾千年前已經有人知道了，且還建立了一套完整的解釋，不明白何以那麼多人還不明白！」

另一個又嘆了一聲，道：「如果這個人不去深究，他不是已經找到了他想找的？我們還是成功的，只不過他突破了我們的控制！」

兩個人的對話，一個字一個字傳入原振俠的耳中，直聽得原振俠遍體生涼！那兩個人對話中解釋真假虛實的道理，更令得原振俠戰慄不已！他剛才在山洞中，空間的轉移是確實的，但是黃絹的出現，卻是虛幻的，只不過是他腦細胞活動的結果。然而，虛幻的和實在的又有什麼不同？許許多多以為是實在的事，又何嘗不是虛幻的？

「幾千年前已有人建立了完善的解釋」，那倒是事實，自從釋迦牟尼悟道以來，所有他的學說，全是環繞著這一點建立起來的，可是一直到如今，又有多少人明白這一點道理呢？

原振俠不再出聲，那兩個人的對話卻在繼續：「轉移空間的能量全被這個人用去了，積累這種能量，又要一年的時間，王一恒今年要失望了，明年他是不是會再來？」

另一個道：「誰知道，他們每一個人都有那麼多願望，又有那麼多失望，我們選擇的對象，已經算是最少願望不能達到的了，可是他們一樣要追求虛幻的境界。」

第一個笑了一下，道：「要是他們不是這樣無知足的追求，我們的工作也無法進行了，嗯，明年，請柬還要多發一份，發給誰好呢？」

另一個道：「這倒可以慢慢商量。」

原振俠聽到這裏，又忍不住叫了起來：「喂，你們究竟是什麼人？」

他仍然得不到回答，聽到的，依然是對話。一個在說：「他們的腦構造，倒十分奇妙，當他們看到一樣東西，摸到這樣東西的時候，只不過是腦細胞傳給他們感覺器官的一種作用，至於這樣東西實際上是不是存在，他們是不可能真正知道的，只要他們在感覺上覺得有這東西存在，就以為是真的存在了！」

另一個道：「是啊，所以我才說這個人有點奇特，在經過空間轉移之後，他嚷說那是假的！」

第一個道：「唉，還是那句話，真的就是假的，假的也就是真的！」

原振俠是一個醫生，他自然確切知道人體各感覺器官是接受腦部活動的指揮的，手指碰到了一樣東西之後，要由感覺神經將訊號傳到腦子去，由腦細胞的活動，來決定這是什麼東西。如果腦細胞的活動有錯誤，那就不能作出正確的判斷了！如果腦部的活動，將不存在的當作存在，那麼，真和假，還有什麼分別呢？剛才在那個山洞之中，活色生香的黃絹，明明是在自己的懷抱之中，那是虛幻的，還是真實的呢？

原振俠只覺得自己的思緒，亂成了一片。

在這時候，那兩個人的對話還在持續著。一個道：「不但是實際的東西，就算是抽象的意念，對他們來說，情形也相同。」

另一個道：「是啊，當一個人的腦部活動，決定他是一個快樂的人時，這個人就是快樂的人了。只可惜他們之中，好像很少人能達到這樣的結論！」

第一個道：「如果他們都快樂滿足了，我們也不能邀他們前來了。現在我們可以肯定的是，轉移空間的實驗，已經成功，而且，在轉移空間的過程之中，我們可以使一個人，腦部活動最想實現的事，對他來說，變成事實。」

另一個道：「對，這一點成績是肯定的。而去年的那個，雖然有了意外，我們倒也有意外的收獲，我們知道他們的記憶系統，可以獨立存在，形成一組微弱的電波，在偶然的基因下，還可以和活動的人體，發生關係！」

第一個沉吟片刻，道：「是，這一點十分重要，他們在若干年之後，可能發展到這組微弱的電波單獨存在，那麼，在某種意義上，他們的生命，就是永恒的了！」

另一個打了一個「哈哈」，道：「那不知道是多少億年以後的事，他們這個星球，可能也不存在了！」

第一個聲音，聽來很嚴肅，道：「星球存在與否，無足輕重，看他們的進化，是不是能到這一地步了，可能，在空間的轉移過程中，才會使他們的記憶系統脫離身體，這個秘密，可不能讓他們知道。」

另一個道：「我估計，他們要掌握可以轉移空間的能量，至少還要五千萬年！」

原振俠越聽越是吃驚，這兩個人口中所稱的「他們」，正是地球上的人類，那麼，這對話的兩個人——原振俠已經在他們的對話之中，明白了一切，也感到了極度的震驚，他又叫了起來。在他的叫喊聲中，忽然又聽到了一個人在叫著：「看，又發生轉移作用了——」原振俠只聽到了這一句，就感到了一下震動，緊接著，強光耀目，令得他什麼也看不到，可是他仍然在叫著，他隨卻又感到，有人在搖他的身子，他勉力睜開眼來，看到自己正跌在一幅草地上，在搖他身子的是溫谷上校。

溫谷上校一看到他睜開眼來，就道：「新年快樂！」

原振俠慢慢站了起來，一臉疑惑的神色，針尖峰就在眼前，他又回來了！他深深地吸了一口氣，溫谷上校逼視著他：「在你的身上，發生了一些事，是不是？」原振俠苦笑了一下，點著頭，接著，他開始講述自己的遭遇。

尾聲

在原振俠講完之後，溫谷上校默然半晌，才道：「又多了一個例子，証明了有外星來的高級生物在地球上進行活動。」

原振俠問：「已經有很多？」

溫谷顯得很憂戚：「很多，而且活動是各種各樣的。有機會，我會向你說幾樁比較典型的。不過，在地球上聚集能量，作空間轉移的試驗，並且在空間的轉移過程之中，控制人腦的活動，使人產生幻覺，這種情形，以前未曾有過。」

原振俠喃喃地道：「不是幻覺！不是幻覺！」

他又想起了自己被轉移空間，去到那山洞中的情形，當時，那種感覺是實實在在的，如果不是他理智太堅強，肯定那是不可能的話，發展下去，又會怎樣？

溫谷上校又道：「我聽到你大叫著在向前奔，立時向你追過來，可是突然之間，你就不見了！」

原振俠問：「王一恒呢？他沒有再來？黃……黃絹呢？」

溫谷搖頭道：「天一亮，黃絹就駕車走了，沒見王一恒出現。」

溫谷確然不知道，因為在他目擊原振俠突然消失之後，一直留著沒有走，直到突然一轉身，又看到原振俠出現為止。

溫谷自然也不知道，王一恒在考慮到了將近午夜，快要出發之際，忽然感到尼格酋長的神秘失蹤，實在太可怕，所以猶豫了起來，並沒有應邀到針尖峰下來。

當然，他來的話，也是白來，因為轉移空間所需的能量，已經由於原振俠的行動，導致了他在空間的轉移而耗去了——這是原振俠在那兩個人對話中瞭解到的。

原振俠和溫谷兩人自然也不知道，當黃絹等不到王一恒出現而離去之後，在毛夷島的機場上，和王一恒相遇，兩人在互道了新年快樂之後，王一恒邀請黃絹到他的住所去盤桓兩天，黃絹爽快地答應了，而且，登上了王一恒的飛機。

溫谷和原振俠在針尖峰下，又逗留了三天，希望能和那兩個對話的人相遇，但是沒有結果。溫谷堅信在針尖峰下，一定有著某種裝置，可以積聚能量，達成空間轉移的目的。所以他和原振俠曾仔細搜索過，可是也沒有什麼發現。溫谷苦笑著，道：「現在我們至少知道陳維如的靈魂為什麼不和我們聯絡了！人的靈魂，要脫離身體單獨存在，條件之一，是死亡在空間的轉移過程之中發生！」

原振俠一攤手：「有多少人會在這種情形下死亡？」

溫谷苦笑，道：「或許這正是全世界靈學家失望的原因之一！」

他在這樣講了之後，忽然道：「原醫生，你的經歷，在貴國一部著名的小說：『石頭的故事』中，倒有過相當類似的描寫。」

原振俠愕然：「石頭的故事？」

溫谷道：「是，這部小說又叫『紅色大廈的夢』。在那部小說中，一個人，得到了一面鏡子，他只要向那面鏡子一照，立刻就會到了另一個地方，而在那地方，又有一個他日思夜想的女人在，那女人會完全隨著他的意思，給他歡樂。這鏡子就有轉移空間，使人產生幻覺的功能。」

原振俠當然已經明白了溫谷上校所說的那部小說是「紅樓夢」。而那面鏡子的正式名稱，是「風月寶鑑」，賈瑞在一照了鏡子之後，就到了另一空間，見到了王熙鳳。

原振俠立即也想起了「太虛幻境」中的對聯：

假作真時真亦假，

無為有處有還無！

倪匡珍藏限量紀念版 33

原振俠傳奇之天人

作者：倪匡
發行人：陳曉林
出版所：風雲時代出版股份有限公司
地址：10576台北市民生東路五段178號7樓之3
電話：(02) 2756-0949
傳真：(02) 2765-3799
執行主編：劉宇青
美術設計：許惠芳
業務總監：張瑋鳳
出版日期：2023年12月倪匡珍藏限量紀念版一刷
版權授權：倪匡
ISBN ：978-626-7369-19-7
風雲書網：http://www.eastbooks.com.tw
官方部落格：http://eastbooks.pixnet.net/blog
Facebook：http://www.facebook.com/h7560949
E-mail：h7560949@ms15.hinet.net
劃撥帳號：12043291
戶名：風雲時代出版股份有限公司

風雲發行所：33373桃園市龜山區公西村2鄰復興街304巷96號
電話：(03) 318-1378
傳真：(03) 318-1378
法律顧問：永然法律事務所 李永然律師
北辰著作權事務所 蕭雄淋律師

行政院新聞局局版台業字第3595號 營利事業統一編號22759935
©2023 by Storm & Stress Publishing Co.Printed in Taiwan
◎如有缺頁或裝訂錯誤，請退回本社更換

定價：340元
版權所有 翻印必究

國家圖書館出版品預行編目資料

原振俠傳奇之天人 ／ 倪匡著. -- 三版. --
臺北市：風雲時代出版股份有限公司，2023.11
面；公分 倪匡珍藏限量紀念版

ISBN 978-626-7369-19-7（平裝）

857.83 112015925

風雲時代 風雲時代 風雲時代 風雲時代 風雲時代 風雲時代 風雲時代
風雲時代 風雲時代 風雲時代 風雲時代 風雲時代 風雲時代 風雲時代
風雲時代 風雲時代 風雲時代 風雲時代 風雲時代 風雲時代 風雲時代
風雲時代 風雲時代 風雲時代 風雲時代 風雲時代 風雲時代 風雲時代
風雲時代 風雲時代 風雲時代 風雲時代 風雲時代 風雲時代 風雲時代
風雲時代 風雲時代 風雲時代 風雲時代 風雲時代 風雲時代 風雲時代
風雲時代 風雲時代 風雲時代 風雲時代 風雲時代 風雲時代 風雲時代
風雲時代 風雲時代 風雲時代 風雲時代 風雲時代 風雲時代 風雲時代

風雲時代 風雲時代 風雲時代 風雲時代 風雲時代 風雲時代 風雲時代
雲時代 風雲時代 風雲時代 風雲時代 風雲時代 風雲時代 風雲時代 風
風雲時代 風雲時代 風雲時代 風雲時代 風雲時代 風雲時代 風雲時代
雲時代 風雲時代 風雲時代 風雲時代 風雲時代 風雲時代 風雲時代 風
風雲時代 風雲時代 風雲時代 風雲時代 風雲時代 風雲時代 風雲時代
雲時代 風雲時代 風雲時代 風雲時代 風雲時代 風雲時代 風雲時代 風
風雲時代 風雲時代 風雲時代 風雲時代 風雲時代 風雲時代 風雲時代
雲時代 風雲時代 風雲時代 風雲時代 風雲時代 風雲時代 風雲時代 風
風雲時代 風雲時代 風雲時代 風雲時代 風雲時代 風雲時代 風雲時代
雲時代 風雲時代 風雲時代 風雲時代 風雲時代 風雲時代 風雲時代 風
風雲時代 風雲時代 風雲時代 風雲時代 風雲時代 風雲時代 風雲時代
雲時代 風雲時代 風雲時代 風雲時代 風雲時代 風雲時代 風雲時代 風
風雲時代 風雲時代 風雲時代 風雲時代 風雲時代 風雲時代 風雲時代
雲時代 風雲時代 風雲時代 風雲時代 風雲時代 風雲時代 風雲時代 風
風雲時代 風雲時代 風雲時代 風雲時代 風雲時代 風雲時代 風雲時代
雲時代 風雲時代 風雲時代 風雲時代 風雲時代 風雲時代 風雲時代 風
風雲時代 風雲時代 風雲時代 風雲時代 風雲時代 風雲時代 風雲時代
雲時代 風雲時代 風雲時代 風雲時代 風雲時代 風雲時代 風雲時代 風
風雲時代 風雲時代 風雲時代 風雲時代 風雲時代 風雲時代 風雲時代
雲時代 風雲時代 風雲時代 風雲時代 風雲時代 風雲時代 風雲時代 風
風雲時代 風雲時代 風雲時代 風雲時代 風雲時代 風雲時代 風雲時代
雲時代 風雲時代 風雲時代 風雲時代 風雲時代 風雲時代 風雲時代 風
風雲時代 風雲時代 風雲時代 風雲時代 風雲時代 風雲時代 風雲時代
雲時代 風雲時代 風雲時代 風雲時代 風雲時代 風雲時代 風雲時代 風
風雲時代 風雲時代 風雲時代 風雲時代 風雲時代 風雲時代 風雲時代
雲時代 風雲時代 風雲時代 風雲時代 風雲時代 風雲時代 風雲時代 風
風雲時代 風雲時代 風雲時代 風雲時代 風雲時代 風雲時代 風雲時代
雲時代 風雲時代 風雲時代 風雲時代 風雲時代 風雲時代 風雲時代 風
風雲時代 風雲時代 風雲時代 風雲時代 風雲時代 風雲時代 風雲時代
雲時代 風雲時代 風雲時代 風雲時代 風雲時代 風雲時代 風雲時代 風
風雲時代 風雲時代 風雲時代 風雲時代 風雲時代 風雲時代 風雲時代
雲時代 風雲時代 風雲時代 風雲時代 風雲時代 風雲時代 風雲時代 風
風雲時代 風雲時代 風雲時代 風雲時代 風雲時代 風雲時代 風雲時代
雲時代 風雲時代 風雲時代 風雲時代 風雲時代 風雲時代 風雲時代 風
風雲時代 風雲時代 風雲時代 風雲時代 風雲時代 風雲時代 風雲時代
雲時代 風雲時代 風雲時代 風雲時代 風雲時代 風雲時代 風雲時代 風
風雲時代 風雲時代 風雲時代 風雲時代 風雲時代 風雲時代 風雲時代
雲時代 風雲時代 風雲時代 風雲時代 風雲時代 風雲時代 風雲時代 風
風雲時代 風雲時代 風雲時代 風雲時代 風雲時代 風雲時代 風雲時代
雲時代 風雲時代 風雲時代 風雲時代 風雲時代 風雲時代 風雲時代 風
風雲時代 風雲時代 風雲時代 風雲時代 風雲時代 風雲時代 風雲時代
雲時代 風雲時代 風雲時代 風雲時代 風雲時代 風雲時代 風雲時代 風
風雲時代 風雲時代 風雲時代 風雲時代 風雲時代 風雲時代 風雲時代